OS CEM MIL REINOS

N. K. JEMISIN

OS CEM MIL REINOS

Livro um da trilogia Legado

Tradução
Ana Cristina Rodrigues

2ª edição

Galera
RIO DE JANEIRO
2022

CIP-BRASIL. CATALOGAÇÃO NA PUBLICAÇÃO
SINDICATO NACIONAL DOS EDITORES DE LIVROS, RJ

J49c

Jemisin, N. K., 1972-
    Os cem mil reinos / N. K. Jemisin ; tradução Ana Cristina Rodrigues. – 2ª ed. – Rio de Janeiro : Galera Record, 2022.
    (Legado ; 1)

    Tradução de: The hundred thousand kingdoms
    Continua com: The broken kingdoms
    ISBN 978-65-59-81018-5

    1. Ficção. 2. Literatura infantojuvenil americana. I. Rodrigues, Ana Cristina. II. Título. III. Série.

21-71722   CDD: 808.899282
                                                          CDU: 82-93(73)

Camila Donis Hartmann – Bibliotecária – CRB-7/6472

Título original:
The hundred thousand kingdoms

Copyright
The hundred thousand kingdoms © 2010 by N.K. Jemisin

Leitura sensível:
Lorena Ribeiro

Todos os direitos reservados.
Proibida a reprodução, no todo ou em parte, através de quaisquer meios.
Os direitos morais do autor foram assegurados.

Texto revisado segundo o novo Acordo Ortográfico da Língua Portuguesa.

Editoração eletrônica: Abreu's System

Direitos exclusivos de publicação em língua portuguesa somente para o Brasil
adquiridos pela
EDITORA RECORD LTDA.
Rua Argentina, 171 – Rio de Janeiro, RJ – 20921-380 – Tel.: (21) 2585-2000,
que se reserva a propriedade literária desta tradução.

Impresso no Brasil

ISBN 978-65-59-81018-5

Seja um leitor preferencial Record.
Cadastre-se e receba informações sobre nossos
lançamentos e nossas promoções.

Atendimento e venda direta ao leitor:
sac@record.com.br

Avô

Eu não sou mais como era antes. Eles fizeram isso comigo, me destruíram e arrancaram meu coração. Não sei mais quem eu sou.
Eu preciso me lembrar.

* * *

Meu povo conta histórias da noite em que nasci. Dizem que minha mãe cruzou as pernas durante o parto e lutou com todas as forças para não me trazer ao mundo. Eu nasci assim mesmo, óbvio; a natureza não pode ser impedida. Não me surpreende, no entanto, que ela tenha tentado.

* * *

Minha mãe era herdeira dos Arameri. Houve um baile para a baixa nobreza — o tipo de coisa que acontece uma vez por década, como um agrado sarcástico para a autoestima deles. Meu pai ousou convidar minha mãe para dançar; ela consentiu. Eu costumava imaginar o que ele fez e disse naquela noite para que ela se apaixonasse tão perdidamente, pois minha mãe acabou por abdicar da posição dela para ficar com ele. Uma trama digna de grandes contos, não? Muito romântico. Nessas histórias, o casal vive feliz para sempre. Os contos não dizem o que acontece quando a família mais poderosa do mundo é ofendida no processo.

* * *

Mas me perdi. Quem eu era mesmo? Ah, sim.

Meu nome é Yeine. Na tradição do meu povo, eu sou Yeine dau she Kinneth tai wer Somem kanna Darre, o que significa que sou filha de Kinneth, e que o nome da minha tribo dentro do povo darre é Somem. As tribos não significam muito para nós atualmente, embora tivessem grande importância antes da Guerra dos Deuses.

Tenho dezenove anos. Também sou, ou costumava ser, a líder do meu povo, chamada de *ennu*. Para os Arameri, que seguem as mesmas tradições amnias, a origem deles, eu sou a Baronesa Yeine Darr.

Um mês depois da morte da minha mãe, recebi uma mensagem do meu avô Dekarta Arameri, me convidando para visitar o lar da minha família. Como não se recusa um convite dos Arameri, viajei a Senm. Foram quase três meses, partindo do continente do Alto Norte, através do Mar do Arrependimento. Apesar da relativa pobreza de Darr, viajei com estilo durante todo o trajeto, primeiro em uma liteira, depois em um navio transoceânico, e, finalmente, em uma carruagem com chofer. Não foi escolha minha. O Conselho de Guerreiros de Darr esperava desesperadamente que eu pudesse nos restituir as boas graças dos Arameri, e achou que aquela extravagância poderia ajudar. É conhecido por todos que os amnies respeitam demonstrações de riqueza.

Assim preparada, cheguei ao meu destino nas vésperas do Solstício de Inverno. O condutor parou a carruagem em uma colina ainda fora da cidade, com a desculpa de dar água aos cavalos, mas provavelmente a verdade era que, por ser um nativo, gostava de ver os estrangeiros boquiabertos. Foi assim que tive meu primeiro vislumbre do coração dos Cem Mil Reinos.

Existe uma rosa muito conhecida no Alto Norte. (Isso não é uma digressão.) Chama-se rosa-saia-de-altar. Não só as pétalas dela desabrocham em um esplendor branco perolado, como também, frequentemente, uma flor secundária incompleta cresce na base do caule dela. Em sua forma mais admirada, a saia-de-altar revela uma camada de pétalas enormes que cobrem o chão. As duas florescem em sincronia, a cabeça fértil e a saia, gloriosa em cima e em baixo.

Assim era a cidade chamada Céu. No chão, espalhava-se por uma pequena montanha ou uma grande colina: um círculo de altas muralhas e camadas sobrepostas de edifícios, todos brancos resplandecentes, por decreto dos Arameri. Sobre a cidade, menor e mais brilhante — o perolado das camadas era obscurecido ocasionalmente por massas de nuvens —, estava o palácio, também chamado de Céu, e provavelmente ainda mais merecedor do nome. Eu sabia que havia uma coluna ali, um pilar inacreditavelmente fino para sustentar aquela imensa estrutura, mas, por causa da distância, não consegui ver. O palácio flutuava sobre a cidade, unidos em espírito, ambos de uma beleza tão sublime que prendi a respiração ao vê-los.

A rosa-saia-de-altar é valiosa por causa da dificuldade em produzi-la. As linhagens mais famosas são cruzadas entre si; isso foi originado de uma deformidade que algum criador mais esperto julgou útil. O odor primário da flor, que é doce para nós, aparentemente é repugnante para os insetos; essas rosas precisam ser polinizadas manualmente. A flor secundária drena nutrientes que são cruciais para a fertilidade da planta. Sementes são raras, e para cada uma que cresce e vira uma rosa saia-de-altar perfeita, outras dez se tornam plantas que precisam ser destruídas pela feiura delas.

* * *

Nos portões do Céu (o palácio), fui mandada embora, porém não pelos motivos que eu esperava. Aparentemente, meu avô não estava. Ele deixou instruções para o caso da minha chegada.

O Céu é o lar dos Arameri; negócios raramente são feitos ali. Isso porque, oficialmente, eles não governam o mundo. É o Consórcio dos Nobres que o faz, com o benevolente apoio da Ordem de Itempas. O Consórcio se reúne no Salão, uma construção imensa e imponente — com muros brancos, naturalmente — situada em um conglomerado de edifícios oficiais aos pés do palácio. É muito impressionante, e seria ainda mais se não estivesse diretamente sob a sombra elegante do Céu.

Entrei e anunciei minha chegada à equipe que trabalha no Consórcio, o que surpreendeu a todos, porém de forma educada. Um deles — um ajudante de baixíssimo escalão, pelo que percebi — foi designado para me acompanhar até a câmara central, onde a sessão do dia estava bem adiantada.

Como membro da nobreza inferior, eu sempre tive lugar na reunião do Consórcio, porém nunca pareceu ser importante. Além dos custos e dos meses de viagem necessários para comparecer, Darr era simplesmente pequeno, pobre e desfavorecido demais para ter alguma influência, mesmo antes da abdicação de minha mãe, que aumentou a nossa má reputação. A maior parte do Alto Norte é vista como uma província, e apenas as maiores nações têm prestígio ou dinheiro o bastante para fazer com que as próprias vozes sejam ouvidas entre nossos pares nobres. Então, não fiquei surpresa ao descobrir que o lugar reservado para mim no salão do Consórcio — em uma área mal iluminada, atrás de uma pilastra — estava ocupado por um delegado de uma das nações do continente de Senm. Seria terrivelmente rude, ansioso o ajudante gaguejou, deslocar aquele homem, um ancião de joelhos ruins. Será que eu não me incomodaria de me manter em pé? Como eu tinha acabado de passar muitas horas presa em uma carruagem, alegrei-me em aceitar.

O ajudante me guiou a uma lateral do piso do Consórcio, onde eu teria uma boa visão do que estava acontecendo. A câmara do Consórcio era construída de forma magnífica, em mármore branco e uma madeira escura e nobre que provavelmente tinha vindo em uma época mais próspera das florestas de Darr. Os aristocratas — cerca de trezentos no total — sentavam-se em cadeiras aconchegantes no piso da câmara ou em plataformas elevadas. Ajudantes, pajens e escribas ocupavam, como eu, os cantos, prontos para buscar documentos ou executar tarefas conforme necessário. Na extremidade da câmara, o Fiscal do Consórcio ficava em cima de um pódio elaborado, apontando para os membros que indicavam o desejo de ter a palavra. Aparentemente, havia uma disputa acerca de direitos sobre a água em um deserto; cinco países estavam envolvidos. Nenhum dos participantes do debate falava fora de hora; ninguém perdia a calma; não havia comentários ácidos ou insultos disfarçados. Tudo era muito ordenado e havia educação, apesar do tamanho da reunião e do fato de que a maioria dos presentes estava acostumada a falar quando quisesse entre o próprio povo.

Um dos motivos para aquele bom comportamento extraordinário estava em um pedestal atrás do pódio: uma estátua em tamanho natural do Pai do Céu em uma das poses mais famosas Dele, o Apelo à Razão Mortal. Era difícil falar fora de hora debaixo daquele olhar severo. Porém, suspeitei que mais repressor ainda era o olhar firme do homem que estava sentado atrás do supervisor, em um camarote elevado. Eu não podia visualizá-lo direito de onde estava, mas ele era velho, com vestes finas e estava cercado por um homem mais jovem e louro e uma mulher de cabelos castanhos, além de vários serventes.

Não demorou muito para eu adivinhar a identidade daquele homem, embora ele não usasse coroa, não tivesse segurança visível e nem ele, nem ninguém da comitiva que o acompanhava tivesse falado durante o encontro.

— Olá, avô — eu murmurei para mim mesma, e sorri para ele do outro lado da câmara, mesmo sabendo que ele não podia me ver. Os pajens e os escribas passaram o resto da tarde me olhando estranho.

* * *

Eu me ajoelhei perante meu avô com a cabeça abaixada, ouvindo risadinhas.

Não, espere.

* * *

Antes, existiam três deuses.

Quero dizer, apenas três. Agora existem dezenas, talvez centenas. Eles se reproduzem como coelhos. Mas antes existiam apenas três, os mais poderosos e gloriosos de todos: o deus do dia, o deus da noite e a deusa do crepúsculo e da aurora. Ou da luz, escuridão e penumbras entre elas. Ou ordem, caos e equilíbrio. Nada disso é relevante, porque um deles morreu, o outro acredita-se que tenha morrido também, e o último é o único que ainda importa.

O poder que os Arameri têm hoje, conseguiram com esse deus remanescente. Ele é chamado de Pai do Céu, o Luminoso Itempas, e os ancestrais dos Arameri eram os sacerdotes mais devotados Dele. Ele os recompensou com uma arma tão poderosa que nenhum exército poderia enfrentá-la. E eles usaram essa arma — ou melhor, armas — para se tornarem governantes do mundo.

Agora sim.

* * *

Eu me ajoelhei perante meu avô, com minha cabeça abaixada e a faca posta no chão.

Estávamos no Céu. Fomos para lá depois da sessão do Consórcio, usando a magia do Portão Vertical. Assim que chegamos, fui convocada até o salão de audiências do meu avô, que parecia muito com uma sala do trono. O aposento era vagamente circular, pois círculos são sagrados para Itempas. O teto em cúpula fazia com que os membros da corte parecessem mais altos — desnecessariamente, uma vez que os amnies são altos se comparados ao meu povo. Altos, pálidos e sempre de prontidão, como se fossem estátuas de seres humanos e não seres feitos de carne e sangue.

— Altíssimo Lorde Arameri — disse. — É uma honra estar em sua presença.

Eu ouvi risadinhas quando entrei no salão. Elas soaram de novo, abafadas em mãos, lenços e leques. Lembravam bandos de passarinhos nas copas das árvores de uma floresta.

Na minha frente estava Dekarta Arameri, o não coroado rei do mundo. Ele era velho; talvez fosse o homem mais velho que eu já conheci, porém como os amnies geralmente vivem mais do que o meu povo, então não era uma surpresa. O cabelo ralo dele tinha ficado branco, e ele era tão magro e corcunda que a poltrona elevada de pedra onde se sentava — e que nunca era chamada de trono — parecia engoli-lo por inteiro.

— Neta — ele disse, e as risadinhas pararam. O silêncio era denso o bastante para ser posto na minha mão. Ele era o cabeça da família Arameri e a sua palavra era lei. Ninguém esperava que ele me reconhecesse como família, muito menos eu.

— Levante-se — enunciou. — Deixe-me vê-la.

Levantei, recolhendo minha faca já que ninguém a pegou. Houve mais silêncio. Não sou muito interessante aos olhos dos dois povos. Poderia ser diferente se meus traços tivessem uma combinação mais agradável — a altura dos amnies com as curvas dos darres, talvez, ou o grosso cabelo darre sobre a compleição amnia. Eu tenho os olhos dos amnies: de um verde desbotado, mais inquietantes que bonitos. Sou baixa, reta, com a pele negra, em um marrom fechado como madeira, e meu cabelo é um amontoado de cachos. Como o considero indomável, eu o deixo curto. Por vezes, acham que eu sou um rapaz.

Conforme o silêncio prosseguia, vi Dekarta franzir a testa. Percebi que tinha uma marca estranha nela: um círculo perfeito, como se alguém tivesse mergulhado uma moeda na tinta preta e a pressionado na sua pele. De cada lado, havia uma listra grossa também preta, cercando o círculo.

— Você não parece nada com ela — disse ele, por fim. — Mas acho que tudo bem. Viraine?

Ele se referiu a um homem que estava entre os cortesãos mais próximos ao trono. Por um instante pensei que era outro ancião, no entanto percebi meu erro: embora o cabelo fosse totalmente branco, ele estava ainda por volta da quarta década de vida. Ele também tinha uma marca na testa, mas menos elaborada que a de Dekarta: apenas um círculo preto.

— Não é um caso perdido — Viraine respondeu, cruzando os braços. — Não há o que ser feito sobre a aparência dela, acho que nem maquiagem ajudaria. Mas coloque-a em roupas civilizadas e ela poderá dar a impressão de... nobreza, pelo menos.

Ele estreitou os olhos, me analisando minuciosamente por partes. A melhor vestimenta darre que eu tinha, um longo colete de pelos de civeta branca e calças justas até a panturrilha, o fez suspirar. (Tinham me olhado de modo estranho por causa da roupa no Salão, mas eu não tinha percebido que era *tão* ruim.) Ele examinou meu rosto por tanto tempo que me perguntei se deveria mostrar os dentes. Em vez disso, ele que sorriu, mostrando os dele.

— A mãe a treinou bem. Veja como ela não demonstra medo ou ressentimento, mesmo agora.

— Então, ela serve — declarou Dekarta.

— Para que, avô? — perguntei. O silêncio na sala ficou ainda mais denso, cheio de expectativas, embora ele já tivesse me chamado de neta. Havia algum risco em ousar me dirigir a ele também de maneira familiar; afinal, homens poderosos são sensíveis em relação a coisas estranhas. Mas a minha mãe realmente tinha me treinado bem, e eu sabia que era um risco válido para estabelecer meu lugar aos olhos da corte.

O rosto de Dekarta Arameri não se alterou; eu não consegui ler sua expressão.

— Para ser minha herdeira, neta. Pretendo nomeá-la nessa posição hoje.

O silêncio tornou-se uma pedra tão dura quanto a cadeira de meu avô. Achei que ele podia estar brincando, mas ninguém riu. Foi isso que me fez acreditar nele: o choque e o horror nos rostos dos cortesãos ao encararem o senhor deles. Exceto o que se chamava Viraine. Este me observava.

Percebi que esperavam uma resposta.

— Você já tem herdeiros — falei.

— Poderia ser mais diplomática — Viraine falou em um tom seco. Dekarta o ignorou.

— É verdade, há outros dois candidatos — ele afirmou para mim. — Meus sobrinhos Scimina e Relad. Seus primos distantes.

Já tinha ouvido falar sobre eles, todos tinham. Os rumores frequentemente diziam que um ou outro era o herdeiro, embora ninguém soubesse ao certo qual. Serem *ambos* era algo que não tinha me ocorrido.

— Se posso dar uma opinião, avô — eu disse com cuidado, apesar de ser impossível ser cautelosa nessa conversa. — Comigo, teríamos dois herdeiros a mais que o necessário.

Eram os olhos que faziam Dekarta parecer tão velho, eu perceberia muito tempo depois. Não sei qual a cor original deles; a idade tinha os clareado e deixado opacos até ficarem quase brancos. Havia vidas inteiras naqueles olhos, e nenhuma era feliz.

— Realmente — ele respondeu. — Mas acho que é o bastante para uma competição interessante.

— Não entendo, avô.

Ele ergueu a mão em um gesto que antes teria sido gracioso. Naquele momento, a mão tremia demais.

— É bem simples. Nomeei três herdeiros. Um de vocês irá de fato me suceder. Os outros dois, com certeza, irão se matar ou serão mortos por quem vencer. Quem vive, quem morre... — Ele deu de ombros. — Vocês que irão decidir.

Minha mãe me ensinou a nunca demonstrar medo, porém as emoções não podem ser acalmadas tão facilmente. Comecei a transpirar. Fui alvo de uma tentativa de assassinato apenas uma vez — um benefício de ser herdeira de uma pequena nação empobrecida. Ninguém queria o meu lugar. Mas agora, havia outros dois que queriam. Lorde Relad e Lady Scimina eram mais ricos e poderosos do que eu poderia sonhar em ser um dia. Tinham passado a vida inteira lutando um contra o outro, com o objetivo de governar o mundo. E ali eu chegava, desconhecida, sem recursos e com poucos amigos, para o confronto.

— Não haverá nenhuma decisão — eu disse. Mostrando meu valor, minha voz não tremeu. — E nem competição. Eles me matarão de imediato e voltarão a atenção um para o outro novamente.

— Isso é uma possibilidade — informou meu avô.

Não conseguia pensar em nada a dizer que pudesse me salvar. Ele não sabia o que estava fazendo; isso era óbvio. Que outro motivo para fazer do mundo um prêmio a ser disputado? Se ele morresse no dia seguinte, Relad e Scimina iriam despedaçar a terra entre eles. A matança duraria décadas. E pelo que ele sabia, eu era uma tola. Se por alguma impossibilidade, eu conseguisse o trono, poderia lançar os Cem Mil Reinos em uma espiral de sofrimento e desgoverno. Ele tinha que saber disso.

Não se pode argumentar com a insensatez. Mas, às vezes, com sorte e com a bênção do Pai do Céu, consegue-se entendê-la.

— Por quê?

Ele assentiu como se estivesse esperando a minha pergunta.

— Sua mãe me privou de um herdeiro quando deixou a nossa família. Você pagará esse débito.

— Faz quatro meses que ela foi sepultada! — exclamei. — Você quer mesmo se vingar de uma mulher morta?

— Não se trata de vingança, neta. É uma questão de dever — ele fez um gesto com a mão esquerda e outro cortesão se destacou do grupo.

Ao contrário do outro homem (na verdade, ao contrário da maioria dos cortesões que eu podia ver), a marca na testa dele era uma meia-lua virada de cabeça para baixo, como uma boca expressando um descontentamento severo. Ele ajoelhou-se na frente do estrado que sustentava a cadeira de Dekarta, com uma comprida trança vermelha caindo sobre o ombro até se enrolar no chão.

— Não posso esperar que sua mãe lhe tenha ensinado sobre dever — Dekarta falou para mim por cima das costas do homem. — Ela mesma abandonou o dela para brincar com aquele selvagem de palavras doces. E eu permiti... uma indulgência da qual ainda me arrependo. Então, irei amenizar esse arrependimento trazendo você de volta, neta. Quer você morra, quer você viva, é irrelevante. Você é Arameri, e, como todos nós, irá servir.

Ele acenou para o ruivo.

— Prepare-a o melhor que puder.

Não havia mais nada a dizer. O homem ruivo levantou-se e veio até mim, murmurando que eu devia segui-lo. Foi o que fiz. Assim terminou meu primeiro encontro com meu avô, e então começou meu primeiro dia como Arameri. Não foi o pior dos dias que viriam.

O outro Céu

A CAPITAL DA MINHA TERRA SE CHAMA ARREBAIA. É um lugar de pedras antigas, muralhas cobertas de plantas e guardadas por feras que não existem. Esquecemos quando foi fundada, mas tem sido a capital há pelo menos dois mil anos. Ali, as pessoas andam devagar e falam baixo em respeito às gerações que passaram antes por aquelas ruas, ou talvez apenas por não gostarem de fazer barulho.

O Céu — quero dizer, a cidade — tem apenas quinhentos anos, fundada quando um desastre atingiu a morada antiga dos Arameri. Entre as cidades, é uma adolescente; do tipo rebelde e grosseira. A minha carruagem passava entre outras pelo centro da cidade, formando uma algazarra de rodas e ferraduras. As pessoas cobriam todas as calçadas, sem conversar umas com as outras, apenas se trombando, esbarrando, agitadas. Todos pareciam estar com pressa. O ar estava denso com cheiros familiares, como o de cavalos e água parada, entre odores irreconhecíveis, alguns ácidos e outros terrivelmente doces. Não havia nada verde à vista.

* * *

Do que eu estava...?

Ah, sim. Os deuses.

Não os deuses que permanecem nos céus, que são leais ao Iluminado Itempas. Há outros que não são leais. Talvez eu não devesse chamá-los de deuses, já que ninguém os adora mais. (Como se define um "deus"?) Deve haver um nome melhor para o que eles são. Prisioneiros de guerra? Servos? Do que eu os chamei antes... de armas?

Armas. Isso.

Dizem que estão em algum lugar do Céu, quatro deles presos em receptáculos tangíveis e mantidos a sete chaves mágicas. Talvez durmam em caixas de cristal e sejam acordados de tempos em tempos para serem lustrados e polidos. Talvez sejam exibidos a convidados distintos.

Mas às vezes, apenas às vezes, os mestres deles os invocam. E, então, acontecem novas e estranhas pragas. A população inteira de uma cidade some em uma noite. Uma vez, poços fumegantes apareceram onde antes havia montanhas.

Não é seguro odiar os Arameri. Em vez disso, odiamos as armas deles, porque armas não se importam.

*   *   *

Meu companheiro na corte era T'vril, que se apresentou como o mordomo do palácio. Pelo nome, soube ao menos de parte da ascendência dele, mas ele explicou: ele vem de uma linhagem mista como eu, parte amnia e parte kentia. Os kentinenses habitam uma ilha distante a leste, e são marinheiros famosos. O estranho cabelo avermelhado descendia deles.

— A amada esposa de Dekarta, a Lady Ygreth, morreu tragicamente jovem, há mais de quarenta anos — T'vril explicou. Ele falava com energia enquanto caminhávamos pelos corredores brancos do Céu, sem parecer entristecido pela tragédia da dama morta. — Kinneth era apenas uma criança na época, mas já estava nítido que seria uma herdeira mais do que adequada, então Dekarta provavelmente não sentiu necessidade de casar de novo. Quando Kinneth... hum... deixou a família, ele passou a olhar para os filhos do falecido irmão. A princípio, eram quatro; Relad e Scimina eram os mais novos. São gêmeos, o que é comum na família. Porém, a irmã mais velha teve um infeliz acidente, pelo menos é o que diz a história oficial.

Eu só escutei. Era uma lição útil, embora assustadora, sobre minha nova família, e provavelmente foi por isso que T'vril decidiu me contar. Também me informou sobre meu novo título, meus deveres e privilégios, mesmo que brevemente. Passei a ser Yeine Arameri, não mais Yeine Darr. Teria novas terras sob minha supervisão e riqueza inimaginável. Minha presença era esperada nas sessões do Consórcio com regularidade e deveria me sentar no espaço privativo dos Arameri quando o fizesse. Eu tinha permissão para morar permanentemente no Céu, no seio acolhedor da minha família materna, e jamais veria minha terra natal de novo.

Foi difícil não focar essa última parte enquanto T'vril continuava.

— O irmão mais velho era o meu pai... que também está morto, por seu próprio mérito. Ele gostava de mulheres jovens, muito jovens. — Ele fez careta, embora eu tivesse percebido que ele contara a história tantas vezes que não o perturbava mais. — Infelizmente para ele, minha mãe tinha idade para engravidar. Dekarta o executou após a família dela protestar. — Ele suspirou e deu de ombros. — Nós, sangue-altos, conseguimos nos livrar de muitas coisas, mas... bem, existem regras. Fomos nós que estabelecemos a idade de consentimento para o mundo. Ignorar nossas próprias leis seria uma ofensa ao Pai do Céu.

Quis perguntar por que isso seria importante se o Iluminado Itempas parecia não se preocupar com o resto das ações dos Arameri, mas me segurei. De todo modo, eu percebi um tom de ironia na voz de T'vril. Não era necessário comentar mais nada.

Com uma eficiência brusca que teria dado inveja a minha pragmática avó, T'vril tirou minhas medidas para roupas novas, marcou uma visita ao estilista e arranjou aposentos para mim, tudo em apenas uma hora. Depois, fizemos uma breve visita durante a qual T'vril falou sem parar enquanto andávamos por corredores adornados com mica branca — ou madrepérola ou o que quer que fosse a coisa brilhante de que o palácio era feito.

Parei de escutá-lo nesse ponto. Se eu tivesse prestado atenção, provavelmente teria conseguido informações valiosas sobre personagens importantes da hierarquia palaciana, disputas de poder, fofocas e mais. Porém, minha mente ainda estava em choque, tentando absorver tantas coisas novas de uma só vez. Ele era o menos importante, então o bloqueei.

Ele deve ter percebido, embora não parecesse se importar. Por fim, chegamos aos meus novos aposentos. Uma parede era tomada por janelas que iam do chão ao teto, proporcionando uma vista maravilhosa da cidade e do campo lá embaixo — muito, muito lá embaixo. Fiquei encarando, boquiaberta de uma forma que faria minha mãe brigar comigo, se ela ainda estivesse viva. Estávamos tão alto que eu não conseguia distinguir as pessoas nas ruas.

T'vril falou alguma coisa que eu simplesmente não absorvi, então repetiu. Dessa vez, olhei para ele.

— Isto — falou, apontando para a testa. A marca de meia-lua.

— O quê?

Ele repetiu pela terceira vez, sem sinal do aborrecimento que provavelmente sentia.

— Nós devemos ir até Viraine, para que ele possa aplicar o selo de sangue na sua testa. Ele já deve ter sido liberado do serviço na corte. Depois, você pode passar a noite descansando.

— Por quê?

Ele me encarou por um instante.

— Sua mãe não falou sobre isso?

— Sobre o quê?

— Sobre os Enefadeh.

— Os enefaquem?

A expressão no rosto de T'vril era algo entre pena e desespero.

— Lady Kinneth não a preparou para nada disso, não é?

Antes que eu pudesse pensar em uma resposta, ele continuou.

— Os Enefadeh são a razão para usarmos os selos de sangue, Lady Yeine. Ninguém pode passar a noite no Céu sem um. Não é seguro.

Desviei meus pensamentos da estranheza do meu novo título.

— Por que não é seguro, Lorde T'vril?

Ele fez careta.

— Só T'vril, por favor. Lorde Dekarta decretou que você receberá uma marca de sangue cheio. Você é da Família Central. Eu sou apenas um meio-sangue.

Não consegui perceber se tinha perdido alguma informação importante ou se algo não tinha sido dito. Provavelmente, muitas coisas.

— T'vril. Você sabe que nada do que está falando faz sentido para mim.

— Talvez não. — Ele passou a mão pelo cabelo, o primeiro sinal de desconforto que ele mostrava. — Mas uma explicação demoraria demais. Temos menos de uma hora até o sol se pôr.

Imaginei que era mais uma daquelas regras que os Arameri insistiam em seguir sem questionar, embora não soubessem o motivo.

— Tudo bem, mas... — Franzi o cenho. — E o meu cocheiro? Ele está me esperando no pátio da frente.

— Esperando?

— Não pensei que ia ficar.

T'vril cerrou a mandíbula, contendo a resposta honesta que ele teria proferido.

— Vou pedir que alguém o dispense e lhe dê um bônus pelo transtorno. Você não precisará dele, temos serventes suficientes aqui.

Eu os vi durante o nosso passeio — figuras silenciosas e eficientes, movendo-se pelos corredores do Céu, vestidas de branco. Uma cor pouco prática para quem trabalhava com limpeza, eu pensei, mas eu não mandava no lugar.

— Esse cocheiro atravessou o continente comigo — eu argumentei. Estava incomodada e tentava não demonstrar. — Está cansado e seus cavalos também. Ele não pode ficar por uma noite? Dê uma dessas marcas a ele, e ele parte ao amanhecer. É uma cortesia.

— Apenas os Arameri podem usar o selo de sangue, minha senhora. É permanente.

— Apenas... — Minha cabeça deu um estalo quando entendi. — Os serventes aqui são da *família*?

Ele me olhou de um jeito que não tinha amargura, mas talvez fosse melhor que tivesse. Já tinha me dado as pistas: o pai vagabundo; a própria posição como mordomo; um servente de alto nível, mas ainda assim um servente. Ele era tão Arameri quanto eu, mas seus pais não tinham se casado e o implacável Itempas virava as costas para a bastardia. E o pai dele nunca foi o favorito de Dekarta.

— Como Lorde Dekarta disse, Lady Yeine — ele respondeu como se tivesse lido meus pensamentos. — Todos os descendentes de Shahar Arameri devem servir, de um jeito ou de outro.

Havia tantas histórias não contadas naquelas palavras. Quantos parentes nossos tinham sido forçados a deixar os próprios lares e o futuro que poderiam ter para chegar até ali e varrer o chão ou descascar legumes? Quantos nasceram ali e nunca saíram? O que acontecia com aqueles que tentassem escapar?

Será que eu me tornaria um deles, como T'vril?

Não, T'vril não era importante, nem ameaçava aqueles que buscavam herdar o poder da família. Eu não teria tanta sorte.

Ele tocou a minha mão com o que eu esperei que fosse compaixão.

— Não é longe.

* * *

Os andares superiores do Céu pareciam ser compostos apenas de janelas. Em alguns corredores, até os tetos eram de vidro límpidos ou cristal, apesar da vista exibir apenas o céu e as muitas torres redondas do palácio. O sol ainda não havia se posto — tinha tocado o horizonte havia poucos minutos —, mas T'vril acelerou ainda mais o passo. Prestei mais atenção aos serventes conforme andávamos, procurando as pequenas semelhanças da nossa linhagem compartilhada. Havia algumas: muitos pares de olhos verdes, certo tipo de estrutura facial (que eu não tinha, pois puxei ao meu pai), e algum cinismo, embora isso pudesse ser só a minha imaginação. Além disso, eram tão diferentes entre si quanto T'vril e eu, apesar da maioria parecer ser amnia ou de alguma outra etnia senmata. E todos tinham uma marca na testa; já tinha reparado nisso antes, mas deixei de lado, pensando ser um costume local. Alguns tinham marcas em formato de triângulos ou diamantes, no entanto a maioria ostentava uma simples barra preta.

Não gostei do modo como olhavam para mim, de relance e depois desviando os olhos.

— Lady Yeine — T'vril parou ao perceber que eu fiquei para trás. Ele tinha herdado as pernas longas da linhagem amnia. Eu não, e foi um dia bastante cansativo. — Por favor, temos pouco tempo.

— Certo, certo — comentei, cansada demais para manter a polidez. Mas ele não voltou a andar e logo vi que ele havia ficado rígido, encarando o corredor na direção que deveríamos seguir.

Havia um homem acima de nós.

Em retrospecto, eu o chamo de homem, porque era o que parecia ser naquele momento. Estava em uma sacada com vista para o nosso corredor, emoldurado com perfeição pelo arco do teto. Presumi que ele andava em um corredor perpendicular lá em cima; seu corpo ainda permanecia virado naquela direção, paralisado. Apenas a cabeça dele mantinha-se virada em nossa direção. Por causa das sombras, eu não podia ver o rosto, mas sentia o peso do seu olhar.

Ele pôs a mão no corrimão de forma lenta e deliberada.

— O que foi, Naha? — ouvi a voz de uma mulher, ecoando levemente pelo corredor. Pouco depois ela apareceu. Ao contrário do homem, ela estava totalmente visível para mim: uma exuberante beldade amnia, de cabelo castanho, feições nobres e postura régia. Aquele cabelo me fez reconhecê-la como a mulher que estava sentada ao lado de Dekarta no Salão. Ela usava o tipo de vestido que somente uma amnia poderia fazer jus a ele um vestido longo e reto da cor de rubis sangrentos.

— O que você vê? — ela perguntou, olhando para mim, embora se dirigisse ao homem. Ela ergueu as mãos, girando algo entre os dedos, e vi que segurava a ponta de uma delicada corrente de prata, que saía de sua mão e curvava-se de novo para cima; percebi que a corrente estava ligada ao homem.

— Tia — T'vril disse, entonando a voz com um cuidado que imediatamente me fez reconhecer quem ela era. A Lady Scimina, minha prima e herdeira rival. — Você está adorável hoje.

— Obrigada, T'vril — ela respondeu, com o olhar ainda fixo no meu rosto. — E quem é essa?

Houve a mais breve das pausas. Pela expressão de T'vril, percebi que ele estava tentando pensar em uma resposta segura. Algo em minha natureza — na terra de onde vim, só mulheres fracas deixavam que um homem as protegesse — me fez dar um passo à frente e inclinar a cabeça.

— Meu nome é Yeine Darr.

Seu sorriso deixou evidente que ela já sabia. Não devia haver muitos darres no palácio.

— Ah, certo. Alguém falou sobre você depois da audiência de hoje. É a filha de Kinneth, não é?

— Sim, sou. — Se estivéssemos em Darr, eu teria sacado uma faca diante da malícia naquele tom doce, de falsa polidez. Mas estávamos no Céu, o palácio abençoado do Iluminado Itempas, senhor da ordem e da paz. Coisas desse tipo não eram feitas ali. Olhei para T'vril esperando que nos apresentasse.

— Lady Scimina Arameri — disse. Em defesa dele, posso dizer que T'vril não engoliu em seco nem vacilou, mas eu percebi como o olhar dele oscilava entre minha prima e o homem imóvel. Esperei que T'vril o apresentasse, mas ele não o fez.

— Ah, sim — não tentei imitar o tom que Scimina usou. Minha mãe tentou diversas vezes me ensinar a soar amigável, mesmo quando não me sentia assim, mas eu era darre demais para isso. — Saudações, prima.

— Peço sua licença — T'vril falou com Scimina praticamente assim que fechei a boca. — Estou mostrando o palácio a Lady Yeine.

O homem ao lado de Scimina aproveitou o momento para recuperar o fôlego em um suspiro trêmulo. O cabelo longo, escuro e denso o bastante para deixar qualquer darre com inveja, caiu para a frente e obscureceu ainda mais o rosto dele; a mão apertou o corrimão com mais força.

— Um momento, T'vril. — Scimina examinou o homem, pensativa, e ergueu a mão como se fosse acariciar a bochecha por baixo da cortina de cabelo. Ouvi um estalo e ela puxou uma delicada coleira de prata bem articulada.

— Perdoe-me, tia — T'vril disse, já não se preocupando em esconder o medo. Ele apertou a minha mão com força. — Viraine está nos esperando, e você sabe como ele odeia...

— Você vai esperar — Scimina disse, tornando-se fria instantaneamente. — Ou posso esquecer do quão útil você é, T'vril. Um servente bonzinho... — Ela olhou para o homem de cabelos escuros e sorriu com indulgência. — Tantos bons serventes aqui no Céu. Não concorda, Nahadoth?

Então, Nahadoth era o nome do homem de cabelos escuros. Um nome que soava familiar de alguma forma, mas eu não lembrava onde já teria escutado.

— Não faça isso, Scimina — T'vril pediu.

— Ela não tem a marca — Scimina respondeu. — Você conhece as regras.

— Isso não tem nada a ver com as regras e você sabe disso! — T'vril exclamou, um pouco acalorado. Porém, ela o ignorou.

Foi quando eu senti. Acho que na verdade senti no momento em que o homem inspirou, um tremor na atmosfera. Um vaso tremeu perto de nós. Não havia motivo visível para isso, mas de alguma forma eu sabia: em algum lugar, em um plano invisível, uma parte da realidade estava mudando, dando espaço a algo novo.

O homem de cabelos pretos ergueu a cabeça em minha direção. Pude ver seu rosto e seus olhos desnorteados, e de repente, soube quem ele era, *o que* ele era.

— Me escuta — T'vril pediu com a voz tensa, próximo ao meu ouvido. Eu não conseguia desviar meus olhos dos da criatura de cabelos pretos. — Você precisa chegar até Viraine. Apenas um sangue-cheio pode comandá-lo agora, e Viraine é o único... Ah, pelos demônios, olhe para mim!

Ele entrou na minha frente, entre mim e aqueles olhos. Eu podia ouvir um murmúrio suave; era Scimina falando em voz baixa. Parecia que ela estava dando instruções, o que traçava um paralelo peculiar com T'vril fazendo o mesmo à minha frente. Mal ouvi os dois. Sentia muito frio.

— O escritório de Viraine fica dois andares acima de onde estamos. Tem câmaras de elevação em todos os cruzamentos do terceiro corredor; procure uma alcova entre vasos de flores. Só... só entre em um deles e pense *para cima*. A porta vai estar logo à frente. Enquanto ainda tiver luz no céu, você tem uma chance. Vá, corra!

Ele me empurrou e eu tropecei. Atrás de mim, ergueu-se um uivo inumano, como as vozes de uma centena de lobos, onças e ventos de inverno, todos famintos pela minha carne. Depois, veio o silêncio, e isso era o mais assustador de tudo.

Corri. Corri. Corri.

Escuridão

Devo parar para explicar? Empobrece a narrativa. Mas preciso lembrar-me de tudo, lembrar e lembrar e lembrar, para manter a memória firme. Tantos pedaços de mim já escaparam.

Então.

Já houve três deuses. O que importa matou um dos que não importam e jogou o outro em uma prisão infernal. As paredes dessa prisão foram feitas de sangue e osso; as janelas bloqueadas eram olhos; as punições incluíam sono, dor, fome e todas as demandas constantes da carne mortal. Então, essa criatura, aprisionada em um invólucro, foi dada aos Arameri para que a guardasse, junto com três dos filhos divinos. Depois do horror de encarnar, que diferença a mera escravidão faria?

Quando eu era uma garotinha, aprendi com os sacerdotes do Iluminado Itempas que esse deus caído era o mal puro. No tempo dos Três, os seguidores dele faziam um culto selvagem e sombrio dedicado às cerimônias violentas à meia-noite, adorando o caos como se fosse um sacramento. Se aquele tivesse vencido a guerra entre os deuses, diziam os sacerdotes com rigor, os mortais provavelmente teriam deixado de existir.

— Então, seja boazinha — os sacerdotes acrescentavam —, ou o Senhor da Noite vai pegá-la.

* * *

Fugi do Senhor da Noite pelos corredores de luz. O Céu era feito com algo que emitia um brilho com uma luminescência própria, suave e branca, depois do pôr do sol. A vinte passos atrás de mim, o deus da escuridão e do caos avançava. Quando me arrisquei a olhar para trás, vi o brilho suave do corredor ser engolido por uma escuridão tão profunda que apenas olhar naquela direção machucava os olhos. Não olhei mais para trás.

Não podia ir em linha reta. Só a minha vantagem inicial tinha me salvado até então, além do fato do monstro atrás de mim parecer incapaz de se mover mais rápido do que um mortal. Talvez o deus ainda tivesse forma humana em algum lugar dentro de toda aquela escuridão; mesmo assim, as pernas dele eram mais compridas do que as minhas.

Por isso, eu virava em praticamente todas as interseções, batendo nas paredes para diminuir a velocidade e conseguir impulso para continuar correndo. Dizendo assim parece que bater nas paredes foi algo deliberado de minha parte. Não foi. Se eu tivesse conseguido raciocinar durante aquele horror que sentia, eu teria ideia de que direção estava indo. Mas não, eu já estava completamente sem rumo ou esperanças.

Felizmente, onde a razão falhou, o pânico irracional funcionou bem.

Ao ver uma das alcovas que T'vril tinha descrito, me joguei nela, batendo na parede oposta. Ele disse para eu pensar *para cima*, o que ativaria o feitiço de levantamento e me impulsionaria para o nível seguinte. Porém, eu pensei *Para longe Para longe Para longe*, sem perceber que a magia obedeceria a esse comando também.

Quando a carruagem me transportou do Salão até o Céu-palácio, eu mantive as cortinas fechadas. O cocheiro tinha nos conduzido a um ponto específico e parado; senti a pele pinicar; logo depois, o cocheiro abriu a porta para revelar que estávamos ali. Não me ocorreu que a magia havia me puxado, atravessando quase um quilômetro de matéria, em um piscar de olhos.

E aconteceu de novo. A pequena alcova, que estava escurecendo conforme o Senhor da Noite se aproximava, esticou-se de repente. A entrada se distanciou dele, impossível de ser alcançada, enquanto eu permanecia parada. Houve um momento de tensão, então fui arremessada para a frente como um estilingue. As paredes voavam no meu rosto; gritei e protegi meus olhos com os braços enquanto elas passavam por mim. E então tudo parou.

Baixei os braços devagar. Antes que conseguisse reorganizar meus pensamentos, o suficiente para me perguntar se aquela era a mesma alcova ou uma parecida, um menino enfiou a cabeça pela abertura, olhou ao redor e me viu.

— Vamos — ele chamou. — Rápido. Não vai demorar para ele nos encontrar.

* * *

A magia Arameri me levou até uma vasta câmara aberta dentro do corpo do Céu. Tonta, olhei o espaço frio e vazio enquanto corríamos através dele.

— A arena — disse o menino à minha frente. — Alguns de sangue--alto acham que são guerreiros. Por aqui.

Olhei rapidamente para a alcova, pensado se havia alguma maneira de bloqueá-la para que o Senhor da Noite não pudesse nos seguir.

— Não, não vai funcionar — proferiu o garoto ao notar o meu olhar. — Mas o próprio palácio inibe o poder dele em uma noite assim. Está caçando você apenas com seus sentidos.

("E o que mais ele usaria?", me perguntei.)

— Em uma noite sem lua, você teria problema, mas hoje ele é só um homem.

— Aquilo não era um homem — disse. Minha voz soou estridente e trêmula aos meus ouvidos.

— Se isso fosse verdade, você não estaria correndo por sua vida. — Aparentemente, eu não estava correndo rápido o bastante. O menino pegou a minha mão e me puxou. Ele me lançou um olhar e pude ver um rosto pontudo, com maçãs do rosto proeminentes, que um dia seria atraente.

— Para onde você está me levando? — O meu raciocínio se restabelecia, mesmo que lentamente. — Para Viraine?

Ele deu um grunhido cheio de desprezo. Deixamos a arena e passamos por mais alguns dos labirínticos corredores brancos.

— Não seja boba. Nós vamos nos esconder.

— Mas aquele homem... — Nahadoth. Eu lembrei de onde tinha ouvido o nome. "Jamais o sussurre na escuridão", diziam as histórias infantis, "a não ser que queria que ele responda."

— Ah, então agora ele é um homem? Só precisamos manter a dianteira e tudo ficará bem.

O garoto virou uma esquina correndo, muito mais ágil que eu, que tropeçava tentando acompanhá-lo. Vasculhou rapidamente o corredor, procurando alguma coisa.

— Não se preocupe, eu fujo dele o tempo todo.

Aquilo não parecia ser inteligente.

— Qu-quero ir até Viraine — tentei falar com autoridade, mas ainda estava assustada demais, e, também, sem fôlego.

O menino parou antes de responder, mas não por minha causa.

— Aqui! — ele exclamou, colocando a mão em uma das paredes peroladas. — *Atadie!*

A parede se abriu.

Era como olhar círculos na água. A substância perolada afastou-se da mão dele em ondas firmes, formando uma abertura... um buraco... uma porta. Além da parede, havia uma câmara vazia, de um formato estranho, como se não fosse um aposento, mas um *espaço oco*. Quando a porta fica grande o suficiente para nós dois, o garoto me puxa para dentro.

— O que é isso? — perguntei.

— O espaço morto do palácio. Com todos esses corredores curvos e salas redondas, tem quase metade do palácio no meio, que ninguém usa... só eu. — O menino se virou para mim, mostrando um sorriso de quem iria aprontar. — Podemos descansar um pouco aqui.

Minha respiração estava quase voltando ao normal quando senti uma fraqueza, que reconheci como uma consequência da adrenalina. A parede atrás de mim ondulou até se fechar, tornando-se sólida como antes.

Encostei-me nela, primeiro com cuidado, depois agradecida. Foi quando examinei meu salvador.

Ele parecia ser mais novo do que eu, tinha talvez uns nove anos de idade, com a aparência desajeitada de quem crescia rápido demais. Não era amnio, não com a pele escura como a minha e olhos ágeis como os dos temaneses. Olhos com um verde cansado e obscurecido — como os meus e os da minha mãe. Talvez seu pai também tivesse sido um Arameri aventureiro.

Ele também estava me examinando e logo seu sorriso se ampliou.

— Eu sou o Sieh.

Eram duas sílabas.

— Sieh Arameri?

— Só Sieh. — Com a graciosidade desajeitada das crianças, ele esticou os braços acima da cabeça. — Você não parece grande coisa.

Eu estava cansada demais para me ofender.

— Acabei descobrindo que isso é útil — respondi. — Ser subestimada.

— Sim. É sempre uma boa estratégia. — Rápido como um raio, ele se endireitou e ficou sério. — Ele vai nos encontrar se não continuarmos. *En!*

Dei um pulo, assustada com o grito. Mas Sieh estava olhando para cima. Logo, uma bola amarela de criança desceu até as mãos dele.

Olhei para cima, intrigada. O espaço morto estendia-se por vários andares, formando um buraco triangular e vazio; não vi nenhuma abertura de onde aquela bola pudesse ter vindo. Com certeza não tinha ninguém flutuando lá em cima para jogá-la.

Olhei para o garoto e senti uma suspeita repentina e temerosa.

Sieh riu do meu espanto e colocou a bola no chão. Depois, sentou-se nela, cruzando as pernas. A bola ficou totalmente imóvel embaixo dele até que se acomodasse, quando se ergueu no ar. Parou a alguns centímetros do chão e ficou flutuando. E o menino que não era um menino me estendeu a mão.

— Não vou machucar você — disse. — Estou ajudando, não é?

Apenas olhei a mão estendida, pressionando minhas costas contra a parede.

— Sabe, eu poderia ter levado você de volta, direto para ele.

Era algo a ser considerado. Um instante depois, eu apertei a mão dele. O aperto não deixou dúvidas; aquela não era a força de uma criança.

— Só mais um pouco — ele disse. E, comigo dependurada como um coelho aprisionado, flutuamos pelo espaço.

* * *

Tenho outra lembrança da minha infância. Uma canção que dizia... O que ela dizia? Ah, sim. "Trapaceiro, trapaceiro/ Roubou o sol por diversão./ Irá mesmo cavalgá-lo?/ Onde irá escondê-lo?/ Lá na margem do rio..."

Não, não era o *nosso* sol, veja bem.

* * *

Sieh abriu dois tetos e outra parede antes de finalmente me colocar no chão em um espaço morto tão grande quanto a câmara de audiência do avô Dekarta. Mas não foi o tamanho daquele espaço que me deixou boquiaberta.

Havia mais esferas flutuando naquela sala, dezenas delas. Eram de uma variedade fantástica — de todas as formas, tamanhos e cores — virando-se devagar e deslizando pelo ar. Pareciam apenas brinquedos de criança, até eu me aproximar de uma para olhar e ver nuvens rodopiando sobre a superfície.

Sieh flutuava por perto enquanto eu caminhava entre os brinquedos dele. O rosto dele mostrava uma mistura de ansiedade e orgulho. A bola amarela tinha se posicionado no centro da sala; todas as outras orbitavam ao redor.

— São bonitas, não são? — ele me perguntou, enquanto eu encarava uma pequena bola vermelha. Uma grande massa de nuvens (uma tempestade?) devorava o hemisfério mais próximo. Afastei o olhar e me virei para Sieh. Ele saltitava na ponta dos pés, impaciente pela minha resposta. — É uma bela coleção.

Trapaceiro, trapaceiro, roubou o sol por diversão. E, pelo visto, porque era bonito. Os Três tiveram filhos antes de se desentenderem. Sieh era imensuravelmente velho, mais uma das armas mortais dos Arameri, e mesmo assim eu não conseguia ignorar a esperança tímida que vi nos olhos dele.

— São todas lindas — concordei. Era verdade.

Ele sorriu e pegou minha mão novamente — não para irmos a algum lugar, mas só porque queria companhia.

— Acho que os outros vão gostar de você — ele relatou. — Até mesmo Naha, quando se acalmar. Faz muito tempo desde que tivemos uma mortal para conversar.

Aquelas palavras eram bobagens interligadas, sem sentido algum. Outros? Naha? Acalmar?

Ele riu de mim de novo.

— Gosto muito do seu rosto. Você não demonstra muito as suas emoções... é comum nos darres ou foi sua mãe que a treinou assim? Mas quando você a revela, o mundo inteiro pode ver.

Minha mãe já havia me alertado sobre isso há muito tempo.

— Sieh... — Eu tinha mil perguntas e não conseguia decidir por onde começar. Uma das bolas, a verde lisa com polos brancos brilhantes, passou por nós, rolando. Não percebi que era uma anomalia até que, ao vê-la, Sieh ficou estático. Foi quando meus próprios instintos me mandaram um aviso atrasado.

Virei-me para encontrar Nahadoth parado atrás de nós.

Naquele instante em que meu corpo e minha mente congelaram, ele poderia ter me pego. Estava a poucos passos de distância. Mas ele não se moveu nem falou nada, então ficamos nos encarando. Seu rosto era como a lua, tão pálido que chegava a tremeluzir. Podia ter uma ideia das suas feições, mas não consegui retê-las na memória além da impressão de uma beleza extraordinária. O cabelo, tão comprido, movia-se ao redor dele como fumaça, mechas pretas movendo-se e enrolando-se por vontade própria. O manto dele — ou talvez fosse cabelo também — movimentava-se graças a um vento que ninguém mais sentia. Não me lembrava dele estar usando um manto quando o vi na sacada.

O delírio ainda espreitava seu rosto, mas era de um tipo mais tranquilo, não a selvageria animalesca e raivosa de antes. Algo mais — não conseguia chamar de humano — movia-se sob o vislumbre.

Sieh deu um passo à frente, com cuidado para não ficar entre Nahadoth e eu.

— Você já está conosco, Naha?

Nahadoth não respondeu, sequer parecia ter visto Sieh. Com o fragmento da minha mente que não congelou, percebi que os brinquedos de Sieh perdiam o controle quando se aproximavam dele. As órbitas lentas e graciosas mudavam: alguns mudavam de direção, outros ficavam paralisados, outros aceleravam. Um se partiu ao meio e caiu no chão enquanto eu observava. Ele deu mais um passo, fazendo com que mais bolas coloridas girassem descontroladas.

Aquele passo foi o bastante para me tirar da paralisia. Recuei vacilante para trás e teria fugido aos berros se eu soubesse como abrir as paredes.

— Não corra! — A voz de Sieh estalou nos meus ouvidos como um chicote. Parei.

Nahadoth deu outro passo, perto o bastante para que eu pudesse notar um rápido tremor atravessá-lo. Flexionou as mãos. Abriu a boca, lutando por um instante.

— P-previsível, Sieh — ele disse. A voz era grave, mas humana. Eu estava esperando um rosnado feroz.

Sieh encolheu-se, voltando a ser um garotinho aborrecido.

— Não achei que você fosse nos alcançar tão rápido. — Ele inclinou a cabeça, analisando o rosto de Nahadoth, e falou lentamente, como se conversasse com um tolo. — Você está aqui, né?

— Eu posso *ver* — sussurrou o Senhor da Noite. Seus olhos fixaram-se no meu rosto.

Para minha surpresa, Sieh assentiu como se soubesse o que aquilo significava.

— Também não estava esperando por isso — ele falou com gentileza. — Mas talvez agora você lembre... precisamos dessa. Você lembra?

Sieh deu um passo, estendendo a mão.

Não vi aquela mão se mover. Estava observando o rosto de Nahadoth. Vi apenas o lampejo de raiva irracional e assassina que passou pelo rosto dele e, então, uma das mãos estava ao redor da garganta de Sieh. O garoto não teve chance de gritar antes de ser erguido do chão, sufocando e esperneando.

Por um instante, estava chocada demais para reagir.

Depois, senti raiva.

Eu *queimava* de tanta raiva — e desespero também, pois era a única explicação possível para o que eu fiz. Saquei minha faca aos gritos.

— Deixe-o em paz!

Era como um coelho ameaçando um lobo. Para o meu espanto, o Senhor da Noite olhou para mim. Não baixou Sieh, mas piscou. E de súbito, o devaneio foi substituído por uma expressão de surpresa e de crescente maravilhamento. Era o olhar de um homem que acabara de descobrir um tesouro debaixo de uma pilha de destroços. Mas ainda estava sufocando Sieh até a morte.

— Solta ele! — Abaixei, mudando a postura conforme minha avó darre me ensinara. Minhas mãos tremiam, não de medo, mas com aquela fúria selvagem, desesperada e cheia de razão. Sieh era uma *criança*. — Pare!

Nahadoth sorriu.

Eu avancei. A faca entrou no peito dele, fundo, antes de se alojar no osso com um impacto tão súbito que minha mão soltou o punho. Por um momento, me apoiei contra o peito dele, tentando me empurrar para longe. Fiquei surpresa ao ver que era sólido e quente, carne e sangue apesar do poder correndo dentro dele. Fiquei ainda mais surpresa quando a mão livre dele se enrolou em meu pulso como uma prensa. Muito rápido, apesar da faca em seu coração.

Com sua força, ele poderia ter esmagado meu pulso. Porém, ele só me segurou. Seu sangue cobria a minha mão, mais quente do que a minha raiva. Olhei para cima e os olhos dele eram quentes, gentis, desesperados... *humanos*.

— Esperei tanto tempo por você — o deus sussurrou. E me beijou.

E depois caiu.

Mago

Quando o Senhor da Noite despencou no chão, soltando Sieh, eu quase caí com eles. Não sabia como ainda me mantinha viva. Muitas das lendas sobre as armas dos Arameri relatavam extermínios de exércitos inteiros. Não havia histórias sobre bárbaras inconsequentes os enfrentando.

Para meu alívio, Sieh imediatamente se apoiou nos cotovelos. Parecia estar bem, apesar dos olhos arregalados ao ver a forma imóvel de Nahadoth.

— O que você fez!?

— Eu... — Eu estava tremendo, quase sem conseguir falar. — Eu não queria... Ele estava matando você. Eu não podia... — Engoli com dificuldade — Não podia deixar.

— Nahadoth não mataria Sieh — falou uma nova voz atrás de mim. Meus nervos não gostaram nada disso. Dei um pulo e procurei a faca que não estava mais na minha bainha traseira. Uma mulher surgiu de entre os brinquedos de Sieh, que se moviam em silêncio. A primeira coisa que notei foi que ela era imensa, como os grandes navios marinhos dos kentinesesSeu corpo era como um daqueles navios também: largo, poderoso e incrivelmente gracioso. Não podia adivinhar a etnia dela, porque nenhuma mulher das etnias conhecidas por mim seria tão imensa.

Ela se ajoelhou para ajudar Sieh a levantar. Sieh também tremia, mas de agitação.

— Você viu o que ela fez? — perguntou à recém-chegada. Apontou, sorrindo, para Nahadoth.

— Sim, eu vi. — Ela colocou Sieh de pé e se virou para me olhar brevemente. Mesmo ajoelhada, ela ficava mais alta que Sieh. Sua roupa era simples, túnica e calça cinza, um lenço da mesma cor cobria o cabelo. Talvez fosse efeito de seu *cinzentismo* depois do preto implacável do Senhor da Noite, mas havia algo nela que, para mim, era essencialmente gentil.

— Não há guerreiro maior do que uma mãe protegendo seu filho — a mulher disse. — Mas Sieh é muito menos frágil do que você, Lady Yeine.

Assenti devagar, tentando não me sentir tola. O que eu fiz não tinha lógica alguma. Sieh aproximou-se e pegou na minha mão.

— Obrigado mesmo assim — murmurou com timidez. A feia marca roxa ao redor da garganta dele estava sumindo diante dos meus olhos.

Todos nos voltamos para Nahadoth. Ele estava de joelhos, na mesma posição que havia caído, com a faca enfiada até o cabo no peito e a cabeça caída. Com um suspiro baixo, a mulher cinza foi até ele e puxou a lâmina. Eu senti quando se alojou no osso, porém, ela tirou com facilidade. Examinou-a, balançou a cabeça e a ofereceu de volta, o cabo voltado para mim.

Eu me obriguei a pegá-la, derramando ainda mais sangue divino nas mãos. Achei que ela estivesse segurando a lâmina com mais força do que o necessário, porque a minha mão tremia demais, porém quando eu segurei melhor no cabo, ela deslizou os dedos pela lâmina. Quando enfim peguei a faca, percebi que, além de estar limpa do sangue, ganhou uma forma diferente, curvada, e finamente afiada.

— Combina mais com você — disse a mulher, assentindo de forma solene diante do meu olhar. Sem pensar, coloquei a faca de volta na bainha em minhas costas, embora soubesse que ela não caberia mais ali. Coube; a bainha também tinha mudado.

— Então, Zhakka, você gosta dela. — Sieh se apoiou em mim, me abraçando pela cintura e descansando a cabeça em meu peito. Imortal ou não, havia tanta inocência no seu gesto que eu não o afastei. Coloquei meu braço ao seu redor sem pensar, e ele soltou um suspiro profundo e satisfeito.

— Sim — a mulher proferiu sem hesitar. Ela se inclinou para a frente, observando o rosto de Nahadoth. — Pai?

Não pulei, não com Sieh encostado em mim, mas ele sentiu meu corpo enrijecendo.

— Shhh — ele disse, esfregando as minhas costas. Aquele toque não era infantil o bastante para me reconfortar de verdade. Um momento depois, Nahadoth se mexeu.

— Você voltou — disse Sieh, endireitando-se com um sorriso imenso. Aproveitei a oportunidade para me afastar de Nahadoth. Sieh rapidamente segurou na minha mão, com sinceridade.

— Está tudo bem, Yeine. Ele está diferente agora. Você está segura.

— Ela não vai acreditar em você — mencionou Nahadoth. Ele soou como alguém que acordou de um sono profundo. — Ela não vai confiar em nós agora.

— Não é culpa sua. — Sieh parecia triste. — É só explicar, e ela vai entender.

Nahadoth olhou para mim, o que me fez pular de novo, apesar de parecer que, de fato, já não estava mais desequilibrado. Também não vi aquele outro olhar, de quando ele segurou a minha mão ensopada com o sangue de seu próprio coração e sussurrou palavras doces e saudosas. E aquele beijo... não. Eu tinha imaginado aquilo. Tinha certeza disso, pois o Senhor da Noite sentado na minha frente era distante, suntuoso mesmo ajoelhado, e insolente. Lembrei, dolorosamente, de Dekarta.

— Você entenderá? — ele me perguntou.

Não consegui evitar e dei mais um passo para trás como resposta. Nahadoth balançou a cabeça e se ergueu, assentindo com graciosidade para a mulher que Sieh havia chamado de Zhakka. Apesar de Zhakka ser muito maior que Nahadoth, não havia dúvidas de quem era o superior e quem era a subordinada.

— Não temos tempo para isso — disse Nahadoth. — Viraine procurará por ela. Marquem-na e acabem com isso.

Zhakka assentiu e veio em minha direção. Dei um terceiro passo para trás, incomodada com a intenção nos olhos dela. Sieh me soltou e ficou entre nós, uma pulga encarando um cachorro. Ele mal alcançava a cintura de Zhakka.

— Não é dessa maneira que devíamos fazer. Concordamos em tentar convencê-la.

— Agora, não é possível — informou Nahadoth.

— O que vai impedi-la de contar a Viraine sobre isso, então? — Sieh colocou as mãos na cintura. Zhakka parou, esperando a disputa ser resolvida. Eu fui esquecida, era a única sem importância naquele espaço; como era esperado, já que eu estava na presença de três deuses. O termo *ex-deuses* não parecia se encaixar.

No rosto de Nahadoth surgiu algo que era menos que um sorriso. Então, ele me olhou de relance.

— Se contar a Viraine, iremos matá-la. — Voltou-se a Sieh. — Satisfeito?

Eu devia estar cansada. Diante de tantas ameaças naquela noite, eu sequer hesitei.

Sieh franziu o cenho e balançou a cabeça, porém saiu do caminho de Zhakka.

— Não foi o que planejamos — disse, com um toque de petulância.

— Mudança de planos — Zhakka retrucou. E parou à minha frente.

— O que você vai fazer? — perguntei. Por algum motivo, apesar do seu tamanho, não a temia como Nahadoth.

— Vou marcar a sua testa com um símbolo — ela relatou. — Um que não pode ser visto e irá interferir no selo que Viraine pretende colocar em você. Você parecerá com um deles, mas na verdade estará livre.

— Eles não... — Todos os Arameri marcados com os selos? Era a eles que se referia? — ... não são livres?

— Não mais do que nós, apesar de acharem o contrário — disse Nahadoth. Só naquele momento senti o vestígio da doçura que havia visto nele antes. Então, virou-se. — Apresse-se.

Zhakka assentiu e, com a ponta dos dedos, tocou na minha testa. Os punhos pareciam pratos e o dedo queimava feito ferro em brasa. Gritei e tentei o afastar, mas ela ergueu a mão antes que eu o fizesse. Havia terminado.

Sieh, deixando o aborrecimento para trás, observou o local e assentiu com sabedoria.

— Vai servir.

— Então leve-a até Viraine — ordenou Zhakka. Ela inclinou a cabeça, numa despedida cortês, e se afastou para se unir a Nahadoth.

Sieh segurou a minha mão. Eu estava tão confusa e abalada que não relutei quando ele me conduziu até a parede mais próxima daquele espaço morto. Porém olhei sobre meu ombro antes de sair, para ver o Senhor da Noite se afastar.

* * *

Minha mãe era a mulher mais bonita do mundo. Não digo isso por ser sua filha, nem porque ela era alta e graciosa, com cabelos como a luz do sol de um dia nublado. Mas porque ela era forte. Talvez seja a minha herança darre, mas a força sempre foi a essência da beleza para os meus olhos.

Meu povo não foi gentil com ela. Ninguém dizia isso na frente do meu pai, mas às vezes eu ouvia comentários pelas ruas de Arrebaia. *Piranha amnia. Bruxa branca azeda.* Cuspiam no chão depois que ela passava, para limpar as ruas da mácula de uma Arameri. Mesmo enfrentando tudo isso, ela manteve a dignidade e sempre foi cordial com pessoas hostis. Meu pai, em uma das poucas memórias nítidas que tenho dele, dizia que isso a fazia melhor do que eles.

Não sei bem o porquê dessa recordação agora, mas tenho certeza que é importante por algum motivo.

* * *

Sieh me fez correr depois que deixamos o espaço morto, de modo que cheguei ofegante na oficina de Viraine.

Irritado, ele abriu a porta depois da terceira batida impaciente de Sieh. Era o homem de cabelos brancos da audiência com Dekarta, aquele que dissera que eu não era "um caso perdido".

— Sieh? Que demônios... ah. — Ele olhou para mim e ergueu as sobrancelhas. — Sim, é óbvio que achei que T'vril estava demorando demais. O sol se pôs há quase uma hora.

— Scimina jogou Naha em cima dela — contou Sieh. Virou-se para mim. — Mas a perseguição acabaria se você chegasse aqui, certo? Você está segura agora.

Então essa era a minha explicação.

— Foi o que T'vril disse. — Olhei para trás, para o corredor, como se ainda estivesse com medo. Não foi difícil fingir.

— Scimina deve ter dado a ele parâmetros muito específicos — Viraine disse, tentando me tranquilizar, eu supus. — Ela sabe como ele fica naquele estado. Entre, Lady Yeine.

Ele abriu espaço e eu entrei no aposento. Mesmo se eu não estivesse exausta até os ossos, eu ficaria parada ali, afinal, era um aposento diferente de tudo o que eu já vira. Era longo e ovalado, e havia janelas que iam do chão ao teto nas duas paredes mais longas. Duas fileiras idênticas de mesas de trabalho foram colocadas de cada lado da sala, e observei livros, frascos e mecanismos complexos dos dois lados. Havia gaiolas ao longo da parede oposta, algumas ocupadas com coelhos e pássaros. No centro da câmara, havia uma grande esfera branca colocada em um pedestal baixo. Era da minha altura e completamente opaca.

— Venha aqui — pediu Viraine, dirigindo-se a uma das mesas, com dois bancos posicionados na frente dela. Ele escolheu um para si, batendo no outro para que eu me sentasse. Eu o segui, mas hesitei.

— Temo que o senhor esteja em vantagem aqui.

Ele ficou surpreso, mas depois sorriu e fez uma reverência curta, informal e quase debochada.

— Ah, sim, onde estão meus modos? Sou Viraine, o escriba do palácio. Também sou seu parente de um jeito ou de outro, mas é confuso demais para saber ao certo, apesar de Lorde Dekarta ter considerado adequado me receber na Família Central. — Ele bateu com o dedo no círculo preto na própria testa.

Escribas são os intelectuais amnies que se dedicam ao estudo da língua escrita dos deuses. Mas aquele escriba não se parecia com os ermitões de olhos frios que eu tinha imaginado. Para começar, era mais jovem — talvez alguns anos mais novo que a minha mãe. E com certeza, não tinha idade para ter aquele cabelo tão branco. Talvez, como T'vril e eu, tivesse outra ascendência além da parte amnia.

— Muito prazer — disse. — Mas não posso deixar de me perguntar por que o palácio precisaria de um escriba. Por que estudar o poder dos deuses quando os deuses em si estão aqui?

Ele pareceu satisfeito com a pergunta; talvez poucos perguntassem sobre o trabalho dele.

— Bem, eles não podem fazer tudo nem estar em todos os lugares. Há centenas de pessoas neste palácio que usam pequenas magias cotidianamente. Se precisássemos parar e chamar um Enefadeh diante de qualquer necessidade, não faríamos nada. O ascensor que a trouxe até este andar, por exemplo. O ar aqui, tão acima do chão, normalmente seria muito rarefeito e frio para respirarmos. A magia mantém o palácio confortável.

Sentei com cuidado em um dos bancos, olhando para a mesa ao lado. Os itens estavam dispostos com organização: vários pincéis finos, um pote de tinta, e um pequeno bloco de pedra polida, gravado em um dos lados com um símbolo complexo, cheio de pontas e pequenas curvas. O emblema era tão esquisito que causava desconforto olhá-lo por muito tempo. Mas essa vontade de desviar o olhar constituía o que ele era, porque estava na língua dos deuses, era um dos selos.

Viraine sentou-se diante de mim, enquanto Sieh, sem ser convidado, fez da mesa um assento e descansou o queixo nos braços cruzados.

— Além do mais — Viraine continuou. — Existem magias que mesmo os Enefadeh não são capazes de executar. Deuses são seres peculiares, incrivelmente poderosos dentro da própria esfera de influência, por assim dizer, mas são limitados fora dela. Nahadoth não tem poderes durante o dia. Sieh não consegue ficar em silêncio e se comportar, a não ser que esteja tramando algo. — Ele olhou para Sieh, que respondeu com um sorriso inocente. — De várias formas, nós, mortais, somos... mais versáteis, por falta de definição melhor. Mais *completos*. Por exemplo, nenhum deles pode criar ou estender a vida. O simples ato de ter filhos, que qualquer taverneira azarada ou soldado descuidado pode executar, foi algo que os deuses perderam há milênios.

Pelo canto do olho, vi o sorriso de Sieh sumir.

— *Estender* a vida? — Eu tinha ouvido rumores sobre o que alguns escribas faziam com os próprios poderes; rumores cruéis e horríveis. De repente, percebi que meu avô era muito, muito velho.

Viraine assentiu, com os olhos brilhando ao notar a desaprovação em minha voz.

— É a grande busca da nossa profissão. Um dia, até poderemos alcançar a imortalidade... — Ele percebeu o horror expresso em meu rosto e sorriu. — Embora seja um objetivo controverso.

Minha avó sempre disse que o povo amnio era antinatural. Desviei o olhar.

— T'vril disse que você ia me marcar.

Ele sorriu, se divertindo abertamente, rindo da selvagem pudica.

— Exato.

— O que essa marca faz?

— Impede que os Enefadeh a matem, entre outras coisas. Você viu como eles podem ser.

Umedeci os lábios.

— Ah. Sim. Eu... não sabia que eles ficavam... — Fiz um gesto vago, insegura sobre como falar aquilo sem ofender Sieh.

— Soltos por aí? — Sieh perguntou, alegre. Estava se divertindo com meu desconforto e seus olhos brilhavam com malícia. Eu me encolhi.

— Sim.

— A forma mortal é a prisão deles — Viraine disse, ignorando Sieh.

— E todas as almas no Céu são suas carcereiras. Foram obrigados pelo Iluminado Itempas a servir aos descendentes de Shahar Arameri, Sua suma sacerdotisa. Mas como os descendentes de Shahar agora já são milhares... — Ele fez um gesto na direção da janela, como se o mundo todo fosse um só clã. Ou talvez se referisse ao Céu, o único mundo que realmente lhe importava. — Nossos ancestrais decidiram impor uma estrutura mais ordenada a essa situação. A marca confirma aos Enefadeh que você é Arameri, sem ela, eles não a obedecerão. Também especifica seu nível dentro da família. Quero dizer, o quão próxima você está da linha direta de descendência, o que, por sua vez, determina quanto poder você tem sobre eles.

Ele pegou um pincel, mas não o mergulhou na tinta; em vez disso, estendeu a mão para o meu rosto, afastando o cabelo em minha testa. Meu coração se apertou enquanto ele me examinava. Evidentemente Viraine era um especialista, será que não perceberia a marca de Zhakka? Por um momento, achei que tivesse visto, pois os olhos dele baixaram para me encarar. Mas parecia que os deuses tinham feito um bom trabalho, porque logo depois ele soltou meu cabelo e começou a misturar a tinta.

— T'vril contou que a marca era permanente — disse, tentando dominar meu nervosismo. O líquido preto parecia com tinta simples, embora a pedra marcada com o selo não tivesse nada de comum.

— A não ser que Dekarta mande removê-la. É como uma tatuagem, mas indolor. Você vai se acostumar.

Eu não queria uma marca permanente, mas sabia que era inútil protestar. Para me distrair, continuei falando.

— Por que os chamam de Enefadeh?

A expressão que tomou o rosto de Viraine foi ligeira, mas eu a reconheci por instinto: estava me avaliando. Eu tinha revelado uma ignorância surpreendente e ele pretendia usar isso.

De modo casual, Viraine apontou com o polegar para Sieh, que estava examinando discretamente os instrumentos na mesa.

— É como eles chamam a si próprios. Achamos que seria um rótulo conveniente.

— Por que não...

— Não os chamamos de deuses. — O sorriso de Viraine foi leve. — Seria uma ofensa ao Pai do Céu, nosso único deus verdadeiro, e aos filhos dele que permaneceram leais. Mas não podemos dizer que são escravizados, pois tornamos a escravidão ilegal há séculos.

Era esse tipo de coisa que fazia as pessoas odiarem os Arameri; odiar de verdade, não só se ressentir do poder deles ou de como o usavam com facilidade. Eles tinham encontrado várias formas de mentir sobre as coisas que faziam. Um deboche do sofrimento de suas vítimas.

— Por que não os chamar pelo que são? — perguntei. — Armas?

Sieh me lançou um olhar, neutro demais para ser o de uma criança. Viraine apertou os olhos com delicadeza.

— Falou como uma legítima selvagem — disse, e embora sorrisse, isso não aliviou em nada o insulto. — O que você deve entender, Lady Yeine, é que, como nossa ancestral Shahar, nós, Arameri, somos, em primeiro lugar, os servidores de Itempas, o Pai do Céu. É em seu nome que impusemos a Era da Luz sob o mundo. Paz, ordem e iluminação. — Ele esticou as mãos. — Os servidores de Itempas não usam, nem precisam de armas. Porém, ferramentas...

Já tinha ouvido o bastante. Não fazia ideia de qual era o nível dele em relação ao meu, mas estava cansada, confusa e longe de casa. Se me comportar como selvagem me ajudaria a passar logo por aquele dia, então era assim que eu me comportaria.

— Então é isso que Enefadeh significa, "ferramentas"? — questionei. — Ou é "escravo" em outra língua?

— Significa "nós que lembramos de Enefa" — disse Sieh. Ele estava com o queixo apoiado no punho. Os itens na mesa de Viraine pareciam os mesmos, porém eu estava certa de que Sieh tinha mexido em alguma coisa. — Ela foi assassinada por Itempas, há muito tempo. Entramos em guerra com Ele para vingá-la.

Enefa. Os sacerdotes jamais diziam o seu nome.

— A Traidora — sussurrei sem pensar.

— Ela não traiu ninguém — Sieh berrou.

O olhar que Viraine lançou para Sieh era denso e enigmático.

— Verdade. Negócios de uma prostituta não podem ser chamados de traição, não é?

Sieh sibilou. Em um piscar de olhos, surgiu algo inumano no rosto dele, algo agudo e feroz, e, então, voltou a ser um menino, descendo do banco e tremendo de fúria. Por um momento, achei que ele fosse mostrar a língua, mas o ódio nos olhos dele era antigo demais para isso.

— Rirei quando você estiver morto — falou, baixinho. Minha pele se arrepiou, a voz era de um homem adulto, grave e perversa. — Pegarei seu coração para ser meu brinquedo e o chutarei por cem anos. E quando eu finalmente estiver livre, irei caçar seus descendentes e fazer com que seus filhos sejam como eu.

Depois disso, ele desapareceu. Pisquei e Viraine suspirou.

— E é por isso, Lady Yeine, que usamos o selo de sangue — ele relatou. — Apesar de ser uma ameaça tola, ele quer fazer exatamente o que disse. O selo impede que ele cumpra a promessa, porém mesmo essa proteção é limitada. Um Arameri de maior nível ou uma estupidez sua podem deixá-la vulnerável.

Franzi o cenho, lembrando o momento em que T'vril me alertou para chegar até Viraine. *Apenas um sangue-cheio pode comandá-lo agora.* E T'vril era... como ele disse mesmo...? Um meio-sangue.

— Estupidez minha? — perguntei.

Viraine me olhou com dureza.

— Eles devem responder a qualquer declaração imperativa que você fizer, Lady Yeine. Pense em quantas declarações assim fazemos sem cuidado, ou de forma figurada, sem pensar em suas ambiguidades. — Quando eu franzi mais a testa, para pensar, ele revirou os olhos. — As pessoas comuns dizem coisas como "não quero te ver nunca mais na vida!". Já disse isso, em um momento de raiva? — Quando assenti lentamente, ele se aproximou. — O sentido dessa frase é ambíguo. Geralmente queremos dizer "Você deve sumir da minha vida". Mas podemos entender a frase como "só quero te ver quando eu estiver morto".

Ele parou para ver se eu havia entendido. Entendi. Ao me ver estremecer, ele assentiu e se afastou.

— Não fale com eles a não ser que seja necessário — avisou ele. — Agora. Vamos... — Ele estendeu a mão para pegar a tinta e xingou quando ela caiu no instante em que a tocou. De alguma forma, Sieh colocou um pincel embaixo dela. A tinta espalhou pela mesa como...

como...

e Viraine tocou na minha mão.

— Lady Yeine? Você está bem?

* * *

Sim, foi assim que aconteceu. A primeira vez.

* * *

Pisquei.

— O quê?

Ele sorriu, novamente cheio de gentilezas condescendentes.

— Foi um dia difícil, não é? Bem, isso não vai demorar. — Ele limpou a mancha de tinta. Sobrou o bastante no pote para que ele pudesse continuar. — Se você puder afastar o cabelo para mim...

Não me movi.

— Por que o avô Dekarta fez isso, escriba Viraine? Por que ele me trouxe aqui?

Ele ergueu a sobrancelha, surpreso por eu sequer perguntar.

— Não conheço os pensamentos dele. Não faço ideia.

— Ele está senil?

Ele deu um grunhido.

— Você é mesmo uma selvagem. Não, ele não está senil.

— Então, por quê?

— Eu acabei de dizer...

— Se ele quisesse me matar, podia simplesmente ter me executado. Inventaria um motivo, se fosse necessário. Ou podia simplesmente fazer o que fez com a minha mãe, um assassino durante a noite, me envenenar enquanto eu dormia.

Finalmente eu o surpreendi. Ele permaneceu imóvel, seus olhos encontrando os meus e rapidamente se desviando.

— Eu não o confrontaria com evidências, se fosse você.

Pelo menos, ele não tentou negar.

— Nem preciso de evidências. Uma mulher saudável na casa dos quarenta não morre dormindo. Mas eu pedi que o médico procurasse no corpo dela. Havia uma marca, um pequeno furo, na testa. Na... — Me desliguei por um segundo, entendendo de repente algo que nunca tinha me intrigado. — Na cicatriz que ela tinha, bem aqui. — Toquei na minha própria testa, onde o selo Arameri iria ficar.

Viraine me encarou, sério e silencioso.

— Se um assassino Arameri deixou uma marca que pudesse ser vista, e você esperava vê-la, então, Lady Yeine, você entende mais sobre as intenções de Dekarta do que qualquer um de nós. Por que *você* acha que ele a trouxe até aqui?

Balancei a cabeça devagar. Suspeitei daquilo por toda a jornada até o Céu. Dekarta estava furioso com minha mãe e odiava meu pai. Não havia uma boa razão para aquele convite. No fundo, eu esperava, na melhor das hipóteses, ser executada, talvez torturada antes, ou logo ao entrar no Salão. Minha avó temia por mim. Se eu tivesse alguma esperança de escapar, acho que ela teria me incentivado a fugir. Mas não se escapa dos Arameri.

E uma mulher darre não foge da vingança.

— Essa marca — eu disse, por fim. — Vai me ajudar a sobreviver aqui?

— Sim. Os Enefadeh não vão poder machucá-la, a não ser que você faça algo estúpido. Sobre Scimina, Relad e outras ameaças... — ele deu de ombros. — Bem. A magia tem limites.

Fechei meus olhos e, em minha mente, desenhei o rosto da minha mãe pela milionésima vez. Ela tinha morrido com lágrimas no rosto, talvez por saber o que eu encararia.

— Então, vamos começar — eu disse.

Caos

Naquela noite, enquanto eu dormia, sonhei com ele.

* * *

É uma noite feia, sufocada pelas nuvens de tempestade.

Sobre as nuvens, o céu está clareando com a aproximação da aurora. Abaixo delas, isso não faz diferença alguma na iluminação do campo de batalha. Mil tochas queimando entre cem mil soldados são o suficiente para iluminá-lo. A capital também fornece uma claridade suave nas proximidades.

(Essa não é a Céu que eu conheço. Essa cidade se espalha por uma área pantanosa em vez de uma colina, e o palácio está incrustado no centro dela, não flutuando acima. Eu não sou eu.)

— Uma força razoável — diz Zhakka ao meu lado. Agora eu sei que é Zhakkarn, deusa da batalha e da carnificina. No lugar do lenço, ela exibe um elmo na cabeça que se acomoda tão bem quanto o tecido. Usa uma armadura de prata brilhante, com a superfície gloriosamente coberta de selos entalhados e desenhos incompreensíveis que brilham, vermelhos, como se estivessem em brasa. Há uma mensagem ali, escrita na língua dos deuses. Memórias que eu não deveria ter me provocam com o significado delas, embora falhem no final.

— Sim — eu digo e a minha voz é masculina, apesar de estridente e anasalada. Eu sei que sou Arameri. Sinto que sou poderoso. Sou a cabeça da família. — Eu teria me ofendido se tivessem vindo com um soldado a menos.

— Então, já que não está ofendido, talvez você possa conversar com eles — fala uma mulher ao meu lado. Ela tem uma beleza severa: o cabelo é da cor do bronze e um par de asas enormes com penas de ouro, prata e platina está dobrado nas costas dela. Kurue, chamada de Sábia.

Sinto arrogância.

— Conversar? Eles não valem o tempo gasto.

(Acho que não gosto desse outro eu.)

— E agora?

Viro para olhar os que estão atrás de mim. Sieh está sentado de pernas cruzadas em uma bola amarela flutuante. O queixo dele apoiado no punho; está entediado. Atrás dele, há uma presença enfumaçada e tensa. Não tinha percebido aquele movimento atrás de mim. Ele me observa como se imaginasse a minha morte. Eu me forço a sorrir, tentando não revelar o quanto me deixa nervoso.

— Bem, Nahadoth... há quanto tempo você não se diverte?

Eu o surpreendi. É uma satisfação saber que sou capaz disso. A avidez que toma o rosto dele é arrepiante de se ver, mas eu ainda não lhe dei nenhuma ordem, e por isso ele espera.

Os outros também estão surpresos, mas de forma menos agradável. Sieh se endireita e me olha feio.

— Você perdeu o juízo?

Kurue é mais diplomática.

— Isso é desnecessário, Lorde Haker. Zhakkarn ou até mesmo eu podemos cuidar desse exército.

— Ou eu — diz Sieh, ofendido.

Olho para Nahadoth e penso no que dirão as histórias quando se espalhar a notícia de que eu lancei o Senhor da Noite sobre aqueles que ousaram me desafiar. Ele é a mais poderosa das minhas armas, porém eu nunca testemunhei nenhuma exibição digna de suas habilidades. Eu estou curioso.

— Nahadoth — digo. A quietude e o poder que tenho sobre ele são arrepiantes, mas sei que preciso manter-me alerta. Ouvi as histórias, passadas pelos líderes que vieram antes de mim. É importante dar apenas as instruções corretas. Ele procura as brechas.

— Vá até o campo de batalha e extermine aquele exército. Não permita que avancem para esta posição ou para o Céu. Não permita que sobreviventes escapem — e antes que me esqueça, acrescento rapidamente. — E não me mate no processo.

— É só isso? — ele pergunta.

— Sim.

Ele sorri.

— Como desejar.

— Você é um tolo — diz Kurue, abandonando a educação dela. O meu outro eu a ignora.

— Mantenham-no a salvo — diz Nahadoth aos filhos. Ele ainda sorri enquanto caminha para o campo de batalha.

O exército inimigo é tão numeroso que eu não consigo ver onde termina. Conforme Nahadoth se aproxima da linha de frente, ele parece cada vez menor. Indefeso. Humano. Ecoando pela vastidão da planície, posso ouvir as risadas de alguns soldados. Os comandantes no centro do exército estão em silêncio. Sabem quem ele é.

Nahadoth estende as mãos para os lados e uma grande espada curva aparece em cada uma. Ele dispara até a formação, como um rastro preto, e a corta como uma flecha. Escudos se partem; armaduras e espadas estilhaçam; membros voam. Os inimigos morrem às dezenas. Eu aplaudo e rio.

— Que espetáculo maravilhoso!

Ao meu redor, os outros Enefadeh estão tensos e com medo.

Nahadoth abre caminho através do exército até chegar ao centro. Ninguém pode contra ele. Quando finalmente para, tendo entalhado um círculo de mortes ao redor dele, os soldados inimigos estão tropeçando uns nos outros, tentando fugir. Eu não posso vê-lo bem de onde estou, mesmo porque a fumaça preta que é a aura dele parece ter se elevado nos minutos que se passaram.

— O sol está chegando — diz Zhakkarn.

— Não chegará rápido o suficiente — responde Kurue.

Do centro do exército, sai um som. Um som não, uma vibração, como um pulso, mas que faz tremer a terra inteira.

Então, uma estrela preta fulgura no coração do exército. Não consigo pensar em outras palavras para descrevê-la. É uma esfera de escuridão tão concentrada que brilha, com poder tão condensado que a terra chia e cede embaixo dela. Um buraco se forma, irradiando fendas profundas. Os inimigos caem lá dentro. Não posso ouvir os gritos deles porque a estrela preta suga o som. Suga os corpos. Suga tudo.

A terra treme com tanta violência que eu caio, me apoiando no chão com as mãos e os joelhos. Ao meu redor, há um rugido vazio e apressado. Olho para cima e reparo que o próprio ar é visível, enquanto é sugado para dentro do buraco e do horror voraz que Nahadoth se tornou. Kurue e os outros estão próximos a mim, murmurando no idioma dos deuses para controlar os ventos e as outras forças terríveis que o pai deles libertou. Por causa disso estamos seguros, capturados em uma bolha de calmaria, mas nada mais está. Sobre nós, as próprias nuvens se curvaram, afunilando-se para baixo, para a estrela. O exército inimigo se foi. Só o que resta é a terra onde estamos, o continente em volta, e o planeta abaixo.

Finalmente percebo meu erro: com os filhos me protegendo, Nahadoth está livre para devorar tudo. Preciso de toda a minha força de vontade para superar o meu próprio medo.

— P-pare! — grito. — Nahadoth, pare!

As palavras se perdem no uivo do vento. Ele é obrigado, por uma magia mais poderosa do que ele mesmo, a obedecer às minhas ordens, mas só se ele me escutar. Talvez a intenção dele tenha sido me abafar — ou talvez ele esteja simplesmente perdido na glória do próprio poder, deleitando-se no caos que é a natureza dele.

O buraco entra em erupção quando atinge rocha derretida. Um jato de lava incandescente sobe e rodopia ao redor da escuridão antes de também ser sugado. Um tornado acima, um vulcão abaixo e no centro, a estrela preta, crescendo cada vez mais.

É a coisa mais bonita que eu já vi, de uma forma terrível.

No fim, somos salvos pelo Pai do Céu. As nuvens partidas revelam um céu iluminado, e no momento em que eu sinto as pedras debaixo de minhas mãos tremerem, prestes a saírem voando, o sol aparece acima do horizonte.

A estrela preta some.

Alguma coisa — queimada, lamentável, sem forma suficientemente definida para ser chamada de corpo — flutua no lugar da estrela por um instante, e depois cai na direção da lava abaixo. Sieh xinga e sai como uma flecha sobre a bola amarela, quebrando a bolha que nos protegia, mas já não é necessária. O ar está quente e rarefeito, é difícil respirar. Já posso ver as nuvens de tempestade se formando ao longe, correndo nesta direção para preencher o vazio.

A capital próxima... ó. Ó, não.

Vejo as ruínas de algumas construções. O resto foi devorado. Parte do terreno caiu no incandescente poço escarlate. O palácio estava ali.

Minha esposa. Meu filho.

Zhakkarn me observa. Ela é boa demais como soldado para deixar transparecer o desprezo que sente, mas eu sei que existe. Kurue me ajuda a levantar, com o rosto também inexpressivo ao me encarar. "Você fez isso", os olhos dela me dizem.

Irei pensar e repensar nisso no meu luto.

— Sieh está com ele — diz Zhakkarn. — Vai demorar anos para ele se recuperar.

— Ele não tinha que usar esse tipo de poder — Kurue estoura. — Não em forma humana.

— Não importa — digo, e dessa vez, tenho razão.

A terra não parou de tremer. Nahadoth quebrou algo nas profundezas do planeta. Essa região já foi linda, o lugar perfeito para a capital de um império global. Agora está arruinada.

— Levem-me daqui — sussurro.

— Para onde? — Zhakkarn pergunta. Meu lar se foi.

Quase digo qualquer lugar, mas não sou tão idiota. Esses seres podem não ser tão voláteis quanto Nahadoth, nem tão cheios de ódio, mas também não são meus amigos. Uma estupidez colossal por dia é o bastante.

— Para Senm — digo. — A terra natal dos amnies. Lá, iremos reconstruir.

Então, eles me levam. Nos dias que se seguirão, o continente irá se quebrar e afundar no mar.

Alianças

— Yeine. — Minha mãe, assassinada por inveja, aperta a minha mão. Seguro o punhal de uma adaga que foi enterrada no meu próprio peito. Sangue, mais quente que a raiva, cobre minha mão. Ela se aproxima para me dar um beijo. — Você está morta.

É mentira, sua puta amnia. Verei todos os mentirosos da sua laia serem engolidos nas profundezas mais sombrias de mim mesma.

* * *

Houve outra sessão do Consórcio na manhã seguinte. Pelo visto, era a alta temporada de atividades, na qual eles se reuniam todos os dias durante várias semanas para resolver assuntos fiscais antes de uma longa pausa de inverno. T'vril veio me acordar bem cedo para a ocasião, o que deu um pouco de trabalho. Quando me levantei, meus pés latejavam de dor, assim como os hematomas que obtive enquanto fugia de Nahadoth na noite anterior. Tinha dormido como se estivesse morta, exausta emocional e fisicamente.

— Dekarta comparece a quase todas as sessões, quando sua saúde permite. — T'vril explicou enquanto eu me vestia no cômodo ao lado.

O alfaiate tinha feito milagres durante a noite, entregando a mim uma coleção inteira de vestimentas consideradas adequadas a uma mulher de minha posição. Ele era muito bom: em vez de simplesmente encurtar as longas roupas amnias, ele me deu uma seleção de saias e vestidos que se ajustavam ao meu tamanho. Ainda eram muito mais decorativos e menos práticos do que eu estava acostumada, sem mencionar que apertavam em lugares estranhos. Estava me sentindo ridícula. Mas uma herdeira Arameri não poderia parecer uma selvagem, mesmo que fosse uma, então pedi a T'vril que transmitisse meus agradecimentos pelos esforços do alfaiate.

Com as roupas estrangeiras e a distinta marca preta na minha testa, eu quase não me reconheci no espelho.

— Relad e Scimina não são obrigados a comparecer, e geralmente não vão — T'vril disse. Ele entrou no cômodo para me avaliar dos pés à cabeça, enquanto eu estava em frente ao espelho; como ele assentiu satisfeito, era evidente que tinha sido aprovada. — Mas todos os conhecem, enquanto você é uma incógnita. Dekarta pede que eu compareça hoje em especial, para que todos possam ver a mais nova herdeira.

Isso significava que eu não tinha escolha. Suspirei e assenti.

— Duvido que a maior parte dos nobres vá ficar satisfeita — disse. — Eu era pequena demais para merecer a atenção deles antes dessa confusão toda. Imagino que ficarão ressentidos por terem que ser simpáticos comigo agora.

— Você provavelmente tem razão — T'vril disse, despreocupado. Ele atravessou a sala e foi até a janela, admirando a vista enquanto eu mexia e remexia no meu cabelo rebelde na frente do espelho. Eram meus nervos agindo, pois meu cabelo nunca esteve melhor.

— Dekarta não perde seu tempo com política — T'vril continuou. — Ele acha que a Família Central está acima dessas coisas. Então, naturalmente, nobres que querem algo tendem a se aproximar de Relad ou de Scimina. E agora de você.

Adorável. Suspirei, virando na direção dele.

— Acha que tenho alguma chance de ser deserdada se eu me envolver em um ou dois escândalos? Talvez assim eu possa ser banida para algum fim de mundo ao norte.

— É mais provável que você termine como meu pai — ele disse, dando de ombros. — É como a família geralmente lida com esses embaraços.

— Ah. — Por um instante, fiquei desconfortável por lembrá-lo daquela tragédia, mas percebi que ele não ligava.

— De qualquer forma, Dekarta está determinado em mantê-la aqui. Imagino que se você causar muitos problemas, ele vai simplesmente sumir com você e fazer com que apareça na cerimônia de sucessão, no momento adequado. Porém, até onde eu sei, é assim mesmo que a cerimônia geralmente acontece.

Isso me surpreendeu.

— Você não sabe?

— Sobre a cerimônia? — T'vril balançou a cabeça. — Apenas membros da Família Central têm permissão para assistir. E, de qualquer forma, faz quarenta anos que não acontece uma, desde a ascensão de Dekarta.

— Entendo. — Guardei aquela informação para considerá-la depois.
— Muito bem, então. No Salão, tem algum nobre com quem eu tenha que tomar cuidado? — Ele me olhou com ironia e eu me corrigi. — Algum *em especial*?

— Você vai descobrir antes de mim — ele disse. — Imagino que tanto os seus aliados quanto seus inimigos se apresentarão bem rápido. Na verdade, suspeito que *tudo* acontecerá muito rápido a partir de agora. Então, está pronta?

Eu não estava. E eu queria muito perguntar a ele sobre o último comentário que fez. As coisas aconteceriam ainda mais rápido do que já estavam acontecendo? Isso era possível?

Mas minhas perguntas teriam que ficar para depois.

— Estou.

Deixei o quarto, acompanhando T'vril pelos corredores brancos. Meus aposentos, como os quartos da maioria dos sangue-cheios, ficavam no andar mais alto do prédio principal do Céu, embora eu achasse que também existissem apartamentos e cômodos nas torres. Tinha outro Portão Vertical naquele andar, menor e só para uso dos sangue-cheios. Ao contrário do Portão na entrada do Céu, aquele tinha mais de um ponto de conexão, conforme T'vril me explicou, que iam para vários escritórios na cidade abaixo. Dessa forma, os sangue-cheios poderiam conduzir os negócios da família sem pegar chuva ou neve, ou serem vistos em público, se assim desejassem.

Não havia mais ninguém por ali.

— Meu avô já desceu? — perguntei, parada no canto do Portão. Assim como o Portão Principal e os ascensores do palácio, era composto de azulejos pretos, que formavam um mosaico que lembrava um selo dos deuses. Aquele não se parecia com nada além de uma imensa rachadura no formato de teia de aranha, uma similaridade tão sugestiva e desconfortável que me fez desviar os olhos ainda mais rápido do que o de costume.

— Provavelmente — T'vril disse. — Ele gosta de chegar cedo. Agora, Lady Yeine, lembre-se: você não deve falar no Consórcio. Os Arameri só aconselham os nobres, e apenas Dekarta tem o direito de se dirigir a eles. E ele não costuma falar nada. Sequer converse com ele enquanto estiverem lá. Sua tarefa é apenas observar e ser observada.

— E... apresentada?

— Formalmente? Não, isso acontecerá depois. Mas não se preocupe, eles irão notá-la. Dekarta não precisará dizer uma palavra.

E com isso, ele assentiu e eu pisei no mosaico.

Depois de uma transição aterrorizante e confusa, eu estava em uma adorável sala de mármore, pisando em um mosaico de madeira escura. Três serventes do Consórcio — dessa vez, não tão inexperientes nem tão surpresos — estavam esperando para me saudar e acompanhar. Eu os segui por um corredor escuro e depois por uma rampa acarpetada, até chegar ao espaço reservado dos Arameri.

Dekarta estava sentado no lugar de costume, e não se virou quando cheguei. Scimina ocupava o lado direito. Ela olhou de relance e sorriu para mim. Eu consegui não olhar feio, embora tenha sido um tremendo esforço da minha parte. Porém, eu estava muito consciente dos nobres reunidos, que vagavam pelo Salão enquanto esperavam o supervisor dar início à sessão. Vi mais do que alguns olhares voltando-se em direção ao espaço reservado. Estavam observando.

Por isso, inclinei a cabeça na direção de Scimina como cumprimento, embora não tivesse conseguido retribuir o sorriso.

Duas cadeiras estavam desocupadas à esquerda de Dekarta. Presumindo que a mais próxima era para o meu ainda não visto primo Relad, me posicionei para sentar na mais distante. Mas percebi que Dekarta gesticulava, sem olhar para mim, pedindo que eu me aproximasse. Então, tomei o assento mais próximo — e bem na hora que o supervisor pedia a atenção de todos.

Daquela vez, prestei mais atenção ao que acontecia. O encontro se dava por regiões, começando pelas nações senmatas. Cada região tinha os próprios representantes: nobres indicados pelo Consórcio para falar por si mesmo e pelas terras vizinhas. Contudo, a distribuição dessas representações era bem divergente, e eu não conseguia entender como era definida. A cidade Céu tinha um representante próprio, por exemplo, enquanto todo o continente do Alto Norte tinha apenas dois. Isto não me surpreendia — o Alto Norte nunca foi visto como relevante — mas o fato anterior sim, já que nenhuma outra cidade tinha seu representante próprio. Céu não era *tão* importante assim.

Conforme a sessão prosseguia, eu vi que não tinha entendido bem. Ao prestar mais atenção nos decretos que o representante de Céu apresentava e apoiava, percebi que ele não falava só em favor do Céu como uma cidade, mas do palácio também. Era compreensível, mesmo que injusto, pois Dekarta já comandava o mundo inteiro. O Consórcio existia apenas para fazer o trabalho sujo e feio de governar o mundo, algo com que os Arameri não queriam se preocupar. Todos sabiam disso. Qual era o sentido de ser super-representado em um sistema de governo que, para início de conversa, era pouco mais do que um espetáculo de fantoches?

Talvez fosse apenas para demonstrar o poder: não existia tal coisa como "em excesso".

Achei as representantes do Alto Norte mais interessantes. Nunca as havia encontrado, embora tenha ouvido reclamações sobre elas no Conselho de Guerreiros de Darr. A primeira, Wohi Ubm — acho que o último nome era um tipo de título — vinha da maior nação do continente, uma pacata região agrícola chamada Rue, que era uma das mais fortes aliadas de Darr, antes do casamento de meus pais. Desde então, toda a correspondência enviada foi devolvida sem ser aberta. Ela com certeza não falava pelo meu povo. Percebi que me observava durante a sessão, parecendo muito desconfortável. Se eu fosse mais sórdida, teria me divertido com aquele desconforto.

A outra alto-nortista era Ras Onchi, uma venerável anciã que respondia pelos reinos do leste e ilhas próximas. Ela não falava muito e já tinha passado da idade em que as pessoas costumam se aposentar; os rumores diziam que estava um pouco senil. Entretanto, era uma das poucas nobres no Salão que me encarou abertamente durante quase toda a sessão. Nossos povos eram parentes, com costumes parecidos, e por isso eu a encarei de volta, o que pareceu agradá-la. Ela assentiu uma vez, bem rápido, em um momento em que Dekarta tinha desviado o olhar. Eu não ousei retribuir com tantos olhos vigiando cada movimento meu, mas mesmo assim fiquei intrigada pelo gesto.

Por fim, a sessão terminou quando o supervisor fez soar a campainha que marcava o fim dos assuntos do dia. Tentei não suspirar aliviada, porque aquilo tinha durado quatro horas. Estava faminta, precisava urgentemente ir ao banheiro, e inquieta para começar a andar por ali. Mesmo assim, segui Dekarta e Scimina, apenas me levantando depois deles, saindo com o mesmo passo calmo, assentindo educadamente quando uma legião inteira de ajudantes veio nos escoltar.

— Tio — disse Scimina enquanto voltávamos à câmara do mosaico. — Talvez a prima Yeine queira conhecer o Salão? Ela não deve ter visto muito dele ainda.

Como se eu fosse concordar com aquilo, depois daquela sugestão condescendente.

— Não, obrigada — respondi, forçando um sorriso. — Mas eu gostaria de saber onde é o banheiro feminino.

— Oh, por aqui, Lady Yeine — disse uma das criadas, afastando-se e gesticulando para que eu a acompanhasse.

Parei, notando que Dekarta prosseguiu sem dar a entender que tinha ouvido o que eu ou Scimina dissemos. Então, era assim que as coisas funcionavam. Inclinei a cabeça para minha prima, que também tinha parado.

— Não precisa me esperar.

— Como quiser — ela disse e virou-se graciosamente para seguir Dekarta.

Eu segui a servente pelo corredor mais longo da cidade, ou pelo menos era o que parecia, pois desde que eu me levantei, minha bexiga protestava cada vez mais, querendo ser esvaziada. Quando finalmente chegamos ao pequeno cômodo, na porta havia um *Privativo*, escrito em senmata, o que eu pensei significar "apenas para os convidados de maior posição do Salão". Precisei de toda a minha força de vontade para não correr de forma pouco digna até o reservado, tão grande quanto uma sala.

Assunto resolvido. Começava o complicado processo de montar minhas roupas de baixo amnias, quando ouvi a porta externa abrir. "Scimina", pensei, e reprimi o meu aborrecimento e uma ponta de ansiedade.

Quando eu saí do reservado, fiquei surpresa ao ver Ras Onchi na frente da pia, obviamente esperando por mim.

Por um instante, considerei demonstrar a minha confusão, mas pensei melhor. Inclinei a cabeça e disse em nirva; a língua comum do Norte muito antes dos Arameri terem imposto o senmata ao resto do mundo.

— Uma boa tarde para você, titia.

Ela sorriu, mostrando uma boca praticamente desdentada. Em sua voz, no entanto, não tinha nada faltando.

— E para você também — ela disse na mesma língua. — Mas não sou sua titia. Você é Arameri e eu não sou nada.

Eu me retraí antes que pudesse evitar. Como responder a algo assim? O que um Arameri diria? Eu não queria saber. Para quebrar o desconforto, passei por ela e comecei a lavar as mãos.

Ela me olhava pelo espelho.

— Você não parece muito com a sua mãe.

Franzi o cenho. O que ela queria?

— É o que dizem.

— Recebemos ordens para não falar com ela ou com o seu povo — ela disse em voz baixa. — Wohi e eu, além do predecessor de Wohi. As palavras vieram do supervisor do Consórcio, mas a ordem? — Ela sorriu. — Quem sabe? Só achei que talvez você quisesse saber.

Aquela conversa estava rapidamente seguindo para algo diferente. Enxaguei as mãos, peguei uma toalha e me virei para ela.

— A senhora tem algo a me dizer, tia?

Ela deu de ombros e virou-se na direção da porta. Ao fazer isso, o colar que ela usava refletiu a luz. Era um pingente estranho, como uma pequena noz ou uma pedra-cereja dourada. Eu não tinha percebido antes porque estava escondido em uma corrente sob sua gola. Mas um elo da corrente tinha ficado preso na roupa, puxando o pingente para cima. Eu fiquei o encarando, em vez de olhar para ela.

— Não tenho nada a lhe dizer que você já não saiba — ela disse ao se afastar. — Se você for Arameri, obviamente.

Eu fechei a cara.

— E se eu não for?

Ela parou na porta e virou-se novamente, lançando-me um olhar sério. Sem pensar, me endireitei para que ela pudesse me observar melhor, tamanha era a força da sua presença.

— Se você não é Arameri — ela disse, logo depois. — Iremos conversar de novo.

Então, saiu. Eu voltei sozinha para Céu, me sentindo ainda mais deslocada.

* * *

Fui designada para supervisionar três nações, como me lembrou T'vril naquela tarde, quando veio dar continuidade à minha educação expressa sobre a vida como Arameri.

Todos os três territórios eram maiores que Darr. Cada um deles possuía governantes competentes, logo eu tinha pouco a fazer em relação à manutenção deles. Pelo privilégio da minha tutela, eles me pagavam uma taxa periódica, pela qual deveriam se ressentir profundamente, e que me fez muito mais rica do que eu jamais fui de uma hora para a outra.

Fui presenteada com outro objeto mágico, um orbe prateado que, ao meu comando, mostraria o rosto de qualquer um. Se eu batesse no orbe de determinada maneira, eles veriam meu rosto, flutuando no ar como se fosse um espírito decapitado. Eu já tinha recebido mensagens assim antes — foi como recebi o convite do Avô Dekarta — e as achava perturbadoras. Porém, aquilo permitiria que eu entrasse em contato com os governantes das terras que eu cuidava sempre que eu desejasse.

— Gostaria de marcar um encontro com o meu primo, Lorde Relad, o mais breve possível — eu disse depois que T'vril terminou de me mostrar como usar o orbe. — Não sei se ele será mais amistoso que Scimina, mas confiarei no fato de que ele ainda não tentou me matar.

— Espere — T'vril murmurou.

Nada promissor. Mas, eu ainda tinha uma estratégia quase formada na minha cabeça e queria tentar. O problema era que eu não conhecia as regras daquela competição pela herança dos Arameri. Como alguém "ganharia" se o próprio Dekarta não iria escolher? Relad sabia as respostas, mas as compartilharia comigo? Mesmo eu não tendo nada a oferecer em troca?

— Envie o convite assim mesmo, por favor — pedi. — Enquanto isso, acho que seria interessante conhecer outras pessoas de influência no palácio. Quem você sugere?

T'vril pensou por um momento, e estendeu as mãos.

— Você já conhece todos que importam, menos Relad.

Eu o encarei.

— Não pode ser.

Ele sorriu sem demonstrar alegria.

— O Céu é muito grande, e ao mesmo tempo, muito pequeno, Lady Yeine. Existem outros de sangue-cheio sim, mas a maioria desperdiça o tempo apenas satisfazendo os próprios desejos. — Ele manteve uma expressão neutra e eu lembrei da coleira de prata que Scimina tinha colocado em Nahadoth. A perversidade dela não me surpreendia, já que eu tinha ouvido rumores muito piores sobre o que se passava dentro dos muros do Céu. O que me impressionou foi que ela ousou fazer esse tipo de jogo com aquele monstro.

— Os poucos sangue-cheios, meio-sangues e quarto-de-sangues que se incomodam em executar algum trabalho de verdade, geralmente estão longe do palácio, cuidando dos negócios da família. A maioria não espera agradar Dekarta; ele demonstrou isso ao nomear os filhos do irmão como herdeiros potenciais em vez de um deles. Os que ficaram são cortesãos (a maioria, pedantes e bajuladores), com títulos impressionantes e sem nenhum poder de verdade. Dekarta os despreza, então é melhor evitá-los. Além deles, restam apenas os serventes.

Olhei-o de relance.

— Pode ser útil conhecer alguns serventes.

Ele sorriu sem falsa modéstia.

— Como eu disse, Lady Yeine, você já conhece quem importa. Mas, ficarei feliz em marcar reuniões com quem você desejar.

Eu me alonguei, ainda com o corpo dolorido, depois das eternas horas sentada no Salão. Ao fazer isso, um dos meus hematomas latejou, lembrando-me que eu tinha problemas mais do que mundanos com que me preocupar.

— Obrigada por salvar a minha vida — agradeci.

T'vril deu uma risadinha com uma ponta de ironia, embora parecesse satisfeito.

— Bem, como você sugeriu... pode ser útil ter influência em certos níveis.

Inclinei a cabeça, reconhecendo a dívida.

— Se eu tiver o poder para ajudá-lo de alguma forma, por favor, peça.

— Como quiser, Lady Yeine.

— Yeine.

Ele hesitou.

— Prima — disse então, e sorriu por cima do ombro ao deixar meus aposentos. Ele era mesmo um excelente diplomata. Percebi que isso era algo necessário para alguém na posição que ele ocupava.

Fui da sala de estar até o quarto e parei.

— Achei que ele nunca fosse sair — disse Sieh, sorrindo, no meio da minha cama.

Respirei fundo e devagar.

— Boa tarde, Lorde Sieh.

Ele fez bico, caindo de bruços na cama e me encarando por cima dos braços cruzados.

— Você não está feliz em me ver.

— Estou me perguntando o que eu fiz para merecer tanta atenção de um deus dos jogos e truques.

— Não sou um deus, lembra? — Fechou a cara. — Sou uma arma. É uma palavra mais adequada do que você imagina, Yeine, e incomoda os Arameri escutar isso. Não me surpreendo por chamarem você de selvagem.

Sentei na poltrona ao lado da cama.

— Minha mãe sempre me dizia que sou direta demais — respondi. — Por que você está aqui?

— Preciso ter um motivo? Talvez eu goste de ficar perto de você, só isso.

— Eu me sentiria honrada se isso fosse verdade — respondi.

Ele riu alto, sem se preocupar com nada.

— Mas *é* verdade, Yeine, acredite em mim ou não. — Ele se levantou e começou a pular na cama. Por um momento, me perguntei se alguém já havia tentado dar umas palmadas nele.

— Mas...? — Eu tinha certeza de que havia um *mas*.

Ele parou depois do terceiro pulo e olhou para mim por cima do ombro, um sorriso malicioso no rosto.

— Mas não foi o único motivo para vir aqui. Os outros me enviaram.

— Por quê?

Ele pulou da cama e veio até a minha poltrona, colocando as mãos nos meus joelhos e se inclinando por cima de mim. Ele ainda sorria, mas novamente havia algo indecifrável no sorriso dele, que não era infantil ou inocente. Nem um pouco.

— Relad não vai se aliar a você.

Meu estômago se contraiu pelo nervosismo. Ele tinha estado ali o tempo todo, ouvindo minha conversa com T'vril? Ou a minha estratégia de sobrevivência era assim tão óbvia e digna de pena?

— Como você sabe disso?

Ele deu de ombros.

— E por que ele se aliaria? Você não tem utilidade para ele. Está bem ocupado lidando com Scimina e não pode permitir distrações. A hora está muito próxima. Quero dizer, a hora da sucessão.

Foi o que suspeitei. Estava quase certa de que esse era o motivo para me levarem até o Céu. Provavelmente, por isso mantinham um escriba residente, para garantir que Dekarta não morresse fora de hora. Podia ser até mesmo o motivo para o assassinato da minha mãe, depois de vinte anos de liberdade. Dekarta já não tinha muito tempo para amarrar as pontas soltas.

De repente, Sieh subiu na poltrona comigo, acomodando-se no meu colo, um joelho de cada lado do meu quadril. Encolhi-me, surpresa, e novamente ele se recostou em mim, descansando a cabeça no meu ombro.

— O que você está...?

— Por favor, Yeine — ele sussurrou. Senti as mãos dele segurando o tecido das laterais da minha roupa. O gesto era tão parecido com o de uma criança procurando conforto que eu não pude evitar; minha postura rígida se desfez. Ele suspirou e se aconchegou mais, aproveitando minha permissão implícita. — Só me deixe fazer isso por um momento.

Então, eu fiquei imóvel, pensando em muitas coisas.

Achei que tinha adormecido, mas enfim ele falou.

— Kurue... minha irmã Kurue, que é o mais perto que temos de uma liderança, está convidando você para encontrá-la.

— Por quê?

— Você está procurando aliados.

Eu o empurrei e ele sentou nos meus joelhos.

— O que você está dizendo? Vocês estão se oferecendo?

— Talvez. — A malícia voltou ao seu rosto. — Você vai precisar nos encontrar para descobrir.

Estreitei os olhos, esperando que minha aparência fosse intimidante.

— Por quê? Como você disse, eu sou inútil. O que vocês ganhariam se aliando a mim?

— Você possui algo muito importante — ele disse, mais sério. — Algo que poderíamos tirar a força, mas não queremos fazer isso. Não somos Arameri. Você provou que é digna de nosso respeito, então vamos *pedir* que você nos dê isso de boa vontade.

Eu não perguntei o que eles queriam. Era a moeda de troca deles; me contariam se eu fosse ao encontro com eles. Mas, eu estava ardendo de curiosidade; e ansiosa, porque ele estava certo. Os Enefadeh seriam aliados poderosos e sábios, mesmo com suas limitações. Mas não ousei revelar minha ansiedade. Sieh não era tão criança, ou neutro quanto fingia ser.

— Vou considerar o seu pedido — respondi, na minha voz mais respeitável. — Por favor, informe a Lady Kurue que darei uma resposta em, no máximo, três dias.

Sieh riu e pulou do meu colo, voltando para a cama. Ele se enrolou nas cobertas e sorriu para mim.

— Kurue vai *odiar* você. Ela achou que você ia agarrar a oportunidade e você vai deixá-la esperando!

— Uma aliança feita por medo, ou com pressa, não dura — comentei. — Preciso entender melhor a minha posição antes de fazer qualquer coisa que possa enfraquecê-la ou fortalecê-la. Os Enefadeh precisam entender isso.

— Eu entendo — ele disse. — Mas Kurue é sábia, e eu não. Ela faz o que é sensato. Eu faço o que é divertido. — Ele deu de ombros e bocejou.

— Posso dormir aqui com você de vez em quando?

Abri a boca, mas me segurei. Ele faz o papel de inocente tão bem que eu quase disse sim sem pensar.

— Não sei se seria apropriado — disse, por fim. — Você é muito mais velho do que eu e, mesmo assim, visivelmente menor de idade. Seria um escândalo de qualquer jeito.

Suas sobrancelhas foram quase até o cabelo. Então, ele caiu na gargalhada, rolando de costas e segurando a barriga. Ele gargalhou por muito tempo. Um pouco aborrecida, eu levantei e fui até a porta, chamar um servente para trazer o almoço. Pedi duas refeições por educação, já que não fazia ideia do que, ou mesmo se, deuses comiam.

Quando me virei, Sieh tinha finalmente parado de rir. Estava sentado na beira da cama, me olhando pensativo.

— Posso parecer mais velho — ele disse, baixinho. — Quero dizer, se você preferir assim. Não preciso ser uma criança.

Eu o encarei e não sabia se sentia pena, nojo, ou os dois ao mesmo tempo.

— Eu quero que você seja quem você é — afirmei.

A expressão no seu rosto era solene.

— Isso não é possível, não enquanto eu estiver nesta prisão. — Ele tocou o próprio peito.

— Os outros... — Não queria chamá-los de minha família. — Os outros pedem que você seja mais velho?

Ele sorriu. Era assustadoramente igual ao sorriso de uma criança.

— Geralmente, pedem mais novo.

O nojo venceu. Coloquei a mão na boca e me virei. Não importava a opinião de Ras Onchi. Eu nunca me consideraria Arameri, nunca.

Ele suspirou e se aproximou, me abraçando por trás e descansando a cabeça no meu ombro. Não entendia aquela necessidade constante de me tocar. Não me importava, mas me fazia pensar em quem ele se aconchegaria quando eu não estava perto. Perguntei qual o preço que exigiriam em troca.

— Eu já era antigo quando vocês começaram a falar e usar o fogo, Yeine. Esses pequenos tormentos não significam nada para mim.

— Não é esse o ponto — eu disse. — Você ainda é... — Procurei palavras. *Humano* poderia ser considerado um insulto.

Ele balançou a cabeça.

— Só a morte de Enefa dói em mim, e isso não foi feito por um mortal.

Naquele momento, um tremor profundo e grave percorreu o palácio. Minha pele se eriçou; no banheiro algo sacudiu por um momento, e depois ficou imóvel.

— Pôr do sol — Sieh disse. Ele parecia satisfeito enquanto se endireitava e ia até uma das janelas. O céu ocidental tinha uma camada de nuvens tingidas em gradiente. — Meu pai voltou.

"Onde ele foi?", me perguntei, embora estivesse distraída com outro pensamento: o monstro dos meus pesadelos, a besta que tinha me caçado através das paredes, era *pai* de Sieh.

— Ele tentou te matar ontem — eu disse.

Sieh balançou a cabeça, deixando aquilo de lado, e bateu palmas, me fazendo pular.

— *En. Naiasouwamehikach.*

Ele disse, de forma cantada, mas não fazia sentido para mim. Então, em um instante, enquanto o som persistia, a minha percepção mudou. Notei os ecos fracos de cada sílaba nas paredes do quarto, se sobrepondo e se misturando. Notei como parecia que o som ondulava no ar. Seguindo o chão até as paredes. Então, através das paredes até a coluna de apoio que sustentava o Céu. Descendo por aquela coluna até a terra.

E o som foi levado enquanto o planeta rodava como uma criança sonolenta, enquanto girávamos em torno do sol, passando por todo o ciclo das estações, e as estrelas ao nosso redor faziam cambalhotas graciosas...

Eu pisquei, momentaneamente surpresa por ainda estar no quarto. Logo entendi: as primeiras décadas da história da arte dos escribas estavam repletas da morte dos predecessores, até se limitarem à forma escrita da linguagem. Fiquei surpresa naquele momento por eles sequer terem tentado. Uma língua cujo significado dependia não apenas da sintaxe, da pronúncia e do tom, mas também da posição de quem falava no universo em um dado momento — como eles acharam que poderiam dominar aquilo? Estava além de qualquer mortal.

A bola amarela de Sieh apareceu do nada e pulou para as mãos dele.

— Vá e veja, depois me encontre — ele ordenou e jogou a bola para longe. Ela bateu em uma parede próxima para, então, desaparecer.

— Entregarei sua mensagem para Kurue — ele disse, indo em direção à parede do lado da minha cama. — Pense na nossa oferta, Yeine, mas pense logo, sim? O tempo passa rápido para sua espécie. Dekarta estará morto antes que você perceba.

Ele falou com a parede, que se abriu diante dele, revelando outro espaço vazio e estreito. A última coisa que vi foi um sorriso largo enquanto a parede se fechou atrás dele.

Amor

Que estranho. Só agora percebi que toda essa confusão nada mais foi do que uma família jogada contra outra.

* * *

Da minha janela no Céu, parecia que eu poderia ver todos os Cem Mil Reinos. Era uma falácia e eu sabia; os escribas já tinham provado que o mundo é redondo. Porém, era fácil imaginar isso. Tantas luzes piscando, como estrelas no chão.

Meu povo foi formado por construtores audaciosos. Tínhamos entalhado nossas cidades nas encostas das montanhas e posicionado nossos templos de forma a construir um calendário das estrelas — porém, jamais conseguiríamos fazer algo como o Céu. Nem os amnies, com certeza. Não sem a ajuda dos deuses prisioneiros, mas não era esse o principal motivo para o Céu ser intrinsecamente errado aos olhos dos darres. É uma blasfêmia se isolar da terra e olhá-la de cima como se fosse um deus. Mais do que uma blasfêmia, é perigoso. Jamais seremos deuses, afinal; mas é assustador a facilidade com que nos tornamos menos que humanos.

Mas... eu era incapaz de não admirar a vista. É importante reconhecer a beleza, mesmo que seja maligna.

Eu estava muito cansada. Estava no Céu há pouco mais de um dia, e a minha vida tinha mudado demais. Em Darr, eu estava morta para todos os efeitos. Não tinha deixado herdeiros e o conselho apontaria outra jovem, de outra linhagem, como *ennu*. Minha avó ficaria muito desapontada, ainda assim era algo que ela sempre temeu. Eu não estava morta, mas me tornei uma Arameri, e isso era tão ruim quanto.

Como uma Arameri, era esperado que eu não demonstrasse nenhum favoritismo pela minha terra natal e considerasse a necessidade de todas as nações igualmente. Eu não fiz isso, obviamente. Assim que T'vril e Sieh se foram, contatei cada uma das nações designadas a mim e sugeri — sabendo muito bem que a sugestão de uma herdeira dos Arameri não é uma sugestão — que eles pensassem em voltar a negociar com Darr. Não foi um embargo oficial dos Arameri que cessou os negócios entre outras nações e Darr, que resultou nos anos difíceis desde que minha mãe fugiu. Teríamos protestado contra o embargo no Consórcio ou encontrado formas para contorná-lo. Porém, qualquer nação que esperava ter algum privilégio dos nossos governantes, simplesmente decidiu esquecer a existência de Darr. Contratos foram quebrados, obrigações financeiras abandonadas, processos jurídicos considerados improcedentes; até os contrabandistas nos evitavam. Viramos párias.

Portanto, o mínimo que eu podia fazer com meu recém-adquirido e indesejado poder como Arameri era realizar uma parte do meu objetivo em ir até ali.

Quanto ao resto dele... bem. As paredes do Céu eram ocas, e seus corredores um labirinto. Havia muitos lugares onde esconder os segredos da morte da minha mãe.

Eu iria caçá-los, um a um.

* * *

Eu tinha dormido bem na minha primeira noite no Céu. Exausta pelo choque e por ter corrido para salvar a minha vida, eu nem lembrava de ter deitado.

Na segunda noite, o sono, teimoso, se recusou a vir. Fiquei deitada na minha cama grande demais, macia demais, encarando o teto e as paredes brilhantes que deixavam o quarto claro como o dia. O Céu era a corporificação do Iluminado; os Arameri não permitiam a escuridão aqui. Como os outros membros da minha ilustre família conseguiam dormir?

Depois do que me pareceu serem horas rolando na cama, finalmente consegui tirar um meio cochilo, porém minha mente manteve-se em alerta. No silêncio, eu era livre para pensar em tudo o que tinha acontecido nos últimos dias, nos meus amigos e na minha família em Darr, e me preocupar se, pelo Turbilhão, eu teria alguma esperança de sobreviver ali.

Naquele momento, entretanto, percebi que estava sendo observada.

Minha avó tinha me treinado bem: despertei de uma vez. Porém, embora tenha controlado o instinto de abrir os olhos ou reagir de qualquer outra forma, ouvi uma voz grave.

— Você está acordada.

Abri os olhos e me sentei, tive que reprimir outro instinto completamente diferente ao ver o Senhor da Noite a dez passos de distância.

Não adiantaria fugir. Então, eu disse:

— Boa noite, Lorde Nahadoth. — Fiquei orgulhosa por ter mantido a voz firme.

Ele inclinou a cabeça, e ficou ali, fumegando, como uma ameaça eminente, ao pé da minha cama. Percebi que o senso de tempo de um deus talvez fosse muito diferente de um mortal, então perguntei:

— A que devo a honra dessa visita?

— Eu queria vê-la — ele disse.

— Por quê?

Ele não respondeu, mas finalmente se mexeu, virando-se e indo na direção das janelas, de costas para mim. Era difícil enxergá-lo com a paisagem noturna de fundo. O manto, o cabelo, ou seja o que for a nuvem de escuridão que estava sempre se movendo ao redor dele, misturava-se ao céu escuro e estrelado.

Este não era nem o monstro violento que me caçou nem o ser frio e superior que tinha me ameaçado depois. Eu não conseguia entendê-lo, mas havia uma suavidade presente que eu havia visto antes, por um instante. Quando ele segurou a minha mão, sangrou em mim e me honrou com um beijo.

Queria perguntar sobre isso, mas muitas coisas me perturbavam naquela memória.

— Por que você tentou me matar ontem? — perguntei, então.

— Eu não a teria matado. Scimina ordenou que eu a deixasse viva.

Isso era curioso, e ainda mais perturbador.

— Por quê?

— Presumo que ela não a queira morta.

Eu estava ficando aborrecida.

— O que você teria feito comigo então, se não me matar?

— Machucá-la.

Dessa vez, fiquei agradecida por ele ser tão opaco.

— Como você machucou Sieh? — Engoli em seco.

Houve uma pausa, e ele se virou para mim. A lua crescente brilhava pela janela sobre ele. Seu rosto tinha o mesmo brilho fraco e pálido. Ele não disse nada, mas de repente eu entendi: ele não se lembrava de ter machucado Sieh.

— Você é mesmo diferente — eu disse e abracei a mim mesma. O quarto tinha esfriado e eu estava usando apenas uma camiseta fina e uma calça de dormir. — Sieh disse algo sobre isso, e T'vril também. "Enquanto houver luz no céu..."

— De dia, eu sou humano — disse o Senhor da Noite. — À noite, fico... mais próximo do meu verdadeiro eu. — Ele estendeu as mãos. — O crepúsculo e a alvorada são quando a transição acontece.

— E você vira... aquilo. — Tomei cuidado para não dizer *monstro*.

— A mente mortal, tomada pelo conhecimento e poder de um deus, mesmo que por poucos momentos, dificilmente reage bem.

— E mesmo assim, Scimina consegue mandar em você através desse desvario?

Ele assentiu.

— A compulsão de Itempas é maior que tudo. — Ele fez uma pausa e seus olhos repentinamente ficaram muito límpidos para mim, frios e duros, escuros como o céu. — Se você não me quiser aqui, ordene que eu saia.

* * *

Pense: Um ser imensamente poderoso é seu, para que você dê ordens a ele. Ele precisa obedecer a todos os seus caprichos. A tentação de diminuí-lo, humilhá-lo e se sentir poderoso ao fazer isso não seria quase irresistível?

Eu acho que sim.

Definitivamente, seria.

* * *

— Eu preferia saber por que você veio aqui, primeiramente — eu disse. — Mas não irei obrigá-lo a explicar.

— Por que não? — Tinha algo perigoso na voz dele. Por que ele estava zangado? Por eu ter poder sobre ele e decidir não o usar? Ele estava preocupado com isso?

A resposta a pergunta dele veio à minha mente na mesma hora: *porque seria errado*. Mas hesitei em dizer isso. A resposta sequer estava correta — ele tinha entrado em meu quarto sem convite, uma falta de educação em qualquer terra. Se ele fosse humano, eu não teria hesitado em mandá-lo sair.

Não; não humano. Se ele fosse *livre*.

Mas ele não era. Viraine tinha me explicado melhor na noite anterior, enquanto pintava meu selo. Ao comandar os Enefadeh, eu deveria ser simples e precisa. Deveria evitar metáforas ou coloquialismos, e, acima de tudo, *pensar* no que estaria prestes a mandá-los fazer, para não gerar consequências indesejadas. Se eu dissesse algo como "Nahadoth, saia", ele estaria livre para deixar não só o meu quarto, mas também o palácio como um todo. Só o Pai do Céu poderia dizer o que ele faria, e apenas Dekarta poderia chamá-lo de volta. Ou, se eu dissesse "Nahadoth, fique em silêncio", ele ficaria calado até que eu ou algum outro Arameri de sangue-cheio cancelasse a ordem.

E se eu fosse tão descuidada a ponto de dizer "Nahadoth, faça o que lhe agradar", ele me mataria. Porque matar os Arameri o agradava. Tinha acontecido antes, muitas vezes, durante todos aqueles séculos, segundo Viraine. (Um serviço, foi o que ele disse, já que os Arameri mais estúpidos geralmente eram mortos antes que pudessem procriar ou envergonhar ainda mais a família).

— Não vou obrigá-lo porque estou pensando na aliança oferecida pela Lady Kurue — respondi por fim. — Uma aliança deve se basear no respeito mútuo.

— Respeito é irrelevante — disse ele. — Eu sou seu escravo.

Não pude evitar e me encolhi ao ouvir aquilo.

— Também sou prisioneira aqui.

— Uma prisioneira a quem devo obediência total. Desculpe-me se não tenho muita empatia pelo seu problema.

Não gostei da culpa que aquelas palavras causaram em mim. Talvez tenha sido por isso que meu temperamento irrompeu antes que eu pudesse contê-lo.

— Você é um deus — vociferei. — É uma fera mortal que já se virou contra mim uma vez. Posso ter poder sobre você, mas eu seria tola de achar que isso me deixa a salvo. É mais sábio lhe oferecer alguma cortesia, *pedir* o que eu quero, e esperar que você coopere em retribuição.

— Pedir. E depois mandar.

— Pedir e, se você não quiser, aceitar sua vontade. Isso também é parte do respeitar.

Ele ficou em silêncio por muito tempo. Naquele silêncio, repeti minhas palavras mentalmente, rezando para não ter deixado nenhuma brecha para ele explorar.

— Você não consegue dormir — ele disse.

Pisquei, confusa, e depois percebi que era uma pergunta.

— Não. A cama... a luz.

Nahadoth assentiu. De repente, as paredes foram se apagando, o brilho sumindo até que sombras envolveram o quarto, e a única iluminação vinha da lua, das estrelas e das luzes da cidade. O Senhor da Noite tornou-se uma sombra mais escura delineada contra a janela. Ele apagou a não luz do próprio rosto também.

— Você me ofereceu cortesia — ele disse. — Oferecerei minha cooperação em retribuição.

Não pude evitar e engoli em seco, lembrando meu sonho com a estrela preta. Se fosse verdadeiro — eu senti como se fosse verdade, mas como saber se tratando de sonhos? —, então Nahadoth era mais do que capaz de destruir o mundo, mesmo diminuído como estava. Porém, foi aquele simples gesto de apagar as luzes que me encheu de admiração. Cansada como estava, considerei aquele ato mais importante do que todo o resto do mundo.

— Obrigada — finalmente consegui dizer. — E... — Não havia uma forma sutil de dizer. — Você pode sair agora? Por favor?

Ele era apenas uma silhueta.

— Tudo que acontece na escuridão, eu vejo — disse ele. — Cada sussurro, cada suspiro, eu escuto. Mesmo se eu for, uma parte de mim fica. Isso não pode ser evitado.

Só mais tarde aquelas palavras me perturbariam. Naquele momento, estava somente grata.

— É o bastante — eu disse. — Obrigada.

Ele inclinou a cabeça e sumiu, não de uma vez, como Sieh tinha feito, mas desaparecendo no intervalo de várias respirações. Mesmo quando eu já não podia mais vê-lo, continuei sentindo sua presença. Mas, aos poucos, essa sensação também se foi. Senti, apropriadamente ou não, que estava sozinha.

Voltei para a cama e adormeci em poucos minutos.

* * *

Existe uma lenda do Senhor da Noite que é permitida pelos sacerdotes.

Há muito tempo, antes da guerra entre os deuses, o Senhor da Noite desceu à Terra, procurando diversão. Ele encontrou uma dama em uma torre; a esposa de algum governante, trancada e solitária. Ele não teve dificuldade em seduzi-la. Algum tempo depois, ela deu à luz. Não era filho do marido dela. Não era humano. Era o primeiro dos grandes demônios, e depois de seu nascimento e de outros como ele, os deuses perceberam que cometeram um terrível engano. Então, eles caçaram os próprios filhos, matando até o último deles. A mulher, que havia sido rejeitada pelo marido e separada do próprio filho, congelou até a morte em uma floresta nevada.

Minha avó me contou uma versão diferente da lenda. Depois que as crianças-demônios foram caçadas, o Senhor da Noite encontrou a mulher de novo e implorou pelo seu perdão. Para se redimir, ele construiu outra torre para ela e a encheu de riquezas para que pudesse viver com conforto, e depois costumava visitá-la, para ter certeza de que estava bem. Mas ela nunca o perdoou, e, por fim, acabou tirando a própria vida pela dor que carregava.

A lição dos sacerdotes era: cuidado com o Senhor da Noite, pois o prazer dele é a condenação de um mortal. A lição da minha avó: cuidado com o amor, principalmente se for pelo homem errado.

Primo

Na manhã seguinte, uma servente foi enviada para me ajudar a me arrumar. Ridículo. Entretanto, senti que era apropriado pelo menos tentar me comportar como uma Arameri, então mordi a língua enquanto ela me embonecava. Ela fechou meus botões e ajeitou minha roupa minuciosamente, como se isso de alguma forma me deixasse mais elegante, depois escovou meu cabelo curto e me auxiliou com a maquiagem. Neste último ponto, eu realmente precisava de assistência, pois mulheres darres não usam cosméticos. Não pude evitar o sentimento de constrangimento quando ela virou o espelho para mostrar meu rosto todo pintado. Não estava mal. Apenas... estranha.

Minha cara devia estar fechada demais, pois a servente ficou ansiosa e começou a mexer na bolsa grande que tinha trazido com ela.

— Tenho isso aqui — disse e ergueu algo que a princípio eu pensei ser uma máscara de baile. E de fato parecia, com uma armação de arame para os olhos ligado a um bastão enrolado em seda. Mas a máscara em si era peculiar, consistindo apenas em dois objetos azuis, penosos e brilhantes como olhos do rabo de um pavão.

Então eles piscaram. Sobressaltei, olhei mais de perto e vi que não eram penas.

— Todas as damas de sangue alto usam — disse a servente avidamente. — Estão muito na moda. Veja.

Ela levou a armação até o próprio rosto, com os olhos azuis sobrepondo seus belos olhos cinzentos. Ela piscou, baixou a armação e, de repente, os olhos dela tornaram-se azuis brilhantes, cercados por longos e exóticos cílios pretos. Eu a encarei e percebi, depois, que os olhos na armação ficaram cinzentos, o olhar vazio, ornamentados com os cílios naturais da mulher. Ela colocou a armação na frente do rosto e voltou a ter os próprios olhos.

— Viu? — Ela estendeu o bastão para mim. Consegui ver os minúsculos selos pretos, praticamente invisíveis, entalhados ali. — Azul ficaria lindo com esse vestido.

Eu me encolhi e demorei alguns segundos para conseguir vencer a minha repulsa e falar.

— De... de quem são esses olhos?
— O quê?
— Os olhos, os olhos. De onde eles vieram?

A servente me encarou como se eu tivesse perguntando de onde a lua vinha.

— Não sei, minha senhora — disse ela, depois de uma pausa agitada. — Posso perguntar se quiser.

— Não — respondi, bem baixinho. — Não precisa.

Agradeci pela ajuda, elogiei a habilidade dela, e a informei que não necessitaria mais de assistência para me arrumar pelo resto da minha estadia no Céu.

*   *   *

Outra servente chegou logo depois com uma mensagem de T'vril: como esperado, Relad tinha recusado meu pedido para um encontro. Como era um dia de folga, não haveria reunião do Consórcio, então pedi meu desjejum e uma cópia dos últimos relatórios financeiros das nações que eu supervisionava.

Quando eu estava estudando os relatórios, comendo peixe cru e frutas cozidas — eu não desgostava da comida amnia, mas parecia que eles nunca sabiam o que cozinhar e o que deixar quieto —, Viraine apareceu. Para ver como eu estava, foi o que disse, mas a sensação anterior de que ele queria algo de mim não tinha passado. Senti isso muito mais forte do que antes, conforme ele andava pelo cômodo.

— É interessante ver você com um interesse tão grande pela governança — disse ele, quando eu deixei de lado uma pilha de papéis. — A maioria dos Arameri não se incomoda sequer com economia básica.

— Eu governo... governava uma nação pobre — disse, colocando um guardanapo sobre os restos da minha refeição. — Nunca tive escolha.

— Ah, sim. Mas você tomou providências para diminuir essa pobreza, não foi? Ouvi Dekarta comentando sobre isso esta manhã. Você ordenou que seus reinos voltassem a negociar com Darr.

Parei enquanto bebia meu chá.

— Ele está observando o que eu faço?

— Ele observa todos os herdeiros, Lady Yeine. Não tem muito mais que o distraia nesses dias.

Pensei no orbe mágico que tinham me dado, pelo qual contatei minhas nações na noite anterior. Imaginei se seria muito difícil criar um orbe que não alertasse que a pessoa estava sendo observada.

— Você já tem segredos a esconder? — Viraine ergueu as sobrancelhas, divertido. — Visitantes à noite, casos secretos, conspirações em andamento?

Nunca tive talento nato para mentir. Felizmente, quando minha mãe percebeu isso, resolveu me ensinar táticas alternativas.

— Parece que é assim que as coisas são por aqui — disse. — Se bem que ainda não tentei matar ninguém. Nem transformei o futuro da nossa civilização em um concurso para me divertir.

— Se essas pequenas coisas a incomodam, senhora, você não durará muito por aqui — disse Viraine. Ele foi até uma poltrona na minha frente e se sentou, unindo as pontas dos dedos. — Você gostaria de um conselho? De alguém que também já foi um recém-chegado?

— Eu agradeceria, escriba Viraine.

— Não se envolva com os Enefadeh.

Pensei em me abrir com ele ou fingir que não sabia do que ele falava, e perguntar o que quis dizer. Escolhi encará-lo.

— Sieh parece ter gostado de você — disse. — Ele faz isso às vezes, como uma criança. E ele é emotivo como uma criança; ele diverte e irrita; é muito fácil amá-lo. Não caia nessa armadilha.

— Eu sei que ele não é uma criança de verdade.

— Mas você sabe que ele matou tantos quanto Nahadoth durante todos esses anos?

Não pude evitar e me encolhi. Viraine sorriu.

— Ele *é* uma criança, saiba. Não pelos anos de vida, mas pela sua natureza. Age por impulso. Tem a criatividade de uma criança... a crueldade de uma criança. E ele descende de Nahadoth, sangue e alma. Pense nisso, Lady Yeine. O Senhor da Noite, a encarnação viva de tudo aquilo que nós, que servimos ao Iluminado, tememos e desprezamos. Sieh é o primogênito dele.

Eu pensei naquilo. Mas estranhamente a imagem mais nítida que me veio à mente foi a felicidade completa de Sieh quando eu o abracei naquela primeira noite. Mais tarde, eu perceberia que tinha começado a amá-lo, possivelmente naquele exato momento. Uma parte de mim concordava com Viraine: amar uma criatura dessas era mais do que uma tolice, era quase suicídio. Mesmo assim, eu amava.

Viraine me viu estremecer. Com perfeita gentileza, aproximou-se e colocou a mão em meu ombro.

— Você não está totalmente cercada por inimigos — disse, e eu estava tão desconcertada que, por um momento, aquelas palavras me confortaram. — T'vril parece gostar de você; o que não é surpreendente, dada a história dele. E você tem a mim, Yeine. Eu era amigo de sua mãe antes dela deixar o Céu; posso ser seu amigo também.

Se ele não tivesse dito essas últimas palavras, eu poderia mesmo tê-lo considerado um amigo.

— Obrigada, escriba Viraine — disse. Graças aos deuses, pela primeira vez, a minha natureza darre não se mostrou. Tentei soar sincera, e não revelar meu desgosto e minha desconfiança instantâneos. A julgar por sua expressão satisfeita, consegui.

Ele saiu e fiquei em silêncio depois disso por um bom tempo, pensando.

* * *

Pouco depois, me ocorreria que Viraine me avisou apenas sobre Sieh, não sobre Nahadoth.

* * *

Eu precisava saber mais sobre a minha mãe.

Viraine tinha dito que foi amigo dela. Tudo o que eu sabia sobre minha mãe dizia que isso era mentira. A estranha mistura de distância e solicitude, a ajuda insensível e o falso conforto de Viraine. Não. Minha mãe sempre valorizou pessoas que eram diretas ao lidar com os outros. Eu não poderia imaginá-la sendo amigável com Viraine, muito menos sendo próxima dele.

Mas não sabia por onde começar a pesquisar sobre ela. A fonte de informação mais óbvia era Dekarta, embora eu não quisesse perguntar a ele detalhes íntimos do passado de minha mãe na frente do Salão inteiro. Um encontro particular, no entanto... sim. Seria o bastante.

Mas ainda não. Não até eu entender melhor porque eu fui trazida ao Céu.

Restaram os demais membros da Família Central, alguns dos quais velhos o bastante para lembrar do tempo em que minha mãe era a herdeira. Mas o aviso de T'vril ressoava em minha mente; qualquer um da Família Central que tenha sido verdadeiramente amigo de minha mãe estava afastado a serviço da família. Sem dúvida, para se manter à parte e a salvo do ninho de víboras que era a vida no Céu. Ninguém que permaneceu ali me responderia honestamente. Eram ligados a Dekarta — ou a Scimina. Ou a Relad.

Ah, mas ali havia uma ideia. Relad.

Ele recusou meu pedido para uma reunião. O protocolo dizia que eu não deveria tentar de novo — mas o protocolo era uma sugestão, não uma obrigação, e no meio familiar, o protocolo assumia a forma que os membros quisessem. Talvez um homem acostumado a lidar com alguém como Scimina poderia valorizar uma aproximação direta. Fui procurar T'vril.

Eu o encontrei em um escritório amplo e organizado, que ficava em um dos níveis mais baixos do palácio. As paredes brilhavam ali, mesmo sendo um dia claro do lado de fora. Isso porque os andares mais baixos do palácio ficavam sob a parte mais larga e, por isso, viviam em uma sombra eterna. Não deixei de notar que apenas serventes ocupavam esses andares, e a maioria tinha o selo de sangue no formato de uma barra preta. Parentes distantes, como eu já sabia graças às explicações de Viraine. Seis gerações ou mais de afastamento da Família Central.

T'vril estava dando instruções para a equipe quando eu cheguei. Parei logo depois da porta aberta, escutando, mas sem interromper ou deixar que me percebessem, enquanto ele falava com uma jovem.

— Não. Não vai ter outro aviso. Quando vier o sinal, você vai ter uma chance. Se você ainda estiver perto quando o ascensor chegar... — ele não disse mais nada.

O silêncio sombrio que dominou depois daquelas palavras foi o que finalmente prendeu minha atenção. Aquilo parecia mais do que instruções costumeiras para limpar quartos ou entregar comida mais rápido. Parei mais perto da porta para ouvir e foi aí que um deles me viu. Ele fez algum tipo de sinal para T'vril, porque T'vril virou-se na minha direção imediatamente. Encarou-me durante uma pausa para respirar e se voltou para os serventes.

— Obrigado. Isso é tudo.

Afastei-me para deixar os serventes se dispersarem pela porta, eles o fizeram em uma eficiência ríspida e sem qualquer conversa, o que não me surpreendeu. T'vril me dava a impressão de manter as rédeas curtas. Quando a sala ficou vazia, ele me fez entrar com uma reverência e fechou a porta atrás de nós, em respeito à minha posição.

— Como posso ajudá-la, prima? — ele perguntou.

Eu queria perguntar sobre o ascensor, o que quer que isso significasse, e sobre o sinal, o que quer que isso fosse, e por que sua equipe parecia ter ouvido o anúncio de uma execução. Porém, era óbvio que ele preferia não falar sobre aquilo. Ao me indicar uma cadeira em frente à mesa dele e me oferecer vinho, notei que os movimentos que fazia eram levemente forçados. Vi que a mão dele tremia enquanto servia a bebida até ver que percebi e pousar a jarra.

Ele salvou minha vida. Por isso, eu lhe devia toda a cortesia.

— Onde você acha que Lorde Relad deve estar agora? — foi o que eu disse, enfim.

Ele abriu a boca para responder, mas hesitou, franzindo o cenho. Vi que ele pensou em me dissuadir, mas preferiu não tentar. Fechou a boca, antes de dizer:

— No solário, provavelmente. Ele passa a maior parte do seu tempo livre lá.

T'vril me mostrou o local no dia anterior, durante o passeio de apresentação do palácio. Os andares superiores do Céu culminavam em uma série de plataformas e torres arejadas, cuja maioria abrigava acomodações e áreas de lazer dos sangue-cheios. O solário era um desses lugares: uma vasta câmara de teto de vidro com plantas tropicais, assentos artisticamente elaborados e grutas, além de lagos para se banhar ou... outras coisas. T'vril não me levou para além da entrada quando o visitamos, mas notei de relance um movimento através das folhagens e ouvi um grito inconfundível de paixão. Eu não pressionei T'vril para ver mais do local, porém eu não teria escolha dessa vez.

— Obrigada — falei e me levantei.

— Espere — disse ele, indo para trás da mesa. Ele remexeu as gavetas por um tempo e endireitou-se em seguida, mostrando entre as mãos um pequeno frasco de cerâmica, com uma pintura linda. Ele o entregou para mim.

— Veja se isso ajuda — disse. — Ele pode comprar o quanto quiser desses vasos, mas gosta de ser subornado.

Coloquei o frasco em um bolso e guardei a informação. Contudo, aquele diálogo fez surgir uma nova pergunta.

— T'vril, por que você está me ajudando?

— Gostaria de saber também — respondeu, soando cansado de repente. — É obviamente ruim para mim; esse frasco me custa o pagamento de um mês. Estava guardando para quando precisasse de um favor de Relad.

Eu tinha enriquecido. Fiz uma nota mental para pedir depois que entregassem três daqueles frascos a T'vril para compensá-lo.

— Então, por quê?

Ele me olhou por um bom tempo, talvez tentando encontrar a resposta para si mesmo. Por fim, suspirou.

— Porque não gosto do que estão fazendo com você. Porque você é como eu. Eu honestamente não sei.

Como ele. Uma estranha? Ele foi criado ali, tinha tanta conexão com a Família Central quanto eu, mas jamais seria um verdadeiro Arameri aos olhos de Dekarta. Ou ele queria dizer que eu era a única outra alma decente e honrada em todo o palácio? Se é que isso era verdade.

— Você conheceu a minha mãe? — perguntei.

Ele pareceu surpreso.

— Lady Kinneth? Eu era uma criança quando ela trocou o Céu pelo seu pai. Não posso dizer que me lembro muito dela.

— Do que você se lembra?

Ele se inclinou sobre a beirada da mesa, cruzando os braços e pensando. Sob a luz emanada pelas paredes do Céu, seu cabelo trançado brilhava como fios de cobre, uma cor que teria me parecido antinatural pouco tempo antes. Porém, agora eu vivia com os Arameri e convivia com deuses. Meus padrões tinham mudado.

— Ela era linda — disse. — Bem, na Família Central todos são lindos, o que a natureza não providencia, a magia faz. Mas era mais do que isso no caso dela. — Ele franziu a testa para si mesmo. — Ela sempre me pareceu um pouco triste. Nunca a vi sorrir.

Eu lembrava do sorriso de minha mãe. Ela o mostrava com mais frequência enquanto meu pai estava vivo, mas, algumas vezes, ela sorriu para mim também. Engoli o nó na minha garganta e tossi para disfarçar.

— Imagino que ela foi gentil com você. Ela sempre gostou de crianças.

— Não. — A expressão de T'vril era séria. Ele provavelmente tinha reparado no meu lapso momentâneo, mas era diplomático demais para tocar no assunto. — Ela era educada, certamente, mas eu era apenas um meio-sangue, sendo educado por serviçais. Seria estranho se ela tivesse mostrado gentileza, ou mesmo interesse, com qualquer um de nós.

Franzi o cenho antes que pudesse me controlar. Em Darr, minha mãe tinha providenciado para que todos os filhos dos serventes ganhassem presentes no aniversário e nas cerimônias de dedicação à luz. Durante os verões quentes e úmidos de Darr, ela permitia que os serventes descansassem em nosso jardim, onde era mais fresco. Ela tratava nosso administrador como um membro da família.

— Eu era uma criança — disse T'vril de novo. — Se quiser um relato melhor, deveria falar com os trabalhadores mais antigos do palácio.

— Você recomenda alguém?

— Qualquer um deles falará com você. Mas qual deles vai lembrar melhor de sua mãe... isso eu não sei dizer. — Ele deu de ombros.

Não era bem o que eu tinha esperado, mas era algo que eu poderia verificar depois.

— Obrigada de novo, T'vril — disse e sai à procura de Relad.

* * *

Aos olhos de uma criança, uma mãe é uma deusa. Ela pode ser gloriosa ou terrível, benevolente ou cheia de ira, mas ela é amada de qualquer forma. Tenho a convicção de que é o maior poder do universo.

Minha mãe...

Não. Ainda não.

* * *

No solário, o ar estava quente, úmido e perfumado pelas flores das árvores. Sobre essas árvores, erguia-se um dos pináculos do Céu — o mais central e mais alto, cuja entrada devia estar em algum lugar no meio dos caminhos tortuosos. Ao contrário dos demais pináculos, aquele se afunilava a poucos metros do chão, estreito demais para acomodar aposentos ou câmaras de tamanho razoável. Talvez fosse puramente decorativo.

Se mantivesse meus olhos semicerrados, poderia ignorar o pináculo e quase me sentir em Darr. As árvores eram diferentes; altas demais e finas demais, separadas demais. Na minha terra, elas eram grossas, úmidas e escuras como mistérios, cheias de trepadeiras emaranhadas e pequenas criaturas escondidas. Porém, os sons e os cheiros eram similares o bastante para aliviar a minha saudade de casa. Eu fiquei ali até o som de vozes por perto afastar a minha imaginação.

Afastaram *mesmo*, pois uma das vozes era de Scimina.

Eu não conseguia ouvir o que dizia, mas estava bem perto. Em algum lugar nas alcovas mais à frente; eu me escondia atrás de um aglomerado de arbustos e árvores. O caminho de pedrinhas brancas sob meus pés levava naquela direção, e provavelmente as pedras se espalhariam e se chocariam a cada passo, revelando minha aproximação a quem estivesse ali.

Decidi mandar a obviedade para os infernos infinitos.

Meu pai tinha sido um grande caçador antes de morrer. Ele me ensinou a pisar com cuidado na floresta para minimizar os ruídos feitos pelas folhas no chão. E eu sabia que deveria ficar abaixada, pois é da natureza humana reagir ao que está na altura dos olhos, enquanto o que fica acima ou abaixo geralmente passa despercebido. Se estivesse em uma floresta darre, eu subiria na árvore mais próxima, porém eu não conseguiria escalar facilmente aquelas coisinhas lisas e finas. Então, fui abaixada mesmo.

Quando me aproximei — perto o bastante para ouvir com dificuldade, mas longe o suficiente para não ser vista —, eu me encolhi aos pés de uma árvore para escutar.

— Vamos, meu irmão, não estou pedindo muito, estou? — A voz era de Scimina, quente e elogiosa. Não pude evitar um tremor ao ouvi-la, lembrando meu medo e minha raiva. Ela tinha lançado um *deus* contra mim, como um cão treinado, para se divertir. Havia muito tempo que eu não odiava alguém com tanta força.

— Qualquer coisa que você peça é muito — disse uma nova voz, masculina, um tenor com um quê de petulância. Relad? — Vá embora e me deixe pensar.

— Você conhece essas etnias sombrias, irmão. Não têm paciência, nem muita racionalidade. Sempre irritados com coisas que aconteceram há gerações... — Perdi o resto das palavras. Podia ouvir os passos dela, o que queria dizer que ela estava andando de um lado para o outro, vindo em minha direção e se afastando. Quando ela se afastava, era mais difícil ouvi-la. — Só faça o seu pessoal assinar o acordo de suprimentos. É só lucro para eles e para você.

— Isso, minha doce irmã, é uma mentira. Você jamais me ofereceria algo só para me beneficiar. — Então, soltou um suspiro cansado e um resmungo que não entendi. — Vá embora. Já disse. Minha cabeça dói.

— Óbvio que dói. Culpa dos seus caprichos. — A voz de Scimina tinha mudado. Ainda era educada, ainda agradável e leve, mas o calor a deixou, já que Relad certamente não cederia. Eu me admirei como uma mudança tão sutil a fazia soar tão diferente. — Muito bem, voltarei quando você estiver melhor. A propósito, você já encontrou nossa nova prima?

Prendi a respiração.

— Venha aqui — disse Relad. Percebi na hora que falava com outra pessoa, talvez com um servente. Não conseguia imaginá-lo usando aquele tom arrogante com Scimina. — Não. Ouvi dizer que você tentou matá-la. Foi uma boa ideia?

— Estava só brincando. Não pude resistir, ela é uma coisinha séria demais. Sabia que ela acha mesmo que é uma competidora pela posição de nosso tio?

Eu petrifiquei. Aparentemente, Relad também, pois foi Scimina que continuou.

— Ah, você não percebeu?

— Você não pode ter certeza. O velho amava Kinneth. E a garota não é nada para nós.

— Você realmente deveria ler mais sobre a história da família, irmão. O padrão... — E ela se afastou de novo. Era frustrante. Mas eu não me atrevia a me aproximar mais, pois só uma fina camada de galhos e folhas nos separavam. A essa distância, eles poderiam me ouvir respirando se prestassem bem atenção. Eu tinha que torcer para que se mantivessem absortos na conversa.

Houve mais alguns comentários trocados entre eles, a maioria não ouvidos por mim. Scimina suspirou.

— Bem, faça como achar melhor, irmão, e eu farei o mesmo de sempre.

— Boa sorte. — Aquele desejo em voz baixa era sincero ou sarcástico? Supus que fosse a segunda opção, mas tinha algo ali que sugeria a primeira. Eu não podia dizer sem ver Relad.

— Para você também, irmão. — Ouvi seus saltos baterem nas pedras do caminho, sumindo rapidamente.

Fiquei ali onde eu estava, perto da árvore, por um longo tempo, esperando meus nervos se acalmarem antes de tentar sair. E tranquilizar meus pensamentos também, embora isso fosse demorar mais, já que eles estavam confusos depois do que eu tinha ouvido. *Você sabia que ela acha mesmo que é uma competidora.* Isso queria dizer que eu não era? Relad aparentemente acreditava que sim, mas mesmo ele se perguntava, assim como eu: por que Dekarta me trouxe para o Céu?

Algo para se pensar depois. Eu tinha prioridades. Me levantei um pouco e comecei a andar cuidadosamente de volta entre os arbustos — mas antes que eu conseguisse, os galhos se partiram a poucos metros e um homem passou por eles. Louro, alto e bem-vestido, com a marca de um sangue-cheio: Relad. Congelei, mas era tarde demais; eu estava ali parada em plena vista, encurvada. Mas para meu imenso espanto, ele não me viu. Foi até uma árvore, desamarrou as calças e começou a esvaziar sua bexiga entre muitos suspiros e grunhidos.

Eu o encarei, incerta sobre o que mais me enojava: ele decidir urinar em um lugar público, onde outros sentiriam o fedor por dias, sua falta de atenção, ou o meu próprio descuido.

Contudo, eu ainda não havia sido pega. Eu poderia ter me abaixado e voltado, me escondido atrás de uma árvore e provavelmente não me notassem. Mas talvez ali houvesse uma oportunidade. Com certeza um irmão de Scimina apreciaria certa ousadia da nova rival.

Por isso, esperei que ele terminasse e fechasse as roupas. Ele se virou, e provavelmente ainda não me notaria se eu não tivesse escolhido aquele momento para pigarrear.

Relad se assustou e se virou, piscando cansado pelo tempo de três respirações antes que um de nós falasse.

— Primo — eu disse por fim.

Ele soltou um longo suspiro que não consegui interpretar. Estava zangado? Conformado? Os dois, talvez.

— Certo. Então você estava escutando.

— Sim.

— É isso que eles ensinam lá naquela sua selva?

— Entre outras coisas. Achei que era melhor me garantir com o que eu conheço, primo, já que ninguém achou adequado me ensinar o jeito Arameri de fazer as coisas. Estava mesmo esperando que você me ajudasse com isso.

— Ajudar você... — Ele começou a rir e balançar a cabeça. — Então, venha. Você pode ser uma bárbara, mas eu quero me sentar como um homem civilizado.

Aquilo era promissor. Relad já me parecia ser mais são que a irmã, embora não fosse difícil. Aliviada, eu o segui entre os arbustos até a clareira. Era um lugarzinho adorável, meticulosamente arquitetado para parecer natural, exceto pela perfeição impossível. Uma grande pedra, de contornos exatos para servir de divã, dominava uma das laterais do espaço. Relad, que não estava muito firme nos próprios pés, caiu nela com um grande suspiro.

Do lado oposto, havia uma piscina que não comportava mais do que duas pessoas. Uma jovem estava ali: linda, nua, com uma faixa preta na testa. Uma criada, de fato. Seus olhos encontraram os meus olhos e, então se desviaram. Havia certa elegância na inexpressividade do rosto dela. Outra jovem, com um vestido tão translúcido que mal fazia diferença se estivesse nua, encontrava-se agachada perto de Relad, segurando uma taça e uma jarra em uma bandeja. Entendi, então, porque ele precisou se aliviar: a jarra não era pequena e estava quase vazia. Era impressionante que ainda conseguisse andar.

Não havia lugar para me sentar, então prendi as mãos nas costas e fiquei parada em um silêncio comportado.

— Muito bem — disse Relad. Ele pegou um copo vazio e o examinou, como se quisesse saber se estava limpo. Obviamente havia sido usado.

— O que, em nome de todos os demônios não conhecidos, você quer?

— Como eu disse, primo: ajuda.

— E por que eu deveria ajudar você?

— Talvez possamos ajudar um ao outro — respondi. — Eu não tenho interesse em me tornar herdeira do avô. Mas eu estaria muito disposta a apoiar outro candidato se as circunstâncias fossem adequadas.

Relad pegou o jarro para se servir, mas a mão dele balançava tanto que derramou um terço para fora. Que desperdício. Precisei lutar contra a vontade de tirar da sua mão e eu mesma servir.

— Você é inútil para mim — disse, então. — Você só ficaria no caminho, ou pior, me deixaria vulnerável para *ela*.

Nenhum de nós precisava de esclarecimentos sobre a quem ele se referiu ao dizer *ela*.

— Ela veio aqui para encontrar você e tratar de um assunto completamente diferente — eu disse. — Você acha que é uma coincidência ela ter me mencionado na conversa? Eu diria que uma mulher não discute um rival com outro, a não ser que espere jogá-los um contra o outro. Talvez ela veja a nós dois como ameaças.

— Ameaças? — ele riu e entornou a taça de seja-lá-o-que-for. Nem deve ter sentido o gosto. — Deuses, você é tão estúpida quanto feia. E o velho acha mesmo que você é páreo para ela? Inacreditável.

Meu corpo ficou quente, mas eu já tinha ouvido coisas bem piores na vida. Mantive a calma.

— Não estou interessada em ser páreo para ela — disse, mais áspera do que eu queria, mas duvidava que ele se importaria. — Tudo o que eu quero é sair desse maldito lugar viva.

O olhar que ele lançou em mim me deixou doente. Não era cínico, ou mesmo de desprezo, era só horrivelmente *pragmático*. "Você nunca vai sair", aquele olhar me disse, nos olhos duros e sorriso cansado. "Você não tem a menor chance."

Mas em vez de dizer isso em voz alta, Relad falou com uma gentileza que me inquietou mais do que o escárnio dele.

— Não posso ajudá-la, prima. Mas oferecerei um conselho, se você estiver disposta a escutar.

— Eu agradeceria, primo.

— A arma preferida de minha irmã é o amor. Se você ama alguém, algo, tenha cuidado. É ali que ela irá atacar.

Franzi a testa, confusa. Eu não tive amantes significativos em Darr, não gerei filhos. Meus pais já estavam mortos. Eu amava a minha avó, meus tios e primos e meus poucos amigos, mas não podia ver como...

Ah. Ficou nítido como o dia, depois que descobri. Darr. Não era um dos territórios de Scimina, mas ela era Arameri e nada estava além do seu alcance. Eu teria que achar alguma forma de proteger meu povo.

Relad balançou a cabeça como se lesse minha mente.

— Você não pode proteger as coisas que ama, prima, não para sempre. Não completamente. A única verdadeira defesa é, em primeiro lugar, não amar.

Fechei a cara.

— É impossível. — Como um ser humano poderia viver assim?
Ele sorriu, e eu estremeci.
— Bem, boa sorte então.
Ele acenou para as mulheres. As duas se levantaram e foram até o divã, esperando a próxima ordem. Foi quando eu reparei: ambas eram altas, de aparência nobre, belas naquele jeito angular e reto dos amnies, e com cabelos escuros. Não pareciam muito com Scimina, mas a semelhança era inegável.

Relad as olhava com tanta amargura que por um momento senti pena. Perguntei-me quem ele teria amado e perdido. E imaginei quando percebi que Relad era tão inútil para mim quanto eu era para ele. Melhor lutar sozinha do que confiar naquela casca vazia.

— Obrigada, primo — respondi e inclinei a cabeça. E o deixei com suas fantasias.

Na volta para o meu quarto, parei no escritório de T'vril e devolvi o frasco de cerâmica. Ele o guardou sem dizer uma palavra.

Memórias

Há uma doença chamada Morte Andarilha. Ela causa tremores, uma febre terrível, inconsciência e, nos estágios finais, um tipo especial de mania. A vítima se sente compelida a levantar do leito e andar — para qualquer lugar, mesmo indo e voltando nos limites de um cômodo. Andar enquanto a febre aumenta tanto que a pele do doente racha e sangra; andar enquanto o cérebro morre. E depois ainda um pouco mais.

Houve muitas epidemias da Morte Andarilha com o passar dos séculos. Quando a doença surgiu, milhares de pessoas morreram porque ninguém entendia como ela se espalhava. Eram as andanças, sabe. Desimpedidos, os infectados sempre andavam para onde havia pessoas saudáveis. Espalhavam o próprio sangue e morriam ali, e assim a doença era passada adiante. Agora, sabemos. Agora, construímos um muro ao redor do lugar que a Morte tocou, e fechamos nossos corações aos gritos das pessoas saudáveis presas ali. Se ainda estiverem vivos algumas semanas depois, poderão sair. Existem sobreviventes. Não somos cruéis.

Não passou despercebido que a Morte aflige apenas as classes trabalhadoras. Sacerdotes, nobres, intelectuais, mercadores ricos... vai além do fato de terem guardas e recursos para ficarem de quarentena nas cidadelas e nos templos. Nos primeiros anos, não havia quarentenas e, mesmo assim, eles não morriam. A não ser que tivessem saído recentemente das classes mais baixas, os ricos e poderosos eram imunes.

Certamente uma praga dessas não é natural.

Quando a Morte chegou em Darr, um pouco antes de eu nascer, ninguém esperava que meu pai fosse contaminado. Éramos uma nobreza menor, mas ainda assim nobreza. Mas meu avô paterno tinha sido um plebeu, segundo os costumes de Darr — um belo caçador que chamou a atenção da minha avó. Aparentemente, era o bastante para a doença.

Porém... meu pai sobreviveu.

Depois contarei porque isso é relevante.

* * *

Naquela noite, ao me preparar para dormir, saí do banho e encontrei Sieh comendo o meu jantar e lendo um dos livros que eu trouxe de Darr. Não me importei com o jantar. O livro era diferente.

— Gosto disso — disse Sieh, acenando vagamente para mim, como cumprimento. Ele não ergueu os olhos do livro. — Nunca tinha lido poesia darre. É estranho, pois ao falar com você, achei que todos os darres fossem diretos. Mas isso... cada linha é cheia de enrolações. Seja lá quem tenha escrito isso, pensa em círculos.

Sentei na cama para escovar meu cabelo.

— É considerado uma cortesia pedir antes de invadir a privacidade dos outros.

Ele não largou o livro, mas o fechou.

— Eu ofendi você. — Havia uma expressão contemplativa em seu rosto. — Como eu fiz isso?

— O poeta era meu pai.

A expressão mudou para surpresa.

— Ele é um ótimo poeta. Por que a incomoda que outros leiam o trabalho dele?

— Porque é meu. — Ele morreu há uma década em um acidente de caça, um jeito tipicamente masculino de morrer. E ainda doía pensar nele. Baixei a escova olhando para os cachos escuros presos nas cerdas. Cachos amnies, como meus olhos. Muitas vezes me perguntei se meu pai tinha me achado feia como tantos darres achavam. Se sim, era por causa das minhas características amnias ou por que eu não parecia *mais* amnia, como a minha mãe?

Sieh me encarou por um longo tempo.

— Não quis ofender. — Ele se levantou e colocou o livro de volta na minha pequena estante.

Senti um tipo de entorpecimento, mas voltei a escovar o cabelo para disfarçar.

— Estou surpresa que você se importe — disse. — Nossa espécie morre o tempo todo. Você deve estar cansado de ter que lidar com o nosso luto.

Sieh sorriu.

— Minha mãe também está morta.

A Traidora, que não traiu ninguém. Eu nunca pensei nela como a mãe de alguém.

— Além disso, você tentou matar Nahadoth por mim. Isso faz você merecer certa consideração. — Ele foi até minha penteadeira para se sentar, empurrando meus poucos cosméticos com as nádegas. Parece que essa "certa consideração" não era muita. — Então, o que você quer?

Levei um susto. Ele sorriu.

— Você estava feliz em me ver até perceber o que eu estava lendo.

— Ah.

— Então?

— Estava pensando... — De repente, me senti uma tola. Quantos problemas eu tinha naquele momento? Por que eu estava obcecada com os mortos?

Sieh endireitou-se e cruzou as pernas, esperando. Eu suspirei.

— Estava pensando se você poderia me contar o que sabe sobre... sobre minha mãe.

— Nem Dekarta, nem Scimina ou Relad? Nem a *minha* peculiar família? — Ele inclinou a cabeça e as pupilas dobraram de tamanho em segundos. Eu encarei, me distraindo com isso por um instante. — Interessante. O que levou a isso?

— Conheci Relad hoje. — Fiquei procurando palavras para explicar melhor.

— Que dupla, não? Ele e Scimina. As histórias que eu poderia contar a você sobre a guerrinha deles...

— Não é o que quero saber. — Minha voz saiu ríspida demais ao dizer isso. Não pretendia deixá-lo perceber o quanto o encontro com Relad me afetou. Eu tinha esperado outra Scimina, mas a realidade amarga e embriagada foi outra. Eu me tornaria igual a ele se não saísse logo do Céu?

Sieh ficou em silêncio, provavelmente lendo cada pensamento no meu rosto. Então, não fiquei muito surpresa quando ele me lançou um olhar calculista, seguido por um sorriso preguiçoso e perverso.

— Eu conto o que puder — disse. — Mas o que você me dará em troca?

— O que você quer?

O sorriso dele sumiu, dando lugar a uma expressão completamente séria.

— Eu disse antes. Deixe que eu durma com você.

Eu o encarei. Ele balançou a cabeça com força.

— Não como um casal. — Ele parecia enojado com a ideia. — Eu sou uma criança, lembra?

— Você não é uma criança.

— Para os deuses, sou. Nahadoth nasceu antes do próprio tempo. Ele faz eu e meus irmãos parecermos crianças. — Sieh mexeu-se de novo, e envolveu os joelhos com os braços. Parecia terrivelmente jovem e vulnerável. Porém, eu não era tola.

— Por quê?

Ele soltou um suspiro baixinho.

— Eu gosto de você, Yeine, só isso. Tem que ter um motivo para tudo?

— Estou começando a achar que, com você, sim.

Ele fechou a cara.

— Bem, não tem. Já disse que eu faço o que eu gosto, o que me faz me sentir bem, como as crianças fazem. Não tem lógica. Aceite ou não, como quiser.

Ele colocou o queixo no joelho e olhou para longe, simulando a expressão mal humorada mais perfeita que eu já tinha visto.

Suspirei e tentei pensar se o fato de dizer "sim" para ele me deixaria suscetível aos truques dos Enefadeh ou a alguma trama dos Arameri. Porém, finalmente entendi: nada daquilo importava.

— Suponho que deva ficar lisonjeada — disse e suspirei.

No mesmo instante, Sieh se animou e pulou na minha cama, puxando as cobertas e batendo no meu lado do colchão.

— Posso escovar seu cabelo?

Não pude evitar e dei uma risada.

— Você é muito, muito estranho.

— A imortalidade é muito, muito entediante. Você ficaria surpresa ao saber como as pequenas coisas mundanas da vida se tornam fascinantes depois de alguns milênios.

Fui até a cama e me sentei, oferecendo a escova. Ele praticamente ronronou ao pegá-la, mas eu segurei.

Ele sorriu.

— Estou sentindo minha própria barganha ser jogada de volta na minha cara.

— Não. Mas me parece sensato, ao negociar com um trapaceiro, exigir que ele cumpra a parte dele primeiro.

Ele riu, largando a escova para dar um tapa na perna.

— Você é *tão* divertida. Gosto mais de você do que dos outros Arameri.

Não gostei de ver que ele me considerava Arameri. Mas...

— Mais do que da minha mãe? — perguntei.

Ele ficou sério e se ajeitou, apoiando-se nas minhas costas.

— Eu até gostava dela. Não nos dava ordens com frequência. Apenas quando precisava; no geral, nos deixava em paz. Os espertos tendem a agir assim, apesar das exceções como Scimina. Não faz sentido ficar muito próximo de suas armas.

Também não gostei de ouvir essa afirmação tão casual sobre a motivação da minha mãe.

— Talvez fizesse isso por princípios. Muitos Arameri abusam do poder que têm sobre vocês. Não está certo.

Ele ergueu a cabeça do meu ombro e me olhou por um momento, entretido. Depois, voltou a deitar.

— Suponho que possa ser isso.

— Supõe, mas não acredita que seja.

— Você quer a verdade, Yeine? Ou ser confortada? Não, não acho que foi por princípios que ela nos deixava em paz. Acho que Kinneth simplesmente tinha outras coisas em mente. Você podia ver nos olhos dela. Um propósito.

Franzi a testa ao lembrar. Ela tinha uma expressão decidida, de fato, séria e inabalável. Havia lampejos de outras coisas também. Especialmente quando ela achava que não era observada. Ambição. Arrependimento.

Eu imaginava quais seriam seus pensamentos quando, por vezes, ela me lançava aquele olhar. "Irei fazer de você meu instrumento, minha ferramenta, para contra-atacar", talvez, embora ela soubesse melhor do que eu como eram poucas as nossas chances. Ou talvez "Eis a minha chance de criar um mundo, mesmo que seja apenas o de uma criança". E agora que eu tinha visto como eram os Arameri e o Céu, uma nova possibilidade surgiu. "Criarei você de forma saudável."

Mas ela também teve aquela expressão enquanto estava no Céu, muito antes do meu nascimento, quando não tinha nada a ver comigo.

— Não havia nenhuma disputa no caso dela, havia? — perguntei. — Achei que ela era a única herdeira.

— Nenhuma disputa. Nunca houve dúvidas de que Kinneth seria a próxima líder do clã. Nunca, até o dia em que ela anunciou a abdicação. — Sieh deu de ombros. — Mesmo depois disso, por um tempo, Dekarta esperou que ela mudasse de ideia. Mas algo aconteceu e dava para sentir o gosto da diferença no ar. Era verão naquele dia, mas a fúria de Dekarta parecia gelo sobre metal.

— Naquele dia?

Sieh ficou sem responder por um momento. De repente, eu soube, por um instinto que eu não entendi nem questionei, que ele iria mentir. Ou pelo menos esconder parte da verdade.

Mas tudo bem. Ele era um trapaceiro, e um deus, e no final das contas eu era membro de uma família que o mantinha acorrentado por séculos. Eu não podia esperar que ele confiasse totalmente em mim. Eu me contentaria com o que conseguisse.

— O dia em que ela veio até o palácio — disse Sieh. Ele falava mais devagar do que o normal, visivelmente pensando em cada palavra. — Um ano mais ou menos depois de casar com o seu pai. Dekarta ordenou que esvaziassem os corredores quando ela chegou. Assim, ela poderia manter as aparências, entende; mesmo naquele momento, ele cuidou dela. Ele a encontrou a sós pelo mesmo motivo e ninguém sabe o que foi dito entre eles. Mas todos nós sabíamos o que ele esperava.

— Que ela estivesse voltando. — Felizmente, não foi o que ela fez, ou eu talvez sequer tivesse nascido.

Então, *por que* ela tinha vindo?

Eu precisava descobrir aquilo.

Ofereci a escova para Sieh. Ele a pegou, sentou apoiado nos joelhos e com muita gentileza começou a pentear o meu cabelo.

* * *

Sieh dormia espalhado, ocupando grande parte da cama imensa. Eu tinha imaginado que ele fosse dormir mais perto, mas ele parecia contente em apenas ter uma parte do corpo em contato comigo — uma perna e uma mão, jogadas em cima da minha perna e da minha barriga respectivamente. Não me incomodava ele estar espalhado ou roncando um pouco. Porém, me incomodei, novamente, com as luzes brilhantes como o dia.

Apesar disso, cochilei de alguma forma. Devia estar cansada. Algum tempo depois, acordei e abri meus olhos ainda sonolentos, para ver que o cômodo tinha ficado escuro. Já que quartos escuros à noite eram normais para mim, não pensei muito sobre isso e adormeci de novo. Porém, de manhã eu me lembrei de algo — um gosto no ar, como Sieh tinha chamado. O gosto era de algo que eu conhecia pouco, mas eu o conhecia do jeito que uma criança conhece o amor ou um animal conhece o medo. Ciúme, mesmo entre pai e filho, é um fato da natureza.

    Naquela manhã, eu me virei e encontrei Sieh acordado, os olhos verde-escuros de arrependimento. Sem falar nada, ele se levantou, sorriu para mim e desapareceu. Eu sabia que ele jamais dormiria comigo de novo.

Família

Levantei cedo, logo depois que Sieh saiu, querendo encontrar T'vril antes da visita diária ao Salão. Embora ele reafirmasse que eu já havia encontrado todos que importavam, era em relação à disputa pela herança. No que dizia respeito a minha mãe, eu esperava encontrar alguém que poderia saber mais sobre a noite da sua abdicação.

Mas eu virei para a esquerda quando deveria ter virado para a direita e não desci o bastante no ascensor, e, em vez do escritório de T'vril, eu me vi na entrada do palácio, encarando o pátio onde a saga mais desagradável da minha vida havia começado.

E Dekarta estava ali.

* * *

Quando eu tinha cinco ou seis anos, aprendi sobre o mundo com meus tutores itempanes.

— Existe o universo governado pelos deuses — disseram para mim. — O Iluminado Itempas é o maior entre eles. E existe o mundo, governado pelo Nobre Consórcio, guiado pela família Arameri. Dekarta, o Lorde Arameri, é o maior entre eles.

Comentei com minha mãe, depois disso, que aquele Lorde Arameri deveria ser um grande homem.

— Ele é — disse ela, e esse foi o fim da conversa.

Mais do que as palavras, ficou em minha mente a maneira que ela as disse.

* * *

O pátio do Céu é a primeira coisa que os visitantes veem, então é arquitetado para impressionar. Além do Portão Vertical e da entrada do palácio — um túnel cavernoso de arcos concêntricos, em que o bloco intimidante do Céu propriamente dito se ergue ao redor —, havia também o Jardim dos Cem Mil e o Píer. Óbvio que nada atracava naquele Píer, já que ficava logo depois do pátio e dava para uma queda de meio quilômetro. Tinha um corrimão fino e elegante na altura da cintura. Aquele corrimão não impediria alguém que quisesse se suicidar, mas suponho que daria alguma segurança aos demais.

Dekarta encontrava-se com Viraine e vários outros perto do Píer. O grupo parecia um pouco deslocado e ainda não tinha me visto. Eu teria dado meia-volta imediatamente e voltado para o palácio se não tivesse reconhecido uma das figuras que estava ali com Dekarta e Viraine. Zhakkarn, a deusa guerreira.

Aquilo me fez parar. Os demais eram cortesãos de Dekarta; eu lembrava vagamente de alguns rostos. Outro homem, não tão bem-vestido quanto o resto, estava alguns passos dentro do Píer, como se apreciasse a vista — mas ele tremia. Eu conseguia ver isso de onde eu estava.

Dekarta disse algo, e Zhakkarn ergueu a mão e invocou uma lança de prata brilhante. Apontando-a para o homem, ela deu três passos à frente. A ponta da lança pairou, firme apesar do vento, a alguns centímetros das costas do homem.

Ele deu um passo à frente e olhou para trás. O vento chicoteava seu cabelo, formando uma nuvem translúcida ao redor da cabeça. Parecia ser amnio ou de alguma etnia irmã. Porém, eu reconheci o comportamento e os olhos selvagens e desafiadores. Era um herege, um inimigo do Iluminado. Antes, havia exércitos de pessoas como ele, mas havia poucos agora, escondidos em bolsões isolados e adorando os deuses caídos em segredo. Aquele deve ter sido descuidado.

— Você não pode mantê-los acorrentados para sempre — disse o homem. O vento trouxe as palavras até a mim e além, provocando meus ouvidos. A magia protetora que mantinha o ar quente e calmo dentro do Céu aparentemente não funcionava no Píer. — Nem mesmo o Pai do Céu é infalível!

Dekarta não respondeu, mas se inclinou e murmurou alguma coisa para Zhakkarn. O homem no Píer ficou rígido.

— Não! Você não pode! Não pode! — Ele se virou e tentou passar por Zhakkarn e a lança em riste, com os olhos fixos em Dekarta.

Zhakkarn apenas moveu a ponta da lança e o homem se empalou.

Eu gritei, colocando as mãos sobre a boca. A entrada do palácio amplificou o som; Dekarta e Viraine viraram-se para mim. Então, surgiu um som que deixou meu grito menor, quando o homem começou a berrar.

Aquilo me atravessou como a lança de Zhakkarn. Curvado ao redor da lança que segurava pelo cabo, o corpo dele tremia mais que antes. Percebi, tarde demais, que havia outra força o sacudindo além do próprio grito, pois seu peito começou a brilhar em vermelho ao redor da ponta da lança. Fumaça saía das mangas, do colarinho, da boca e do nariz. Os olhos eram a pior parte, porque ele estava consciente. Ele sabia o que estava acontecendo com ele, sabia e se desesperava, e aquilo também era parte do seu sofrimento.

Fugi. O Pai do Céu que me ajude, mas eu não consegui aguentar. Corri de volta para o palácio e me encolhi em um canto. Isso não ajudou, eu ainda podia ouvi-lo gritando, gritando, *gritando* enquanto queimava por dentro, mais e mais até eu achar que iria desatinar e não ouvir mais nada pelo resto da minha vida.

Graças a todos os deuses, até mesmo Nahadoth, aquilo acabou em algum momento.

Não sei por quanto tempo fiquei ali, agachada, com as mãos cobrindo os ouvidos. Depois de um tempo, percebi que não estava mais sozinha e ergui a cabeça. Dekarta, apoiando-se em uma bengala preta e polida, cuja madeira poderia ter vindo das florestas de Darr, me observava com Viraine ao seu lado. Os outros cortesãos tinham se dispersado pelo corredor. Zhakkarn não estava à vista em lugar nenhum.

— Bem — disse Dekarta com a voz cheia de desprezo —, agora vemos a verdade. É a covardia do pai que corre forte em suas veias, não a coragem dos Arameri.

Aquilo transformou meu choque em fúria. Me ergui em um impulso.

— Os darres já foram guerreiros famosos — disse Viraine, antes que eu pudesse falar e me condenar. Ao contrário de Dekarta, sua expressão era neutra. — Mas séculos sobre o governo pacífico do Pai do Céu civilizaram até mesmo as etnias mais selvagens, meu senhor, e não podemos culpá-la por isso. Duvido que ela já tenha visto um homem ser morto antes.

— Os membros desta família precisam ser mais fortes — disse Dekarta. — É o preço que pagamos pelo nosso poder. Não temos direito de ser como as etnias sombrias que desistiram de seus deuses para salvar a própria cabeça. Precisamos ser como aquele homem, apesar do seu desvio. — Ele apontou para trás, para o Píer, ou para onde quer que o corpo do herético morto estivesse. — Como Shahar. Devemos estar dispostos a morrer, e a matar, pelo nosso Senhor, Itempas. — Ele sorriu, e senti arrepios. — Talvez eu deva chamá-la para lidar com o próximo, neta.

Eu estava chateada demais, zangada demais para sequer tentar controlar o ódio estampado em meu rosto.

— Que força é necessária para matar um homem desarmado? Para mandar *alguém* matá-lo? E daquele jeito... — Balancei a cabeça. O grito ainda ecoava na minha mente.

— Aquilo foi crueldade, não justiça!

— Será? — Para minha surpresa, Dekarta parecia realmente refletir. — Este mundo pertence ao Pai do Céu. Isso é indiscutível. Aquele homem foi pego distribuindo livros proibidos, livros que negavam essa realidade. E cada um dos leitores desses livros, cada cidadão de bem que viu essa blasfêmia e não o denunciou, agora faz parte dessa ilusão. São todos criminosos no meio de nós, com a intenção de roubar mais do que ouro, mais do que as vidas, roubar os *corações*. Mentes. Sanidade e paz. — Dekarta suspirou. — A verdadeira justiça seria arrasar toda aquela nação, cauterizar a ferida antes que ela se espalhe. Em vez disso, simplesmente ordenei as mortes de todos da facção dele, seus companheiros e filhos. Apenas daqueles que estão além da redenção.

Eu encarei Dekarta, horrorizada demais para falar. Agora eu sabia por que o homem tinha se virado para se empalar. Agora eu sabia aonde Zhakkarn tinha ido.

— Lorde Dekarta lhe deu uma chance — acrescentou Viraine. — Pular teria sido a morte mais fácil. Os ventos geralmente os giram contra a coluna de apoio do palácio, então nada atinge o chão. É... rápido.

— Vocês... — Eu queria cobrir meus ouvidos de novo. — Vocês se intitulam servos de Itempas? Vocês são feras raivosas. Demônios!

Dekarta balançou a cabeça.

— Sou um tolo por continuar procurando algo dela em você. — Ele se virou e começou a se afastar pelo corredor, devagar mesmo com a bengala. Viraine logo o acompanhou, pronto para ajudá-lo se ele tropeçasse. Ele se virou para me olhar uma vez, mas Dekarta não.

Eu me afastei da parede.

— Minha mãe era mais devota ao Iluminado do que você!

Dekarta parou e, por um instante, eu temi, percebendo que fui longe demais. Mas ele não se virou.

— Isso é verdade — disse Dekarta, com uma voz bem suave. — Sua mãe não teria mostrado piedade alguma.

Ele continuou. Eu apoiei as costas na parede e não consegui parar de tremer por um bom tempo.

* * *

Não fui ao Salão naquele dia. Não poderia me sentar ao lado de Dekarta, fingindo indiferença, enquanto minha mente ainda ecoava os gritos do homem herege. Eu não era Arameri e jamais seria Arameri, então qual seria o sentido em agir como eles? E, naquele momento, eu tinha outras preocupações.

Fui até o escritório de T'vril enquanto ele estava preenchendo sua papelada. Antes que ele pudesse se levantar para me saudar, apoiei-me na sua mesa.

— Os pertences da minha mãe. Onde estão?

Ele fechou a boca, mas a abriu novamente para falar.

— O apartamento dela é no pináculo sete.

Foi a minha vez de hesitar.

— O apartamento dela está preservado?

— Dekarta ordenou que o mantivéssemos assim depois que ela se foi. Quando ficou evidente que ela não iria voltar... — Ele estendeu as mãos. — Meu antecessor dava muito valor à própria vida para sugerir o esvaziamento dos cômodos. Assim como eu. — Depois, diplomático como sempre, ele acrescentou. — Vou pedir que mostrem a você o caminho.

* * *

Os aposentos de minha mãe.

O servente me deixou sozinha sob minha ordem não falada. Com a porta fechada, o silêncio tomou o lugar. Formas ovais projetadas pela luz do sol cobriam o chão. As cortinas eram pesadas e não se moveram com a minha entrada. O pessoal de T'vril tinha mantido o apartamento limpo, então não havia sequer partículas de pó dançando na luz. Se eu prendesse a respiração, quase acreditaria que estava em um retrato, não em um lugar no tempo presente.

Dei um passo à frente. Aquela era a sala de recepção. Escrivaninha, sofá, uma mesa para trabalhar ou tomar chá. Alguns toques pessoais aqui e ali: pinturas na parede, esculturas em pequenos nichos, um belo altar entalhado ao estilo senmata. Tudo muito elegante.

Nada me dava a sensação da presença dela.

Andei pelos aposentos. A sala de banho à esquerda. Maior que a minha, mas ela sempre adorou se banhar. Lembro-me de sentar com ela em meio às bolhas, dando risadinhas enquanto ela ajeitava o cabelo no topo da cabeça, fazendo caretas bobas...

Não. Nada disso ou eu logo seria inútil.

O quarto. A cama era ovalada e imensa, duas vezes maior que a minha, branca, cheia de travesseiros. Guarda-roupas, penteadeira e uma lareira — decorativa, já que não era preciso acender fogo no Céu. Outra mesa. Ali também havia toques pessoais: garrafas cuidadosamente arrumadas na penteadeira para colocar suas favoritas na frente. Diversos vasos de plantas, imensas e verdejantes, mesmo depois de tantos anos. Retratos nas paredes.

Um chamou minha atenção. Fui até a lareira para ver o maior deles, uma representação emoldurada de uma mulher amnia, linda e loura. Em vestes ricas, com uma postura que deixava evidente sua origem, muito mais refinada que a minha, mas tinha algo na expressão que me intrigava. O sorriso era apenas uma curvatura mínima dos lábios, e, embora olhasse para o observador, o olhar era vago, sem foco. Sonhando acordada? Ou preocupada? O artista tinha sido magistral ao captar aquilo.

A semelhança entre ela e minha mãe era impressionante. Era minha avó, a tragicamente falecida esposa de Dekarta. Não era de admirar que parecesse preocupada, casando com alguém dessa família.

Virei-me para observar toda a sala.

— O que você era neste lugar, mãe? — sussurrei. Minha voz não quebrou o silêncio imóvel. Ali, presa no momento congelado que era aquela sala, eu era uma mera observadora. — Você era a mãe de quem eu me lembro? Ou era uma Arameri?

Aquilo não tinha nada a ver com a morte dela. Era apenas algo que eu precisava saber.

Comecei a vasculhar o apartamento. Um processo lento, porque não me atrevi a revirar o lugar. Não apenas eu poderia ofender os serventes ao fazer isso, mas sentia que de algum modo desrespeitaria minha mãe. Ela sempre gostou das coisas arrumadas.

Assim, o sol já havia se posto quando eu finalmente encontrei um pequeno baú no armário da cabeceira da cama. Eu sequer tinha percebido que a cabeceira tinha um armário, até apoiar a mão na borda e sentir um vinco. Um esconderijo? O baú estava aberto, repleto com um monte de papéis dobrados e enrolados. Eu já estava colocando as mãos neles quando meus olhos captaram, de relance, a letra do meu pai em um dos pergaminhos.

Minhas mãos tremiam quando retirei o baú do armário. Ficou um quadrado nítido na grossa camada de poeira no interior do baú; pelo visto, os serventes não limpavam ali dentro. Talvez, como eu, não tivessem percebido que a cabeceira se abria. Soprei a poeira dos papéis e peguei a primeira folha dobrada.

Uma carta de amor de meu pai para ela.

Peguei cada papel, examinando-os e os ordenando por data. Eram todas cartas de amor dele para ela, e algumas poucas dela para ele, cobrindo um pouco mais de um ano da vida de meus pais. Engolindo em seco com dificuldade e tomando coragem, comecei a ler.

Uma hora depois, parei, deitei na cama e chorei até adormecer.

Quando acordei, o quarto estava escuro.

* * *

E eu não temi. Um mau sinal.

* * *

— Você não deveria vagar sozinha pelo palácio — disse Nahadoth.

Sentei. Ele sentou ao meu lado na cama, olhando pela janela. A lua estava alta e brilhante, atravessando uma fina camada de nuvens. Eu devia ter dormido por horas.

— Gosto de pensar que temos um acordo, Lorde Nahadoth — ousei dizer, enquanto esfregava o rosto.

Minha recompensa foi um sorriso, embora ele não tenha se virado para mim.

— Respeito. Sim. Mas existem outros perigos no Céu além de mim.

— Algumas coisas valem o risco. — Olhei para a cama. A pilha de cartas estava ali, junto com vários outros pequenos itens tirados do baú: um sachê de flores secas; uma mecha de cabelos lisos e pretos, que provavelmente pertenciam ao meu pai; um rolo de papel que tinha vários versos de poesia riscados na letra da minha mãe; um pequeno pingente de prata em um cordão de couro. Os tesouros de uma mulher apaixonada. Peguei o pingente e tentei mais uma vez, sem sucesso, descobrir o que era. Parecia um caroço liso, alongado e pontudo. Tinha algo de familiar.

— Uma pedra-de-fruta — disse Nahadoth. Ele me observava pelo canto dos olhos.

Sim, parecia ser aquilo; damasco, talvez. Ou gingko biloba. Lembrei-me de onde eu tinha visto algo parecido: em ouro, ao redor do pescoço de Ras Onchi.

— Por quê...?

— A fruta morre, mas ali dentro existe a faísca de uma nova vida. Enefa tinha poder sobre a vida e a morte.

Franzi a testa, confusa. Talvez a pedra-de-fruta fosse o símbolo de Enefa, como o anel de jade branco era o de Itempas. Mas por que a minha mãe tinha um símbolo de Enefa? Ou melhor, por que o meu pai a teria dado um?

— Ela era a mais forte de nós — murmurou Nahadoth. Estava observando o céu noturno novamente, embora fosse óbvio que seus pensamentos estavam em outro lugar. — Se Itempas não tivesse usado veneno, Ele jamais a mataria. Mas ela confiava Nele. O amava.

Ele baixou os olhos, sorrindo de forma gentil e triste, para si mesmo, e concluiu:

— E eu também.

Quase deixei o pingente cair.

* * *

Eis o que os sacerdotes me ensinaram:

Era uma vez três deuses. O Iluminado Itempas, Senhor do Dia, era aquele enviado pelo destino, pelo Turbilhão, ou por algum projeto indecifrável, para governar. Tudo estava bem até Enefa, a irmã pretensiosa, decidir que queria governar no lugar do Iluminado Itempas. Ela convenceu o irmão deles, Nahadoth, a ajudá-la, e tentaram dar um golpe junto com alguns de seus filhos. Itempas, mais poderoso que os dois irmãos juntos, derrotou-os com facilidade. Ele assassinou Enefa, puniu Nahadoth e os rebeldes, e estabeleceu uma paz ainda maior — pois sem o irmão sombrio e a irmã selvagem para domar, Ele estava livre para trazer a verdadeira luz e a ordem para toda a criação.

Mas...

* * *

— Veneno?

Nahadoth suspirou. O cabelo movia-se constantemente nas suas costas, como cortinas na brisa noturna.

— Nós mesmos criamos a arma, em nossos flertes com humanos, mas demoramos para perceber.

O Senhor da Noite desceu à Terra, procurando diversão.

— Os demônios — sussurrei.

— Humanos fizeram dessa palavra um epíteto. Os demônios são tão belos e perfeitos quanto nossos filhos de origem divina, mas são mortais. Se colocado em nosso corpo, seu sangue ensina nossa carne a morrer. É o único veneno que pode nos fazer mal.

Mas a amante do Senhor da Noite nunca o perdoou.

— Você os caçou.

— Temíamos que eles se misturassem aos mortais, passando a mancha para os descendentes, até que toda a humanidade se tornasse letal para nós. Mas Itempas manteve um deles vivo, escondido.

Assassinar os próprios filhos... estremeci. Então, a história dos sacerdotes era verdadeira. Porém, eu conseguia sentir a vergonha de Nahadoth, a dor que permanecia. Aquilo significava que a versão da história contada pela minha avó também era verdade.

— Então o Senhor Itempas usou esse... veneno para subjugar Enefa quando ela O atacou.

— Ela não O atacou.

Náusea. O mundo estava girando na minha cabeça.

— Então, por que...?

Ele baixou o olhar. O cabelo caiu sob o rosto, ocultando-o, e eu voltei três noites até o nosso primeiro encontro. O sorriso que curvava seus lábios não era desequilibrado, mas tinha tanta amargura que bem poderia ser.

— Eles brigaram — disse ele. — Por mim.

* * *

Por um breve momento, algo mudou dentro de mim. Olhei para Nahadoth e não o vi como a entidade imprevisível, poderosa e assassina que ele era.

Eu o queria. Queria seduzi-lo. Controlá-lo. Vi a mim mesma nua na grama verde, braços e pernas ao redor de Nahadoth que tremia em cima de mim, preso e indefeso no prazer da minha carne. Meu. Eu me vi acariciando o cabelo de meia-noite, erguendo o olhar para encarar meus próprios olhos e sorrindo, convencida, com uma satisfação possessiva.

Rejeitei aquela imagem, aquele sentimento, praticamente na mesma hora que surgiu na minha mente. Mas era outro aviso.

* * *

— O Turbilhão que nos criou era lento — disse Nahadoth. Se ele sentiu minha súbita inquietação, não demonstrou. — Eu nasci primeiro, depois Itempas. Por incontáveis eternidades, Ele e eu estivemos sozinhos no universo; primeiro como inimigos, depois como amantes. Ele gostava assim.

Eu tentei não pensar nas histórias dos sacerdotes. Tentei não questionar se Nahadoth também estava mentindo — embora a sensação de que houvesse verdade em suas palavras que ressoavam dentro de mim instintivamente. Os Três eram mais do que irmãos, eram forças da natureza, opostos, mas tão conectados e presos uns aos outros como um emaranhado de cordas. Eu, filha única e uma mortal que jamais teve um amante, sequer podia começar a entender a relação deles. Ainda assim, me sentia obrigada a tentar.

— Quando Enefa surgiu... o Senhor Itempas a viu como uma intrusa?

— Sim. Ainda que, antes dela, nós sentíssemos uma incompletude. Fomos feitos para sermos Três, não dois. Itempas também se ressentia disso.

Nahadoth me olhou pelo canto dos olhos. Sombreadas pelo meu corpo, por um instante, as expressões de incerteza em seu rosto se moldaram em uma perfeição única de linhas e feições que me fez prender a respiração. Eu nunca tinha visto algo tão lindo. No mesmo instante, entendi por que Itempas matou Enefa para ficar com ele.

— É divertido saber que nós podemos ser tão orgulhosos e egoístas quanto os humanos? — Havia um tom áspero na voz de Nahadoth. Quase não notei, pois ainda estava focada no seu rosto. — Nós fizemos vocês a nossa imagem, lembre-se. Todas as nossas falhas estão em vocês.

— Não — retruquei. — O-o que me surpreende mesmo são... as mentiras que me contaram.

— Eu esperava que os darres se dedicassem mais à preservação da verdade. — Ele se aproximou, devagar, sutil. Havia algo predatório nos seus olhos; e eu, fascinada, era presa fácil. — Nem toda a humanidade adora Itempas por escolha, afinal. Pensei que pelo menos a *ennu* conheceria os antigos hábitos.

"Eu também pensei". Fechei meu punho ao redor da pedra-de-fruta prateada, sentindo uma tontura. Eu sabia que meu povo tinha sido herege. Era por isso que os amnios chamavam as etnias como a minha de *sombrias*: nós tínhamos aceitado o Iluminado apenas para salvar a nós mesmos quando os Arameri ameaçaram nos aniquilar. Mas o que Nahadoth sugeria, que parte do meu povo sempre conheceu o verdadeiro motivo para a Guerra dos Deuses e que *tinha escondido isso de mim*... não. Eu não podia, não queria acreditar naquilo.

Sempre houve sussurros sobre mim. Dúvidas. Meu cabelo amnio, meus olhos amnies. Minha mãe amnia, que podia ter me contaminado com os costumes Arameri. Eu lutei tanto para ganhar o respeito do meu povo. Achei que tivesse conseguido.

— Não — murmurei. — Minha avó me contaria...

Contaria?

— Tantos segredos ao seu redor — sussurrou o Senhor da Noite. — Tantas ilusões cobertas pelo véu sobre seus olhos. Devo retirá-lo para você? — Sua mão tocou o meu quadril. Não pude evitar um sobressalto. O nariz roçou o meu, a respiração fez cócegas nos meus lábios. — Você me deseja.

Se eu já não estivesse tremendo, começaria naquela hora.

— N-não.

— Tantas mentiras. — Na última palavra, sua língua passou de leve em meus lábios. Parecia que todos os músculos do meu corpo haviam se contraído. Não consegui segurar um gemido. Eu me vi novamente na grama verde, debaixo dele, presa por ele. Eu me vi em uma cama — a mesma onde eu estava. Eu o vi me possuir na cama de minha mãe, com o rosto selvagem e movimentos violentos, e eu não o possuía nem o controlava. Como eu sequer ousei imaginar que poderia? Ele me usava e eu estava indefesa, chorando de dor e desejo. Eu era dele e ele me devorava, deliciando-se com a minha sanidade, enquanto a rasgava e a engolia em pedaços suculentos. Ele iria me destruir e eu adoraria cada minuto.

— Deuses... — A ironia dessas palavras se perdeu. Estendi os braços, enterrando minhas mãos naquela aura escura para empurrá-lo. Senti o frio ar noturno e achei que não havia nada para tocar. Mas encontrei. Encontrei a carne, um corpo quente, as roupas. Eu me agarrei a esta última para me lembrar da realidade e do perigo. Era tão difícil não o puxar para mais perto. — Por favor, não. Pelos deuses, por favor, não.

Ele ainda estava perto demais. Sua boca roçava na minha, por isso senti o sorriso.

— Isso é uma ordem?

Eu tremia de medo e desejo, e pelo esforço. O último compensou no final, pois consegui afastar meu rosto do dele. O hálito frio fez cócegas no meu pescoço e eu senti, em todo o meu corpo, a mais íntima das carícias. Eu nunca quis tanto um homem, nunca em toda a minha vida. E eu nunca tive tanto medo.

— Por favor — pedi de novo.

Ele me beijou, muito de leve, no pescoço. Tentei não gemer e falhei miseravelmente. *Doía* o tanto que eu o desejava. Mas ele suspirou, levantou-se e foi até a janela. Os fios pretos do seu poder ficaram em mim; eu quase fui soterrada naquela escuridão. Mas quando ele se afastou, os fios me soltaram — aparentemente com relutância — e se acomodaram de volta à inquietude costumeira da alma de Nahadoth.

Eu me abracei enquanto me perguntava se um dia eu iria parar de tremer.

— Sua mãe era uma verdadeira Arameri — disse Nahadoth.

O choque matou o meu desejo, tão repentino quanto um tapa.

— Ela era tudo o que Dekarta queria e mais — continuou. — Os objetivos deles nunca eram os mesmos, mas de todas as outras formas, ela estava mais do que à altura do pai. Ele ainda a ama.

Eu engoli em seco. Minhas pernas estavam trêmulas, então não me levantei, mas me endireitei. Havia me encolhido sem perceber.

— Então, por que ele a matou?

— Você acha que foi ele?

Abri a boca para exigir uma explicação. Mas antes que eu falasse qualquer coisa, ele se virou para mim. A luz que entrava pela janela transformava seu corpo em uma silhueta, exceto os olhos. Eu os via nitidamente, pretos como ônix e brilhando com malícia e conhecimento sobrenaturais.

— Não, pequeno peão — disse o Senhor da Noite. — Pequena ferramenta. Sem mais segredos revelados, não sem uma aliança. Isso é pela sua segurança assim como pela nossa. Devo dizer a você nossos termos?

— De alguma forma, eu sabia que ele estava sorrindo. — Sim, acho que devo. Queremos a sua vida, doce Yeine. Em troca, você terá todas as respostas que quiser, além da chance de se vingar também. É isso o que você quer de verdade, não é? — Ele deu uma risadinha cruel. — Você é mais Arameri do que Dekarta acha.

Comecei a tremer de novo, mas dessa vez não foi de medo.

Como antes, ele foi desaparecendo, a imagem sumindo muito antes da sua presença. Quando eu já não podia mais senti-lo, guardei os pertences de minha mãe e arrumei o quarto para que ninguém percebesse que eu estive ali. Quis ficar com a pedra-de-fruta prateada, mas não podia pensar em um lugar mais seguro para escondê-la do que o compartimento onde permaneceu sem ser descoberta por décadas. Então a deixei para trás, junto às cartas, no esconderijo.

Quando finalmente acabei, voltei para o meu quarto. Precisei de toda a minha força de vontade para não correr.

Mãe

T'vril me contou que às vezes o Céu come pessoas. Foi construído pelos Enefadeh, afinal, e viver em uma casa construída por deuses zangados com certeza teria seus riscos. Nas noites em que a lua está escura e as estrelas se escondem atrás de nuvens, as paredes de pedra param de brilhar. O Iluminado Itempas fica sem poderes. A escuridão nunca perdura — algumas horas, no máximo —, mas enquanto dura, a maioria dos Arameri não sai dos próprios aposentos e fala baixo. Se precisarem viajar pelos corredores do Céu, movem-se rápida e furtivamente, sempre olhando por onde andam. Pois, veja só, de forma totalmente aleatória, os pisos se abrem e engolem os incautos. Investigadores entram nos espaços mortos embaixo, mas nunca encontram um corpo.

Agora, sei que isso é verdade. Mas o mais importante é...

Sei para onde os perdidos foram.

* * *

— Por favor, conte-me sobre a minha mãe — disse a Viraine.

Ele ergueu os olhos da bugiganga em que trabalhava. Algo de metal articulado e couro, que lembrava uma aranha, e eu não tinha a menor ideia para que servia.

— T'vril disse que a enviou aos aposentos dela na noite passada — disse ele, arranjando-se no banco para me encarar, com uma expressão pensativa. — O que você está procurando?

Eu tomei nota: T'vril não era completamente de confiança. Mas aquilo não me surpreendia. Sem dúvida, T'vril tinha as próprias batalhas para lutar.

— A verdade.

— Você não acredita em Dekarta?

— Você acreditaria?

Ele riu.

— Você também não tem motivo para acreditar em mim.

— Eu não tenho motivo para acreditar em ninguém em toda essa toca fedida cheia de amnies. Mas já que não posso sair daqui, não tenho escolha além de rastejar no lodo.

— Nossa. Você quase soou como ela. — Para minha surpresa, ele ficou satisfeito com a minha grosseria. Ele começou a sorrir, com um ar de condescendência. — Muito bruta, porém. Muito direta. Os insultos de Kinneth eram tão sutis que você só percebia que tinha sido ofendido horas depois.

— Minha mãe jamais insultou alguém sem um bom motivo. O que você disse para provocá-la?

Ele hesitou por um segundo, mas reparei, satisfeita, que seu sorriso sumiu.

— O que você quer saber? — perguntou.

— Por que Dekarta mandou matar a minha mãe?

— A única pessoa que pode responder a essa pergunta é Dekarta. Você planeja conversar com ele?

Eu iria, em algum momento. Mas dois poderiam jogar o jogo de responder uma pergunta com outra pergunta.

— Por que ela veio aqui, naquela última noite? Na noite em que Dekarta finalmente percebeu que ela não voltaria?

Eu esperava a surpresa que tomou o rosto de Viraine. Mas não a fúria gélida que a seguiu rapidamente.

— Com quem você andou falando? Os serviçais? Sieh?

Às vezes, a verdade pode desequilibrar um oponente.

— Nahadoth.

Ele se encolheu e estreitou os olhos.

— Entendo. Ele vai matar você, sabe. É seu passatempo favorito, brincar com qualquer Arameri tolo o bastante para tentar domá-lo.

— Scimina...

—... Não tem intenção de domá-lo. Quanto mais monstruoso ele é, mais contente ela fica. Dizem que ele estraçalhou a última tola que se apaixonou por ele por todo o pátio.

Eu lembrei dos lábios de Nahadoth no meu pescoço e lutei para suprimir um arrepio, mas só contive parte dele. A morte como consequência de deitar-se com um deus não era algo em que eu tinha pensado, mas não me surpreendeu. A força de um mortal tem limites. Ele a gasta e dorme. Pode ser que seja um bom amante, mas mesmo as suas melhores técnicas não seriam de confiança — para cada carícia que leva uma mulher às nuvens, ele pode tentar dez que a trará de volta à Terra.

Nahadoth me levaria às nuvens e me deixaria lá. Então, me arrastaria, para a escuridão fria e sem ar, que era seu verdadeiro domínio. E se eu sufocasse ali, se minha carne explodisse ou minha mente quebrasse... bem. Viraine estava certo: eu seria a única culpada.

Eu dei um sorriso triste para Viraine, deixando que ele visse meu medo legítimo.

— Sim, Nahadoth provavelmente me matará... se vocês, Arameri, não chegarem na frente. Se isso lhe preocupa, sempre pode ajudar respondendo às minhas perguntas.

Viraine ficou em silêncio por um longo tempo mantendo os pensamentos ilegíveis por trás da máscara que era o próprio rosto. Por fim, ele me surpreendeu de novo, levantando-se da mesa de trabalho e indo até uma das imensas janelas. De uma delas podíamos ver toda a cidade e as montanhas além dela.

— Não posso dizer que me lembro muito bem daquela noite — disse. — Isso foi há vinte anos. Eu tinha acabado de chegar ao Céu, recém-enviado pelo Colégio de Escribas.

— Por favor, me conte tudo o que você conseguir lembrar — pedi.

* * *

Escribas aprendem vários idiomas mortais na infância, antes de começarem a aprender a língua dos deuses. Isso os ajuda a entender a flexibilidade da linguagem e da própria mente, pois há muitos conceitos que existem apenas em alguns idiomas e que não têm sequer aproximação em outros. É assim que a língua dos deuses funciona, permitindo a conceitualização do impossível. E é por isso que não se pode confiar nos melhores escribas.

* * *

— Estava chovendo naquela noite. Eu me lembro porque a chuva raramente cai no Céu, pois as nuvens mais pesadas costumam ficam abaixo de nós. Mas Kinneth ficou encharcada só no caminho entre a carruagem e a entrada. Ela deixou uma trilha de água por todos os corredores que passou.

O que significava que ele a viu, percebi. Ou ele ficou escondido em um corredor lateral enquanto ela passava, ou a seguiu perto o bastante para que a água não tivesse secado ainda. Sieh não tinha dito que Dekarta mandou esvaziar os corredores naquela noite? Viraine deve ter desobedecido àquela ordem.

— Todos sabiam por que ela tinha vindo, ou pelo menos pensavam que sabiam. Ninguém esperava que aquele casamento durasse. Era incompreensível ver uma mulher tão forte, criada para governar, abrir mão de tudo por nada. — No reflexo da janela, Viraine olhou para mim. — Sem querer ofender.

Para um Arameri, isso era quase educado.

— Não ofendeu.

Ele deu um sorriso fraco.

— Mas *foi* por ele, sabe. O motivo de ela vir naquela noite. O marido, seu pai; ela não veio pedir a posição dela de volta, ela veio porque *ele* tinha a Morte Andarilha, e ela queria que Dekarta o salvasse.

Eu o encarei, me sentindo estapeada.

— Ela chegou a trazê-lo com ela. Um dos serviçais do pátio olhou dentro da carruagem e o viu, suando e febril, provavelmente no terceiro estágio. Só a viagem deve ter o exaurido fisicamente, acelerando o ritmo da doença. Ela apostou tudo pela ajuda de Dekarta.

Eu engoli em seco. Eu sabia que meu pai tinha contraído a Morte em algum ponto. Sabia que minha mãe tinha fugido do Céu no auge do próprio poder, banida pelo crime de amar alguém inferior. Mas que as duas coisas tinham ligação...

— Então, ela deve ter conseguido.

— Não. Quando ela saiu para voltar a Darr, parecia zangada. Dekarta estava em uma fúria que eu nunca vi igual; achei que haveria mortes. Mas ele simplesmente ordenou que Kinneth fosse retirada das relações da família, não apenas como herdeira, isso já havia sido feito, mas como uma Arameri. Ele ordenou que eu queimasse seu selo de sangue, o que pode ser feito a distância, e eu o fiz. Ele chegou a se pronunciar publicamente. Foi o assunto do momento, a primeira vez que um sangue-cheio tinha tido deserdado em... séculos.

Balancei a cabeça devagar.

— E meu pai?

— Até onde eu sei, ainda estava doente quando ela se foi.

Mas meu pai tinha sobrevivido à Morte Andarilha. Sobreviver não era inédito, porém era raro, especialmente entre aqueles que chegavam ao terceiro estágio.

Talvez Dekarta tenha mudado de ideia? Se ele ordenasse, os médicos do palácio iriam atrás da carruagem até alcançá-la e trazê-la de volta. Dekarta poderia até mesmo ter ordenado o Enefadeh para...

Espere.

Espere.

— Então, foi por isso que ela veio — disse Viraine. Ele se virou para me encarar, com uma expressão severa. — Por ele. Não havia uma grande conspiração nem mistério algum... qualquer servente que esteja aqui há tempo o bastante poderia ter dito isso. Então, por que você estava tão ansiosa a ponto de perguntar a *mim*?

— Porque eu achei que você me contaria mais do que um servente — respondi. Lutei para manter minha voz neutra, para que ele não notasse minhas suposições. — Se motivado o suficiente.

— Foi por isso que você me provocou? — Ele balançou a cabeça e suspirou. — Bem. É bom ver que você herdou *algumas* qualidades dos Arameri.

— Elas são úteis aqui.

Ele inclinou a cabeça com ironia.

— Mais alguma coisa?

Eu precisava saber mais, mas não por ele. Ainda assim, eu não podia parecer precipitada.

— Você concorda com Dekarta? — perguntei, só para jogar conversa fora. — Que minha mãe teria sido mais rigorosa ao lidar com aquele herege?

— Ah, sim. — Pisquei surpresa, e ele sorriu. — Kinneth era como Dekarta, uma das poucas Arameri que levava seu papel como escolhida de Itempas a sério. Ela era a morte para os infiéis. Morte para qualquer um, qualquer um mesmo, que ameaçasse a paz... ou o poder dela. — Ele balançou a cabeça, com um sorriso nostálgico. — Você acha que Scimina é ruim? Scimina não tem visão. Sua mãe era propósito encarnado.

Ele estava se divertindo de novo, lendo o desconforto no meu rosto como um selo. Talvez eu ainda fosse jovem o bastante para vê-la pelos olhos adoradores da infância, mas as formas como a descreveram desde que cheguei ao Céu, não batia com minhas memórias. Eu me lembrava de uma mulher gentil e calorosa, com um humor irônico. Ela podia ser dura, ah sim... como adequado à esposa de qualquer governante, principalmente nas circunstâncias em Darr naquele momento. Mas ouvir que ela era mais cruel, ou Arameri, que Scimina e elogiada por Dekarta... aquela não era a mesma mulher que me criou. Aquela era outra mulher, com o nome e a história de minha mãe, mas uma alma completamente diferente.

Viraine era especialista em magias que podiam afetar a alma. "Você fez alguma coisa com a minha mãe?", eu quis perguntar. Mas aquela seria uma explicação muito, muito simples.

— Você está perdendo tempo, sabe — disse Viraine. Ele falou suavemente, e seu sorriso havia sumido durante o meu longo silêncio. — Sua mãe está morta. Você ainda está viva. Você deveria passar mais tempo tentando se manter assim, e não tentando se juntar a ela.

Era isso que eu estava fazendo?

— Tenha um bom dia, Escriba Viraine — eu disse, e saí.

* * *

Então, eu me perdi metafórica e literalmente.

O Céu não é um lugar fácil para se perder. Os corredores parecem todos iguais, sim. Os ascensores se confundem, carregando passageiros para onde eles *querem* ir em vez de onde eles *precisam* ir. (Soube que é um problema especialmente para mensageiros apaixonados). Mas, os corredores estão normalmente repletos de serventes que ficam felizes em ajudar qualquer um que tenha uma marca de sangue-alto.

Eu não pedi ajuda. Sabia que era uma tolice, mas uma parte de mim não queria saber qual direção tomar. As palavras de Viraine me cortaram fundo, e conforme eu caminhava pelos corredores, remoía em pensamento aquelas feridas.

Era verdade que eu tinha negligenciado a disputa pela herança para conhecer mais sobre o passado de minha mãe. Saber a verdade não traria os mortos de volta à vida, mas com certeza poderia me matar. Talvez Viraine estivesse certo e meu comportamento refletisse alguma tendência suicida. Ainda não tinha completado uma estação desde a morte de minha mãe. Em Darr, eu teria o tempo e a família para me ajudar a lamentar devidamente, mas o convite do meu avô interrompeu o processo. Ali, no Céu, escondi meu luto, mas isso não queria dizer que eu o sentia menos.

Com isso em mente, eu parei e vi que estava na biblioteca do palácio.

T'vril tinha me mostrado a biblioteca no meu primeiro dia. Em circunstâncias normais, eu ficaria espantada, pois ela ocupava um espaço maior do que o templo de Sar-enna-nem, em minha terra natal. A biblioteca do Céu tinha mais livros, pergaminhos, tábulas e globos do que eu havia visto em toda a minha vida. Mas eu precisava de um tipo de conhecimento bem específico desde que cheguei ao Céu, e todas as histórias acumuladas nos Cem Mil Reinos não poderiam me ajudar.

Porém... por algum motivo, eu me sentia atraída pelo lugar.

Vaguei pelo corredor de entrada da biblioteca e fui saudada pelo fraco eco dos meus passos. O teto tinha a altura de três homens, suportado por enormes pilares redondos e um labirinto de estantes que iam do chão ao teto. Tanto as estantes quanto os pilares estavam cobertos com prateleiras repletas de livros e pergaminhos, alguns acessíveis apenas por escadas que eu via nos cantos. Aqui e ali havia mesas e cadeiras, onde se podia sentar e ler por horas.

Porém, parecia que não havia mais ninguém por ali, o que me surpreendeu. Os Arameri eram tão acostumados ao luxo que não se davam conta daquele tesouro? Parei para examinar uma parede cheia de tomos tão grossos quanto a minha cabeça e percebi que não conseguiria ler nenhum deles. O senmata — o idioma dos amnies — tinha se tornado a língua oficial desde a ascensão dos Arameri, mas foi permitido que a maior parte das nações mantivesse sua língua original desde que também ensinassem o senmata. Aqueles livros provavelmente estavam em temanês. Conferi a parede mais próxima: kenti. Em algum lugar ali provavelmente haveria uma seção darre, mas não tinha ideia por onde começar a busca.

— Está perdida?

Dei um pulo e virei para ver uma senhora amnia, mais baixa, a alguns metros de distância, espiando por trás de um pilar. Eu realmente não havia notado a sua presença. Pela expressão azeda no seu rosto, ela provavelmente também pensou que estivesse sozinha na biblioteca.

— Eu... — Percebi que não tinha ideia do que dizer. Eu não tinha ido parar ali com um propósito. Para evitar a resposta, perguntei:

— Tem uma estante aqui em darre? Ou, pelo menos, onde estão os livros em senmata?

Sem dizer nada, a senhora apontou para trás de mim. Eu me virei e vi três prateleiras de livros em darre.

— Os senmatas começam naquele canto.

Sentindo-me extremamente tola, agradeci e analisei as prateleiras em darre. Por vários minutos, eu encarei os livros até perceber que a metade era poesia e a outra, coleções de histórias que eu ouvi a vida toda. Nada de útil.

— Você está procurando algo específico? — A mulher estava parada bem ao meu lado. Eu me espantei, já que não a ouvi se aproximar.

Mas quando perguntou, eu percebi de repente que *havia* algo que eu poderia aprender na biblioteca.

— Informações sobre a Guerra dos Deuses.

— Os textos religiosos estão na capela, não aqui. — Não achei que fosse possível, mas a mulher se tornara ainda mais amarga. Talvez ela fosse a bibliotecária, e nesse caso, eu a ofendi de certa forma. Estava evidente que a biblioteca já não tinha movimento , mesmo sem ser confundida com outro lugar.

— Não quero textos religiosos — disse rapidamente, tentando amenizar a situação. — Quero... relatos históricos. Registros de morte. Diários, cartas, teses acadêmicas, qualquer coisa escrita na época.

A mulher estreitou os olhos por um momento. Era a única adulta que eu tinha visto no Céu mais baixa que eu, o que poderia até ter me consolado se não fosse a hostilidade gritante em sua expressão. Eu me surpreendi com a hostilidade, pois ela estava vestida com o mesmo uniforme branco e simples da maioria dos serventes. Geralmente, bastava somente olhar a marca em minha testa que eles se tornavam solícitos ao ponto do servilismo.

— Tem algumas coisas assim — disse ela. — Mas quaisquer relatos *completos* da guerra foram totalmente censurados pelos sacerdotes. Podem ter algumas fontes intactas em coleções particulares. Dizem que Lorde Dekarta mantém nos próprios aposentos as mais valiosas.

Eu deveria ter suspeitado.

— Gostaria de ver qualquer coisa disponível. — Nahadoth tinha me deixado curiosa. Não sabia nada sobre a Guerra dos Deuses além do que os sacerdotes tinham me contado. Talvez se eu mesma lesse os relatos, poderia extrair alguma verdade das mentiras.

A senhora apertou os lábios, pensativa, e depois fez um gesto seco para que eu a seguisse.

— Por aqui.

Eu a segui pelos corredores sinuosos, cada vez mais espantada com a extensão do lugar, que parecia só aumentar.

— Essa biblioteca deve abrigar todo o conhecimento do mundo.

A minha amarga companheira bufou.

— Alguns poucos milênios de alguns bolsões da humanidade, nada mais. E mesmo isso foi selecionado, cortado e reformulado para se adequar aos gostos dos que estão no poder.

— Existe verdade mesmo no conhecimento adulterado, se lermos com cuidado.

— Apenas se soubermos que o conhecimento foi adulterado. — Virando outra esquina, a velha parou. Chegamos a um tipo de elo no meio do labirinto. À nossa frente, várias estantes estavam arrumadas uma de costas para a outra como uma coluna gigantesca de seis lados. Cada estante tinha cerca de um metro e meio de largura, alta e firme o bastante para ajudar a apoiar o teto que estava a mais de seis metros de altura; a estrutura em si rivalizava com o tronco de uma árvore centenária. — Eis o que você quer.

Dei um passo na direção da coluna e parei, insegura de repente. Quando eu me virei, percebi que a velha me observava com um olhar fixo e desconcertante. Seus olhos tinham a cor de metal velho.

— Desculpe — disse, levada por algum instinto. — Tem vários livros aqui. Por onde você sugere que eu comece?

Ela fechou a cara.

— Como posso saber? — E se virou. Sumiu entre as pilhas de livro antes que eu pudesse me recuperar do choque da grosseria gritante.

Mas eu tinha preocupações mais importantes do que uma bibliotecária rabugenta, então voltei a minha atenção para a coluna. Escolhi uma prateleira aleatoriamente, corri os olhos pelas lombadas para ver os títulos que pudessem ser interessantes, e comecei a caçada.

Duas horas depois, eu já estava no chão, com livros e pergaminhos espalhados ao meu redor; a irritação me venceu. Grunhindo, eu me joguei para trás no meio do círculo de livros, espalhando-os de uma forma que enfureceria a bibliotecária se ela me visse. Os comentários da velha senhora tinham me levado a pensar que eu encontraria poucas menções sobre a Guerra dos Deuses, mas ocorreu o contrário. Havia relatos completos de testemunhas da guerra. Havia relatos de relatos, e análises críticas desses relatos. Na verdade, havia tanta informação que se eu começasse a ler naquele dia e continuasse sem parar, demoraria meses para ler tudo.

E por mais que eu tentasse, eu não conseguia extrair a verdade do que eu havia lido. Todos citavam a mesma série de eventos: o enfraquecimento do mundo, quando todas as coisas vivas, das florestas até os jovens fortes, ficaram doentes e começaram a morrer. A tempestade de três dias. O estilhaçamento e a reformação do sol. No terceiro dia, os céus ficaram quietos e Itempas apareceu para explicar a nova ordem do mundo.

Faltavam informações sobre os eventos que levaram até a guerra. Foi ali que eu pude ver que os sacerdotes se dedicaram com afinco a tarefa da censura, pois não encontrei nenhuma descrição da relação entre os deuses antes da guerra. Não havia menção aos costumes ou às crenças nos dias dos Três. Os poucos textos que sequer abordavam o assunto simplesmente citavam o que o Iluminado Itempas disse ao primeiro Arameri: Enefa era a instigadora e a vilã; Nahadoth foi um conspirador cúmplice; o Senhor Itempas, o herói traído, e depois triunfante. E eu tinha perdido mais tempo.

Esfregando meus olhos cansados, pensei se valia a pena tentar no dia seguinte ou se desistia, e pronto. Conforme reuni forças para levantar, algo chamou a minha atenção. No teto. Podia ver, daquele ângulo, onde duas das estantes se uniam para formar uma coluna. Mas elas não estavam realmente unidas; havia uma lacuna entre elas com uns dez centímetros de largura. Intrigada, sentei e olhei mais de perto a coluna. Tinha a mesma aparência de antes, um conjunto de estantes imensas e repletas de livros, arrumadas costas com costas em um círculo, unidas sem espaço.

Outro segredo do Céu? Levantei.

O truque era surpreendentemente simples depois de observar melhor. As estantes eram feitas de uma madeira densa e escura, naturalmente preta — provavelmente darre, pensei depois, já tínhamos sido famosos por nossa madeira. Pelas frestas eu podia ver o fundo das outras estantes, também de madeira preta. Como as bordas das frestas eram escuras, as frestas em si eram quase invisíveis, mesmo a alguns passos de distância. Mas sabendo que elas estavam ali...

Espiei através da fresta mais próxima e vi um espaço amplo, de piso branco, cercado pelas estantes. Será que alguém tinha tentado esconder aquele espaço? Mas aquilo não fazia sentido; o truque era tão simples que alguém, provavelmente muitos alguéns, teria encontrado aquela coluna interna antes. Aquilo sugeria que o objetivo não era esconder, mas enganar — impedir os usuários e transeuntes casuais da biblioteca de encontrar o que quer que estivesse lá. Apenas aqueles que soubessem que o truque visual estava ali, ou que tivessem passado tempo o bastante procurando informação, encontrariam.

As palavras da senhora voltaram a mim. *Se soubermos que o conhecimento foi adulterado...* Sim. Era bem óbvio, para quem soubesse que havia algo a ser encontrado.

A fresta era estreita. Daquela vez, fiquei grata pelo meu corpo, que parecia de um garoto, porque foi mais fácil me arrastar pelas estantes. Mas depois tropecei e quase caí; assim que entrei na coluna, eu vi o que *realmente* estava escondido.

* * *

E então eu ouvi uma voz, mas não era uma voz, e ela perguntou:

— *Você me ama?*

E eu disse:

— *Venha aqui e lhe mostrarei.*

E abri meus braços. Ele veio a mim e me puxou com força contra si, e eu não vi a faca em sua mão. Não, não, não havia faca; não precisávamos dessas coisas. Não, houve uma faca, depois, e o gosto de sangue era brilhante e estranho em minha boca quando eu vi seu olhar, terrível, terrível...

Mas o que significava ele ter feito amor comigo antes?

* * *

Cambaleei e recostei na parede atrás de mim, lutando para respirar e pensar em meio ao terror incandescente, da náusea inexplicável e do desejo emergente de agarrar minha cabeça e gritar.

* * *

Sim, o aviso final. Eu geralmente não sou tão tola, mas vocês precisam entender. Era um pouco demais para lidar.

* * *

— Você precisa de ajuda?

Minha mente agarrou-se à voz da bibliotecária com a ferocidade de alguém se afogando. Eu devia ser uma visão horrível quando me virei para encará-la. Eu estava desequilibrada, com a boca aberta sem saber o que fazer, as mãos estendidas como garras à minha frente.

A velha, parada e cercada por uma das frestas nas estantes, me olhou impassível.

Com esforço, fechei a boca, abaixei as mãos e me endireitei da postura encolhida e bizarra em que me afundei. Eu ainda tremia por dentro, mas estava recuperando algum resquício de dignidade.

— Eu... eu, não — consegui dizer depois de um tempo. — Não. Eu... estou bem.

Ela não disse nada, só observava. Eu queria pedir que fosse embora, mas meus olhos retornaram para o que havia me chocado tanto.

Atrás de uma das estantes, o Iluminado Senhor da Ordem me fitava. Era só uma peça de arte — uma folha de ouro colocada por cima de uma silhueta delineada em um pedaço de mármore branco, talhada ao estilo amnio. Mesmo assim, o artista tinha captado Itempas em detalhes fantásticos e em tamanho real. Ele estava em uma postura elegante de guerreiro, uma figura larga e musculosa, com as mãos pousadas no punho de uma imensa espada. Olhos, como lanternas, me encaravam na solene perfeição daquele rosto. Eu tinha visto representações Dele nos livros dos sacerdotes, mas não assim. Eles O faziam mais magro, feições mais finas, como um amnio. Eles sempre O desenhavam sorrindo e nunca O fizeram com uma expressão tão fria.

Coloquei as mãos para trás para me endireitar — e senti mais mármore debaixo dos meus dedos. Quando me virei, o choque já não foi tão grande. Eu já quase esperava o que vi: obsidiana entalhada e uma miríade de minúsculos diamantes estrelados, formando uma figura esguia e sensual. Suas mãos estavam estendidas para os lados, quase perdidas no manto fulgurante de cabelo e poder. Eu não conseguia ver o rosto exultante? ou em um grito? da figura, pois estava virado para cima, dominado por aquela boca aberta, uivante. Mas eu o reconheci assim mesmo.

No entanto... franzi o cenho, confusa, esticando a mão para tocar o que podia ser uma camada dobrada de roupa ou um seio arredondado.

— Itempas o forçou a tomar uma única forma — disse a velha senhora, com a voz gentil dessa vez. — Quando ele era livre, ele era todas as coisas belas e terríveis.

Nunca ouvi uma descrição tão adequada.

Mas havia um terceiro bloco de mármore à minha direita. Eu podia vê-lo pelo canto dos olhos. Eu o notei no momento em que escorreguei entre as estantes. Evitei olhar naquela direção, por motivos que nada tinham a ver com meu eu racional e tudo a ver com o que eu, bem no fundo, no núcleo irracional dos meus instintos, já suspeitava.

Eu me forcei a virar para encarar o terceiro bloco, enquanto a velha me observava.

Comparada a dos irmãos, a imagem de Enefa era modesta. Pouco dramática. Em mármore cinza, estava sentada de perfil, usando uma roupa simples, com o rosto abaixado. Apenas observando atentamente, era possível notar as sutilezas. Na sua mão, havia uma pequena esfera — um objeto imediatamente reconhecível para qualquer um que tivesse visto a coleção de Sieh (e eu entendi por que ele a prezava tanto). A sua postura, rígida com uma energia visível, parecia mais estar *agachada* do que *sentada*. Apesar do rosto baixo, ela olhava para cima, de relance, para quem olhasse de volta. Havia algo naquele olhar que era... não sedutor. Era sincero demais para isso. Nem cauteloso. Mas... *avaliador*. Sim. Ela olhava para mim e através de mim, medindo tudo o que via.

Com a mão trêmula, toquei o rosto dela. Mais arredondado que o meu, mais bonito, mas as linhas eram as mesmas que eu via no espelho. O cabelo estava mais longo, mas a curva era a mesma. O artista tinha entalhado seus olhos com um jade verde-pálido. Se a pele fosse marrom, em vez de mármore... engoli em seco, ainda tremendo.

— Nós não queríamos contar a você ainda — disse a velha senhora. Bem atrás de mim, embora ela fosse gorda demais para passar pela fresta. Seria impossível, se fosse humana. — Mas o acaso fez você decidir vir à biblioteca agora. Acho que eu poderia ter dado um jeito de levá-la para outro lugar, mas... — Eu ouvi, mais do que vi, ela dar de ombros. — Você iria acabar descobrindo.

Eu afundei no chão, encolhendo-me contra a parede de Itempas como se ele pudesse me proteger. Sentia frio em todo o meu corpo, e meus pensamentos gritavam e espalhavam-se por todos os lados. Fazer aquela primeira conexão crucial aniquilou minha habilidade de fazer outras.

"É assim que se sente ao enlouquecer", entendi.

— Você vai me matar? — sussurrei para a velha senhora. Não havia nenhuma marca em sua testa. Eu não tinha percebido isso, pois estava mais acostumada com a ausência do que com a presença da marca. Deveria ter notado. Ela tinha um formato diferente em meu sonho, mas eu a reconheci: Kurue, a Sábia, líder dos Enefadeh.

— Por que eu faria isso? Investimos demais na sua criação. — Ela pousou a mão no meu ombro, eu me retorci. — Insana, você não nos serve de nada.

Não fiquei surpresa ao sentir a escuridão se aproximar. Relaxei e, agradecida, deixei que viesse.

Sanidade

Era uma vez uma...
Era uma vez uma...
Era uma vez uma...
Pare. Isso é indigno.

* * *

Era uma vez uma menininha que tinha dois irmãos mais velhos. O primogênito era sombrio, selvagem e glorioso, e ainda, um pouco rude. O outro estava repleto com o brilho de todos os sóis que jamais existirão, e era muito severo e íntegro. Eram muito mais velhos do que ela e muito próximos um do outro, embora tivessem lutado ferozmente no passado.

— Éramos jovens e tolos — dizia o Segundo Irmão sempre que a garotinha perguntava sobre isso.

— Sexo era mais divertido — completava o Primeiro Irmão.

Aquele tipo de declaração deixava o Segundo Irmão muito irritado, e, certamente, era por isso que o Primeiro Irmão fazia isso. Foi assim que a garotinha passou a conhecer e a amar os dois.

* * *

Perceba que isso é uma aproximação. É o que a sua mente mortal pode compreender.

* * *

Assim seguiu a infância da garotinha. Os três não tinham pais, então a menina se criou sozinha. Ela bebia a matéria cintilante quando tinha sede e deitava em lugares macios quando ficava cansada. Quando sentiu fome, o Primeiro Irmão a mostrou como retirar sustância das energias que a serviam, e quando ficou entediada, o Segundo Irmão ensinou a ela todo o conhecimento da existência. Foi assim que ela conheceu os nomes. O lugar em que eles viviam era chamado de Existência — em oposição ao lugar de onde tinham vindo, que era uma imensa massa gritante de nada chamada de Turbilhão. Os brinquedos e a comida que ela invocava eram chamados de possibilidade, e como era deliciosa aquela substância! Com aquilo, ela podia construir qualquer coisa que precisasse, mesmo mudando a natureza da Existência — embora ela logo tenha aprendido a perguntar antes de fazer isso, pois o Segundo Irmão ficava aborrecido quando ela alterava as regras e os processos cuidadosamente ordenados. O Primeiro Irmão não se importava.

Com o tempo, a garotinha passou a conviver mais com o Primeiro Irmão do que com o Segundo, porque o Segundo não parecia gostar tanto dela.

— É difícil para ele — disse o Primeiro Irmão, quando ela reclamou. — Ficamos sozinhos, ele e eu, por tanto tempo. Agora, você está aqui e isso muda tudo. Ele não gosta de mudanças.

Isso a garotinha já tinha entendido. E era por isso que os irmãos dela brigavam tanto um com o outro, pois o Primeiro Irmão adorava mudanças. Muitas vezes, o Primeiro Irmão ficava entediado com a Existência e a transformava, ou a virava do avesso só para ver o outro lado. O Segundo Irmão se irritava com o Primeiro Irmão sempre que isso acontecia, e o Primeiro Irmão ria da fúria dele. E antes que a garotinha pudesse piscar, eles partiam para a briga, dilacerando e destruindo um ao outro, até que algo mudasse, e então, eles apenas se agarravam e ofegavam, e sempre que isso acontecia, a garotinha esperava pacientemente que terminassem e pudessem voltar a brincar com ela.

Com o tempo, a garotinha se tornou uma mulher. Ela tinha aprendido a conviver com os dois irmãos, cada um à sua maneira — dançando selvagemente com o Primeiro Irmão e tornando-se disciplinada com o Segundo. Agora ela tinha o próprio jeito de lidar com as peculiaridades deles. Ficava entre os irmãos durante as batalhas, lutando contra eles para medir a própria força e os amando quando a luta se tornava alegria. Ela tinha, embora eles não soubessem, começado a criar as próprias EXISTÊNCIAS separadas, nas quais ela por vezes fingia que não tinha irmãos. Ali, ela reformulava a POSSIBILIDADE em novas formas surpreendentes e em novos significados que ela tinha certeza de que nenhum dos irmãos poderia ter criado. Com o tempo, ela se tornou hábil naquilo e as suas criações a agradavam tanto que passou a levá-las para o reino onde os irmãos viviam. Fez de forma sutil no começo, tomando muito cuidado para encaixá-las nos espaços ordenados e nos arranjos do Segundo Irmão, de forma que não o ofendesse.

O Primeiro Irmão, como de costume, ficou deliciado com a novidade e a incentivou a fazer muito mais. Porém, a mulher descobriu que ela tinha adquirido o gosto por um pouco da ordem do Segundo Irmão. Ela incorporou as sugestões do Primeiro Irmão, mas gradualmente, com propósitos, observando como cada pequena mudança resultava em outras, algumas vezes causando o crescimento de maneiras inesperadas e maravilhosas. Outras vezes, as mudanças destruíam tudo, forçando-a a começar novamente. Ela chorava a perda dos brinquedos, dos tesouros, mas sempre começava o processo de novo. Como a escuridão do Primeiro Irmão e a luz do Segundo Irmão, esse presente em especial era algo que só ela podia dominar. A compulsão por aquilo era tão essencial a ela quanto respirar, era parte da própria alma.

O Segundo Irmão, assim que superou o aborrecimento com as experiências dela, perguntou a ela sobre isso.

— Chama-se "vida" — disse ela, gostando do som da palavra. Ele sorriu, satisfeito, pois dar um nome a algo era dar-lhe ordem e propósito, e ele entendeu que ela o fez para oferecer-lhe respeito.

Mas era ao Primeiro Irmão que ela recorria para pedir ajuda com o experimento mais ambicioso que tinha. O Primeiro Irmão, como ela esperava, estava muito disposto a ajudar. Porém, para a surpresa dela, recebeu um aviso muito sério também.

— Se funcionar, irá mudar muitas coisas. Você percebeu isso, não é? Nada em nossa vida será igual de novo.

O Primeiro Irmão fez uma pausa, esperando para ver se ela entendia e, de repente, ela entendeu. O Segundo Irmão não gostava de mudanças.

— Nada fica igual para sempre — disse ela. — Nós não fomos feitos para ficarmos parados. Até ele deve perceber isso.

O Primeiro Irmão só suspirou e não disse mais nada.

O experimento funcionou. Aquela nova vida, chorando e tremendo e berrando veementes protestos, era bela em sua forma ainda não terminada, e a mulher sabia que o que ela havia começado era bom e correto. Ela chamou a criatura de "Sieh", porque era o som do vento. E chamou o jeito dele de ser de "criança", o que significava que ele tinha o potencial de crescer e se tornar algo como eles, e também que podiam criar mais deles.

E como sempre acontece na vida, aquela pequena mudança provocou muitas, muitas outras. A mais profunda delas foi algo que nem mesmo ela tinha previsto: eles se tornaram uma família. Por um tempo, todos ficaram contentes com aquilo, inclusive o Segundo Irmão.

Mas nem todas as famílias duram.

* * *

Então, em algum momento, houve amor.

Mais do que amor. E agora há mais do que ódio. Mortais não têm palavras para o que, nós, deuses sentimos. *Deuses* não têm palavras para isso.

Mas um amor como esse não desaparece simplesmente. Não importa o quão poderoso seja o ódio, sempre sobra algum amor, lá no fundo.

Sim. É horrível, não é?

* * *

Quando o corpo sofre um ataque, muitas vezes reage com febre. Ataques contra a mente podem ter o mesmo efeito. Por isso, eu fiquei deitada, tremendo e sem sentir nada por boa parte dos próximos três dias.

Alguns momentos dessa época surgem na minha memória como retratos de natureza-morta, alguns coloridos e outros em tons de cinza. Uma figura solitária está perto da janela do meu quarto, imensa e em alerta com uma vigilância inumana. Zhakkarn. Pisco e a imagem volta em negativo: a mesma figura, emoldurada por paredes brancas e brilhantes e um retângulo escuro da noite além da janela. Pisco e tem outra imagem: a velha senhora da biblioteca em pé, ao meu lado, observando meus olhos com cuidado. Zhakkarn está no fundo, observando. Um fio de conversa, desconectado das imagens.

— Se ela morrer...

— Então, começaremos de novo. O que são algumas décadas a mais?

— Nahadoth não ficará feliz.

Uma risada áspera e cruel.

— Você tem o dom de minimizar as coisas, irmã.

— Sieh também.

— Isso é culpa dele mesmo. Eu o avisei para não se importar demais. Pequeno tolo.

Tudo ficou quieto por um momento, um silêncio repleto de desaprovação.

— Não é tolice ter esperança.

Outro silêncio em resposta, embora esse carregue a sensação de vergonha.

Uma das imagens na minha cabeça é diferente das outras. É escura também, mas as paredes também estão escuras e há uma *sensação* na imagem, um sentimento de peso e pressão ameaçadores, além de raiva crescente. Zhakkarn está longe da janela dessa vez, perto de uma parede.

Ela curva a cabeça em respeito. Mais próximo, está Nahadoth, olhando para mim em silêncio. Seu rosto tinha mudado de novo, e agora eu entendo que isso acontece porque o controle de Itempas tem limites. Ele precisa mudar; ele *é* Mudança. Se quisesse, ele me mostraria a fúria que sentia, pois esta pesava no ar, fazendo a minha pele coçar. Porém, ele está sem expressão. Sua pele ficou em um tom marrom e os olhos, mais escuros, ganharam camadas de preto, os lábios me faziam desejar frutas maduras e macias. O rosto perfeito para seduzir garotas darres solitárias — porém funcionaria melhor se houvesse calor em seus olhos.

Ele não disse nada de que eu me lembre. Quando a minha febre cede e eu acordo, finalmente, ele já se foi e o peso da raiva foi junto — embora nunca se vá totalmente. Outro fator que foge ao controle do Iluminado Itempas.

* * *

Amanheceu.

Eu me sentei, tonta e com a cabeça pesada. Zhakkarn, ainda próxima à janela, me olha por cima do ombro.

— Você acordou. — Me virei para ver Sieh enroscado em uma poltrona ao lado da cama. Ele se espreguiçou e veio até mim, tocando a minha testa. — A febre cedeu. Como você se sente?

Respondo com o primeiro pensamento coerente que minha mente conseguiu formular.

— O que eu sou?

Ele baixou os olhos.

— Não posso contar para você.

Afastando as cobertas, me levantei. Fiquei tonta por um momento quando o sangue voltou a fluir na minha cabeça, mas logo me recuperei e fui aos tropeções até o banheiro.

— Quero os dois fora daqui quando eu terminar — disse por cima do ombro.

Nem Sieh nem Zhakkarn me responderam. No banheiro, fiquei apoiada sobre a pia por vários dolorosos momentos, refletindo se deveria vomitar. No fim, meu estômago vazio resolveu o assunto. Minhas mãos tremiam enquanto eu tomava banho e me secava, e bebi água direto da torneira.

Saindo nua do banheiro não me surpreendi ao ver que os dois Enefadeh ainda estavam ali. Sieh tinha puxado os joelhos para sentar na beira da minha cama, parecendo muito jovem e preocupado. Zhakkarn não tinha se afastado da janela.

— As palavras devem ser ditas como uma ordem — disse ela. — Se você realmente nos quiser fora.

— Não me importo com o que vocês fazem. — Achei as roupas íntimas e as coloquei. No armário, peguei e vesti a primeira roupa que vi, um elegante vestido amnie com uma estampa elaborada para disfarçar a minha ausência de curvas. Peguei botas que não combinavam e sentei para calçá-las.

— Aonde você está indo? — perguntou Sieh. Ele tocou no meu braço, ansioso. Sacudi o braço como se tentasse me livrar de um inseto e ele recuou. — Você não sabe, né? Yeine...

— Vou voltar à biblioteca — disse, apenas por dizer, pois ele estava certo; eu não tinha um lugar para ir, além de *para longe*.

— Yeine, eu sei que você está chateada...

— *O que eu sou?* — Eu me levantei usando uma bota só e me virei na direção dele. Ele se encolheu, possivelmente por eu ter me inclinado para gritar na cara dele. — *O quê? O quê? O que eu sou, seu maldito? O quê...?*

— Seu corpo é humano — interrompeu Zhakkarn. Agora, foi minha vez de me encolher. Ela estava perto da cama, olhando para mim, impassível como sempre, porém havia algo sutilmente protetor na forma como ficava atrás de Sieh. — Sua mente é humana. Sua alma é a única mudança.

— O que isso quer dizer?

— Quer dizer que você é a mesma pessoa que sempre foi. — Sieh estava acuado e desanimado. — Uma mortal comum.

— Eu pareço com ela.

Zhakkarn assentiu, indiferente, como se conversássemos sobre o clima.

— A alma de Enefa no seu corpo influenciou.

Eu estremeci, me sentindo mal outra vez. Algo dentro de mim não era eu. Esfreguei os braços, resistindo à vontade de usar as unhas.

— Vocês podem tirar isso de mim?

Zhakkarn piscou, e senti que a surpreendi pela primeira vez.

— Sim, mas seu corpo se acostumou a ter duas almas. Pode não sobreviver com apenas uma agora.

Duas almas. Isso era bom de alguma forma. Eu não era uma coisa vazia animada somente por uma força externa. Ao menos algo em mim era eu.

— Vocês podem tentar?

— Yeine... — Sieh estendeu a mão para pegar a minha, mas hesitou quando eu me afastei. — Nós mesmos não sabemos o que aconteceria se tirássemos a alma. Primeiro pensamos que a alma dela iria simplesmente consumir a sua, mas é obvio que não foi isso que aconteceu.

Minha confusão parecia visível.

— Você ainda está sã — disse Zhakkarn.

Algo dentro de mim *me devorava*. Caí sentada na cama, arfando por vários minutos, sem conseguir recuperar o fôlego. Quando me refiz, eu me ergui e andei sem parar, mancando em uma bota só. Eu não conseguia me acalmar. Esfreguei as têmporas, puxei o cabelo, me perguntando por quanto tempo eu *permaneceria* sã com esses pensamentos rondando minha mente.

— E você ainda é *você* — disse Sieh com desespero, andando também, quase me seguindo. — Você é a filha que Kinneth teve. Você não tem a memória de Enefa nem a personalidade dela. Você não pensa como ela. Isso quer dizer que você é forte, Yeine. Isso vem de *você*, não dela.

Ri com selvageria, um som que parecia um soluço.

— Como você sabe?

Ele parou e, com os olhos gentis e cheios de luto, disse:

— Se você fosse ela, você me amaria.

Eu também parei, de andar e de respirar.

— E a mim — disse Zhakkarn. — E Kurue. Enefa amava todos os filhos, mesmo aqueles que a traíram.

Eu não amava Zhakkarn nem Kurue. Soltei a respiração.

Mas estava tremendo de novo, embora, em parte, por fome. A mão de Sieh buscou a minha, ressabiada. Como não me afastei, ele suspirou e a segurou, me guiando para sentar na cama.

— Você poderia ter passado a vida inteira sem saber — ele disse, passando a mão no meu cabelo. — Envelheceria e amaria um mortal, talvez tivesse crianças mortais e as amaria também, e morreria dormindo como uma velha desdentada. Era isso o que nós queríamos, Yeine. Era o que você teria se Dekarta não a tivesse trazido para cá. Isso nos forçou a agir.

Eu me virei para ele. Tão perto assim, foi difícil resistir ao impulso. Acarinhei a bochecha dele e me inclinei para beijá-lo na testa. Ele se surpreendeu, mas depois sorriu, tímido, com a bochecha esquentando na minha mão. Viraine estava certo: era fácil amá-lo.

— Me conte tudo — sussurrei.

Ele se retraiu como se tivesse sido golpeado. Talvez a magia que o obrigava a obedecer às ordens dos Arameri tivesse efeitos físicos, talvez até machucasse. De qualquer forma, havia outro tipo de dor quando ele percebeu que eu tinha dado a ordem de propósito.

Mas eu não tinha sido específica. Ele poderia ter me contado qualquer coisa — a história do universo desde a criação, o número de cores no arco-íris, as palavras que fazem a carne dos mortais se despedaçar como se fosse pedra. Eu lhe dei essa alternativa.

Mesmo assim, ele me contou a verdade.

Resgate

Espere. Alguma coisa aconteceu antes disso. Não quero deixar as coisas tão confusas. Desculpe, só que é difícil pensar. Foi na manhã seguinte àquela em que encontrei a pedra-de-damasco prateada, três dias antes. Não foi? Antes que eu fosse até Viraine, isso. Acordei naquela manhã e me preparei para o Salão, e encontrei...

* * *

... um servente me esperando quando abri a porta.

— Mensagem para a senhora, Lady Yeine — disse, parecendo imensamente aliviado. Eu não fazia ideia de quanto tempo ele ficou ali parado. Os serventes no Céu só batiam na porta se o assunto fosse urgente.

— Sim?

— Lorde Dekarta não está se sentindo bem — disse. — Ele não se juntará à senhora para a sessão de hoje do Consórcio, se a senhora decidir comparecer.

T'vril tinha insinuado que a saúde de Dekarta era um dos fatores para que ele comparecesse ou não às sessões, embora estivesse surpresa em ouvir isso agora: ele parecia bem no dia anterior. E fiquei ainda mais surpresa por ele ter se importado em mandar um recado. Mas eu atentei para aquela última parte — era uma sutil advertência por eu não ter comparecido na sessão do dia anterior.

— Obrigada — disse, disfarçando meu aborrecimento. — Por favor, envie a ele meu desejo de uma rápida recuperação.

— Sim, senhora. — O servente fez uma mesura e saiu.

Fui até o portão dos sangue-altos e me transportei para o Salão. Como eu esperava, Relad não estava ali. Como eu temia, Scimina sim. Mais uma vez ela sorriu para mim, e eu simplesmente acenei com a cabeça em resposta. Sentamos uma ao lado da outra, em silêncio, pelas próximas duas horas.

A sessão foi mais curta que de costume naquele dia, porque só havia um único item na pauta: a anexação de Irt, uma pequena nação insular, por um reino maior chamado Uthr. O arquerino, antigo regente de Irt — um homem corpulento e ruivo que lembrava vagamente T'vril — tinha vindo apresentar um protesto. O rei de Uthr, sem se preocupar com esse desafio à própria autoridade, mandou apenas um representante: um rapaz que aparentava quase a mesma idade de Sieh, também ruivo. Tanto os irtenes quanto os uthres eram descendentes dos kentineses, um fato que não contribuiu para promover boas relações entre eles.

A base do apelo do arquerino era que Uthr não tinha entrado com a petição para começar uma guerra. O Iluminado Itempas detestava o caos da guerra, e por isso os Arameri a controlavam. A ausência da petição significava que os irtenes não tiveram nenhum aviso sobre as intenções agressivas da nação vizinha nem tempo para se armar, nem o direito de se defender de forma que causasse mortes. Sem a petição, a morte dos soldados inimigos seria tratada como assassinatos e julgadas dessa forma pelo braço responsável pela manutenção da lei da Ordem Itempaniana. Legalmente, os uthres também não poderiam matar — e não o fizeram. Simplesmente marcharam até a capital de Irt em um número avassalador, literalmente forçando os defensores da nação a se ajoelharem e chutando o arquerino para a rua.

Meu coração estava com os irtenes, apesar de estar certa de que não havia esperança que conseguissem sucesso no apelo deles. O rapaz uthre defendeu a invasão feita pelo do povo dele de forma simples:

— Eles não foram fortes o bastante para manter a própria terra contra nós. Ela é nossa agora e é melhor que um governante forte mantenha o poder ali e não um fraco, certo?

E era isso que resumia tudo. O que era *certo* importava muito menos do que era *ordeiro*, e os uthres tinham provado sua habilidade para manter as coisas em ordem pelo simples fato de terem tomado Irt sem derramar uma gota de sangue. Era como os Arameri veriam, e a Ordem também, e eu não imaginava que o Consórcio dos Nobres ousaria discordar.

No final, não foi surpresa para ninguém, não discordaram: o apelo de Irt foi rejeitado. Ninguém sequer propôs sanções contra Uthr. Eles manteriam o que tinham roubado porque fazê-los devolver seria complicado demais.

Eu não consegui evitar e fechei a cara quando leram o voto final. Scimina, olhando-me de relance, soltou uma risadinha baixa que me lembrou onde eu estava. Rapidamente, forcei a minha expressão a ficar neutra de novo.

Quando a sessão terminou, e ela e eu descemos os degraus, mantive meus olhos fixos à frente para que eu não precisasse encará-la, e desviei o caminho, na direção do banheiro, para não ter que viajar de volta ao Céu com ela. Porém ela me chamou, e nesse ponto eu não tive escolha a não ser parar e ver o que, em nome dos demônios não conhecidos, ela queria.

— Depois que você tiver se acomodado de volta no palácio, gostaria de almoçar comigo? — Ela sorriu. — Poderíamos nos conhecer melhor.

— Se você não se importa — respondi, cuidadosamente —, não.

Ela deu uma risada melodiosa.

— Agora eu vejo o que Viraine quis dizer sobre você! Muito bem; se não vier por cortesia, talvez a curiosidade a atraia. Tenho notícias sobre a sua terra natal, prima, que eu acho que irão interessá-la e muito. — Ela se virou e começou a andar na direção do portão. — Eu a verei em uma hora.

— Que notícias? — grito para ela, que não parou nem se virou.

Meus punhos estavam cerrados quando entrei no banheiro, o que explica a minha péssima reação ao ver Ras Onchi sentada em uma das poltronas acolchoadas da saleta. Eu parei, e minha mão foi automaticamente buscar a faca, que não estava no seu lugar habitual nas minhas costas. Eu escolhi prendê-la na minha panturrilha, sob minhas saias; não era costume dos Arameri andar armado em público.

— Você já aprendeu o que um Arameri deve saber? — perguntou ela antes que eu pudesse me recuperar.

Eu fiz uma pausa e fechei a porta do banheiro com firmeza.

— Ainda não, titia — disse por fim. — E provavelmente não descobrirei, já que não sou Arameri. Talvez você possa me dizer e parar com as charadas.

Ela sorriu.

— Você é muito darre, impaciente e de língua afiada. Seu pai devia ter orgulho de você.

Eu corei, confusa, porque aquilo soava suspeitosamente como um elogio. Era uma forma de me dizer que estava do meu lado? Ela usava o símbolo de Enefa no pescoço.

— Na verdade, não — disse devagar. — Meu pai era um homem paciente e de cabeça fria. Meu temperamento veio de minha mãe.

— Ah. Isso deve ser bem útil, então, na sua nova casa.

— É bem útil em qualquer lugar. Agora, *por favor*, você vai me dizer o que quer?

Ela suspirou, o sorriso sumindo.

— Sim. Não temos tempo. Desculpe-me, Lady Yeine. — Com um esforço que fez os joelhos estalarem, e me retrair em empatia, ela se ergueu da poltrona. Eu me perguntei quanto tempo ela estava sentada ali. Ela tinha me esperado depois de cada sessão? Novamente, me arrependi de ter faltado no dia anterior.

— Você sabe por que Uthr não deu entrada numa petição de guerra? — perguntou.

— Imagino que não precisavam de uma — disse, pensando no que isso teria a ver. — É praticamente impossível aprovar uma petição. Os Arameri não permitiram uma guerra nos últimos cem anos ou mais. Então, os uthres apostaram na sua capacidade de conquistar Irt sem derramar sangue e, felizmente, foram bem-sucedidos.

— Sim. — Ras fez uma careta. — Acho que teremos mais "anexações" como essa, agora que os uthres mostraram ao mundo como fazer. "Paz acima de tudo é o caminho do Iluminado".

Eu me admirei com a amargura na sua voz. Se um sacerdote a tivesse escutado, ela seria presa por heresia. Se algum outro Arameri tivesse a escutado... estremeci, imaginando a figura magra caminhando até o Píer com a lança de Zhakkarn apontada nas costas.

— Cuidado, titia — disse, baixinho. — Você não vai viver muito mais, dizendo essas coisas em voz alta.

Ras riu.

— É verdade. Serei mais cuidadosa. — Ela ficou séria. — Mas pense nisso, Lady Não Arameri: talvez os uthres não tenham se incomodado em entrar com uma petição porque sabiam que outra petição *já* estava aprovada... discretamente, misturada com os outros éditos que o Consórcio aprovou nos últimos meses.

Eu fiquei paralisada, erguendo as sobrancelhas.

— *Outra* petição?

Ela assentiu.

— Como você disse, não houve uma petição bem-sucedida no último século, então duas petições jamais seriam aprovadas uma após a outra. E talvez os uthres até soubessem que a outra petição tinha maior chance de aprovação já que servia aos interesses de alguém com muito poder. Afinal, algumas guerras são inúteis sem mortes.

Eu a encarei, chocada e confusa demais para disfarçar. Uma petição de guerra aprovada deveria ser o assunto de toda a nobreza. Deveria ser discutida durante semanas no Consórcio, e levar muito mais tempo para ser aprovada. Como alguém conseguiria aprovar uma petição dessas sem meio mundo ficar sabendo?

— Quem? — perguntei. Mas já estava começando a suspeitar.

— Ninguém sabe quem patrocinou a petição, Lady Yeine, e ninguém sabe que terras estão envolvidas, como invasor ou alvo. Porém Uthr faz fronteira com Tema a leste. E Uthr é pequeno, embora maior agora, mas a família que a governa e a Tríadice Temana têm elos de amizade e matrimônio há gerações.

E Tema, eu percebi com um calafrio, era uma das nações vinculadas a Scimina.

Scimina patrocinou a petição de guerra, então. E ela manteve essa aprovação em silêncio, embora isso provavelmente tenha exigido um trabalho colossal de manobras políticas. Talvez ajudar os uthres a conquistar Irt seja parte disso. Mas duas questões cruciais ainda estavam abertas: *por que* ela fez isso? E, em breve, qual reino seria vítima desse ataque?

O aviso de Relad: *Se você ama alguém, algo, tenha cuidado.*

Minha boca ficou seca, minha mão, gelada. Agora eu queria, e muito, ir e falar com Scimina.

— Obrigada por isso — disse a Ras. Minha voz estava mais alta que o costume; minha mente já estava em outro lugar, correndo. — Farei bom uso da informação.

Ela assentiu e saiu mancando, dando tapinhas de leve no meu braço ao passar por mim. Eu estava perdida demais nos meus pensamentos para me despedir, mas me recuperei e me virei quando ela abriu a porta.

— O que um Arameri deve saber, titia? — perguntei. Essa questão ficou na minha cabeça desde o nosso primeiro encontro.

Ela parou e voltou o olhar para mim.

— Como ser cruel — disse ela, baixinho. — Como gastar vidas como moeda e usar a morte em si como se fosse uma arma. — Ela baixou os olhos. — Sua mãe me disse isso uma vez. Eu nunca esqueci.

Eu a encarei, com a boca seca. Ras Onchi fez uma reverência respeitosa.

— Eu rezarei — ela disse —, para que você nunca aprenda isso.

* * *

De volta ao Céu.

Eu já tinha recuperado boa parte da minha compostura quando saí à procura do apartamento de Scimina. Seus aposentos não ficavam longe dos meus, já que todos os sangue-cheios do Céu ocupavam o andar mais alto do palácio. Ela foi um passo além e reclamou um dos maiores pináculos do Céu como seu domínio, o que tornava os ascensores inúteis para mim. Com a ajuda de um servente que passava por ali, encontrei as escadas atapetadas que levavam ao pináculo. A escada não era longa — talvez três andares — mas minhas coxas ardiam quando eu cheguei à sua porta e me perguntei por que ela tinha escolhido viver naquele lugar. Os sangue-cheios mais em forma não teriam problemas e os serventes não teriam escolha, mas eu não poderia imaginar alguém fragilizado como, por exemplo, Dekarta subindo. Talvez essa fosse a ideia.

A porta se abriu quando eu bati. Do outro lado, me vi em um corredor abobadado, ladeado por estátuas, janelas e vasos com o mesmo tipo de flor. Não reconheci de quem eram as estátuas: belos jovens, homens e mulheres, nus e em poses artísticas. No final, o corredor se abria em uma câmara circular, mobiliada com almofadas e mesas baixas, sem cadeiras. Os convidados de Scimina obviamente deveriam ficar em pé ou sentar no chão.

No centro da sala circular, havia uma poltrona em um estrado mais elevado. Imaginei se era intencional, por parte de Scimina, que aquele lugar parecesse tanto com uma sala do trono.

Ela não estava presente, porém eu vi outro corredor logo depois do estrado, que visivelmente levava às câmaras mais privativas do apartamento. Presumindo que ela queria me deixar esperando, suspirei e me acomodei, olhando ao meu redor. Foi quando eu percebi o homem.

Sentado com as costas apoiadas em uma das janelas largas da sala, em uma postura mais insolente que casual, com uma perna puxada contra si e a cabeça pendendo para um lado. Demorei um tempo para perceber que ele estava nu, pois tinha cabelos longos demais e jogados sobre o ombro, cobrindo a maior parte do torso. Precisei de mais um momento para entender, com um calafrio perturbador, que aquele era Nahadoth.

Ou, pelo menos, achei que fosse. O rosto era belo como de costume, mas parecia estranho de alguma forma e percebi pela primeira vez que estava *imóvel* — apenas um rosto, um conjunto de feições e não a miscelânea em constante mudança que eu geralmente via. Os olhos eram castanhos e não os poços profundos e negros que eu lembrava; a pele estava pálida, mas uma palidez humana como a dos amnies, não como o brilho da luz da lua ou das estrelas. Ele me observava ocioso, sem se mover exceto para piscar, exibindo um sorriso ligeiro curvando os lábios que eram um pouco finos demais para o meu gosto.

— Olá — disse ele. — Já faz um tempo.

Eu o tinha visto na noite anterior.

— Bom dia, Lorde Nahadoth — disse, sendo educada para cobrir meu desconforto. — Você está... bem?

Ele se moveu um pouco, o bastante apenas para que eu visse a fina coleira de prata ao redor do pescoço e a corrente pendurada nela. De repente, eu entendi. *De dia, eu sou humano,* Nahadoth tinha dito. Nenhum poder, exceto do próprio Itempas, poderia prender o Senhor da Noite ao anoitecer, mas de dia ele era fraco. E... diferente. Analisei seu rosto, mas não vi nada da loucura que estava ali na minha primeira noite no Céu. O que eu vi era calculismo.

— Estou muito bem — disse. Tocou a língua nos lábios, o que me lembrou de uma cobra testando o ar. — Passar a tarde com Scimina é geralmente agradável. Embora eu fique entediado com facilidade. — Ele parou por um segundo. — Variedade ajuda.

Não havia dúvida do que ele queria dizer. Não com seus olhos me despindo. Acho que ele queria me deixar nervosa com aquelas palavras, mas, pelo contrário, elas desanuviaram minha mente.

— Por que ela acorrenta você? — perguntei. — Para lembrá-lo da sua fraqueza?

As sobrancelhas dele subiram um pouco. Não havia surpresa na expressão, mas um aumento repentino de interesse.

— Isso incomoda você?

— Não. — Mas percebi na mesma hora, pelo aguçamento dos olhos dele: ele sabia que era mentira.

Nahadoth sentou mais para a frente, e a corrente fez um som leve, como sinos distantes. Os olhos, humanos, famintos e tão, tão cruéis, me desnudaram de novo, mas não de forma sexual dessa vez.

— Você não está apaixonada por ele — disse ele, pensativo. — Não é estúpida a esse ponto. Mas o deseja.

Eu não gostei do que ele disse, mas não tinha a menor intenção de admitir. Havia algo naquele Nahadoth que me lembrava um valentão, e não se demonstra fraqueza na frente de pessoas assim.

Enquanto pensava em uma resposta, seu sorriso se alargou.

— Você pode ter a mim — disse.

Fiquei preocupada, pelo instante mais breve possível, que aquela ideia me tentasse. Não precisava ter me preocupado, pois tudo que senti foi repulsa.

— Obrigada, mas não.

Ele desviou os olhos, fingindo estar envergonhado.

— Eu entendo. Eu sou só a casca humana e você quer algo mais. Não a culpo. Mas... — E ele ergueu o olhar para mim, por entre os cílios. Esqueça o valentão. O que o rosto mostrava era *maldade*, pura e simples. Ali estava o brilho sádico que se deliciou com o meu terror naquela primeira noite, ainda mais perturbador, porque, dessa vez, estava são. Aquela versão de Nahadoth confirmava as histórias e os avisos dos sacerdotes, além do medo que as crianças sentiam do escuro.

E eu não gostava de estar sozinha naquela sala com ele. Nem um pouco.

— Você sabe — rosnou para mim — que jamais poderá tê-lo? Não assim. Sua carne e sua mente mortais são fracas, estilhaçariam como cascas de ovos sob o ataque do poder dele. Não sobraria o bastante de você para mandar de volta a Darr.

Cruzei os braços e fixei os olhos no corredor por trás da poltrona-trono de Scimina. Se ela me deixasse esperando muito mais tempo, eu iria embora.

— Eu, no entanto... — De repente, ele estava de pé, atravessando a sala, e perto demais. Espantada, perdi minha pose de indiferença; tentei encará-lo e recuar ao mesmo tempo. Fui lenta demais; ele me pegou pelos braços. Eu não tinha notado até então o quão *grande* ele era. Mais alto que eu, por mais de uma cabeça, e musculoso. Na forma noturna, eu mal percebia seu corpo, agora eu estava muito, mas muito consciente dele, e de todo o perigo que ele representava.

Ele demonstrou isso girando meu corpo e me prendendo por trás. Eu me debati, mas seus dedos se apertaram nos meus braços até eu gritar, com os olhos lacrimejando de dor. Quando parei de lutar, o aperto diminuiu.

— Posso lhe dar o gosto de como ele é — sussurrou ele em meu ouvido. O hálito estava quente em meu pescoço. Todo o meu corpo se arrepiou, mas não de um jeito bom. — Posso montar em você o dia intei...

— Me solte agora! — rosnei o comando entre dentes e rezei para que funcionasse.

Suas mãos me soltaram, mas ele não se afastou. Eu me movi então, e me odiei por isso quando me virei e encarei seu sorriso. Era um sorriso frio, o que tornava a situação toda ainda pior. Ele me desejava — consegui ver isso nitidamente agora — mas sexo era apenas um pormenor. Meus medo e nojo o satisfaziam, assim como a dor que senti quando ele machucou meus braços.

E, o pior de tudo, eu o vi desfrutar o momento em que percebi que ele não tinha mentido. Eu tinha esquecido: a noite era a hora não só dos sedutores, mas dos violadores; não só da paixão, mas da violência. Aquela criatura *era* o gosto que eu teria do Senhor da Noite. E que o Iluminado Itempas me ajudasse se eu algum dia fosse irracional o bastante para querer mais.

— Naha — a voz de Scimina me fez dar um pulo e girar. Ela estava ao lado da poltrona, com a mão apoiada no quadril, sorrindo para mim. Há quanto tempo ela me observava? — Você está sendo rude com a minha convidada. Lamento, prima. Eu deveria ter encurtado a corrente.

Cortesia era a última coisa que eu sentia naquele momento.

— Não tenho paciência para esses jogos, Scimina — vociferei, zangada e, sim, assustada demais para ser diplomática. — Diga o que quer e vamos terminar logo com isso.

Scimina ergueu uma sobrancelha, entretida com minha insolência. Ela sorriu para Nahadoth — não. *Naha*, decidi. O nome do deus não combinava com aquela criatura. Ele foi até o lado dela, de costas para mim. Ela passou o nó dos dedos da mão no seu braço e sorriu de novo.

— Fez o seu coração disparar um pouco, não foi? Nosso Naha pode causar esse efeito nos mais inexperientes. Aliás, você pode pegá-lo emprestado quando quiser. Como percebeu, ele com certeza é excitante.

Ignorei isso, mas não deixei de ver a maneira como Naha a olhava, fora do campo de sua visão. Era uma tolice levar aquilo para a cama.

E era uma tolice minha ficar ali parada.

— Tenha um bom dia, Scimina.

— Pensei que você se interessaria em um boato que eu ouvi — disse ela às minhas costas. — Tem relação com sua terra natal.

Eu parei, com o aviso de Ras Onchi soando de repente em minha mente.

— Sua promoção deu novos inimigos à sua terra, prima. Alguns dos vizinhos de Darr a considera mais ameaçadora do que Relad ou eu. Acho que é compreensível, afinal nós nascemos para isso e não temos nenhuma dessas antiquadas lealdades étnicas.

Eu me virei, devagar.

— Vocês são amnies.

— Mas a superioridade amnia é reconhecida no mundo todo, não tem nada que os surpreenda vindo de nós. Seu povo, no entanto, nunca passou de selvagens, não importam os vestidos bonitos que venham a usar.

Eu não podia perguntar a ela diretamente sobre a petição de guerra. Mas talvez...

— O que você quer dizer com isso? Alguém pode atacar Darr, simplesmente porque eu fui reivindicada pelos Arameri?

— Não. Estou dizendo que alguém pode atacar Darr porque você ainda *pensa* como uma darre, apesar de agora ter acesso ao poder dos Arameri.

O comando que dei às nações a que fui designada; percebi que era essa a desculpa que ela queria usar. Eu as forcei a voltar a negociar com Darr. Isso, obviamente, seria visto como favoritismo — e quem o visse assim estaria certo. Por que eu não ajudaria meu povo com meus novos poderes e riqueza? Que tipo de mulher eu seria se só pensasse em mim mesma?

"Uma mulher Arameri", sussurrou uma voz pequena e feia no fundo da minha mente.

Naha se moveu para abraçar Scimina por trás, a imagem de um amante amoroso. Scimina acariciava os braços dele distraída, enquanto ele a encarava com morte nos olhos.

— Não se sinta mal, prima — disse Scimina. — Na verdade, o que você fez não tem importância. Algumas pessoas a odiariam de qualquer jeito, apenas por você não se encaixar na imagem que eles têm de uma regente. É uma pena que você não tenha herdado nada de Kinneth além desses seus olhos. — Ela fechou os próprios olhos, inclinando-se contra o corpo de Naha, a imagem de satisfação. — O fato de você *ser* darre não ajuda. Você passou pela iniciação das guerreiras, não foi? Como sua mãe não era darre, quem a patrocinou?

— A minha avó — respondi com calma. Não me surpreendi com seu conhecimento sobre os costumes darres. Qualquer um poderia saber isso abrindo um livro.

Scimina suspirou e fitou Naha. Para minha surpresa, ele não mudou a expressão, e, para meu espanto, ela sorriu ao ver o ódio puro naqueles olhos.

— Você sabe o que acontece na cerimônia dos darres? — perguntou ela, como se estivéssemos em uma conversa casual. — Já foram grandes guerreiros, e muito matriarcais. Nós os forçamos a parar de invadir os vizinhos e tratar os homens como gado, mas como a maior parte das etnias sombrias, eles mantêm suas tradiçõezinhas em segredo.

— Eu sei o que faziam antes — respondeu Naha. — Capturavam um jovem de uma tribo inimiga, o circuncisavam, cuidavam até sarar e depois o usavam para o prazer.

Eu treinei meu rosto para apresentar uma expressão vazia em situações como essa. Scimina riu disso, colocando uma mecha dos cabelos de Naha nos lábios enquanto me observava.

— As coisas mudaram — disse ela. — Os darres não podem mais sequestrar e mutilar rapazes. Agora, uma menina só sobrevive sozinha na floresta por um mês, e volta para casa para ser deflorada por um homem que sua patrocinadora tenha escolhido. Ainda é bárbaro e nós impedimos sempre que possível, mas acontece, especialmente entre as mulheres da classe mais alta. E eles acham que não sabemos que a menina precisa derrotar o homem em um combate público para poder controlar o encontro, ou ser derrotada e aprender a sensação de se submeter ao inimigo.

— Eu gostaria disso — sussurrou Naha. Scimina riu novamente, dando um tapa brincalhão no seu braço.

— Que previsível. Agora, fique quieto. — Seu olhar deslizou para mim, pelo canto dos olhos. — O princípio do ritual parece o mesmo, não é? Mas tanta coisa mudou. Agora os homens darres não temem mais as mulheres. Sequer as respeitam.

Era uma declaração, não uma pergunta. E eu sabia que não devia responder.

— Na verdade, quando você analisa, o ritual mais antigo era mais civilizado. Ele ensinava a jovem guerreira não só como sobreviver, mas a respeitar um inimigo, como cuidar de alguém. Muitas casaram com seus prisioneiros, não foi? Então, aprendiam até a amar. Já o ritual como é agora... bem, o que ele *ensina* a vocês? Não consigo não pensar nisso.

* * *

Ele me ensinou a fazer qualquer coisa que fosse necessária para conseguir o que eu quero, sua maldita.

* * *

Eu não respondi e um momento depois Scimina suspirou.

— Enfim — disse ela —, existem novas alianças sendo formadas nas fronteiras de Darr, que querem conter essa nova força. Como na verdade, Darr não *tem* uma nova força, isso significa que a região toda está ficando instável. É difícil dizer o que acontecerá em circunstâncias assim.

Meus dedos ansiavam achar uma pedra afiada.

— Isso é uma ameaça?

— Por favor, prima. Só estou passando a informação. Nós, Arameri, precisamos cuidar uns dos outros.

— Obrigada pela preocupação. — Virei para deixar a sala, antes que meu temperamento aparecesse ainda mais. Porém, dessa vez foi a voz de Naha que me parou.

— Você venceu? — perguntou. — Na sua iniciação? Você derrotou seu oponente ou ele a violou na frente de uma multidão? Eu sabia que não devia responder. Sabia mesmo. Mas respondi mesmo assim.

— Venci... — disse. — De certa forma.

— Ah?

Se eu fechasse os olhos, poderia ver. Seis anos tinham se passado desde aquela noite, mas o cheiro de fogo, de pele e sangue velhos, de meu próprio fedor depois de um mês de vida dura, ainda estava vivo na minha mente.

— A maioria dos patrocinadores escolhe um homem que não é um bom guerreiro — disse, baixinho. — Fácil de ser derrotado por uma menina recém-saída da infância. Porém, eu iria ser *ennu*, e havia dúvidas a meu respeito por ser meio-amnie. Meio Arameri. Então, minha avó escolheu o mais forte dos nossos guerreiros.

Não esperavam que eu fosse vencer. A resistência seria suficiente para ser marcada como guerreira; como Scimina presumiu, muitas coisas haviam mudado. Porém, a resistência não era o suficiente para ser *ennu*. Ninguém iria me seguir se eu deixasse um homem me usar em público e se vangloriar por isso na cidade inteira. Eu precisava vencer.

— Ele derrotou você — disse Naha. Ele sussurrou as palavras, faminto pela minha dor.

Olhei para ele, que piscou. Imagino o que ele viu em meus olhos naquele momento.

— Eu dei o meu show — disse. — O bastante para satisfazer os requerimentos do ritual. Então eu apunhalei sua cabeça com uma faca de pedra escondida na minha manga.

O conselho tinha ficado chateado com aquilo, especialmente quando ficou óbvio que eu não tinha concebido. Já era ruim o bastante eu ter matado um homem, mas também ter perdido a sua semente, a força que ela poderia ter passado a futuras filhas darres? Por um tempo, a vitória tornou as coisas piores para mim. "Ela não é darre de verdade", diziam os sussurros. "Tem morte demais nela".

Eu não pretendia matá-lo, de verdade. Mas no fim, éramos guerreiros e os que valorizavam minhas tendências homicidas Arameri superaram os que duvidavam de mim. Tornaram-me *ennu* dois anos depois.

O olhar no rosto de Scimina era pensativo, calculista. Naha, porém, estava sério, com os olhos mostrando uma emoção mais sombria que eu não conseguia nomear. Se eu tivesse que escolher uma palavra, seria amargura. Mas aquilo não era tão surpreendente, era? Eu não era tão darre quanto — e bem mais Arameri do que — eu parecia. Era algo que eu sempre odiei em mim.

— Ele começou a usar um único rosto para você, não é? — perguntou Naha. Na mesma hora, eu soube quem "ele" era. — É assim que começa. A voz fica mais grave ou os lábios mais cheios, os olhos mudam de forma. Logo, ele vai ser algo saído dos seus sonhos mais doces, dizendo todas as coisas certas, tocando nos lugares certos. — Ele pressionou o rosto no cabelo de Scimina como se procurasse conforto. — Depois, é só uma questão de tempo.

Saí, guiada pelo medo, pela culpa e por uma crescente e odiosa sensação de que não importava o quão Arameri eu fosse, não era o bastante para sobreviver naquele lugar. Nunca Arameri o bastante. Foi isso que me levou a Viraine, depois, à biblioteca e ao segredo das minhas duas almas. E foi isso que me fez terminar aqui, morta.

Mortos Andarilhos

— Nós curamos o seu pai — disse Sieh. — Esse foi o preço da sua mãe. Em troca, ela permitiu que usássemos a sua criança ainda não nascida como um receptáculo para a alma de Enefa.

Fechei os olhos. Ele respirou fundo no meu silêncio.

— Nossas almas não são diferentes das suas. Nós achamos que a de Enefa iria seguir em frente depois que ela morreu, como é o costume. Mas quando Itempas... quando Itempas matou Enefa, ele ficou com algo. Um pedaço dela. — Era difícil acompanhar, ele estava apressando as palavras. Uma parte de mim pensou em confortá-lo. — Sem esse pedaço, toda a vida no universo teria morrido. Tudo o que Enefa criou, tudo exceto Nahadoth e o próprio Itempas. É o último vestígio do poder dela. Os mortais a chama de Pedra da Terra.

Imagens se formaram contra as minhas pálpebras fechadas. Um pequeno e feio caroço escuro como um hematoma. Uma pedra-damasco. O colar de prata da minha mãe.

— Com a Pedra neste mundo, a alma ficou presa aqui também. Sem um corpo, ela vagou, perdida. Só descobrimos o que aconteceu séculos depois. Quando a encontramos, a alma estava maltratada, erodida, como uma vela que ficou em um mastro durante uma tempestade em alto-mar. A única maneira de restaurá-la era dar um abrigo a ela novamente, uma carne. — Ele suspirou. — E admito que a ideia de nutrir a alma de Enefa no corpo de uma criança Arameri é tentadora em vários níveis.

Eu assenti. Com certeza, eu entendia aquele sentimento.

— Se conseguirmos trazer de volta a vida da alma — disse Sieh —, existe uma chance de usá-la para nos libertar. O que nos limita neste mundo, nos aprisionando na carne e nos ligando aos Arameri é a Pedra. Itempas a tomou não para preservar a vida, mas para poder usar o poder de Enefa contra Nahadoth, assim eram dois dos Três contra um. Mas ele não pode usá-la; os Três são completamente diferentes entre si. Apenas os filhos de Enefa podem usar o poder dela. Uma deidade como eu, ou um mortal. Na guerra, houve os dois: alguns dos meus irmãos e uma sacerdotisa Itempaniana.

— Shahar Arameri — eu disse.

A cama se moveu um pouco quando ele concordou com a cabeça. Zhakkarn era uma presença silenciosa e observadora. Eu desenhei o rosto de Zhakkarn na minha mente, comparando-a com o rosto que eu vi na biblioteca. Tinha a mesma estrutura do rosto de Enefa, com a mesma mandíbula fina e maçãs do rosto salientes. Estava nos três filhos, percebi, mesmo que eles não parecessem irmãos, nem sequer membros da mesma etnia. Todos os filhos de Enefa tinham alguma feição como um tributo à aparência da mãe. Kurue tinha o mesmo olhar franco e analítico. Os olhos de Sieh eram da mesma cor de jade.

Como os meus.

— Shahar Arameri — suspirou Sieh. — Como mortal, ela podia comandar apenas uma fração do verdadeiro poder da Pedra. E mesmo assim, foi ela quem deu o golpe decisivo. Nahadoth teria vingado Enefa naquele dia, se não fosse por ela.

— Nahadoth diz que vocês querem a minha vida.

— Ele contou isso para você? — Ouvi a voz de Zhakkarn, com um toque de irritação.

— Ele só consegue negar sua própria natureza até certo ponto. — A voz de Sieh soou igualmente irritada, porém com Zhakkarn.

— É verdade? — perguntei.

Sieh ficou em silêncio por tanto tempo que abri meus olhos. Ele se retraiu diante da expressão em meu rosto; eu não me importei. Estava cheia de evasões e charadas. Eu não era Enefa. Eu não *tinha* que amá-lo.

Zhakkarn descruzou os braços, o que significava uma sutil ameaça.

— Você ainda não concordou com uma aliança. Você poderia passar essa informação a Dekarta.

Eu dirigi a ela o mesmo olhar que ofereci a Sieh.

— Por que — disse, enunciando cada palavra cuidadosamente — eu entregaria vocês a *ele*?

Os olhos de Zhakkarn foram rapidamente até Sieh. Ele sorriu, embora quase sem humor algum.

— Eu falei para ela que você diria isso. Você tem um defensor entre nós, Yeine, mesmo que você não acredite.

Eu não disse nada. Zhakkarn ainda me encarava e eu sabia que não deveria desviar o olhar daquele desafio. Era um desafio sem sentido dos dois lados: ela não teria escolha a não ser me contar se eu ordenasse, e eu jamais ganharia sua confiança apenas com a minha palavra. Mas o meu mundo tinha acabado de se estilhaçar, e eu não conhecia outra forma de descobrir o que eu precisava.

— Minha mãe me vendeu para vocês — disse, mais para Zhakkarn. — Ela estava desesperada, e talvez até eu fizesse a mesma escolha no lugar dela, mas ela fez afinal. E no momento não estou me sentindo muito amiga de nenhum Arameri. Vocês são deuses. Então, não me surpreende vê-los jogando com vidas mortais como fossem peças em uma partida de *nikkin*. Mas de seres humanos, espero mais.

— Vocês foram feitos à nossa imagem — disse ela, friamente.

Um ponto desagradavelmente astuto.

Havia a hora de lutar e a hora de recuar. A alma de Enefa dentro de mim mudava tudo. Os Arameri se tornaram meus inimigos fundamentalmente, porque Enefa foi inimiga de Itempas e eles eram seus serventes. Porém, não significava que os Enefadeh eram, portanto, meus aliados. Eu não era a verdadeira Enefa, afinal.

Sieh suspirou para quebrar o silêncio.

— Você precisa comer — disse e se levantou. Ele saiu do quarto; ouvi a porta do apartamento abrir e fechar.

Eu tinha dormido por quase três dias. Minha declaração zangada de que sairia dali era um blefe. Minhas mãos tremiam, e eu não confiava em minha capacidade de andar por muito tempo. Olhei para baixo, para minha mão trêmula e pensei amargamente que se os Enefadeh tinham me infectado com a alma de uma deusa, podiam ao menos ter me dado um corpo mais forte junto.

— Sieh ama você — disse Zhakkarn.

Eu coloquei a minha mão na cama para que não tremesse mais.

— Eu sei.

— Não, não sabe — a dureza na voz de Zhakkarn me fez erguer o olhar. Ela ainda estava zangada, e eu percebi então que não tinha nada a ver com a aliança. Era pela forma como tratei Sieh.

— O que você teria feito, se fosse eu? — perguntei. — Cercada por segredos, com sua vida dependendo das respostas?

— O mesmo que você fez. — Isso me surpreendeu. — Usaria todas as vantagens possíveis para ganhar o máximo de informação que eu pudesse, e não pediria desculpas por isso. Mas *eu* não sou a mãe que Sieh sente falta há tanto tempo.

Eu já podia sentir que ia ficar muito, muito cansada de ser comparada a uma deusa.

— Nem eu — reagi.

— Sieh sabe disso. E mesmo assim, ele ama você. — Zhakkarn suspirou. — Ele é uma criança.

— Ele é mais velho do que você, não é?

— Idade não significa nada para nós. O que importa é ser fiel à sua natureza. Sieh tem se devotado integralmente ao caminho da infância. É um caminho difícil.

Eu podia imaginar, embora não fizesse sentido para mim. A alma de Enefa não me dava uma percepção especial das tribulações da vida divina.

— O que você quer que eu faça? — perguntei. Eu me sentia cansada, mas podia ser a fome. — Devo apertá-lo contra o meu peito quando ele voltar e dizer que tudo vai ficar bem? Devo fazer o mesmo com você?

— Você não deve feri-lo de novo — disse e desapareceu.

Encarei o lugar onde ela esteve por um longo tempo. Eu ainda olhava naquela direção quando Sieh voltou, colocando uma bandeja na minha frente.

— Os serventes não fazem perguntas — disse. — É mais seguro assim. Então T'vril não sabia que você estave mal até eu aparecer e pedir comida. Ele está repreendendo os serventes atribuídos a você agora.

A bandeja continha um banquete darre. Pasta de maash e peixe enrolado em folhas de calena, acompanhados de pimentas douradas grelhadas. Uma tigela rasa de bifes finos e tostados, temperados com serry. Na minha terra, essa carne seria o coração de certa espécie de preguiça, ali provavelmente era um corte bovino. E um verdadeiro tesouro: uma banana-da-terra inteira assada. Minha sobremesa favorita, embora eu jamais saberia como T'vril descobriu isso.

Peguei um rolo de folhas e minha mão tremia, não apenas de fome.

— Dekarta não quer que você vença o concurso — disse Sieh, baixinho. — Não foi para isso que ele trouxe você. Ele quer que *você* escolha entre Relad e Scimina.

Olhei diretamente para ele e lembrei sobre a conversa que ouvi entre Relad e Scimina no solário. Era sobre isso que Scimina estava falando?

— Escolher entre eles?

— O ritual de sucessão dos Arameri. Para se tornar líder da família, um dos herdeiros diretos precisa transferir o selo mestre, a marca que Dekarta usa, da testa dele para a do próximo ou próxima líder. O selo mestre é o maior de todos, quem o usar deterá o poder absoluto sobre nós, o resto da família e o mundo.

— O resto da família? — Franzi a testa. Eles tinham sugerido algo assim antes quando alteraram o meu próprio selo. — Então, é isso. O que os selos de sangue realmente fazem? Permitem que Dekarta leia os nossos pensamentos? Queime nossa mente se nos recusarmos a obedecer?

— Não, nada tão dramático. Tem alguns feitiços de proteção inseridos nos selos de sangue-alto, para proteger contra assassinos e coisa assim, mas entre a família, eles simplesmente forçam a lealdade. Ninguém que use o selo pode agir contra os interesses do líder da família. Se não fosse por medidas assim, Scimina teria encontrado uma forma de minar o poder de Dekarta, ou mesmo matá-lo, há muito tempo.

O rolo de folhas cheirava muito bem. Eu mordi um pedaço, me obrigando a mastigar lentamente enquanto pensava nas palavras de Sieh. O peixe era estranho, uma espécie local, parecido, mas diferente do ui pintado que geralmente usávamos. Gostoso mesmo assim. Eu estava faminta, porém sabia que não era recomendado devorar a comida depois de passar dias sem comer.

— A Pedra da Terra é usada no ritual de sucessão. Alguém, que por ordem de Itempas, seja um Arameri deve usar o seu poder para fazer a transferência do selo mestre.

— Um Arameri. — Outra peça se encaixou. — Qualquer um no Céu pode fazer isso? Todos, até o menor dos serventes?

Sieh assentiu devagar. Percebi que ele não piscava quando estava tramando algo. Um pequeno deslize.

— Qualquer Arameri, por mais distante que esteja da Família Central. Por apenas um momento, essa pessoa se torna um dos Três.

Estava nítido nas palavras que ele escolhia. Essa pessoa. Por um momento.

Seria como riscar um fósforo, imaginei, deixando tanto poder correr pela carne mortal. Um lampejo brilhante, talvez alguns segundos de chama estável. E então...

— Então essa pessoa morre — eu disse.

Sieh sorriu para mim, muito diferente de uma criança.

— Sim.

Espertas, tão espertas, minhas antepassadas Arameri. Ao forçar todos os parentes, por mais distantes que fossem, a servir aqui, elas tinham à disposição um exército de pessoas que podiam ser sacrificadas para usar a Pedra. Mesmo se cada um a usasse apenas por um momento, os Arameri — os sangue-altos, pelo menos, que morreriam por último — poderiam se aproximar do poder de uma deusa por um tempo considerável.

— Então, Dekarta quer que eu seja essa mortal — disse. — Por quê?

— O líder deste clã deve ter força para matar até mesmo seus amados. — Sieh deu de ombros. — É fácil sentenciar um servente a morte, mas e um amigo? Uma esposa?

— Relad e Scimina mal sabiam que eu estava viva antes que Dekarta me trouxesse para cá. Por que ele me escolheu?

— Isso só ele sabe.

Minha raiva crescia novamente, mas sem direção, pura frustração. Achei que os Enefadeh teriam todas as respostas. Certamente não seria tão fácil.

— Por que, pelo Turbilhão, *vocês* me usariam? — perguntei, aborrecida. — Isso não coloca a alma de Enefa perto demais das pessoas que a destruiriam se pudessem?

Sieh esfregou o nariz, parecendo subitamente desconcertado.

— É... bem... isso foi ideia minha. É sempre mais fácil esconder uma coisa bem embaixo do nariz de alguém, não é? E o amor de Dekarta por Kinneth era bem conhecido. Achamos que isso manteria você a salvo. Ninguém esperava que ele a matasse, ainda mais depois de vinte anos. Todos nós fomos pegos de surpresa.

Obriguei-me a morder outro pedaço do rolo, mastigando mais do que o recheio cheiroso demandava. Ninguém tinha esperado a morte da minha mãe. Mas uma parte de mim, a parte que ainda estava zangada e de luto, sentia que eles deveriam saber. Deveriam tê-la avisado. Deveriam ter impedido.

— Mas ouça. — Sieh se inclinou para a frente. — A Pedra é o que sobrou do corpo de Enefa. Como você possui a alma dela, você pode usar a Pedra de uma forma que ninguém mais, além da própria Enefa, poderia. Se for *você* usar a Pedra, Yeine, você poderá mudar a forma do Universo. Poderá nos libertar assim. — Ele estalou os dedos.

— E morrer.

Sieh abaixa os olhos, deixando o entusiasmo sumir.

— Isso não estava no plano — disse ele. — Mas sim.

Terminei o rolo de folha e olhei para o resto da comida sem entusiasmo. Meu apetite tinha sumido. Mas a raiva — de combustão lenta, mas feroz, quase tão quente quanto a raiva que eu sentia pelo assassinato da minha mãe —, estava começando a surgir no lugar da fome.

— *Vocês* também querem que eu perca o desafio — disse, baixinho.

— Bem... sim.

— O que eu ganho? Se eu aceitar essa aliança?

Ele ficou muito quieto.

— Proteção para a sua terra durante a guerra que se seguirá à nossa libertação. E a nossa graça depois da nossa vitória. Nós mantemos nossa palavra, Yeine, acredite em mim.

Eu acreditei. E a bênção eterna de quatro deuses era realmente uma tentação poderosa. Isso garantiria segurança e prosperidade para Darr, se conseguíssemos passar pelo tempo das tribulações. Os Enefadeh conheciam bem o meu coração.

Mas eles achavam que já conheciam a minha alma.

— Quero isso, e mais uma coisa — disse. — Farei o que vocês querem, Sieh, mesmo que custe minha vida. A vingança contra o assassino de minha mãe vale o sacrifício. Pegarei a pedra e a usarei para libertar vocês, e vou morrer. Mas não humilhada e derrotada. — Olhei feio para ele. — Quero ganhar o concurso.

Os adoráveis olhos verdes dele se arregalaram.

— Yeine — começou a dizer. — Isso é impossível. Dekarta, Relad e Scimina... eles estão todos contra você. Você não tem chance.

— Foi você que instigou toda essa trama, não foi? Com certeza o deus da trapaça pode pensar em algo.

— *Trapaça*, não política!

— Você deveria ir e dizer aos outros minhas condições. — Eu me forcei a pegar o garfo e a comer os acompanhamentos.

Sieh me encarou antes de soltar uma risada trêmula.

— Eu não acredito nisso. Você é mais imprudente que Naha. — Ele levantou e esfregou o cabelo. — Você... deuses. — Ele não percebeu a ironia das próprias palavras. — Eu vou falar com eles.

Inclinei a cabeça de um jeito formal.

— Aguardarei sua resposta.

Resmungando na língua estranha que falava, Sieh invocou a bola amarela de sempre e saiu pela parede do quarto.

Eles iriam aceitar, com certeza. Se eu ganhasse ou perdesse, eles ganhariam a liberdade que queriam — a não ser que eu decidisse o contrário. Então, fariam de tudo para me agradar.

Pegando outro rolo, eu me concentrei em mastigar devagar para que meu maltratado estômago não se rebelasse. Era importante que eu me recuperasse rápido. Precisaria de forças para o que se aproximava.

Ódio

Eu vejo a minha terra sob mim. Ela passa por baixo como se eu estivesse voando. Serras altas e vales enevoados. Campos espalhados, cidades e vilas ainda mais raras. Darr é tão verde. Eu vi muitas terras enquanto viajava através do Alto Norte e de Senm a caminho do Céu, e nenhuma parecia ter nem metade do verde da minha bela Darr. Agora eu sei o porquê.

* * *

Dormi de novo. Quando eu acordei, Sieh ainda não havia voltado e era noite. Eu não tinha esperado uma resposta rápida dos Enefadeh. Eu provavelmente os aborreci pela minha recusa em marchar obediente para a morte. Se eu fosse eles, me deixaria esperando por um tempo.

Quase na mesma hora que acordei, bateram na porta. Quando atendi, um servente jovem, de rosto ossudo e postura rígida, me olhava.

— Lady Yeine, trago uma mensagem — disse em uma formalidade dolorosa.

Esfregando o sono dos olhos, assenti, permitindo que ele continuasse.

— Seu avô requer a sua presença — informou.

E, de repente, eu estava acordada, muito acordada.

* * *

A câmara de audiências estava vazia. Só eu e Dekarta. Eu me ajoelhei tal qual fiz naquela primeira tarde, e deixei a minha faca no chão, como era o costume. Para minha surpresa, não pensei em usá-la para matá-lo. Por mais que eu o odiasse, não era o seu sangue que eu queria.

— Bem — ele disse do trono. Sua voz soava mais suave do que antes, mas poderia ser um truque da minha percepção. — Você gostou da sua semana como Arameri, neta?

Tinha se passado apenas uma semana?

— Não, avô — disse. — Não gostei.

Ele soltou uma única risada.

— Mas agora, talvez, você nos entenda melhor. O que você acha?

Eu não esperava por aquilo. Encarei-o de onde eu estava ajoelhada, e me perguntei o que ele estaria tramando.

— Eu continuo achando — falei devagar — o mesmo que achava antes de chegar aqui: que os Arameri são malignos. Tudo que mudou é que agora eu acredito que a maioria de vocês seja desequilibrada também.

Ele sorriu largamente, com alguns dentes faltando.

— Kinneth disse o mesmo para mim uma vez. Porém, ela se incluiu.

Resisti à vontade imediata de contestar.

— Talvez seja por isso que ela se foi. Talvez, se eu ficar aqui tempo o bastante, eu me torne tão má e desequilibrada quanto o resto de vocês.

— Talvez. — Havia uma gentileza curiosa na forma que ele falou, que me perturbou. Eu nunca conseguir ler seu rosto. Linhas demais.

O silêncio se ergueu entre nós, quebrado apenas pela nossa respiração. Ele se estabilizou, então se firmou, e se quebrou.

— Diga-me porque matou a minha mãe — eu disse.

Seu sorriso sumiu.

— Não sou um dos Enefadeh, neta. Você não pode me ordenar a responder.

Fui tomada por calor, seguido por frio. Devagar, fiquei de pé.

— Você a amava. Se você a odiasse ou a temesse, eu teria entendido. Mas você a amava.

Ele assentiu.

— Eu a amava.

— Ela estava chorando quando morreu. Tivemos que molhar suas pálpebras para poder abri-las...

— Silêncio.

Na câmara vazia, sua voz ecoou. Seu fio talhou minha raiva como uma faca sem corte.

— E você *ainda* a ama, seu velho bastardo odioso. — Dei um passo à frente, deixando a faca no chão. Eu não confiava em mim com ela. Fui na direção do trono-que-não-era-trono do meu avô, e ele se ergueu, talvez por raiva, talvez por medo. — Você a ama e lamenta por ela; é sua culpa e você *lamenta* por ela, e a quer de volta. Não é? Mas se Itempas está ouvindo, se ele se importa mesmo com a ordem e com a retidão ou com qualquer uma das coisas que os sacerdotes falam, então eu rezo que ele permita que você continue a amando. Dessa forma, você sentirá sua perda como eu sinto. Você sentirá essa agonia até morrer, e eu rezo para que seja daqui a muito, muito tempo!

Eu já estava de pé na frente de Dekarta, inclinada sobre ele, os punhos nos braços da poltrona. E perto o bastante para finalmente ver a cor dos seus olhos — um azul tão pálido que quase não era uma cor. Ele era um homem pequeno e frágil, não importava o que tivesse sido enquanto esteve no auge. Se eu soprasse com força, eu poderia quebrar seus ossos.

Mas eu não o toquei. Dekarta não merecia a mera dor física, tampouco uma morte rápida.

— Tanto ódio — sussurrou ele. Então, para o meu choque, ele sorriu. Um riso mortal. — Talvez você seja mais parecida com ela do que pensei.

Eu me endireitei, falando para mim mesma que não estava recuando.

— Muito bem — disse Dekarta, como se tivéssemos acabado de trocar gentilezas. — Devemos tratar de negócios, neta. Daqui a sete dias, na noite do décimo quarto, haverá um baile aqui no Céu. Será em sua honra, para celebrar sua ascensão como herdeira, e alguns dos cidadãos mais importantes do mundo se juntarão a nós como convidados. Tem alguém em especial que você gostaria de convidar?

Eu o encarei e ouvi uma conversa totalmente diferente. *Em sete dias, os cidadãos mais importantes do mundo se reunirão para ver você morrer.* Cada gota de intuição em meu corpo entendia: a cerimônia de sucessão.

A questão pairou entre nós, sem resposta.

— Não — respondi, baixinho. — Ninguém.

Dekarta inclinou a cabeça.

— Então, você está dispensada, neta.

Eu o encarei por um longo tempo. Talvez eu nunca mais tivesse a chance de falar com ele assim, em particular. Ele não me contou porque tinha matado minha mãe, mas havia outros segredos que ele talvez estivesse disposto a compartilhar. Até mesmo o segredo de como eu poderia salvar minha vida.

Mas no longo silêncio, eu não consegui pensar em nenhuma pergunta para fazer, nenhuma forma de alcançar esses segredos. Então, por fim, peguei a minha faca e caminhei para fora da sala, tentando não sentir certa vergonha quando os guardas fecharam as portas atrás de mim.

* * *

Aquilo mostrou ser o começo de uma noite muito ruim.

* * *

Pisei no meu apartamento e descobri que tinha visitantes.

Kurue havia se apropriado da poltrona, onde estava sentada com os dedos entrelaçados e uma expressão dura no olhar. Sieh, empoleirado na beira do sofá da minha sala de visitas, estava sentado com os joelhos puxados contra o peito e olhos abaixados. Zhakkarn permanecia de sentinela perto da janela, impassível como sempre. Nahadoth...

Eu senti sua presença atrás de mim um instante antes de ele passar a mão pelo meu peito.

— Diga-me — disse ele no meu ouvido — porque eu não deveria matá-la?

Eu encarei a mão que passava pelo meu peito. Não havia sangue nem ferimento, até onde eu conseguia ver. Tentei tocar sua mão e descobri que estava imaterial, como uma sombra. Meus dedos passaram pela carne e balançaram na translucência do punho. Não era exatamente dor, mas como se tivesse enfiado os dedos em um rio gelado. Havia uma frieza profunda e dolorosa entre os meus seios.

Ele poderia retirar a mão e arrancar meu coração. Podia deixar a mão no lugar, mas tornando-a tangível, o que me mataria com tanta certeza quanto se ele tivesse me perfurado através da carne e do osso.

— Nahadoth — disse Kurue em tom de aviso.

Sieh pulou e veio para o meu lado, os olhos arregalados e assustados.

— Por favor, não a mate. Por favor.

— Ela é um deles — sibilou no meu ouvido. Seu hálito também era frio, fazendo a pele do meu pescoço se arrepiar. — Só outra Arameri convencida da sua própria superioridade. Nós a *fizemos*, Sieh, e ela se atreve a nos dar ordens? Ela não tem o direito de carregar a alma da minha irmã. — Curvou a mão em garra, e subitamente percebi que não era a minha carne que ele queria danificar.

Seu corpo se acostumou a ter duas almas, Zhakkarn me disse. *Pode não sobreviver a só ter uma.*

Porém, ao perceber isso, para minha grande surpresa, eu explodi numa gargalhada.

— Faça isso — pedi. Eu mal conseguia respirar de tanto rir, ou poderia ser efeito da mão de Nahadoth. — Eu nunca quis essa coisa dentro de mim para começar. Se você a quer, pegue!

— Yeine! — Sieh agarrou meu braço. — Isso pode matar você!

— E que diferença faz? Vocês querem me matar de qualquer jeito. E Dekarta também, já planejou tudo, para daqui a sete dias. Minha única escolha de verdade está em *como* morrer. Desse jeito é tão bom quanto qualquer outro, não é?

— Vamos descobrir — disse Nahadoth.

Kurue se adiantou na poltrona.

— Espere! O que ela falou sobre...

Nahadoth recuou a mão dele. Parece que se esforçou para isso; o braço se moveu pela minha carne devagar, como se passasse por argila. Eu não poderia estar mais certa, porque estava berrando a plenos pulmões. Por instinto, eu fui para a frente, tentando fugir da dor, e em retrospecto, isso piorou as coisas. Mas eu não conseguia pensar, toda a minha razão foi engolida pela agonia. Era como se eu estivesse sendo estraçalhada, o que era o caso.

Mas algo aconteceu.

* * *

Acima, um céu saído de um pesadelo. Eu não sabia dizer se era dia ou noite. O sol e a lua estavam visíveis, mas era impossível distingui-los. A lua estava imensa e de um amarelo doentio. O sol parecia uma distorção sangrenta, nada redondo. Havia uma única nuvem no céu, era preta — não aquele cinza escuro com chuva, mas preta como um buraco no céu. E, então, percebi que se tratava de um buraco, porque alguma coisa passou por ele...

Figuras minúsculas se debatiam. Uma era branca e flamejante, a outra preta e fumacenta; conforme caíam, eu via fogo e ouvia estalos como trovões ao redor deles. Caíam e caíam e bateram na terra próxima. O chão estremeceu, uma grande nuvem de poeira e escombros se levantou com o impacto; nada humano poderia ter sobrevivido a uma queda como aquela, mas eu sabia que eles não eram...

Eu corri. Havia corpos por toda parte, mas, com a certeza dos sonhos, eu sabia que eles não estavam mortos, só morrendo. A grama estava seca e quebradiça, estalando debaixo de meus pés descalços. Enefa estava morta. Tudo estava morrendo. As folhas caíam a minha volta como neve densa. Mais à frente, logo além das árvores...

— É isso que você quer? É isso? A fúria inumana naquela voz, ecoando pelas sombras da floresta. Depois disso veio um grito de uma agonia que eu jamais poderia imaginar...

Eu corri por entre as árvores e parei na beira de uma cratera e vi...

Ó Deusa, eu vi...

* * *

— Yeine. — A mão de alguém bateu no meu rosto de leve. — Yeine!

Meus olhos abriram. Pisquei para umedecê-los. Eu estava ajoelhada e Sieh, agachado na minha frente, com os olhos arregalados de preocupação. Kurue e Zhakkarn também observavam; Kurue parecia preocupada e Zhakkarn, impassível como um soldado.

Eu não pensei. Só me virei e olhei para Nahadoth, parado com a mão — aquela que estivera dentro do meu corpo — erguida. Ele olhou para mim e percebi que, de alguma forma, ele sabia o que eu tinha visto.

— Eu não entendo. — Kurue se levantou da poltrona. A mão dela apertou o encosto do móvel. — Já se passaram vinte anos, a alma deveria ser capaz de sobreviver à extração.

— Ninguém jamais colocou a alma de um deus em um mortal — disse Zhakkarn. — Nós sabíamos que haveria um risco.

— Não *disso*! — Kurue apontou para mim, como se me acusasse. — Será que conseguiremos usar a alma agora, contaminada com essa sujeira mortal?

— Quieta! — estourou Sieh, virando-se bruscamente para encará-la. A voz dele ficou grave de repente, tornando-se a de um rapaz; puberdade instantânea. — Como você se atreve? Eu já disse a você, várias e várias vezes, que os mortais são tão criações de Enefa quanto nós.

— Restos — respondeu Kurue. — Fracos, covardes e estúpidos demais para olhar para além deles por mais de cinco minutos. Mesmo assim, você e Naha insistem em confiar neles...

Sieh revirou os olhos.

— Ah, *por favor*. Diga-me, Kurue, qual dos seus planos cheios de orgulho e envolvendo apenas deuses nos libertou?

Kurue se virou em um silêncio ressentido.

Eu mal vi tudo aquilo. Nahadoth e eu ainda estávamos nos encarando.

— Yeine. — A mão pequena e macia de Sieh tocou a minha bochecha, virando a minha cabeça na direção dele. Ele voltou a falar em um tom infantil. — Você está bem?

— O que aconteceu? — perguntei.

— Não temos certeza...

Eu suspirei e me soltei dele, tentando me levantar. Meu corpo parecia estar oco, preenchido com algodão. Eu escorreguei e voltei a ficar de joelhos, xingando.

— Yeine...

— Se você vai mentir de novo para mim, não perca seu tempo.

Um músculo latejou na mandíbula de Sieh e ele olhou para os irmãos.

— É verdade, Yeine. Nós *não temos* certeza. Mas... por algum motivo... a alma de Enefa não se curou tanto quanto esperávamos pelo tempo que está dentro de você. Está completa. — Ele olhou de forma significativa para Kurue. — O bastante para servir ao seu propósito. Mas está muito frágil; frágil demais para ser retirada com segurança.

Com segurança para a alma dela, era o que ele quis dizer, não para mim. Balancei a cabeça, cansada demais para rir.

— Não tem como dizer quanto foi o dano — murmurou Kurue, virando-se para andar de um lado para o outro no pequeno espaço do quarto.

— Um membro não usado definha — disse Zhakkarn em voz baixa. — Ela tinha a própria alma, e não precisava de outra.

"O que eu ficaria feliz em contar a vocês", pensei com amargura, "se eu tivesse a chance de protestar na hora."

Mas o que, pelo Turbilhão, aquilo significava para mim? Que os Enefadeh não fariam outras tentativas de tirar a alma do meu corpo? Ótimo; eu não desejava experimentar aquela dor nunca mais. No entanto, também significava que eles estavam comprometidos com o plano, porque não poderiam tirar aquilo de mim de outra forma.

Era esse o motivo de eu ter todos aqueles sonhos e aquelas visões? Por que a alma de uma deusa tinha começado a apodrecer dentro de mim?

Demônios e trevas. Como a agulha de uma bússola procurando o Norte, eu me virei de volta para Nahadoth. Ele deu as costas.

— O que você disse? — perguntou Kurue de repente. — Sobre Dekarta.

Aquela preocupação específica parecia estar a um milhão de quilômetros de distância. Eu me esforcei para voltar ao que interessava, e tentei afastar a minha mente daquele céu terrível e da imagem de mãos brilhantes agarrando e retorcendo carne.

— Dekarta vai dar um baile em minha homenagem — respondi. — Em uma semana. Para celebrar minha designação como um dos possíveis herdeiros. — Eu balancei a cabeça. — Quem sabe? Talvez seja só um baile.

Os Enefadeh se entreolharam.

— É cedo demais — murmurou Sieh, fazendo uma careta. — Eu não tinha ideia que ele faria isso tão cedo.

Kurue assentiu para si mesma.

— Velho canalha e espertalhão. Ele provavelmente fará a cerimônia no amanhecer do dia seguinte.

— Será que isso significa que ele descobriu o que fizemos? — perguntou Zhakkarn.

— Não — disse Kurue, olhando para mim. — Ou ela já teria morrido e a alma já estaria nas mãos de Itempas.

Estremeci com o pensamento e finalmente me levantei. Eu não me virei para Nahadoth de novo.

— Acabaram com a raiva que estavam de mim? — perguntei, batendo na saia para tirar as marcas amassadas. — Acho que temos assuntos inacabados.

Sar-enna-nem

Os sacerdotes mencionam a Guerra dos Deuses às vezes, principalmente para alertar contra a heresia. Por causa de Enefa, é o que dizem. Por causa da Traidora, por três dias, pessoas e animais ficaram deitados, indefesos, tentando respirar, com o coração parando gradativamente e a barriga inchando enquanto as entranhas deles paravam de funcionar. Plantas murcharam e morreram em horas; planícies vastas e férteis tornavam-se desertos cinzentos. O que hoje chamamos de Mar do Arrependimento ferveu, e por algum motivo as montanhas mais altas se partiram ao meio. Os sacerdotes diziam que foi obra das deidades, os filhos imortais de Enefa, que escolheram lados diferentes e batalharam em solo terreno. Os pais deles, os senhores do céu, mantiveram a guerra entre eles lá em cima.

Por causa de Enefa, é o que os sacerdotes dizem. Eles não falam que foi porque Itempas a matou.

Quando a guerra finalmente terminou, a maior parte do mundo estava morta. O que permaneceu, mudou para sempre. Na minha terra, os caçadores ainda contam lendas de feras que não existem mais e as canções de colheita louvam plantas que se perderam há muito tempo. Aqueles primeiros Arameri fizeram muito pelos sobreviventes, como os sacerdotes tomam cuidado em apontar. Com a magia dos deuses prisioneiros de guerra, eles encheram os oceanos, selaram as montanhas, curaram a terra. Embora nada pudesse ser feito pelos mortos, salvaram o máximo possível dos sobreviventes.

Por um preço.

E isso os sacerdotes também não mencionam.

* * *

Na verdade, havia muito pouco o que ainda se discutir. Tendo em vista a cerimônia que se aproximava, os Enefadeh precisavam da minha cooperação mais do que nunca, e por isso, mesmo visivelmente aborrecida, Kurue aceitou a minha condição. Nós todos sabíamos que havia poucas chances de eu me tornar a herdeira de Dekarta. E sabíamos também que os Enefadeh estavam apenas me agradando. Eu me contentava com isso, desde que não ficasse pensando muito.

Então, um por um, eles sumiram, deixando-me com Nahadoth. Ele era o único, segundo Kurue, que tinha o poder para me levar a Darr e me trazer de volta nas poucas horas noturnas que restavam. Então, no silêncio que caiu, me virei para encarar o Senhor da Noite.

— Como? — perguntou ele. Ele falava da visão da sua derrota.

— Não sei — respondi. — Mas aconteceu antes. Eu tive um sonho sobre a antiga Céu. Eu vi você a destruindo. — Engoli em seco, sem coragem de continuar. — Achei que era só um sonho, mas se o que eu acabei de ver foi o que realmente aconteceu...

Memórias. Eu acessei as memórias de Enefa. Querido Pai do Céu, eu não queria pensar no que aquilo significava.

Seus olhos se estreitaram. Ele vestiu aquele rosto de novo, o que eu mais temia porque não conseguia evitar o desejo. Fixei meus olhos em um ponto logo acima do seu ombro.

— Foi o que aconteceu — disse ele, devagar. — Mas Enefa já estava morta. Ela nunca viu o que ele fez comigo.

"E eu queria não ter visto". Mas antes que eu pudesse falar, Nahadoth deu um passo em minha direção. E eu recuei, rapidamente. Ele parou.

— Agora você está com medo de mim?

— Você tentou arrancar a minha alma.

— E mesmo assim você me deseja.

Eu congelei. E ele, obviamente, sentiria isso. Não disse nada, pois não queria admitir a minha fraqueza.

Nahadoth passou por mim e foi até a janela. Eu estremeci quando ele passou e um tentáculo do seu manto enrolou-se no meu tornozelo por um breve instante em uma carícia gelada. Perguntei-me se ele estava consciente disso.

— O que exatamente você quer em Darr? — perguntou.

Engoli em seco, agradecida por mudarmos de assunto.

— Preciso falar com minha avó. Pensei em usar uma esfera selada, mas não entendo essas coisas. Pode ser que exista uma maneira de alguém espionar nossa conversa.

— Existe.

Não fiquei nem um pouco satisfeita por estar certa.

— Então são perguntas que precisam ser feitas pessoalmente.

— Que perguntas?

— Se é realmente verdade o que Ras Onchi e Scimina disseram sobre os vizinhos de Darr estarem se preparando para a guerra. Quero ouvir como minha avó avalia a situação. E... eu espero descobrir... — Senti uma vergonha inexplicável. — Mais sobre a minha mãe. Se ela era ou não como os outros Arameri.

— Eu já disse a você: ela era.

— Peço que me perdoe, Lorde Nahadoth, mas não confio em você.

Ele se virou um pouco para que eu pudesse ver a lateral de seu sorriso.

— Ela era — repetiu. — E você também é.

Aquelas palavras, naquela voz fria, me atingiram como um tapa.

— Ela também fez isso — continuou ele. — Ela tinha a sua idade, talvez menos, quando começou a fazer perguntas, perguntas, tantas questões. Quando ela não conseguia arrancar respostas de nós com educação, ela dava uma ordem... como você fez. Havia tanto ódio naquele coração jovem. Como no seu.

Lutei contra a vontade de engolir, certa de que ele conseguiria escutar.

— Que tipo de perguntas?

— História dos Arameri. A guerra entre meus irmãos e eu. Muitas coisas.

— Por quê?

— Não faço ideia.

— E não perguntou?

— Não me importava.

Eu respirei fundo e me forcei a abrir meus punhos suados. Lembrei que era assim que ele sempre agia. Ele não precisava ter dito nada sobre a minha mãe, mas ele sabia que era a maneira de me enervar. Eu tinha sido avisada. Nahadoth não gostava de matar direto. Ele brincava e implicava até que você perdesse o controle, esquecesse o perigo e se abrisse para ele. Ele fazia você pedir por isso.

Depois de ficar em silêncio por algum tempo, Nahadoth se virou para mim.

— A noite já avançou. Se você quer ir para Darr, tem que ser agora.

— Ah. Sim. — Engolindo em seco, olhei ao meu redor, para tudo, menos para ele. — Como iremos viajar?

Em resposta, Nahadoth me estendeu a mão.

Sequei a minha na saia, mesmo sem precisar, e a apertei.

A escuridão que o cercava remexeu-se como se fosse asas que se erguiam, preenchendo o quarto até o teto abobadado. Eu prendi a respiração. Teria recuado, mas ele prendia minha mão com força. Quando olhei para o rosto dele, me senti mal: os olhos tinham mudado. Estavam completamente pretos. Pior, as sombras mais próximas do seu corpo tinham se aprofundado tanto que eu já não o via além da mão estendida.

Eu encarei o abismo que era Nahadoth e não consegui me aproximar.

— Se eu quisesse matar você — disse, e a voz também era diferente, com eco e sombras. — Já seria tarde demais.

Era verdade. Olhei para aqueles olhos terríveis e reuni coragem e disse:

— Leve-me para Arrebaia, em Darr. No templo de Sar-enna-nem.

A escuridão em seu centro se expandiu tão rapidamente que me envolveu antes que eu pudesse gritar. Houve um instante de frio e de pressão tão grande e insuportável que pensei que me esmagaria. Mas parou antes de doer, e então, até o frio sumiu. Abri meus olhos e não vi nada. Estendi as minhas mãos, inclusive a que ele segurava, e não senti nada. Gritei e só ouvi o silêncio.

Então, pisei em um chão de pedra e respirei o ar repleto de cheiros familiares, sentindo uma umidade quente invadir minha pele. Atrás de mim, espalhavam-se as ruas e muralhas de pedra de Arrebaia, preenchendo o planalto onde estávamos. Eu sabia que era mais tarde do que no Céu, porque as ruas estavam praticamente vazias. À minha frente, erguiam-se degraus de pedra, ladeados por postes com lamparinas, e no topo estavam os portões para Sar-enna-nem.

Olhei para Nahadoth, que tinha recuperado a aparência normal, quase humana.

— Vo-você é bem-vindo na casa da minha família — disse. Eu ainda estava tremendo por causa da forma que viajamos.

— Eu sei. — Ele subiu os degraus. Fui pega desprevenida, e fiquei olhando suas costas. Quando me recuperei, ele já estava dez degraus à minha frente. Corri para segui-lo.

Os portões de Sar-enna-nem eram pesados e feiosos, reforçados com madeira e metal; uma adição recente às pedras anciãs. Precisava de pelo menos quatro mulheres para operar o mecanismo que os abria, o que era um grande avanço em relação a quando os portões eram feitos de pedra e precisavam de vinte pessoas. Eu tinha chegado sem aviso, nas horas mortas da madrugada, e sabia que isso incomodaria toda a equipe de guarda. Não éramos atacados fazia séculos, mas ainda assim meu povo se orgulhava de ser vigilante.

— Pode ser que não nos deixem entrar — murmurei, me arrastando ao lado do Senhor da Noite. Eu precisava me esforçar para acompanhá-lo; ele subia dois degraus por vez.

Nahadoth não respondeu nada e não diminuiu o passo. Eu ouvi o som alto da grande trava sendo erguida e os portões se abriram — sozinhos. Eu grunhi ao perceber o que ele havia feito. Houve gritos e passos acelerados quando entramos e andamos pelo trecho gramado que servia como pátio de entrada para Sar-enna-nem, e dois grupos de guardas vieram correndo das portas do edifício antigo. Uma era a companhia responsável pelo portão — só de homens, já que se tratava de uma posição mais baixa que só precisava de força bruta.

A outra companhia consistia na guarda principal, composta de mulheres e dos poucos homens que tinham merecido essa honra, diferenciados por túnicas de seda brancas usadas debaixo da armadura. Esta era liderada por um rosto familiar: Imyan, uma mulher de Somem, minha própria tribo. Ela gritou em nosso idioma ao chegar ao pátio, e a companhia se dividiu para nos cercar. Rapidamente, havia um círculo de lanças e flechas apontadas para nosso coração.

Não... as armas estavam apontadas para o meu coração, pelo que percebi. Nenhuma delas estava direcionada a Nahadoth.

Entrei na frente de Nahadoth para facilitar e sinalizar que eu não era hostil. Por um momento, estranhei ao falar no meu próprio idioma.

— É bom ver você, capitã Imyan.

— Eu não te conheço — respondeu ela com rispidez. Eu quase sorri. Na infância, tínhamos nos metido em todo o tipo de encrencas juntas; agora ela estava tão focada em seu dever quanto eu.

— Você sorriu quando me viu pela primeira vez — eu disse. — Eu estava tentando deixar meu cabelo crescer, querendo ficar mais parecida com a minha mãe. Você disse que parecia musgo de árvore encrespado.

Imyan estreitou os olhos. O próprio cabelo, longo e liso ao estilo darre, estava preso em perfeitos nós e tranças atrás da cabeça.

— O que você está fazendo aqui, se é Yeine-*ennu*?

— Você sabe que eu não sou mais *ennu* — falei. Os Itempanes passaram a semana anunciando isso, em voz alta e por magia. Até o Alto Norte já deve saber.

A seta de Imyan hesitou por mais um momento antes de se abaixar lentamente. Seguindo seu exemplo, os outros guardas também dispensaram a guarda. Os olhos de Imyan foram até Nahadoth e depois se voltaram para mim; pela primeira vez havia uma ponta de nervosismo no seu comportamento.

— E isso?

— Você me conhece — disse Nahadoth em nossa língua.

Ninguém recuou ao som da sua voz. Os Guardas darres são muito bem treinados para isso. Mas vi algumas expressões de inquietação no grupo, mais do que esperava. Percebi depois que o rosto de Nahadoth começou a variar de novo, uma mancha aquosa que mudava de acordo com as sombras projetadas pela luz das tochas. Tantos mortais novos para seduzir.

Imyan se recuperou primeiro.

— Lorde Nahadoth — disse por fim. — Bem-vindo de volta.

De volta? Eu a encarei e depois olhei para Nahadoth. Mas nesse momento uma voz ainda mais familiar me cumprimentou e eu soltei a respiração, aliviando uma tensão que eu nem percebi que sentia.

— Vocês são mesmo bem-vindos — disse minha avó. Ela desceu o pequeno lance de escada que levava aos aposentos residenciais de Sar--enna-nem e os guardas abriram caminho para ela: uma mulher de idade, mais baixa que a média, ainda vestida com uma túnica de dormir (mas pude perceber que ela teve tempo o suficiente para trazer uma faca). Apesar de minúscula (e eu infelizmente herdei sua altura), ela exalava um ar de força e autoridade que era praticamente palpável.

Ela inclinou a cabeça na minha direção ao se aproximar.

— Yeine. Senti a sua falta, mas não o suficiente para querer vê-la de volta tão cedo. — Olhou de relance para Nahadoth e depois para mim. — Venha.

E foi isso. Ela se virou para a entrada ladeada por colunas e eu comecei a segui-la. Ou teria seguido, se Nahadoth não tivesse falado.

— A alvorada se aproxima nesta parte do mundo — disse ele. — Você tem uma hora.

Lancei um olhar a ele, surpresa em muitos níveis.

— Você não vem?

— Não. — E se afastou para a lateral do pátio. Os guardas saíram do seu caminho com tamanha disposição, que teria sido cômico não fossem as circunstâncias.

Eu o observei por um momento antes de seguir a minha avó.

* * *

Outra lenda que me contavam na infância me veio à mente.

Dizem que o Senhor da Noite não pode chorar. Ninguém sabe o porquê, mas dos muitos dons que as forças do Turbilhão deram ao filho mais sombrio, as lágrimas não estavam entre eles.

O Iluminado Itempas pode. As lendas dizem que suas lágrimas são a chuva que às vezes cai quando o sol ainda brilha. (Eu nunca acreditei nisso, pois significaria que Itempas chora com muita frequência.)

Enefa da Terra podia chorar. Suas lágrimas tinham a forma da chuva amarela incandescente que cai no mundo depois da erupção de um vulcão. Essa chuva ainda cai, matando plantações e envenenando as águas. Mas já não significa nada.

O Senhor da Noite Nahadoth foi o primogênito dos Três. Antes dos outros aparecerem, ele passou incontáveis eternidades como a única coisa viva em toda a existência. Talvez isso explique a incapacidade dele. Talvez, no meio de tanta solidão, lágrimas sejam inúteis.

* * *

Sar-enna-nem já foi um templo. A entrada principal é um salão abobadado imenso, sustentado por colunas encravadas no solo. Erguido pelo meu povo muito antes de conhecermos quaisquer inovações dos amnies como a arte dos escribas ou da automação. Tínhamos nossas próprias técnicas. E os lugares que construímos para louvar os deuses eram magníficos.

Depois da Guerra dos Deuses, meus ancestrais fizeram o que precisava ser feito. As janelas do Crepúsculo e da Lua, famosas por sua beleza, foram bloqueadas por tijolos, deixando apenas a do Sol. Um novo templo, dedicado exclusivamente a Itempas e sem a mácula de devoção aos irmãos, foi construído um pouco mais ao sul; ali fica o atual coração religioso da cidade. Sar-enna-nem foi reapropriado apenas como um edifício de governo, onde nosso conselho de guerreiras proclamava decretos que eu, como *ennu*, implementava. Qualquer sacralidade se foi há muito tempo.

O salão estava vazio, como era de esperar pela hora tardia. Minha avó me levou ao palanque onde, durante o dia, os membros do Conselho de Guerreiros sentava-se em um círculo de tapetes grossos. Ela sentou e eu também, bem à sua frente.

— Você falhou? — perguntou.

— Ainda não — respondi. — Mas é uma questão de tempo.

— Explique-se — disse ela e foi o que eu fiz. Admito que editei um pouco o relato. Não contei sobre as horas que perdi chorando no quarto de minha mãe. Não mencionei meus pensamentos perigosos sobre Nahadoth. E certamente não falei sobre minhas duas almas.

Quando terminei, ela suspirou, o único sinal de preocupação que demonstrou.

— Kinneth sempre acreditou que o amor de Dekarta por ela protegeria você. Não posso dizer que gostava dela, porém, com os anos, aprendi a confiar nos julgamentos que ela fazia. Como ela pode ter errado tanto?

— Não tenho certeza se errou — disse, baixinho. Estava pensando nas palavras de Nahadoth sobre Dekarta e o assassinato de minha mãe: *Você acha que foi ele?*

Eu falei com Dekarta depois disso. Olhei nos seus olhos quando falou da minha mãe. Poderia um homem como ele matar alguém que amava tanto?

— O que a minha mãe te contou, Beba? — perguntei. — Sobre o motivo de ela deixar os Arameri?

Minha avó franziu o cenho, surpresa com a minha mudança para o tratamento informal. Ela e eu nunca fomos próximas. Ela era velha demais para se tornar *ennu* quando a própria mãe morreu, e nenhum de seus filhos era menina. Apesar de o meu pai ter conseguido, contra todas as possibilidades, sucedê-la, tornando-se um dos únicos três *ennu* homens da história, eu era o mais próximo da filha que ela nunca teve. Eu, a encarnação meio-amnia do maior erro do filho dela. Eu tinha desistido de conquistar o seu amor anos atrás.

— Não era algo que ela falava muito — disse Beba, devagar. — Ela dizia que amava meu filho.

— Isso dificilmente seria o bastante para você — disse, baixinho.

A expressão no seu olhar endureceu.

— Seu pai deixou explícito que teria que ser.

E eu entendi então: ela nunca acreditou na minha mãe.

— E por qual motivo você acha que tenha sido?

— Ela sentia muita raiva, a sua mãe. Ela queria ferir alguém e o fato de estar com o meu filho permitia que ela conseguisse isso.

— Alguém no Céu?

— Não sei. Por que você se preocupa com isso, Yeine? É o agora que importa, não vinte anos atrás.

— Eu acho que o que aconteceu antes tem consequências no presente — disse, me surpreendendo. Mas percebi, enfim, que era verdade. Talvez eu tivesse sentido isso desde o começo. E, com essa abertura, preparei meu próximo ataque. — E pelo que vi, Nahadoth já esteve aqui antes.

Imediatamente, o rosto de minha avó recuperou a costumeira expressão severa.

— *Lorde* Nahadoth, Yeine. Não somos amnies. Aqui, respeitamos nossos criadores.

— A guarda foi treinada para se aproximar dele. Uma pena que não me incluíram nisso, já que eu poderia ter usado esse treinamento antes de ir para o Céu. Quando foi a última vez que ele veio aqui, Beba?

— Antes de você nascer. Ele veio ver Kinneth uma vez. Yeine, isso não é...

— Foi depois que meu pai melhorou da Morte Andarilha? — perguntei. Falei com calma, apesar do sangue martelando nos meus ouvidos. Eu queria agarrá-la pelos ombros e sacudi-la, mas mantive o controle. — Foi nessa noite que fizeram isso comigo?

A expressão de Beba se aprofundou, a confusão momentânea tornou-se aflição.

— Fizeram... com *você*? Do que você está falando? Você nem era nascida. Kinneth tinha acabado de engravidar. O que...

E ela se calou. Eu vi os pensamentos correndo por trás dos seus olhos, que se arregalaram ao me encarar. Eu falei com aqueles pensamentos, provocando o conhecimento que eu senti que eles tinham.

— Minha mãe tentou me matar quando eu nasci. — Eu agora sabia por que, mas havia mais verdades ali, algo que eu ainda não tinha descoberto. Eu podia sentir. — Não confiaram nela sozinha comigo por meses. Você lembra?

— Sim — sussurrou ela.

— Eu sei que ela me amava — comentei. — E eu sei que algumas vezes as mulheres enlouquecem na gravidez. O que quer que a tenha feito temer a mim... — Eu quase engasguei com a dissimulação. Nunca fui uma boa mentirosa. — Se foi e ela se tornou uma boa mãe. Mas você deve ter se perguntado, Beba, por que ela me temia tanto. E meu pai deve ter imaginado...

Eu me calei então, quando a compreensão me atingiu. *Ali* estava uma verdade que eu não considerei antes.

— Ninguém imaginou nada.

Eu girei em um sobressalto. Nahadoth estava a quinze metros de distância, na entrada de Sar-enna-nem, emoldurado pela forma triangular. Com a luz da lua por trás, ele era apenas uma silhueta, mas como sempre eu conseguia ver seus olhos.

— Eu matei todos que me viram com Kinneth naquela noite — disse ele. Nós duas o ouvíamos tão nitidamente; parecia que ele estava ao nosso lado. — Matei sua servente e a criança que veio nos servir vinho, e o homem que estava com seu pai enquanto ele se recuperava da doença. Matei os três guardas que tentaram espionar por ordens dessa velha senhora. — Ele apontou para Beba, que ficou rígida. — Depois disso, ninguém se atreveu a imaginar nada sobre você.

"Agora você resolveu falar?" Eu teria perguntado em voz alta, mas a minha avó fez algo tão inesperado, tão incrível, tão estúpido que as palavras ficaram presas na minha garganta. Ela se levantou em um pulo diante de mim, sacando a faca.

— O que você fez com Yeine? — ela gritou. Eu nunca a vi tão brava em toda a minha vida. — Que tipo de imundície você fez a mando dos Arameri? Ela é *minha*, ela *nos* pertence, você não tinha o direito!

Nahadoth riu e a raiva contida naquele som me deu um frio na espinha. Eu achei que ele era meramente um escravo amargurado, uma criatura assolada pelo luto, digna de pena? Como fui tola.

— Você acha que esse templo a protege? — ele sibilou. Foi quando eu percebi que ele não tinha pisado além do limite da porta. — Você esqueceu que já *fui* adorado pelo seu povo também?

Ele entrou em Sar-enna-nem.

Os tapetes debaixo dos meus joelhos sumiram. O chão de tábuas de madeira desintegrou-se. Abaixo dele havia um mosaico de pedras semi-preciosas polidas, pedras de todas as cores, entremeadas com quadrados de ouro. Arfei quando as colunas tremeram, os tijolos se esfacelando, reduzidos a nada, e de repente eu podia *ver* as Três Janelas, não só a do Sol, mas a da Lua e a do Crepúsculo também. Nunca tinha percebido que elas foram projetadas para serem vistas juntas. Tínhamos perdido muito. Ao nosso redor, havia estátuas de seres tão perfeitos, tão estranhos, tão *familiares*, que eu quis chorar por todos os irmãos e irmãs perdidos de Sieh, os filhos leais de Enefa, assassinados como cães por tentar vingar o assassinato da mãe. "Eu entendo. Todos vocês, entendo tanto..."

Então, a luz das tochas se apagou, o ar rangeu. Ao me virar, vi que Nahadoth também havia mudado. A escuridão da noite preencheu aquela ponta do Sar-enna-nem, mas não como acontecera na minha primeira noite no Céu. Ali, alimentado pelo resíduo da antiga devoção, ele mostrava para mim tudo o que ele já havia sido: o primeiro entre os deuses, o doce sonho e o pesadelo encarnado, todas as coisas belas e terríveis. Atrás de um furacão de não luz preta azulada, eu vi um lampejo de pele branca como a lua e olhos de estrelas distantes, que se modificaram de forma tão inesperada que, por um instante, meu cérebro se recusou a interpretar. Mas o entalhe na biblioteca tinha me alertado, não tinha? O rosto de uma mulher brilhava para mim na escuridão, orgulhoso, poderoso e tão espetacular que eu ansiei por *ela* tanto quanto ansiava por *ele*, e não me pareceu nada estranho que fosse assim. E o rosto mudou novamente para algo que não lembrava em nada a humanidade, algo cheio de tentáculos e dentes, horrível, e eu gritei. E depois onde seu rosto deveria estar, havia apenas escuridão, e aquilo era o mais assustador de tudo.

Ele deu um passo à frente de novo. Eu senti: uma vastidão impossível e invisível se movia com ele. Eu ouvi as paredes de Sar-enna-nem gemerem, frágeis demais para conter tanto poder. Nem o mundo inteiro poderia conter aquilo. Ouvi o céu sobre Darr ressoar com um trovão e o chão sob meus pés tremer. Dentes brancos brilhavam no meio da escuridão, afiados como os de um lobo. Foi quando percebei que eu tinha que agir, ou o Senhor da Noite mataria minha avó bem diante dos meus olhos.

Bem diante dos meus...

* * *

Bem diante dos meus olhos, deitada, espalhada e nua e ensanguentada
    isso não é carne, isso é tudo que você pode entender
    mas significava o mesmo que carne, ela está morta e violada, a forma perfeita distorcida de maneiras que não deveriam ser possíveis, não poderiam ser e quem fez isso? Quem poderia
    mas o que significava ele ter feito amor comigo antes de enfiar a faca tão fundo em mim?
    e então eu soube: traição. Eu sabia da raiva dele, mas nunca pude imaginar... nunca pude sonhar... eu fiz pouco dos medos dela. Achei que eu o conhecesse. Juntei o corpo dela ao meu e pedi a toda a criação para torná-la viva novamente.

Não fomos feitos para a morte. Mas nada muda, nada muda, construí um antro há muitos anos e era um lugar onde tudo fica igual para sempre, porque eu não podia imaginar nada mais horrível e agora eu estou lá.

Outros chegam, nossas crianças, e todos reagem com o mesmo horror
aos olhos de uma criança, a mãe é uma deusa
mas eu não consigo ver a dor deles no meio da névoa escura que é o meu luto. Eu deito o corpo dela, porém minhas mãos estão cobertas com o sangue, nosso sangue, irmã amante aluna professora amiga oposto eu, e quando ergo a cabeça para gritar em fúria, um milhão de estrelas se apagam e morrem. Ninguém pode vê-las, mas são as minhas lágrimas.

* * *

Eu pisquei.

Sar-enna-nem estava como antes, sombreada e quieta, com o esplendor novamente escondido sob tijolos, madeira empoeirada e velhos tapetes. Eu estava em pé, na frente de minha avó, embora não me lembrasse de levantar ou me mover. A máscara humana de Nahadoth estava de volta ao lugar, sua aura encolhida no costumeiro balanço silencioso, e ele me encarava mais uma vez.

Eu cobri meus olhos com a mão.

— Não vou aguentar muito mais.

— Y-Yeine? — Minha avó. Ela colocou a mão no meu ombro. Eu mal percebi.

— Está acontecendo, não é? — Levantei o olhar para Nahadoth. — O que vocês esperavam. A alma dela está devorando a minha.

— Não — disse Nahadoth, baixinho. — Eu não sei o que é isso.

Eu o encarei e não pude me controlar. Todo o choque, o medo e a raiva dos últimos dias borbulharam e eu irrompi em uma gargalhada. Ri tão alto que ecoou no teto distante de Sar-enna-nem. Ri por tanto tempo que minha avó me olhou preocupada, se perguntando se eu enlouqueci. Provavelmente, porque de repente minha risada se converteu em gritaria, e minha euforia se inflamou como uma raiva incandescente.

— *Como você pode não saber?* — gritei para Nahadoth. Voltei a falar em senmata. — Você é um deus! Como você pode não *saber?*

Sua calma inflou ainda mais a minha fúria.

— Eu criei a incerteza neste universo e Enefa a teceu em cada ser vivo. Sempre existirão mistérios além da nossa compreensão, mesmo que sejamos deuses...

Eu me lancei contra ele. No segundo interminável de duração da minha raiva, eu vi os olhos se voltarem para meu punho se aproximando, e se arregalarem como se estivesse espantado. Ele teve tempo o suficiente para bloquear ou desviar do golpe. Não ter feito nada foi uma surpresa.

O estalo ecoou tão alto quanto o arquejo da minha avó.

No silêncio que se seguiu, eu me senti vazia. A raiva se foi. O horror ainda não tinha me tomado. Baixei a mão. O nó dos dedos doía.

A cabeça de Nahadoth virou-se com o golpe. Ele ergueu a mão até os lábios, que sangravam, e suspirou.

— Preciso me esforçar mais para controlar meu temperamento perto de você — ele disse. — Você tem um jeito memorável de me punir.

Ele ergueu os olhos e de repente eu soube que estava lembrando-se de quando eu o esfaqueei. *Esperei tanto tempo por você,* ele tinha dito. Dessa vez, em vez de me beijar, ele pousou os dedos em meus lábios. Senti algo úmido e quente, e lambi por reflexo, provando a pele fria e o gosto metálico e salgado do seu sangue.

Ele sorriu, uma expressão quase de ternura.

— Gostou?

* * *

Do seu sangue, não.

Mas seu dedo era outra história.

* * *

— Yeine — disse minha avó de novo, rompendo a cena. Respirei fundo, recobrei meus sentidos e me virei para ela.

— Os reinos vizinhos estão se aliando? — perguntei. — Estão se preparando para a guerra?

Ela engoliu em seco antes de confirmar com um aceno.

— Recebemos o aviso formal esta semana, mas houve sinais antes. Nossos mercadores e diplomatas foram expulsos de Menchey há quase dois meses. Dizem que o velho Gemd aprovou uma lei de recrutamento compulsório para aumentar os números do seu exército e está acelerando o treinamento. O conselho acredita que ele começará a marchar em uma semana, talvez menos.

Dois meses atrás. Eu tinha sido convocada pelo Céu um pouco antes. Scimina tinha adivinhado minha motivação no momento em que Dekarta me convocou.

E fazia sentido que ela tivesse escolhido agir através de Menchey. Era o nosso maior e mais poderoso vizinho, e já foi nosso maior inimigo. Estávamos em paz com os mencheyeves desde a Guerra dos Deuses, mas apenas porque os Arameri relutavam em permitir que uma das terras aniquilasse a outra. Mas como Ras Onchi me alertou, as coisas mudaram.

Obviamente eles enviaram uma petição formal de guerra. Eles queriam o direito de derramar o nosso sangue.

— Espero que também tenhamos começado a reunir forças desde então — disse. Não era mais meu direito dar ordens, eu só poderia sugerir.

Minha avó suspirou.

— O melhor que pudemos fazer. Nossos cofres estão vazios. Mal podemos alimentá-las, muito menos treiná-las e equipá-las. Ninguém nos empresta dinheiro. Tivemos que recorrer a pedir voluntárias; qualquer mulher com um cavalo e armas próprias. E homens também, sem filhos.

Era mesmo catastrófico, se o conselho recorreu ao recrutamento de homens. Por tradição, eles eram a nossa última linha de defesa, a força física deles era dedicada a uma única tarefa, a mais importante de todas, de proteger nossos lares e filhos. Isso significava que o conselho decidiu que nossa única defesa era derrotar o inimigo e ponto. Qualquer outra coisa seria o fim dos darres.

— Vou dar a vocês o que eu puder — disse. — Dekarta observa tudo o que eu faço, mas agora eu tenho dinheiro e...

— Não. — Beba tocou o meu ombro de novo. Eu não conseguia me lembrar da última vez em que ela me tocou sem motivo. Mas eu também nunca a vi se lançar para me proteger do perigo. Doía saber que eu morreria jovem e jamais a conheceria de verdade.

— Olhe para você — disse ela. — Darr não é preocupação sua, não mais.

Fechei a cara.

— Sempre será...

— Você mesma disse que eles nos usariam para ferir você. Veja o que aconteceu só com o seu esforço para recuperar o nosso comércio.

Eu abri a boca para contestar, pois isso era simplesmente uma desculpa, mas antes que falasse, Nahadoth virou a cabeça para o leste de repente.

— O sol está vindo — disse ele. Além do arco de entrada de Sar-enna--nem, o céu estava pálido. A noite sumiu rapidamente.

Xinguei em um suspiro.

— Eu *farei* o que puder. — Em um impulso, dei um passo à frente e a envolvi nos meus braços com força, como nunca ousei fazer antes. Ela ficou rígida contra mim por um momento, surpresa, mas depois suspirou e apoiou as mãos nas minhas costas.

— Tão parecida com o seu pai — sussurrou e me afastou gentilmente.

O braço de Nahadoth me envolveu, de uma forma inesperadamente gentil, e minhas costas foram pressionadas contra a solidez humana do corpo dentro das sombras. Depois, o corpo sumiu assim como Sar-enna--nem e tudo virou frio e escuridão.

Reapareci em meu quarto no Céu, de frente para as janelas. O céu ainda estava quase totalmente escuro, embora houvesse um vestígio de palidez no horizonte. Para minha surpresa e também alívio, eu estava sozinha. Tinha sido um dia muito longo e muito difícil. Sem me despir, eu deitei — mas o sono não veio de imediato. Eu fiquei assim por um tempo, deleitando-me no silêncio, deixando minha mente descansar.

Como bolhas na água calma, duas coisas vieram à superfície dos meus pensamentos.

Minha mãe tinha se arrependido da barganha com os Enefadeh. Ela tinha me vendido a eles, mas não sem hesitar. Eu achei um conforto perverso o fato de ela ter tentado me matar no nascimento. Isso era ela, escolher a destruição da carne de sua carne para não deixar que fosse corrompida. Talvez ela tenha apenas decidido me aceitar sob as *próprias condições* — isso depois, sem a guerra de emoções de uma nova maternidade para tingir os sentimentos dela. Quando ela pôde olhar nos meus olhos e ver que uma das almas neles era a minha.

O outro pensamento era mais simples, mas menos reconfortante.

Meu pai sabia?

{17}

Alívio

Durante aquelas noites, naqueles sonhos, eu vi através de milhares de olhos. Padeiros, ferreiros, intelectuais, reis — comuns e extraordinários, eu vivia as vidas de cada um, a cada noite. Mas como costuma acontecer com os sonhos, agora só me lembro dos mais especiais.

Em um deles, eu vejo uma sala escura e vazia. Quase não há mobília. Uma mesa velha. Uma pilha de cobertas meio esfarrapadas e emboladas em um canto. Uma esfera de vidro do lado dos panos. Não, é um minúsculo globo, praticamente todo azul, com a face mais próxima mostrando um mosaico marrom e branco. Eu sei de quem é esse quarto.

— Psiu — diz uma voz nova, e de repente há pessoas no quarto. Uma figura esguia, enrolada no colo de outro corpo maior. E mais escuro. — Psiu. Devo lhe contar uma história?

— Hum — diz a figura menor. Uma criança. — Sim. Mais mentiras bonitas, papai, por favor.

— Ora, ora. Crianças não são tão cínicas. Seja uma criança adequada, ou jamais crescerá e se tornará grande e forte como eu.

— Eu nunca serei como você, papai. Essa é uma das suas mentiras favoritas.

Vejo o cabelo castanho e a mão graciosa de dedos longos que o bagunça. O pai?

— Eu observei você crescer por todas essas longas eras. Em dez mil anos, em cem mil...

— E meu pai brilhante-como-o-sol abrirá seus braços quando eu for grande, e me receberá ao lado dele?

Um suspiro.

— Se ele estiver solitário o bastante, pode ser.

— Eu não quero ele! — Teimosa, a criança se afasta das mãos que o acariciam e levanta os olhos, que refletem a luz como aqueles de alguma criatura noturna. — Eu nunca irei trair você, papai. Nunca!

— Eu sei. — O pai se inclina, deixando um beijo terno na testa da criança. — Eu sei.

E a criança se joga para ele, enterrando o rosto na escuridão suave, chorando. O pai a abraça, embalando-o com doçura, e começa a cantar. Na voz dele, eu escuto ecos de todas as mães que já confortaram a própria cria nas horas vazias da madrugada, e cada pai que já sussurrou esperança no ouvido de uma criança. Não entendo a dor que eu percebo, que envolve os dois como correntes, mas posso dizer que o amor é a defesa contra isso.

É um momento íntimo; eu sou uma intrusa. Solto os dedos invisíveis, e deixo esse sonho passar por entre eles e sumir.

* * *

A noite maldormida me puniu no dia seguinte, enquanto tentava me manter bem acordada. O interior da minha cabeça parecia estar cheio de lama congelada. Sentei na beira da cama com os joelhos apertados contra o peito, olhando pelas janelas para o céu brilhante e límpido do meio-dia, pensando "Eu vou morrer."

"Eu vou MORRER."

"Em sete dias... não, agora são seis."

"Morrer."

Tenho vergonha em admitir que essas palavras se repetiram na minha cabeça por algum tempo. Não tinha me dado conta da gravidade da situação; minha morte eminente ficou em segundo plano frente à ameaça sobre Darr e a conspiração celestial. Mas agora eu não tinha ninguém arrancando minha alma para me distrair, e tudo que conseguia pensar era na minha morte. Eu não tinha vinte anos ainda. Nunca havia me apaixonado. Não tinha dominado as nove formas da faca. Eu nunca... pelos deuses. Eu não tinha *vivido*, além dos legados deixados para mim pelos meus parentes, *ennu* e Arameri. Era incompreensível que eu estivesse condenada, e mesmo assim eu estava.

Porque se os Arameri não me matassem, eu não tinha ilusões sobre os Enefadeh. Eu era a bainha da espada que eles queriam sacar contra Itempas, o único jeito de se libertarem. Se a cerimônia de sucessão fosse adiada ou se, por algum milagre, eu ganhasse e me tornasse a herdeira de Dekarta, eu tinha certeza de que os Enefadeh simplesmente me matariam. Ao contrário dos outros Arameri, eu não tinha proteção contra eles; sem dúvida essa foi uma das alterações que eles fizeram ao meu selo de sangue. E me matar seria o caminho mais fácil de libertar a alma de Enefa com o mínimo de dano. Sieh poderia lamentar a necessidade da minha morte, mas no Céu, apenas ele.

Então, deitei na cama, tremi e chorei, e poderia continuar assim pelo resto do dia — um sexto do que sobrava da minha vida — se não tivessem batido em minha porta.

Isso me fez voltar a mim, mais ou menos. Eu ainda usava as roupas do dia anterior; meu cabelo estava amassado, o rosto inchado e os olhos vermelhos. Eu não tinha tomado banho. Eu abri uma fresta na porta e, para minha grande decepção, vi T'vril com uma bandeja de comida em mãos.

— Saudações, prima... — Ele fez uma pausa, olhou melhor para mim e levantou as sobrancelhas. — Pelos demônios, o que aconteceu com você?

— N-nada — resmunguei e tentei fechar a porta. Ele a abriu com a mão livre, me empurrando para trás e entrando no quarto. Eu teria protestado, mas as palavras morreram na minha garganta quando ele me olhou de cima a baixo, com uma expressão que teria deixado a minha avó orgulhosa.

— Você está deixando que eles ganhem, é isso? — ele perguntou.

Acho que devo ter ficado de boca aberta. Ele suspirou.

— Sente-se.

Fechei a boca.

— Como você...

— Sei de quase tudo que acontece neste lugar, Yeine. Por exemplo, sei do baile em menos de uma semana, e o que acontecerá depois. Os meio-sangues geralmente não são avisados, mas eu tenho meus meios. — Ele me segurou pelos ombros gentilmente. — E suspeito que você também descobriu, e é por isso que está sentada aqui para apodrecer.

Em outra ocasião, eu teria ficado contente por ele finalmente ter me chamado pelo meu nome. Agora apenas balancei a cabeça e esfreguei as têmporas onde uma dor havia se instalado.

— T'vril, você não entende...

— *Sente-se*, sua tola, antes que desmaie e eu precise chamar Viraine. O que, aliás, você não vai querer que eu faça. Seus remédios são muito eficientes, mas bastante desagradáveis.

Ele pegou minha mão e me levou até a mesa.

— Eu vim porque me disseram que você não pediu o desjejum nem a refeição do meio-dia, e imaginei que poderia estar passando fome de novo. — Ele fez com que eu me sentasse e colocou a bandeja na mesa, depois pegou um prato com algum tipo de fruta em fatias, espetou um pedaço com o garfo e enfiou-o na minha cara até que eu o comesse. — Você parecia ser uma garota sensata quando chegou aqui. Os deuses sabem que esse lugar tem formas de acabar com o bom senso de qualquer um, mas não esperava que você se entregasse tão fácil. Você não é uma guerreira ou coisa assim? Os boatos dizem que você se balançava seminua pelas árvores com uma lança.

Eu olhei feio para ele, a afronta cortou meu entorpecimento.

— Essa é a coisa mais estúpida que você já disse.

— Então você ainda não morreu. Ótimo. — Pegou meu queixo com os dedos, fitando-me nos olhos. — E eles ainda não a derrotaram, você entendeu?

Eu me afastei dele em um impulso, agarrando-me à raiva. Era melhor que o desespero, embora igualmente inútil.

— Você não sabe do que está falando. Meu povo... eu vim até aqui para ajudá-los e agora eles estão em um perigo ainda *maior* por minha causa.

— Sim, foi o que eu ouvi. Você percebe que tanto Relad quanto Scimina são dois grandes mentirosos, certo? Nada que você fez motivou isso. Os planos de Scimina foram colocados em ação muito antes de você sequer chegar ao Céu. É assim que essa família faz as coisas. — Ele ergueu um pedaço de queijo na frente da minha boca. Eu tive que mordê-lo, mastigá-lo e engoli-lo só para que ele tirasse a mão da minha frente.

— Se isso é... — Ele forçou mais frutas na minha direção. Eu afastei com um tapa e o pedaço de fruta voou para algum lugar perto das estantes. — Se isso é verdade, você sabe que não posso fazer nada! Os inimigos de Darr estão se preparando um ataque. Minha terra é fraca, não podemos combater um exército, muito menos todos que estão se reunindo contra nós!

Ele assentiu, sério, e me ofereceu um novo pedaço de fruta.

— Isso parece coisa de Relad. Scimina geralmente é mais sutil. Mas, sinceramente, pode ser qualquer um dos dois. Dekarta não lhes deu muito tempo para trabalhar e eles se atrapalham sob pressão.

A fruta tinha gosto de sal na minha boca.

— Então me diga... — Eu segurei as lágrimas. — O que eu devo fazer, T'vril? Você diz que eu estou deixando eles vencerem, mas *o que mais eu posso fazer?*

T'vril pousou o prato e pegou as minhas mãos, inclinando-se para a frente. Percebi que os olhos dele eram verdes, apesar de terem um tom mais escuro que os meus. Nunca tinha pensado de verdade no fato de sermos parentes. Poucos Arameri me pareciam humanos; família, menos ainda.

— Você lutará — ele enunciou, com a voz baixa e firme. Suas mãos apertaram as minhas com força o bastante para machucar. — Você lutará de todas as maneiras que puder.

Pode ter sido a força daquele aperto ou a urgência na sua voz, mas de repente eu percebi algo.

— Você queria ser o herdeiro, não é?

Ele piscou, surpreso, e um sorriso triste atravessou seu rosto.

— Não — disse. — Na verdade, não. Ninguém iria querer ser herdeiro nessas condições. Não invejo você. Mas... — Ele desviou o olhar, na direção das janelas, e vi nos seus olhos: uma frustração terrível, que queimava dentro dele a vida inteira. O conhecimento implícito de que ele era tão inteligente quanto Relad ou Scimina, tão forte, tão merecedor do poder, tão capaz de liderar quanto eles.

E se um dia lhe dessem essa chance, ele lutaria para mantê-la. Para usá-la. Lutaria ainda que não tivesse esperança de vitória, porque agir de outra forma seria consentir que aquela determinação arbitrária e estúpida do status dos sangue-cheios tinha alguma ponta de lógica; que os amnies realmente eram superiores a todas as outras etnias; que ele não merecia nada além de ser um servente.

Assim como eu não merecia ser nada além de um peão. Eu franzi o cenho. T'vril percebeu.

— Assim é melhor. — Ele colocou o prato de fruta nas minhas mãos e se levantou. — Termine de comer e se vista. Quero lhe mostrar uma coisa.

* * *

Eu não tinha percebido que aquele dia era um feriado. O Dia do Fogo, uma celebração amnia que já tinha ouvido falar, mas nunca tinha prestado muita atenção. Quando T'vril me tirou do meu quarto, ouvi sons de risadas e de música senmata enchendo os corredores. Eu nunca tinha gostado da música daquele continente: era estranha e arrítmica, cheia de tons menores que não combinavam, o tipo de coisa que, em tese, apenas pessoas de gosto refinado seriam capaz de compreender ou gostar.

Suspirei, ao pensar que íamos em direção à música. Mas T'vril lançou um olhar desanimado naquela direção e balançou a cabeça.

— Não. Você não quer ir *àquela* comemoração, prima.

— Por quê?

— É uma festa para os sangue-altos. Você certamente seria bem-vinda, e como meio-sangue, eu também poderia ir, mas se você realmente quer

se divertir, sugiro fugir de eventos sociais com nossos parentes de sangue-
-cheio. Eles têm... noções estranhas sobre o que é diversão. — O olhar que
ele lançou me alertou que seria melhor não perguntar mais. — Por aqui.

Ele me guiou na direção completamente oposta, descendo vários
níveis e indo em direção ao coração do palácio. Os corredores estavam
fervilhando de atividade, embora eu só tenha visto serventes enquanto
andávamos, todos estavam tão apressados que mal acenavam uma saudação
para T'vril. Provavelmente sequer me notavam.

— Onde eles estão indo? — perguntei.

— Trabalhar. — T'vril parecia animado. — Eu agendei todos em
pequenos turnos rotativos, então provavelmente esperaram até o último
minuto para sair. Não querem perder um momento de diversão.

— Diversão?

— Hum-hum. — Fizemos uma curva e vi um par de amplas portas
translúcidas diante de nós. — Aqui estamos, o pátio central. Agora, você
e Sieh são amigos, então suponho que a magia funcionará com você, mas
se não, se eu desaparecer, volte para a entrada e me espere, que voltarei
para te pegar.

— O quê? — Eu estava me acostumando a me sentir uma tola.

— Você vai ver. — Ele empurrou as portas.

A cena além era quase bucólica — *seria*, se não soubesse que estávamos
no meio de um palácio pairando a oitocentos metros do solo. Olhávamos
para um átrio vasto no centro do palácio, em que fileiras de pequenos chalés margeavam um caminho de pedrinhas. Eu me surpreendi ao perceber
que os chalés não eram feitos do material perolado do resto do palácio,
mas de pedras, madeiras e tijolos comuns. O estilo também divergia completamente do palácio — eram os primeiros ângulos e linhas retas que
eu via ali — e entre os chalés. Muitos dos projetos eram estranhos para
mim, tokkene, mekatise e outros, inclusive um com um impressionante
teto dourado que poderia ser irtene. Olhei para cima e notei que o pátio
ficava em um amplo cilindro no centro do palácio; diretamente acima de
nós havia um círculo de céu claro e azul.

Mas o lugar estava silencioso, quieto. Não vi ninguém nos chalés ou perto deles. Até o ar estava parado.

T'vril segurou minha mão e me guiou pelo limiar. Perdi a respiração ao ver a quietude quebrar. Em um piscar de olhos, havia *muita* gente ali, ao nosso redor, rindo, andando e falando alto em uma cacofonia alegre, que não teria me assustado tanto se não tivesse surgido do nada. Também havia música, mais agradável que a senmata, ainda que não fosse a que eu costumava ouvir. Vinha de bem perto, de algum lugar no meio dos chalés. Distingui uma flauta e um tambor, e uma mistura de línguas — reconheci apenas o kentio — antes que alguém me pegasse pelo braço e me virasse.

— Shaz, você veio! Eu pensei que... — O homem amnio que pegou a minha mão, congelou ao ver meu rosto, e depois empalideceu ainda mais. — Oh, demônios.

— Sem problemas — afirmei rapidamente. — Foi só um engano. — De costas, eu passaria por uma temana, narshesa ou metade das etnias do norte. E notei que ele tinha me chamado pelo nome de um rapaz. Mas estava óbvio que essa confusão não era a fonte do horror dele. Os olhos estavam fixos na minha testa e no círculo dos sangue-cheios que havia ali.

— Está tudo bem, Ter. — T'vril surgiu ao meu lado e colocou a mão no meu ombro. — Esta é a nova.

O alívio devolveu a cor ao rosto do homem.

— Desculpe, senhora — disse, inclinando a cabeça para me cumprimentar. — Eu só... bem. — Ele sorriu sem graça. — Você entende.

Eu garanti que sim, embora não estivesse certa que entendi. O homem se afastou depois disso, deixando-nos sozinhos, ou pelo menos o mais sozinhos possível no meio daquela horda. Eu percebi que todos os presentes usavam as marcas de sangue-baixo; eram todos serventes. Devia ter quase mil pessoas no vasto espaço do pátio central. T'vril era tão bom em mantê-los fora do caminho que eu não fazia ideia de que havia tantos serventes no Céu, embora eu devesse imaginar que havia mais deles do que sangue-altos.

— Não culpe Ter — disse T'vril. — Hoje é um dos poucos dias que podemos ficar livres da hierarquia determinada pelas marcas. Ele não estava esperando por isso. — Apontou na direção da minha testa.

— O que é isso, T'vril? Onde essas pessoas...

— Um pequeno favor dos Enefadeh. — Ele fez um gesto na direção da entrada pela qual acabamos de passar e para cima. Havia um brilho leve e vítreo no ar ao redor do pátio que eu não tinha percebido antes. Estávamos dentro de uma imensa bolha transparente feita de... algo. Algo mágico, seja lá o que for.

— Ninguém com uma marca maior que a de quarto-de-sangue vê qualquer coisa, mesmo se passarem pela barreira — disse T'vril. — Abriram uma exceção para você, e como viu, podemos trazer outros se quisermos. Isso significa que podemos celebrar, sem os sangue-altos aparecerem para observar nossos "pitorescos hábitos de pessoas comuns", como se fôssemos animais em um zoológico.

Finalmente entendi. E sorri. Era provavelmente apenas uma das muitas pequenas rebeliões que os serventes de sangue-baixo fomentavam em silêncio contra os parentes do alto escalão. Se eu ficasse mais tempo no Céu provavelmente veria outras...

Porém, eu não iria viver o bastante para isso.

Aquele pensamento trouxe minha preocupação de volta imediatamente, apesar da música e da felicidade ao redor. T'vril me lançou um sorriso e soltou a minha mão.

— Bem, agora você está aqui. Divirta-se um pouco, sim?

E praticamente no momento em que ele me soltou, uma mulher o agarrou e o puxou para a massa. Vi um lampejo do seu cabelo vermelho entre as outras cabeças e depois sumiu.

Fiquei onde ele me deixou, me sentindo estranhamente deslocada. Os serventes celebravam por toda parte, mas eu não era parte daquilo. Nem podia relaxar entre tanto barulho e tanto caos, mesmo alegre. Nenhuma daquelas pessoas era darre. Nenhuma delas sofria com a ameaça de execução. Nenhuma tinha almas divinas enfiadas no corpo, maculando tudo o que sentiam e pensavam.

Porém, T'vril me levou ali para tentar me animar, e seria uma indelicadeza sair tão rápido. Olhei ao redor, procurando um lugar calmo onde eu pudesse sentar, longe da confusão. Meus olhos perceberam um rosto familiar — pelo menos, pareceu familiar à primeira vista. Um jovem que me observava dos degraus de um chalé, sorrindo como se *me* conhecesse. Era um pouco mais velho que eu, rosto fino e bonito, com a aparência de um temano, mas com olhos verdes e pálidos, que não vinham de Tema...

Prendi a respiração e fui até ele.

— Sieh?

Ele sorriu.

— Fico feliz em ver que você saiu.

— Você está... — Fiquei boquiaberta por um momento, e depois fechei a boca. Sempre soube que Nahadoth não era o único dos Enefadeh que podia mudar de forma. — Então, você é o responsável por isso? — Gesticulei apontando a barreira, que passei a enxergar, sobre nós como um domo.

Ele deu de ombros.

— O pessoal de T'vril nos faz favores o ano todo. É justo retribuirmos de alguma forma. Nós, escravizados, temos que nos manter unidos.

Havia uma amargura em sua voz que eu nunca tinha ouvido. Era estranhamente confortante em comparação ao meu humor, então sentei ao seu lado nos degraus, na altura das suas pernas. Juntos assistimos à celebração em silêncio. Depois de um tempo, senti sua mão tocando meu cabelo, acariciando-o, e isso me confortou ainda mais. Qualquer forma que ele assumisse, ainda seria o mesmo Sieh.

— Eles crescem e mudam tão rápido — disse ele, baixinho, com os olhos em um grupo de dançarinos próximos aos músicos. — Às vezes, eu os odeio por isso.

Olhei para ele, surpresa; aquele era um sentimento estranho até para ele.

— Foram vocês, deuses, que nos fizeram assim, não foram?

Ele olhou para mim e, por um instante, vi a confusão chocante e dolorosa no seu rosto. Enefa. Ele tinha falado como se eu fosse Enefa.

A confusão passou, e ele compartilhou comigo um sorriso breve e triste.

— Desculpe — ele disse.

Eu não consegui ficar amargurada com aquilo, mesmo ao ver a tristeza nos seus olhos.

— Eu pareço mesmo com ela.

— Não é isso — suspirou ele. — É só que as vezes... bem, parece que ela morreu ontem.

A Guerra dos Deuses tinha acontecido há mais de dois mil anos, segundo os cálculos da maioria dos estudiosos. Eu desviei meu olhar para o outro lado e também suspirei ao perceber a imensidão do abismo entre nós.

— Você não é como ela — expressou ele. — Não de verdade.

Eu não queria falar sobre Enefa, mas não disse nada. Puxei os joelhos contra o peito e apoiei o queixo neles. Sieh voltou a mexer no meu cabelo, acariciando-me como um gato.

— Ela era reservada como você, mas é a única semelhança. Ela era... mais fria que você. Demorava mais a se enraivecer, embora acho que tinha o mesmo *tipo* de temperamento que o seu, magnífico de ver quando finalmente explodia. Tentávamos o máximo possível não aborrecê-la.

— Parece que vocês tinham medo dela.

— Sim. Como poderíamos não ter?

Franzi a testa, confusa.

— Ela era sua mãe.

Sieh hesitou e eu percebi que um eco dos meus pensamentos sobre o abismo que existia entre nós também alcançou a sua mente.

— É... difícil explicar.

Eu odiava aquele abismo. Eu queria atravessá-lo, embora não soubesse se era possível. Então, eu disse:

— Tente.

Sua mão parou no meu cabelo e ele deu uma risadinha, com a voz calorosa.

— Fico feliz que você não esteja entre meus adoradores. Eu não aguentaria as suas demandas.

— E será que você se daria ao trabalho de responder as orações que eu fizesse? — Não pude evitar o sorriso com essa ideia.

— Ah, certo. Mas talvez eu colocasse uma salamandra na sua cama para dar o troco.

Eu ri, o que me surpreendeu. Era o primeiro momento naquele dia em que eu me sentia humana. Não durou tanto quanto uma boa risada deveria, mas quando passou, eu me senti melhor. Em um impulso, eu me apoiei nas pernas dele, colocando a cabeça no joelho. Sua mão não abandonou meu cabelo.

— Não precisei do leite de minha mãe quando nasci — Sieh falava devagar, mas eu não senti nenhuma mentira dessa vez. Imaginei que fosse difícil para ele encontrar as palavras certas. — Não havia necessidade de me proteger ou me ninar. Eu podia ouvir as músicas entre as estrelas e eu era mais perigoso para os mundos que visitava do que eles jamais poderiam ser para mim. E, mesmo assim, comparado aos Três, eu era fraco. Parecia com eles de muitas formas, mas nitidamente inferior. Naha a convenceu, então, que precisava me deixar viver para observar o que eu me tornaria.

Franzi o cenho.

— Ela ia... matar você?

— Sim. — Ele riu do meu choque. — Ela matava coisas o tempo todo, Yeine. Ela era a morte, assim como a vida, o crepúsculo junto com a aurora. Todo mundo esquece isso.

Eu me virei para encará-lo, o que fez com que ele afastasse a mão do meu cabelo. Havia algo naquele gesto, arrependido e hesitante, indigno de um deus, que me encheu de raiva em um instante. Estava ali em cada palavra dele. Por mais incompreensíveis que as relações entre os deuses pudessem ser, ele era uma criança e Enefa, a mãe dele. Ele a amou com a naturalidade que qualquer criança ama. Mesmo assim, ela quase o matou, como um pastor mata um bezerro deficiente.

Ou uma mãe sufoca um bebê perigoso...
Não. Aquilo foi completamente diferente.

— Estou começando a não gostar dessa Enefa — eu pronunciei.

Sieh paralisou, surpreso, e me encarou por um longo tempo antes de cair na gargalhada. Era contagiante, mesmo que sem sentido; humor nascido da dor. Eu também sorri.

— Obrigado — disse Sieh, ainda rindo. — Detesto assumir essa forma, sempre me deixa piegas.

— Volte a ser uma criança. — Eu gostava mais dele do outro jeito.

— Não posso. — Gesticulou para a barreira. — Isso consome muito da minha energia.

— Ah. — De repente, me perguntei qual seria seu estado-padrão: a criança? Ou esse adulto cansado do mundo que escapava sempre que ele baixava a guarda? Ou algo completamente diferente? Mas aquilo parecia ser uma questão íntima e dolorosa demais, então não perguntei. Ficamos em silêncio por mais um tempo, olhando os serventes dançarem.

— O que você vai fazer? — perguntou Sieh.

Deitei a cabeça de novo no seu joelho e não respondi. Sieh suspirou.

— Se eu soubesse como ajudar você, eu faria. Você sabe disso, não é?

Aquelas palavras me aqueceram mais do que eu esperava. Sorri.

— Sim, eu sei, embora não possa dizer que entenda. Eu sou apenas uma mortal como o restante deles, Sieh.

— Não como o restante.

— Sim. — Olhei para ele. — Mas... por mais *diferente* que eu seja...
— Não gostei de dizer aquilo alto. Não tinha ninguém por perto para nos ouvir, mas era tolice arriscar. — Você mesmo disse. Mesmo que eu viva até os cem, a minha vida ainda seria um piscar de olhos comparada à sua. Eu deveria ser nada para você, como esses outros. — Apontei os serventes com a cabeça.

Ele riu, baixinho, a amargura retornando.

— Ah, Yeine. Você não entende mesmo. Se mortais fossem nada para nós, nossa vida seria bem mais fácil. E a sua também.

Não havia o que dizer depois disso. Então, fiquei em silêncio, e ele também, e ao nosso redor os serventes continuaram a celebrar.

* * *

Era quase meia-noite quando eu finalmente deixei o átrio. A festa continuava com energia total, mas T'vril saiu comigo e me levou aos meus aposentos. Ele tinha bebido, embora pouco, comparado a outros que vi se embebedando.

— Ao contrário deles, tenho que estar lúcido de manhã — disse quando eu comentei.

Paramos na porta do meu apartamento.

— Obrigada — falei, sendo sincera.

— Você não se divertiu — observou ele. — Eu vi: você não dançou a noite inteira. Pelo menos bebeu um copo de vinho?

— Não. Mas foi bom. — Eu procurei as palavras certas. — Não vou negar que uma parte de mim passou o tempo todo pensando "estou desperdiçando um sexto do que resta da minha vida". — Sorri; T'vril fez uma careta. — Mas passar esse tempo cercada de tanta alegria... isso fez com que me sentisse melhor.

Havia tanta compaixão nos seus olhos. Fiquei me perguntando, mais uma vez, por que ele tinha me ajudado. Suponho que fez diferença o sentimento de paridade que ele nutria por mim. Talvez até gostasse mesmo de mim. Era comovente pensar assim, e talvez por isso, eu estendi a mão e acariciei sua bochecha. Ele piscou, surpreso, mas não recuou. Isso também me agradou e eu cedi ao impulso.

— Eu provavelmente nem sou bonita para os seus padrões — arrisquei. Sua bochecha arranhava de leve os meus dedos, e eu lembrei que os homens dos povos insulares costumavam deixar a barba crescer. Achei a ideia exótica e intrigante.

Meia dúzia de pensamentos diferentes passou pelo rosto de T'vril em um breve momento, e então se aquietaram em um sorriso lento.

— Bem, eu também não sou para os seus — disse ele. — Eu já vi os cavalos que vocês, darres, chamam de homens.

Eu dei uma risadinha, subitamente nervosa.

— E evidentemente, nós somos parentes...

— Estamos no Céu, prima. — Impressionante como aquilo explicava tudo.

Abri a porta do meu apartamento, agarrei sua mão e o puxei para dentro.

Ele foi estranhamente gentil — ou talvez me pareceu estranho porque eu tinha pouca experiência como base de comparação. Fiquei surpresa ao ver que ele era ainda mais pálido debaixo da roupa e os seus ombros eram cobertos por pequenas manchas desbotadas, como as de um leopardo, mas menores e aleatórias. Seu corpo parecia normal o bastante contra o meu, esguio, mas forte, eu gostei dos sons que ele fazia. Ele tentou me dar prazer, mas eu estava tensa demais, consciente demais da minha própria solidão e do meu medo, então não houve clímax para mim. Não me importei muito.

Eu não estava habituada a ter alguém na minha cama, então meu sono foi inquieto. Por fim, na madrugada eu levantei e fui ao banheiro, esperando que um banho me acalmasse o bastante para dormir. Enquanto a água enchia a banheira, abri a torneira da pia e lavei o rosto, para depois me encarar no espelho. Havia mais linhas de cansaço ao redor dos meus olhos, fazendo com que eu parecesse mais velha. Toquei os meus lábios em uma súbita melancolia pela menina que eu era poucos meses antes. Ela não era inocente — nenhum líder de nenhum povo poderia ser — mas ela foi feliz, mais ou menos. Quando foi a última vez em que senti a felicidade? Não conseguia me lembrar.

De repente, fiquei aborrecida com T'vril. Pelo menos, o prazer me deixaria relaxada e talvez meu humor saísse daquele caminho sombrio. Ao mesmo tempo, o desapontamento me incomodava, porque eu gostava de T'vril e a culpa era tanto minha quanto dele.

Mas junto com isso, sem perceber, veio um pensamento ainda mais perturbador — um que eu combati por longos segundos, presa entre a fascinação mórbida do proibido e o medo supersticioso.

Eu sabia por que T'vril não me satisfez.

Jamais sussurre o nome dele na escuridão

Não. Aquilo era insensatez. Não, não, não.

a não ser que você queira que ele responda.

Uma imprudência terrível crescia dentro de mim. Girava e se debatia na minha cabeça, uma cacofonia de quase pensamentos. Podia vê-la se manifestando enquanto me olhava no espelho: meus olhos me encaravam de volta, arregalados demais, pupilas dilatadas demais. Lambi os lábios e, por um momento, eles não eram meus. Pertenciam a outra mulher, muito mais corajosa e estúpida que eu.

O banheiro não estava escuro por causa das paredes brilhantes, mas a escuridão tomava muitas formas. Fechei meus olhos e falei para a escuridão atrás das minhas pálpebras.

— Nahadoth — eu disse.

Meus lábios mal se moveram. Eu tinha colocado força na palavra apenas o suficiente para ser proferida e nada mais. Eu sequer ouvi a mim mesma, com os sons da água corrente e das batidas do meu coração sobrepondo minha voz. Mas esperei. Respirei. Duas. Três vezes.

Nada aconteceu.

Por um instante, senti uma decepção extremamente irracional. Que logo foi seguida pelo alívio e pela fúria por mim mesma. O que, pelo Turbilhão, havia de errado comigo? Eu nunca tinha feito algo tão estúpido na minha vida. Eu devia estar perdendo a razão.

Eu virei de costas para o espelho — e as paredes escureceram.

— O que... — comecei a dizer e uma boca pousou sobre a minha.

Mesmo se a lógica não tivesse me dito quem era, aquele beijo teria o identificado. Não tinha gosto, apenas umidade e força, uma língua ágil e faminta que deslizava ao redor da minha como uma cobra. Aquela boca era mais fria do que a de T'vril. Mas um tipo diferente de calor surgiu dentro de mim como resposta, e quando as mãos começaram a explorar meu corpo, não pude resistir e me arqueei para encontrá-las. Respirei com mais força quando a boca finalmente soltou a minha e se moveu pelo meu pescoço.

Eu sabia que deveria impedi-lo. Eu sabia que aquela era sua maneira favorita de matar. Mas quando cordas invisíveis me ergueram e me prenderam na parede, e os dedos deslizaram entre as minhas coxas para tocar uma música sutil, pensar se tornou impossível. Aquela boca, a *dele*, estava em toda a parte. Ele devia ter uma dúzia. Cada vez que eu gemia ou gritava, ele me beijava, bebendo o som como se fosse vinho. Quando eu conseguia me conter, seu rosto se pressionava contra o meu cabelo; a respiração era leve e ligeira em meu ouvido. Eu tentei estender a mão, quis abraçá-lo, mas não havia nada ali. Então seus dedos faziam algo novo e eu começava a gritar, gritar com todas as forças, e ele já tinha coberto novamente a minha boca, não havia som, luz ou movimento; ele engolia tudo. Não havia nada além do prazer, um prazer que durava uma eternidade. Se ele tivesse me matado ali, naquele instante, eu morreria feliz.

E, então acabou.

Abri os meus olhos.

Eu estava sentada de qualquer jeito no chão do banheiro. Minhas pernas estavam fracas e trêmulas. As paredes brilhavam de novo. Água quente enchia a banheira ao meu lado até a borda. As torneiras estavam fechadas e eu, sozinha.

Levantei e tomei banho, depois voltei para a cama. T'vril murmurou dormindo e colocou um braço por cima de mim. Eu me enrolei contra ele e passei o resto da noite dizendo a mim mesma que eu continuava a tremer por causa do medo, nada mais.

Masmorra

Tem coisas que eu sei agora que eu não sabia antes.

Por exemplo: no momento em que o Iluminado Itempas nasceu, ele atacou o Senhor da Noite. As naturezas de ambos eram tão opostas que, à primeira vista, essa disputa parecia coisa do destino, inevitável. Por incontáveis eternidades, batalharam, cada um saindo vitorioso uma vez, apenas para ser derrotado na próxima. Apenas gradualmente os dois passaram a entender que essa batalha não tinha sentido; na escala mais ampla, era um empate eterno.

Porém, no processo, e completamente por acidente, criaram muitas coisas. No vazio disforme que Nahadoth surgiu, Itempas adicionou gravidade, movimento, função e tempo. A cada grande estrela morta pelo fogo cruzado, cada deus usou as cinzas para fazer algo novo — mais estrelas, planetas, nuvens coloridas e brilhantes, maravilhas que espiralavam e pulsavam. Pouco a pouco, entre as ações dos dois, o universo ganhou forma. E quando a poeira da disputa baixou, os dois deuses viram que estavam satisfeitos.

Quem deu o primeiro passo em direção à paz? Imagino que houve falsos começos, tréguas quebradas e coisas do tipo. Quanto tempo demorou antes do ódio virar tolerância, depois respeito e confiança, e depois algo mais? E quando finalmente aconteceu, eram tão apaixonados no amor quanto eram na guerra?

Há um romance lendário nisso. E o mais fascinante e assustador para mim é que *ainda não havia acabado.*

* * *

T'vril saiu para trabalhar ao alvorecer. Trocamos algumas poucas palavras e um entendimento silencioso a noite anterior tinha sido apenas de conforto entre amigos. Não foi tão constrangedor quanto poderia ser; eu tive a sensação de que ele não esperava nada a mais. A vida no Céu não encorajava nada a mais.

Eu dormi um pouco mais e depois fiquei deitada na cama, acordada, pensando.

Minha avó tinha dito que os exércitos de Menchey avançariam logo. Com tão pouco tempo, eu mal conseguia traçar estratégias que tinham alguma chance real de salvar Darr. O melhor que eu podia fazer era atrasar o ataque. Mas como? Eu poderia preparar aliados no Consórcio, talvez. Ras Onchi falava por metade do Alto Norte, talvez ela soubesse... não. Eu tinha visto meus pais e o conselho de guerreiros de Darr investir anos em busca por aliados; se havia algum amigo a ser feito, já teriam se pronunciado. O máximo que eu conseguiria, seriam apoiadores individuais como Onchi — bem-vindos, mas, no fim, inúteis.

Então, teria que ser outra coisa. Mesmo um alívio de poucos dias seria o bastante; se eu pudesse atrasar o ataque até depois da cerimônia de sucessão, a minha barganha com os Enefadeh teria efeito, ganhando quatro defensores divinos para Darr.

Presumindo que eles vencessem a própria batalha.

Então: tudo ou nada. Mas chances mínimas eram melhores que nenhuma, então eu iria buscá-las com tudo que eu tinha. Eu me levantei e fui à procura de Viraine.

Ele não estava no laboratório. Uma jovem criada e esguia estava lá, limpando.

— Ele está na masmorra — disse ela. Já que eu não fazia ideia de como ou onde era, ela me deu as orientações e eu fui para o nível mais baixo do Céu. Eu fiquei refletindo, enquanto andava, sobre a expressão de nojo que tinha visto no rosto da mulher.

Saí do ascensor entre corredores que eram estranhamente apagados. O brilho das paredes estava contido de uma forma estranha — não tão vivo como eu tinha me acostumado, mais sólido, de alguma forma. Não havia janelas e, o mais curioso, nem portas. Aparentemente, nem mesmo os serventes viviam tão abaixo. Meus passos ecoavam conforme eu andava, então não me surpreendi ao emergir em um amplo espaço: uma câmara vasta e alongada, cujo piso descia até uma estranha grade de metal com vários metros de diâmetro. Nem fiquei surpresa ao ver Viraine perto dessa grade, com o olhar fixo em mim conforme eu entrava. Ele provavelmente tinha me ouvido no momento em que eu saí do ascensor.

— Lady Yeine. — Ele inclinou a cabeça, sem sorrir daquela vez. — Não deveria estar no Salão?

Eu não ia ao Salão há dias, nem revisava os relatórios das minhas nações. Era difícil se importar com esses afazeres, considerando tudo que vinha acontecendo.

— Duvido que o mundo vá se abalar por minha ausência, hoje ou nos próximos cinco dias.

— Entendi. O que a traz aqui?

— Eu estava procurando por você. — Meus olhos foram na direção da grade no chão. Parecia uma grade de bueiro, mas distintamente rebuscada, que levava para um tipo de câmara abaixo do piso. Consegui ver a luz brilhando lá dentro, mais forte que a iluminação ambiente da sala onde Viraine e eu estávamos — mas aquela estranha sensação de solidez, de *cinzentismo*, era ainda mais forte ali. A luz iluminava o rosto de Viraine por baixo, de uma maneira que deveria deixar os ângulos e as sombras na sua feição ainda mais acentuados, entretanto as apagou.

— Que lugar é este? — perguntei.

— Estamos embaixo do palácio em si, especificamente na coluna de apoio que nos eleva acima da cidade.

— A coluna é oca?

— Não. Apenas este espaço no topo. — Ele me observava, com olhos que tentavam avaliar algo que eu não entendia. — Você não foi na celebração de ontem.

Eu não tinha certeza se os sangue-altos sabiam sobre a celebração dos serventes e a ignoravam ou se era um segredo. Considerei que pudesse ser o último antes de responder.

— Não estava com ânimo para celebrar.

— Se tivesse aparecido, isso não seria uma surpresa tão grande para você. — Ele apontou para a grade aos seus pés.

Eu fiquei onde estava, subitamente imbuída com uma sensação de pavor.

— Do que você está falando?

Ele suspirou, e eu percebi que ele também não estava no melhor dos humores.

— Um dos pontos altos das celebrações do Dia do Fogo. Geralmente me pedem para providenciar o entretenimento. Truques e coisas parecidas.

— Truques? — Franzi a testa. Pelo que eu sabia, a arte dos escribas era poderosa e perigosa demais para ser arriscada em truques. Uma linha mal traçada e só os deuses sabiam o que poderia dar errado.

— Truques. Do tipo que geralmente pedem um "voluntário" humano. — Ele deu um sorriso breve, e eu fiquei boquiaberta. — Os sangue-altos são difíceis de serem entretidos; você é uma exceção. Os demais... — Ele deu de ombros. — Uma vida inteira satisfazendo todas as próprias vontades, de todos os tipos, faz com que precisem de entretenimento de alto nível. Ou baixo.

Da grade aos pés dele, e, para além da câmara, ouvi um gemido vazio, agoniado, que congelou as minhas duas almas.

— Pelos nomes dos deuses, o que você fez? — sussurrei.

— Os deuses não têm nada a ver com isso, minha querida. — Ele suspirou, encarando o poço. — Por que você estava me procurando?

Forcei meus olhos e minha mente a se afastarem da grade.

— Eu... eu preciso saber se existe uma forma de mandar uma mensagem daqui do Céu para alguém. Em particular.

O olhar que ele me lançou seria enervante sob condições normais, mas percebi que seja lá o que estivesse na masmorra, tomou a rispidez da atitude irônica dele.

— Você sabe que espionar essas comunicações é um dos meus deveres rotineiros?

Inclinei a cabeça.

— Foi o que eu suspeitei. E é por isso que estou perguntando a você. Se existe uma maneira de fazer, você conhece. — Engoli em seco, e me repreendi mentalmente por deixar meu nervosismo transparecer. — Estou pronta para recompensá-lo pelo seu trabalho.

Naquela estranha luz cinzenta, até a surpresa de Viraine estava apagada.

— Ora, ora. — Um sorriso cansado espalhou-se por seu rosto. — Lady Yeine, talvez você seja mesmo uma verdadeira Arameri, no fim das contas.

— Eu faço o que é necessário — disse, secamente. — E você sabe tão bem quanto eu que eu não tenho tempo para ser sutil.

Seu sorriso desapareceu.

— Eu sei.

— Então, me ajude.

— Que mensagem você quer mandar e para quem?

— Se eu quisesse que metade do palácio soubesse, eu não teria perguntado como mandá-la de forma privada.

— Pergunto porque a única maneira de enviar uma mensagem dessa forma, é mandá-la por mim.

Hesitei, desagradavelmente surpresa. Mas conforme eu refletia, fazia sentido. Eu não sabia como os cristais de mensagem funcionavam em detalhes, mas como toda a magia baseada em selos, sua função dependia simplesmente do que qualquer escriba competente poderia fazer.

Mas eu não gostava de Viraine, por motivos que eu mesma não entendia completamente. Eu tinha visto a amargura nos seus olhos, ouvido o desprezo na voz ao falar de Dekarta ou dos outros sangue-altos. Como os Enefadeh, ele era uma arma e, provavelmente, tão escravizado quanto eles. Porém, havia algo nele que me deixava inquieta. Ele não parecia ter uma lealdade definida; ele não estava no lado de ninguém, além de si mesmo. O que significava que eu poderia confiar nele para manter meus segredos, desde que valesse a pena para ele. Mas e se ele se beneficiasse mais ao divulgar meus segredos para Dekarta? Ou pior: para Relad e Scimina? Homens que não serviam a ninguém não inspiravam confiança em ninguém.

Ele sorriu enquanto me observava refletir.

— Você sempre pode pedir a Sieh para enviar a mensagem por você. Ou Nahadoth. Tenho certeza de que *ele* faria isso, se tiver suficientemente motivado.

— Eu tenho certeza que sim — respondi com frieza...

* * *

No idioma darre, existe uma palavra para a atração que se sente pelo perigo: *esui*. É a *esui* que faz os guerreiros avançarem em batalhas desesperançadas e morrerem rindo. *Esui* também é o que atrai as mulheres para amantes que são ruins para elas — homens que não seriam bons pais ou se interessariam por mulheres inimigas. A palavra senmata mais próxima disso é "ânsia", se isso incluir a "ânsia pela vida" e a "ânsia por sangue", embora isso não capture adequadamente a natureza em camadas da *esui*. É a glória, é a imprudência. É tudo o que não é sensato, nem racional, nem seguro — mas sem a *esui*, não há razão para viver.

É a *esui*, imagino eu, que me atrai para Nahadoth. Talvez seja isso que o atrai a mim.

Mas eu divago.

* * *

— ... bastaria, então, que qualquer outro sangue-alto tirasse, com uma ordem, a minha mensagem dele.

— Você realmente acha que eu me daria ao trabalho de envolver meu nome nos seus esquemas? Depois de viver entre Relad e Scimina por duas décadas? — Viraine revirou os olhos. — Não me importa qual de vocês sucederá Dekarta.

— O próximo líder da família pode tornar a sua vida mais fácil. Ou mais difícil — falei em um tom neutro, ele que ouvisse ameaças ou promessas. — Eu acho que o mundo inteiro se importa com quem senta naquela pedra.

— Até Dekarta responde a um poder maior — disse Viraine. Enquanto eu me perguntava o que, pelos nomes dos deuses, aquilo significava no contexto da nossa discussão, ele encarava o buraco além da grade de metal, com os olhos refletindo a luz pálida. Então, sua expressão mudou para algo que imediatamente me deixou em alerta. — Venha — disse, e apontou para a grade. — Olhe.

Franzi o cenho.

— Por quê?

— Estou curioso com uma coisa.

— O quê?

Ele não disse nada, esperando. Por fim, suspirei e fui até a borda da grade.

No começo, não vi nada. Depois ouvi outro daqueles gemidos vazios e alguém surgiu no meu campo de visão. Precisei de todas as minhas forças para não fugir e vomitar.

Pegue um ser humano. Distorça e estique seus membros como se fossem argila. Acrescente novos membros, e só os deuses saberiam para quê. Traga algumas das entranhas para fora do corpo, mas as deixe funcionando. Sele a boca dele e... Pai do Céu. Deus de todos os deuses.

E o pior era isso: eu ainda podia ver que havia inteligência e consciência nos olhos desfigurados. Não tinham sequer lhe permitido a fuga para a insanidade.

Não consegui esconder minha reação por completo. Havia uma fina camada de suor na minha testa e acima dos meus lábios quando me voltei para encontrar o olhar fixo de Viraine.

— Bem? — perguntei. Tive que engolir antes de conseguir falar. — A sua curiosidade está satisfeita?

A forma como ele olhava para mim teria me perturbado mesmo se não estivéssemos em cima da evidência mutilada e torturada do seu poder. Havia naquele olhar um tipo de desejo que não tinha nada a ver com sexo, e tudo a ver com... o quê? Eu não conseguia desvendar, mas me lembrava da forma humana de Nahadoth. Fazia meus dedos ansiarem por uma faca do mesmo jeito.

— Sim — ele disse suavemente. Não havia um sorriso no seu rosto, mas eu podia ver o brilho triunfante nos olhos. — Eu queria saber se você tinha alguma chance, a menor que fosse, antes que eu a ajudasse.

— E qual é o seu veredito? — Mas eu já sabia.

Ele apontou para o poço.

— Kinneth teria olhado para aquela coisa sem sequer piscar. Teria feito ela mesma, e gostado...

— É mentira!

— ... ou teria fingido bem o bastante para a diferença não ter importância. Ela tinha o que era necessário para derrotar Dekarta. Você não.

— Talvez não — vociferei. — Mas pelo menos, eu ainda tenho uma alma. Você trocou a sua pelo quê?

Para minha surpresa, a alegria de Viraine diminuiu. Ele olhou para o poço, a luz cinzenta deixando os seus olhos mais velhos e sem cor do que os de Dekarta.

— Por algo que não foi o bastante — ele disse e se afastou. Ele passou por mim e foi para o corredor, na direção do ascensor.

Eu não o segui. Em vez disso, fui até a parede do lado oposto a câmara, sentei com as costas apoiadas nela, e esperei. Depois do que pareceu uma eternidade de silêncio morno — quebrado apenas pelos ocasionais e fracos sons de sofrimento da pobre alma que estava no poço —, senti o tremor familiar percorrendo pela substância luminosa do palácio. Eu esperei um pouco, contando os minutos até achar que a luz do crepúsculo tinha sumido do céu noturno. Levantei-me e fui até o corredor, de costas para a masmorra. A luz cinza marcava a minha sombra no chão em uma linha fina e enfraquecida. Eu me certifiquei de que meu rosto estivesse nas sombras antes de falar.

— Nahadoth.

As paredes escureceram antes que eu me virasse. Mesmo assim, o aposento estava mais brilhante do que deveria estar, por causa da luz da masmorra. Por algum motivo, sua escuridão não tinha efeito ali.

Ele me observou, incompreensível, com o rosto ainda mais inumanamente perfeito na luz desbotada.

— Aqui — eu disse, passando por ele, em direção à masmorra. O prisioneiro dentro dela estava me encarando, talvez percebendo minha intenção. Eu não me incomodei ao olhá-lo dessa vez, enquanto apontava para o poço.

— Cure-o — eu disse.

Esperei uma resposta furiosa. Ou divertida, ou triunfante; não havia uma maneira de prever a reação do Senhor da Noite ao meu primeiro comando. O que eu não esperava, porém, foi o que ele disse:

— Não posso.

Fechei a cara; ele encarava a masmorra sem emoção.

— O que você quer dizer?

— Dekarta deu a ordem que causou isso.

E por causa do selo mestre, eu não podia passar por cima das ordens que ele dava. Fechei os olhos e fiz uma breve oração pedindo perdão a... bem. A qualquer deus que se importasse o bastante para ouvir.

— Muito bem — eu disse, e a minha voz soou muito pequena na câmara ampla. Respirei fundo. — Mate-o.

— Também não posso fazer isso.

Aquilo me incomodou, muito.

— E por que, pelo Turbilhão?

Nahadoth sorriu. Havia algo estranho naquela expressão, algo que me irritava mais do que normal, mas eu não podia me fixar naquilo.

— A sucessão acontecerá em quatro dias — ele disse. — Alguém precisa mandar a Pedra da Terra para a câmara onde o ritual acontece. Esta é a tradição.

— O quê? Eu não...

Nahadoth apontou para o poço. Não para a criatura chorosa e trêmula, mas para além dela. Segui seu dedo e vi o que eu não tinha notado antes. O chão da masmorra brilhava com aquela estranha luz cinzenta, tão diferente das paredes do palácio. O lugar que Nahadoth indicava parecia ser onde a luz estava concentrada, não mais brilhante e sim *mais cinza*. Eu fixei os olhos e pensei ter visto uma sombra mais escura embebida pelo material translúcido do palácio. Algo pequeno.

Todo aquele tempo estava debaixo dos meus pés. A Pedra da Terra.

— O Céu existe para conter e canalizar o poder dela, mas aqui, tão perto, sempre vaza alguma coisa. — O dedo de Nahadoth moveu-se ligeiramente. — Aquele poder é o que o mantém vivo.

Minha boca estava seca.

— E... e o que você quis dizer com... enviar a Pedra para a câmara do ritual?

Ele apontou para cima e vi que o teto da câmara tinha uma estreita abertura arredondada no centro, como uma pequena chaminé. O túnel seguia direto para cima, até onde o olho podia ver.

— Não há magia que possa afetar diretamente a Pedra. Nenhuma carne viva pode chegar perto dela sem sofrer efeitos danosos. Então, mesmo para uma tarefa simples, como levar a Pedra daqui até a câmara acima, um dos filhos de Enefa precisa desperdiçar a sua vida para enviá-la.

Finalmente entendi. Deuses, aquilo era monstruoso. A morte seria um alívio para o homem desconhecido no poço, mas de alguma forma, a Pedra impedia que ele morresse. Para se libertar daquela prisão de carne retorcida, o homem teria que colaborar com a própria execução.

— Quem é ele? — perguntei. Abaixo de nós, o homem tinha pelo menos conseguido se sentar, embora o desconforto fosse óbvio. Eu o ouvi chorando baixinho.

— Apenas mais um tolo pego rezando para um deus proibido. Esse por acaso é parente distante dos Arameri; eles deixam alguns livros para trazer sangue novo para o clã, e por isso, foi duplamente condenado.

— E-ele poderia... — Não conseguia pensar. "Monstruoso." — Ele poderia mandar a Pedra para longe. Desejar que fosse parar em um vulcão ou em uma planície congelada.

— Simplesmente enviariam um de nós para recuperá-la. Mas ele não desafiaria Dekarta. Se ele não enviar a Pedra da forma correta, a pessoa que ele ama sofrerá o mesmo destino.

No poço, o homem soltou um gemido mais alto, o mais próximo de um uivo que a boca torta conseguia. As lágrimas encheram meus olhos, borrando a luz cinzenta.

— Shhh — disse Nahadoth. Olhei para ele, surpresa, mas ele ainda estava encarando o poço. — Shhh. Não vai demorar. Lamento.

Quando Nahadoth percebeu a minha confusão, ele me deu outro daqueles estranhos sorrisos que eu não entendia nem queria entender. Mas aquilo era insensatez minha. Eu continuava achando que o conhecia.

— Eu sempre ouço as orações — disse o Senhor da Noite. — Mesmo que não tenha permissão para respondê-las.

* * *

Estávamos ao pé do Píer, olhando para a cidade, muitos metros abaixo.

— Preciso ameaçar alguém — eu disse.

Eu não tinha falado nada desde a masmorra. Nahadoth havia me acompanhado até o Píer, eu dava voltas, ele me seguia (os serventes e os sangue-altos abriam caminho para nós dois). Ele não disse nada, embora eu o sentisse ao meu lado.

— O Ministro de Mencheyev, chamado Gemd, que provavelmente lidera a aliança contra Darr. Ele.

— Para ameaçar, você precisa ter o poder para causar dano — disse Nahadoth.

Dei de ombros.

— Entrei para a família Arameri. Gemd já pensa que eu tenho esse poder.

— Além do Céu, seu direito para nos dar ordem acaba. Dekarta jamais daria permissão para prejudicar uma nação que não o ofendeu.

Eu não disse nada. Nahadoth me fitou, entretido.

— Entendi. Mas um blefe não irá segurá-lo por muito tempo.

— E não precisa. — Eu me afastei do corrimão e me virei para ele. — Só preciso segurá-lo por mais quatro dias. E eu posso usar seu poder além do Céu... se você deixar. Você irá?

Nahadoth também se empertigou, e para minha surpresa, levou a mão ao meu rosto. Ele acariciou minha bochecha, passando o polegar na curva inferior dos meus lábios. Não vou mentir: aquilo me levou a pensamentos perigosos.

— Você ordenou que eu matasse hoje — ele disse.

Engoli em seco.

— Por misericórdia.

— Sim. — Aquele olhar estranho e perturbador voltou ao seu rosto, e enfim eu sabia nomeá-lo: compreensão. Uma compaixão quase humana, como se naquele momento ele realmente pensasse e sentisse como um de nós.

— Você jamais será Enefa — disse ele. — Mas tem um pouco da sua força em você. Não fique ofendida com a comparação, meu pequeno peão. — Eu me assustei, pensando novamente se ele podia ler mentes. — Não a faço sem motivo.

Nahadoth deu um passo para trás. Estendeu os braços para os lados, revelando o vácuo preto do corpo dele, e aguardou.

Dei um passo e entrei nele, sendo envolta pela escuridão. Pode ter sido a minha imaginação, mas me pareceu mais quente naquela vez.

Diamantes

Você é insignificante. Uma entre milhões, não é especial nem única. Eu não pedi essa vergonha e me ofendo com a comparação.
Tudo bem. Também não gosto de você.

* * *

Aparecemos em um corredor suntuoso e fortemente iluminado, de mármore branco e cinza, com janelas retangulares estreitas nas laterais, logo abaixo de um candelabro. (Se eu nunca tivesse visto o Céu, teria ficado impressionada). Nas duas pontas do corredor, haviam portas duplas de madeira escura polida; presumi que estávamos de frente para a porta que importava. Além das janelas abertas, eu podia ouvir os mercadores gritando os produtos que vendiam, um bebê chorando, o relinchar de um cavalo, a risada de uma mulher. A vida da cidade.
Não havia ninguém ao redor, embora ainda fosse começo de noite. Eu já conhecia Nahadoth bem o bastante para suspeitar que aquilo era de propósito.
Acenei com a cabeça na direção das portas.
— Gemd está sozinho?
— Não. Com ele, estão vários guardas, colegas e conselheiros.
Óbvio. Planejar uma guerra era trabalho de equipe. Eu fechei a cara e me recompus: eu não podia fazer aquilo zangada. Meu objetivo era adiar — paz, pelo tempo que fosse possível. Raiva não ajudaria.

— Por favor, tente não matar ninguém — murmurei, enquanto caminhava na direção da porta. Nahadoth não disse nada em resposta, mas o corredor ficou mais apagado e a sombra lançada pela luz trêmula das tochas aguçou-se como uma lâmina. O ar estava pesado.

Aquilo meus ancestrais Arameri tinham aprendido, a custo de sangue e almas: o Senhor da Noite não pode ser controlado. Ele pode apenas ser liberado. Se Gemd me forçasse a invocar o poder de Nahadoth...

Era melhor rezar para que isso não fosse necessário.

Fui adiante.

As portas se abriram sozinhas quando me aproximei delas, batendo nas paredes com um estrondo que ecoou pelo palácio. O barulho atrairia metade da guarda palaciana de Gemd se tivessem alguma competência. Foi uma entrada triunfante adequada, enquanto eu passava pela porta, sendo saudada por um coro de gritos de surpresa e xingamentos. Homens sentados ao redor de uma grande mesa repleta de papéis levantaram-se atrapalhados, alguns procurando armas, outros me encarando estupefatos. Dois deles usavam mantos vermelho-escuros que eu reconheci como parte do uniforme de guerreiros de Tok. Então, aquela era uma das terras com quem Menchey se aliou. Na cabeceira da mesa estava um homem com cerca de sessenta anos: vestimentas nobres, cabelo grisalho, face rígida como pedra e aço. Ele me lembrava Dekarta, mesmo que somente na atitude; os mencheyeves eram um povo do Alto Norte também, e pareciam mais com os darres do que com os amnies. Ele se ergueu parcialmente e ficou ali parado onde estava, mais zangado do que surpreso.

Eu fixei meu olhar nele, apesar de saber que Menchey, assim como Darr, era governado mais pelo seu conselho do que pelo chefe. De muitas formas, éramos apenas peças figurativas, ele e eu. Mas naquele confronto, ele seria a chave.

— Ministro — disse em senmata. — Saudações.

Ele estreitou os olhos.

— Você é aquela vadia darre.

— Sim, uma de muitas.

Gemd virou-se para um dos seus homens e murmurou alguma coisa; o homem saiu correndo. Para supervisionar os guardas e descobrir como eu entrei, sem dúvida. Gemd voltou o olhar avaliador e cauteloso para mim.

— Você não está entre muitas agora — disse devagar. — Ou está? Você não seria tola o bastante para vir sozinha.

Eu me segurei antes de olhar ao redor. Certamente Nahadoth decidiria não aparecer. Os Enefadeh prometeram me ajudar, e ter o Senhor da Noite atrás de mim, como uma sombra exagerada, minaria a pequena autoridade que eu tinha perante aqueles homens.

Mas Nahadoth estava ali. Eu podia senti-lo.

— Eu vim — disse. — Não inteiramente sozinha. Afinal, nenhum Arameri está de fato sozinho, não é?

Um dos outros, quase tão bem-vestido quanto ele, estreitou os olhos.

— Você não é Arameri — disse ele. — Eles sequer a tinham reconhecido até poucos meses atrás.

— É por isso que vocês decidiram formar essa aliança? — perguntei, dando um passo à frente. Alguns ficaram tensos, mas não a maioria. Eu não era exatamente intimidadora. — Não vejo como isso faz sentido. Se eu sou tão desimportante para os Arameri, então Darr não é uma ameaça.

— Darr é sempre uma ameaça — grunhiu outro. — Suas vagabundas devoradoras de homens...

— Chega! — disse Gemd, e o outro se calou.

Ótimo, ele não era apenas um líder figurativo.

— Então não é pelos Arameri terem me adotado? — Encarei o homem que Gemd tinha silenciado. — Ah, entendi. É sobre velhos problemas. Mas a última guerra entre os nossos povos foi há mais gerações que qualquer um de nós pode contar. A memória dos mencheyeves é tão longa?

— Darr apossou-se do planalto de Atir naquela guerra — disse Gemd com calma. — Você sabe que o queremos de volta.

Eu sabia, e sabia também que era um motivo muito, muito estúpido para começar uma guerra. As pessoas que viviam em Atir já nem falavam o idioma mencheyev. Nada daquilo fazia sentido, o que era o bastante para que eu me irritasse.

— Quem é? — perguntei. — Qual dos meus primos está puxando as cordinhas? Relad? Scimina? Algum bajulador deles? Você está se prostituindo para quem, Gemd? E quanto você cobrou para isso?

Gemd cerrou os dentes, mas não disse nada. Os seus homens não eram tão bem treinados; eles se empertigaram e me olharam feio. Mas não todos. Eu percebi quais pareciam desconfortáveis, e soube que foi com eles que Scimina, ou outro parente meu, tinha escolhido trabalhar.

— Você não foi convidada para esta reunião, Yeine-*ennu* — Gemd disse. — Ou melhor, Lady Yeine. Você está interrompendo os meus negócios. Diga o que veio dizer e então, por favor, saia.

Inclinei a cabeça.

— Suspenda seus planos para atacar Darr.

Gemd esperou um momento.

— Ou...?

Balancei a cabeça.

— Não há alternativas, ministro. Aprendi muito com meus parentes Arameri nos últimos dias, incluindo a arte de usar o poder absoluto. Nós não damos ultimatos. Damos ordens e elas são obedecidas.

Os homens se entreolharam, mostrando expressões que iam da fúria à incredulidade. Dois mantiveram os rostos inexpressivos: o homem de vestes nobres ao lado de Gemd e o próprio ministro. Eu podia ver seus olhos refletindo a posição que se encontrava.

— Você não tem poder absoluto — disse o homem ao lado de Gemd. Ele manteve o tom neutro, um sinal de que não tinha certeza do que falava. — Não foi sequer nomeada herdeira.

— É verdade — eu disse. — Apenas Lorde Dekarta tem o poder total sobre os Cem Mil Reinos. Se eles prosperam. Se eles falham. Ou se são obliterados e esquecidos. — As sobrancelhas de Gemd aproximaram ao ouvir isso. — O avô tem esse poder, mas ele o delega, lógico, a quem detiver seu favorecimento dentro do Céu, como ele desejar.

Eu os deixei refletindo se eu tinha ou não ganho aquele favorecimento. Ser convocada para o Céu e nomeada alguém de sangue-alto, soava como um sinal desse ato. Gemd olhou de relance para o homem ao seu lado.

— Você entende, Lady Yeine, que quando planos são colocados em execução, pode ser difícil pará-los. Vamos precisar de tempo para discutir a sua... ordem.

— Certo — eu disse. — Vocês têm dez minutos. Eu esperarei.

— Ah, por... — Isso veio de outro homem, maior e mais jovem, um dos quais eu marquei como uma ferramenta dos Arameri. Ele olhou para mim como se eu fosse um excremento na sola do sapato. — Ministro, você não pode estar considerando essa demanda ridícula!

Gemd o fitou, mas a repressão silenciosa nitidamente não teve impacto. O homem mais novo afastou-se da mesa e veio em minha direção, toda a sua postura irradiava ameaça. Todas as mulheres darres são ensinadas a lidar com esse comportamento dos homens. É um truque animalesco que eles usam, como um cão que arrepia o pelo e rosna. Raramente tem alguma ameaça verdadeira por trás disso, e a força de uma mulher está em discernir quando a ameaça é real e quando é apenas pelo e rosnado. Por enquanto, a ameaça não era real, mas isso poderia mudar.

Ele parou na minha frente e virou-se para os companheiros, apontando para mim.

— Olhem para ela! Provavelmente tiveram que chamar um escriba só para confirmar se ela realmente saiu de uma vadia Arameri...

— Rish! — Gemd parecia furioso. — Sente-se.

O homem — Rish — o ignorou e virou-se para mim. De repente, a ameaça tornou-se real. Eu vi na forma como ele se posicionou, inclinando o corpo para colocar a mão direita perto do meu lado direito. Ele queria me dar um tapa no rosto com as costas da mão. Eu tinha um instante para decidir se desviava ou se pegava a minha faca...

E naquela faísca de tempo, senti o poder que me cercava consolidar-se, áspero como a malícia, afiado como cristal.

* * *

Quando essa analogia ocorreu, deveria ter sido um aviso.

* * *

Rish golpeou. Fiquei imóvel, tensa, esperando o impacto. A poucos centímetros do meu rosto, a mão de Rish pareceu bater em algo que ninguém enxergava — algo que resultou em um som alto, como de pedra contra pedra.

Rish afastou a mão, confuso e talvez intrigado com a falha ao tentar me colocar no devido lugar. Olhou para o próprio punho, onde uma mancha preta brilhante e facetada tinha surgido, acima das juntas. Eu estava perto o bastante para ver a carne ao redor dessa mancha borbulhando, perolado pela umidade como carne cozinhando sobre a chama. Porém, não estava queimando, mas congelando; eu sentia o ar frio vindo até onde eu estava. Porém, o efeito era o mesmo, e a carne murchava e encolhia-se como se estivesse torrada, o que aparecia por baixo não era carne, mas pedra.

Fiquei surpresa por Rish ter demorado tanto a gritar.

Todos os homens da sala reagiram ao seu grito. Um afastou-se da mesa e quase caiu em cima de uma cadeira. Outros dois correram para Rish e tentaram ajudá-lo. Gemd também se moveu para ajudar, mas algum poderoso instinto de preservação deve ter surgido no homem bem-vestido ao lado dele: ele agarrou Gemd pelo ombro para impedi-lo. Isso mostrou ser uma decisão sábia, porque o primeiro dos homens que alcançaram Rish — um dos tokkenes — agarrou o pulso de Rish para ver qual era o problema.

O preto se espalhava rapidamente; quase a mão inteira já era um pedaço brilhante de cristal preto em formato de punho. Apenas as pontas dos dedos de Rish ainda eram carne, mas se transformaram enquanto eu observava. Rish lutou com o tokkeno, ensandecido de agonia, e ele o agarrou pelo punho para tentar mantê-lo parado. Quase imediatamente, se afastou de forma brusca, como se a pedra estivesse fria demais para ser tocada — e então, o tokkeno também encarou a palma da própria mão e a mancha preta se espalhava nela.

Não era um simples cristal, percebi com a parte da minha mente que não estava paralisada de medo. A substância preta era bela demais para ser quartzo; lapidada de forma perfeita e límpida demais. A pedra capturava a luz como se fosse um diamante, pois era isso que a carne deles havia se tornado. Diamante negro, o mais raro e valioso de todos.

O tokkeno começou a gritar, assim como a maioria dos homens na sala.

Diante de tudo aquilo, fiquei imóvel e mantive meu rosto impassível.

* * *

Ele não deveria ter tentado me bater. Ele mereceu o que aconteceu, ele não deveria ter tentado me bater.

E o homem que tentou ajudá-lo? O que tinha feito?

Eles eram todos meus inimigos, inimigos do meu povo. Eles não deveriam ter... eles não deveriam... Pelos deuses. Deuses.

O Senhor da Noite não pode ser controlado, criança. Ele pode apenas ser atiçado. E você pediu a ele que não matasse.

* * *

Eu não podia mostrar fraqueza.

Então, enquanto os dois homens se debatiam e berravam, eu passei por eles e fui até a mesa. Gemd olhou para mim, a boca retorcida com nojo e incredulidade.

— Leve o tempo que quiser para discutir a minha ordem — disse e me virei para partir.

— E-espere. — Gemd. Eu parei, sem permitir que meus olhos se demorassem nos dois homens. Rish já era metade de diamante, a pedra se arrastando sobre o braço e o peito dele, descendo por uma perna e subindo pela lateral do pescoço. Ele estava caído no chão, sem gritar mais, apesar de ainda gemer em uma voz baixa e agonizante. Talvez sua garganta já havia se tornado diamante. O outro homem estendia a mão na direção dos companheiros, implorando por uma espada para que pudesse cortar fora o próprio braço. Um sujeito mais jovem — um dos herdeiros de Gemd, a julgar pelas feições — desembainhou sua espada e aproximou-se, mas outro homem o pegou e o puxou com força para trás. Outra decisão sábia; flocos pretos, do tamanho de grãos de areia, brilhavam no chão ao redor dos dois homens. Pedaços da carne de Rish, transformada e espalhada por seus espasmos. Enquanto eu observava, o tokkeno caiu em cima da mão ainda boa e seu polegar tocou um dos flocos. E também começou a mudar.

— Pare com isso — Gemd murmurou.

— Eu não comecei isso.

Ele praguejou rapidamente no idioma dele.

— Pare com isso, maldita! Que tipo de monstro é você?

Eu não pude evitar a risada. Não havia diversão nela, apenas autodesprezo e amargura, mas isso eles não perceberiam.

— Eu sou uma Arameri — disse.

Um dos homens atrás de nós ficou em silêncio de repente, e eu virei. Não era o tokkeno; ele ainda berrava enquanto a escuridão abria caminho por sua espinha. O diamante tinha começado a envolver a boca de Rish e já consumia a parte inferior do rosto. Parecia ter parado no torso, mas ainda descia pela perna remanescente. Suspeitei que pararia de vez assim que tivesse consumido as partes não vitais do seu corpo, deixando-o mutilado e talvez enlouquecido, mas vivo. Afinal, eu pedi a Nahadoth que não matasse.

Eu desviei o olhar, para não entregar minha dissimulação ao vomitar.

— Entenda — disse. O horror que estava no meu coração tinha invadido a minha voz, deixando-a com um timbre mais grave e com um toque ressonante que eu não tinha antes. — Se deixar esses homens morrer significa salvar o meu povo, então eles morrerão. — Eu me inclinei para a frente, as mãos apoiadas na mesa. — Se matar a todos nesta sala, todos neste *palácio*, significa salvar o meu povo, fique sabendo, Gemd: eu o farei. Você também faria isso, se estivesse no meu lugar.

Ele ainda encarava Rish. Então, voltou-se rapidamente para mim, e eu vi entendimento e ódio passarem por seus olhos. Havia um toque de autodesprezo no meio daquele ódio? Ele tinha acreditado em mim quando eu disse *você também faria isso?* Porque ele faria. Qualquer um faria, soube disso naquele momento. Não há nada que nós, mortais, não façamos quando se trata de proteger a quem amamos.

Eu repetiria isso a mim mesma pelo resto da vida.

— Basta! — Eu mal consegui ouvir Gemd por causa dos gritos, mas eu vi sua boca se mexer. — Basta. Eu interromperei o ataque.

— E desfazer a aliança?

— Só posso falar por Menchey. — Havia algo quebrado na voz. Ele não me olhou nos olhos. — Os demais podem decidir continuar.

— Então, avise a eles, ministro Gemd. A próxima vez que eu tiver que fazer isso, duzentos sofrerão em vez de dois. Se o assunto se estender, dois mil. Vocês escolheram a guerra, não eu. Eu não lutarei de forma justa.

Gemd me olhou com ódio silencioso. Sustentei o olhar por mais um tempo, e me virei para os dois homens, um dos quais ainda tremia e gemia no chão. O outro, Rish, estava catatônico. Fui até eles. Os flocos pretos, brilhantes e mortais não me causaram mal, embora eu os esmagasse com os pés.

Eu tinha certeza de que Nahadoth poderia parar a magia. Poderia até restaurar a integridade daqueles homens — mas a segurança de Darr dependia da minha habilidade em incutir o medo no coração de Gemd.

— Acabe com isso — sussurrei.

A escuridão avançou e consumiu todos eles em segundos. Vapores gelados ergueram-se ao redor, enquanto os últimos gritos se misturavam com os sons de carne se rompendo e ossos estilhaçando, e depois tudo sumiu. No lugar, havia duas imensas gemas lapidadas no formato de figuras comprimidas. Belas e muito valiosas, pelo que calculei; no mínimo, as famílias poderiam viver bem dali em diante. Se escolhessem vender os restos mortais dos seus entes queridos.

Passei entre os diamantes para sair dali. Os guardas que tinham entrado atrás de mim abriram caminho, alguns se desequilibrando pela pressa em se afastar. As portas se fecharam atrás de mim, dessa vez em silêncio. Quando, enfim, fechadas, eu parei.

— Devo levá-la para casa? — Nahadoth perguntou. Atrás de mim.

— Casa?

— Céu.

Ah, sim. A casa dos Arameri.

— Vamos — disse.

A escuridão me envolveu. Quando ela sumiu, estávamos no pátio frontal do Céu novamente, mas no Jardim dos Cem Mil e não no Píer. Um caminho de pedras polidas serpenteava entre canteiros de flores organizados e bem arranjados, cada um exibindo um tipo diferente de árvore exótica. À distância, entre as folhas, eu via o céu estrelado e as montanhas que o encontravam no horizonte.

Caminhei pelo jardim até achar um ponto em que não havia obstáculos à vista, sob uma árvore sinos-de-seda em miniatura. Meus pensamentos eram espirais lentas e preguiçosas. Eu estava me acostumando com a fria sensação de Nahadoth atrás de mim.

— Minha arma — eu disse para ele.

— Assim como você é a minha.

Eu assenti, suspirando com a brisa que balançava meu cabelo e fazia as folhas do sino-de-seda farfalharem. Ao me virar para encarar Nahadoth, um faixa de nuvens passou pela lua crescente. Seu manto pareceu respirar naquele momento, crescendo mais que o possível, até eclipsar o palácio em ondas tortuosas e pretas. A nuvem passou e ele voltou a ser um manto.

Eu me senti como aquele manto — selvagem, sem controle, inconstantemente viva. Ergui meus braços e fechei os olhos quando senti outra brisa. Era uma sensação tão gostosa.

— Queria poder voar — eu disse.

— Posso lhe dar esse dom com magia por um tempo.

Balancei a cabeça, fechando os olhos e me embalando com o vento.

— A magia é algo errado. — Eu sabia muito, mas muito bem.

Ele não disse nada, o que me surpreendeu até eu pensar melhor. Depois de testemunhar tantas gerações de hipocrisia dos Arameri, talvez ele nem ligasse mais ao ponto de reclamar.

Era tentador, muito tentador, parar de me importar também. Minha mãe, Darr, a sucessão... que importância tinham essas coisas? Eu poderia esquecer tudo tão facilmente, passando o resto da minha vida — todos os quatro dias dela — satisfazendo qualquer vontade ou desejo que eu quisesse.

Qualquer prazer, menos um.

— Ontem à noite — disse, baixando finalmente os braços. — Por que você não me matou?

— Você é mais útil viva.

Eu ri, sentindo a cabeça vazia, completamente despreocupada.

— Isso quer dizer que sou a única pessoa no Céu que não tem motivo para temê-lo? — Eu sabia que era uma pergunta estúpida antes de terminar de falar, mas acho que eu não estava totalmente sã naquele momento.

Felizmente, o Senhor da Noite não respondeu à minha estúpida e perigosa pergunta. Olhei para ele de relance para tentar sentir qual era o ânimo dele e vi que o manto noturno havia mudado novamente. Daquela vez, os fios tinham se esticado, ficando longos e finos, espalhando-se pelo jardim como camadas de fumaça. Os mais próximos de mim se curvavam para dentro, me cercando por todos os lados. Eu me lembrei de algumas plantas da minha terra natal, com dentes ou tentáculos para capturar insetos.

E no coração dessa flor preta, a minha isca: o rosto brilhante e os olhos sem luz. Dei um passo à frente, entrando ainda mais naquela sombra, e ele sorriu.

— Você não precisaria me matar — eu disse, baixinho. Inclinei a cabeça e o olhei de baixo, através das pálpebras semicerradas, curvando o corpo em um convite silencioso. Eu passei a vida inteira vendo mulheres mais bonitas que eu fazendo isso, mas nunca ousei fazer. Ergui a mão e a levei na direção do peito dele, quase esperando tocar o nada e ser engolida pela escuridão. Mas daquela vez havia um corpo nas sombras, com uma solidez surpreendente. Eu não podia vê-lo, nem onde minha mão o tocava, mas eu podia sentir a pele, macia e fria nos meus dedos.

Pele nua. Deuses.

Lambi os lábios e encontrei os seus olhos.

— Há muitas coisas que você poderia ter feito sem comprometer minha... utilidade.

Algo mudou no seu rosto, como uma nuvem passando na frente da lua: a sombra do predador. Seus dentes estavam mais afiados quando me respondeu.

— Eu sei.

Também percebi que algo mudou em mim quando a sensação de selvageria se aquietou. Aquela expressão no seu rosto. Uma parte de mim estava esperando por isso.

— E você faria isso? — Lambi os lábios de novo, tentando engolir o nó súbito em minha garganta. — Você me mataria? Se... eu pedisse?

Houve uma pausa.

Quando o Senhor da Noite tocou meu rosto, traçando minha mandíbula com a ponta dos dedos, pensei estar imaginando coisas. Havia uma ternura inconfundível no gesto. Mas então, ainda branda, a mão deslizou mais para baixo e enrolou-se ao redor do meu pescoço. Ele se inclinou, aproximando-se, e eu fechei os olhos.

— Você *está* pedindo? — Seus lábios roçaram minha orelha enquanto ele sussurrava.

Eu abri a boca para falar e não consegui. De repente, comecei a tremer. Lágrimas encheram meus olhos, descendo pelo meu rosto até o pulso dele. Eu queria tanto falar e pedir. Mas fiquei ali, tremendo e chorando, sentindo sua respiração em minha orelha. Entrando e saindo. Três vezes.

Então, ele soltou meu pescoço e meus joelhos se dobraram. Cai e, de repente, estava enterrada na maciez fria e escura que era ele, pressionada contra o peito que eu não podia ver, e comecei a soluçar ali. Depois de um momento, a mão que quase me matou acariciou minha nuca. Devo ter chorado durante uma hora, talvez menos. Não sei. Ele me segurou contra si o tempo todo.

A Arena

Tudo o que sobrou do tempo antes da Guerra dos Deuses são mitos sussurrados e lendas quase esquecidas. Os sacerdotes são rápidos em punir qualquer um que espalhe essas histórias. Não havia nada antes de Itempas, eles dizem; mesmo na era dos Três, ele foi o primeiro e o maior. Mesmo assim, as lendas persistem.

Comenta-se que houve um tempo em que as pessoas faziam sacrifícios de carne aos Três. Enchiam uma sala com voluntários. Jovens, velhos, homens, mulheres, pobres, ricos, saudáveis, enfermos; toda a variedade e a riqueza da humanidade. Havia uma ocasião que era sagrada para todos os Três — essa parte se perdeu no tempo —, que eles chamavam os deuses e imploravam para que participassem do banquete.

Dizem que Enefa requeria os velhos e os doentes — a síntese da mortalidade. Ela lhes daria uma escolha: a cura ou uma morte pacífica e gentil. Segundo as lendas, muitos escolhiam a última opção, embora eu não imagine o porquê.

Itempas obtinha o que continua obtendo até hoje — os mais maduros e nobres, os mais inteligentes, os mais talentosos. Estes se tornavam seus sacerdotes, colocando o dever e a justiça acima de tudo, adorando-o e submetendo-se a ele em todas as coisas.

Nahadoth preferia os jovens, selvagens e despreocupados — embora também ocasionalmente requeresse um adulto. Qualquer um que aceitasse

ser levado pelo momento. Ele os seduzia e era seduzido por eles; deliciava-
-se com a falta de inibições deles e dava a eles tudo de si.

Os Itempanes temiam que falar dessa época levaria as pessoas a sentirem falta dela, e se tornarem hereges. Acho que eles superestimavam o perigo. Por mais que eu tente, não consigo imaginar como seria viver num mundo assim, e não tenho nenhum desejo de voltar a ele. Temos problemas o bastante com um deus agora; por que, pelo Turbilhão, iríamos querer viver de novo sob três?

* * *

Desperdicei o dia seguinte, um quarto da minha vida restante. Eu não queria. Mas eu só voltei aos meus aposentos perto do amanhecer. Era a segunda noite seguida de pouco sono, e meu corpo exigiu ser recompensado, dormindo até depois do meio-dia. Sonhei com mil rostos, que representavam milhões, todos distorcidos em agonia, terror ou desespero. Senti o cheiro de sangue e de carne queimada. Eu vi um deserto, antes uma floresta, coberto de árvores caídas. Acordei chorando, tamanha era a minha culpa.

Naquela tarde, bateram à minha porta. Sentindo-me sozinha e negligenciada — nem mesmo Sieh tinha vindo me visitar —, fui atender na esperança de ser um amigo.

Era Relad.

— Em nome de todos os deuses inúteis, o que foi que você fez? — questionou.

* * *

A arena, Relad me contou. Onde os sangue-altos brincavam de guerra.

Era onde eu deveria encontrar Scimina, que de algum jeito tinha descoberto os meus esforços para conter sua intromissão. Ele me contou, entre maldições, xingamentos e muitas ofensas à minha linha familiar inferior e *mestiça*, mas consegui entender. *O que* Scimina havia descoberto, ele parecia não saber, o que me dava alguma esperança... não muita, porém.

Estava tremendo de tensão quando sai do ascensor em meio a uma multidão de costas. As mais próximas do ascensor deram espaço assim que saí dele, talvez por já terem sido empurrados pelos recém-chegados várias vezes, mas além delas, havia uma sólida muralha de pessoas. A maioria eram serventes usando branco; uns poucos estavam mais bem-vestidos, usando as marcas de quarto-de-sangue ou oitavo-de-sangue. Aqui e ali, esbarrei em veludo e seda quando desisti da civilidade e comecei a empurrar para passar. Avançava devagar porque a maioria era muito mais alta do que eu e estava completamente concentrada no que acontecia no meio da sala.

Dali, eu podia ouvir os gritos.

Talvez eu nunca chegasse lá se alguém não tivesse olhado para trás, me reconhecido e murmurado para alguém ao lado. O murmúrio passou pela multidão como uma onda e, de repente, eu era o foco de dezenas de olhares intensos e silenciosos. Eu parei, desajeitada, nervosa, mas o caminho abriu-se quando eles se apertaram para os lados. Andei mais depressa, mas logo parei, chocada.

No chão, havia um velho magro ajoelhado, nu, acorrentado em meio a uma poça de sangue. O cabelo branco, liso e comprido, caía em volta do rosto, tampando-o, mas eu podia ouvi-lo ofegando, tentando respirar. A pele era uma teia de lacerações. Se fossem apenas as costas, eu acharia que ele tinha sido chicoteado, mas não era. Eram também as pernas, os braços, as bochechas e o queixo. Como ele estava ajoelhado, pude ver cortes nas solas dos pés. Ele se levantou desajeitado, usando as laterais dos pulsos, e eu vi um buraco vermelho e redondo em cada um, por onde tendão e osso estavam à mostra.

"Outro herege?", pensei confusa.

— Eu estava me perguntando quanto sangue eu teria que derramar antes que alguém fosse correndo até você — disse uma voz selvagem ao meu lado, e quando me virei, algo veio na direção do meu rosto. Por instinto, ergui as mãos e senti uma linha fina de calor cruzar as minhas palmas; algo havia me cortado.

Eu não parei o bastante para avaliar o dano; pulei para trás e desembainhei minha faca. Minhas mãos ainda funcionavam, apesar do sangue deixar o cabo escorregadio. Agachei em uma posição defensiva, pronta para lutar.

Scimina estava diante de mim, em um vestido de cetim verde. As gotas de sangue que tinham se espalhado pelo tecido pareciam pequenos rubis. (Também havia espirros de sangue em seu rosto, mas estes se pareciam com sangue mesmo.) Nas mãos, portava algo que, de imediato, não percebi que se tratava de uma arma — uma varinha longa de prata, muito decorada, com quase um metro de comprimento. Mas na ponta tinha uma pequena lâmina de fio duplo, fina como um bisturi cirúrgico, feita de vidro. Curta demais e com peso pouco balanceado para ser uma lança. Parecia mais uma caneta-tinteiro requintada. Uma arma dos amnies?

Scimina sorriu ao ver a minha lâmina desembainhada, mas, em vez de me enfrentar, virou-se e voltou a andar em torno do círculo que a multidão havia formado, com o velho no meio.

— Age como uma selvagem. Você não pode usar uma faca contra mim, prima, ela se estilhaçaria. Nossos selos de sangue impedem todos os ataques mortais. Você é ignorante demais, o que faremos com você?

Eu continuei agachada e mantendo a minha faca em posição aleatória, girando para manter Scimina em meu campo de visão. Ao fazer isso, vi rostos na multidão que reconheci: alguns dos serventes que estavam na festa do Dia do Fogo; alguns cortesãos de Dekarta; T'vril rígido, com os lábios brancos e os olhos fixos em mim, como se tentasse me avisar; Viraine, parado à frente do restante da multidão, de braços cruzados e com o olhar distante, parecendo entediado.

Zhakkarn e Kurue. Por que estavam aqui? Elas também me observavam. A expressão de Zhakkarn era dura e fria, eu nunca a vi demonstrando raiva tão claramente. Kurue também estava furiosa, as narinas tensionadas e as mãos fechadas junto ao corpo. Seu olhar teria me chicoteado se pudesse. Mas Scimina já estava chicoteando alguém, então me foquei na maior ameaça.

— Sente-se! — Scimina berrou e o velho se lançou para cima, como se alguém o tivesse puxado com uma corda. Haviam menos cortes no torso dele, porém, enquanto eu observava, Scimina passou por ele e balançou a varinha que carregava, e outra ferida, longa e profunda, se abriu no abdômen do velho. Ele gritou de novo, com a voz rouca, e por causa da dor, abriu os olhos. Foi quando prendi a respiração, pois seus olhos eram verdes e afiados, e eu percebi como o formato do seu rosto seria familiar sessenta anos mais novo e, queridos deuses, Pai do Céu querido, era *Sieh*.

— Ah — disse Scimina, interpretando meu sobressalto. — Isso vai poupar meu tempo. Você tinha razão, T'vril; ela *realmente* gosta dele. Você mandou alguém buscá-la? Diga ao idiota para ser mais rápido da próxima vez.

Olhei feio para T'vril, que não tinha mandado ninguém me procurar. Ele estava com o rosto mais pálido que o normal, mas aquele estranho aviso ainda permanecia nos seus olhos. Quase franzi a testa, confusa, mas senti o olhar de Scimina, como o de um abutre, observando minhas expressões faciais e pronta para destroçar as emoções que eu revelasse.

Então, me obriguei a mostrar calma, como minha mãe tinha ensinado. Eu me ergui da posição de luta, porém só baixei minha faca sem a embainhar. Scimina provavelmente não sabia, mas entre os darres, aquilo significava desrespeito — um sinal de que eu não confiava que ela se comportaria como uma mulher.

— Estou aqui agora — disse a ela. — Fale o que quer.

Scimina soltou uma gargalhada curta e afiada, ainda andando.

— Falar o que eu quero. Ela soa tão combatente, não é? — Ela olhou para a multidão ao redor, mas ninguém a respondeu. — Tão *forte*. Coisinha minúscula, malnascida e patética... *o que você ACHA que eu quero, sua tola?* — ela berrou a pergunta, com os punhos fechados ao lado do corpo, a estranha arma tremendo. Seu cabelo estava para o alto em um penteado elaborado ainda adorável, mas que se desmanchava. Ela perdia a cabeça, mas com primor.

— Eu acho que você quer ser a herdeira de Dekarta — disse com calma. — E que os deuses ajudem todo o mundo se você conseguir.

Rápida como o vento, Scimina foi de ensandecida descontrolada para sorridente charmosa.

— É verdade. E planejo começar com a sua terra, esmagando Darr completamente para fora da existência. Na verdade, eu já teria começado a fazer isso, se a aliança que eu tramei tão cuidadosamente naquela região, não estivesse se desfazendo. — Ela voltou a andar, me fitando por cima do ombro, enquanto rodava a varinha com cuidado nas mãos. — Primeiro, pensei que o problema deveria ser aquela velha do Alto Norte que você tem encontrado no Salão. Mas eu investiguei e ela só passou informações, e a maioria delas era inútil. Então você fez alguma coisa. Se incomodaria de explicar?

Meu sangue gelou. O que Scimina tinha feito com Ras Onchi? Olhei para Sieh, que tinha se recuperado um pouco, embora ainda parecesse fraco e tonto de dor. Ele não estava se curando, o que não fazia sentido. Eu apunhalei Nahadoth no coração e mal foi um aborrecimento. Mas levou um tempo para se curar, eu lembrei com um calafrio repentino. Talvez, se o deixassem em paz por um tempo, Sieh também se recuperasse. A não ser que... Itempas tinha aprisionado os Enefadeh na forma humana para que sofressem todos os horrores da mortalidade. Eles eram eternos, poderosos — não invulneráveis. Os horrores da mortalidade incluiriam a morte? O suor fez os cortes de minhas mãos arder. Havia coisas que eu não estava preparada para aguentar.

Foi quando o palácio tremeu. Por um instante, eu me perguntei se aquele tremor significava uma nova ameaça, e depois lembrei. O pôr do sol.

— Pelos demônios — murmurou Viraine no silêncio. Um instante depois, eu e todas as outras pessoas na sala fomos jogadas para trás em um golpe de vento frio, amargo e doloroso.

Precisei de um momento para erguer meu dorso, e quando consegui, minha faca havia sumido. A sala ao meu redor foi tomada pelo caos; ouvi grunhidos de dor, xingamentos, gritos de aviso. Quando olhei na direção do ascensor, eu vi uma multidão se amontoando na entrada, tentando se enfiar dentro. Eu esqueci tudo isso, contudo, quando eu olhei na direção do centro da sala.

Estava difícil ver o rosto de Nahadoth. Ele se agachou perto de Sieh, a cabeça abaixada, e a escuridão da sua aura estava como na minha primeira noite no Céu, tão sombria que feria a mente. Eu me foquei no chão, onde as correntes que tinham prendido Sieh estavam estilhaçadas, as pontas brilhando com uma camada de gelo. Não conseguia ver Sieh por inteiro, apenas uma das mãos que pendia solta, antes que o manto de Nahadoth o envolvesse completamente, engolindo-o na escuridão.

— Scimina. — A voz de Nahadoth ganhou novamente aquele tom vazio e com eco. Ele foi tomado pela loucura? Não; era apenas raiva pura e simples.

Mas Scimina, que também tinha sido jogada ao chão, colocou-se em pé sobre os saltos e se recompôs.

— Nahadoth — disse, com mais calma do que eu teria imaginado. Sua arma sumiu também, mas ela era uma verdadeira Arameri, sem medo da ira do deus. — Que bom que se juntou a nós. Ponha-o no chão.

Nahadoth ergueu-se e puxou o manto para trás. Sieh, com a aparência de um jovem, inteiro e vestido, estava ao lado dele, lançando um olhar desafiador para Scimina. Em algum lugar bem dentro de mim, um nó de tensão relaxou.

— Nós temos um acordo — disse Nahadoth, ainda com a voz que ecoava assassinato.

— Realmente — disse Scimina, e agora era o seu sorriso que me assustava. — Você servirá tão bem quanto Sieh para o meu objetivo. Ajoelhe-se.

Ela apontou para o espaço ensanguentado e as correntes vazias.

Por um instante, a sensação de poder cresceu na sala, como uma pressão nos tímpanos. As paredes rangeram. Eu tremi diante daquilo, pensando se era o fim. Scimina cometeu algum erro, deixou alguma brecha, e Nahadoth nos esmagaria como insetos.

Mas, para meu choque, Nahadoth afastou-se de Sieh e foi para o centro da sala. Ajoelhou-se.

Scimina virou-se para mim, onde eu ainda estava no chão. Envergonhada, fiquei em pé. Fiquei surpresa ao ver que ainda havia uma plateia ao nosso redor, embora estivesse menos densa — T'vril, Viraine, um punhado de serventes, e talvez uns vinte sangue-altos. Eu supus que estes últimos se inspiraram no destemor de Scimina para ficar.

— Isso será educativo para você, prima — disse ela, ainda naquele tom polido e doce que eu estava começando a odiar. Ela voltou a andar, observando Nahadoth com uma expressão quase ávida. — Se você tivesse sido criada aqui no Céu, ou sua mãe tivesse lhe ensinado de forma adequada, você saberia isso... permita-me explicar. É difícil danificar um Enefadeh. Os corpos humanos deles reparam-se sempre e com rapidez, por causa da benevolência de nosso Pai Itempas. Mas eles *têm* fraquezas, prima. É preciso entender isso. Viraine.

Viraine também tinha se levantado, mas parecia ter lesionado o pulso esquerdo. Ele olhou para Scimina com cuidado.

— Você se responsabilizará perante Dekarta?

Ela se virou para ele tão rápido que se ainda estivesse com a arma em mãos, Viraine teria levado um ferimento mortal.

— Dekarta estará morto em alguns dias, Viraine. Não é *ele* que você deve temer agora.

Viraine ficou firme.

— Estou simplesmente fazendo meu trabalho, Scimina, e avisando sobre as consequências. Pode demorar semanas para que ele seja útil de novo...

Scimina soltou um ruído selvagem e frustrado.

— *Está parecendo que eu me importo?*

Por um ínfimo momento, enquanto os dois se encaravam, em que eu realmente pensei que Viraine tinha uma chance. Os dois eram sangue-cheios. Mas Viraine não estava na linha de sucessão e Scimina, sim. E afinal, Scimina estava certa. Não era mais a vontade de Dekarta que importava.

Eu olhei para Sieh, que encarava Nahadoth com uma expressão indecifrável naquele rosto velho demais. Os dois eram deuses mais antigos que a vida na terra. Eu não podia imaginar uma existência tão longa. Um dia de dor provavelmente não era nada para eles... mas era para mim.

— Basta — disse com calma. A palavra encheu o espaço abobadado da arena. Viraine e Scimina me olharam surpresos. Sieh também se virou para me encarar, confuso. E Nahadoth... não. Eu não podia olhar para ele. Ele me consideraria fraca por causa disso.

"Fraca não", me corrigi. "Humana. Pelo menos, eu ainda sou isso."

— Basta — repeti, erguendo a cabeça com o que sobrou do meu orgulho. — Pare com isso. Vou contar o que você quer saber.

— Yeine — disse Sieh, soando chocado. Scimina sorriu.

— Mesmo se você não fosse o sacrifício, prima, você jamais conseguiria ser a herdeira do meu tio.

Eu a encarei.

— Vou considerar como elogio, prima, se *você* for o exemplo a ser seguido.

O rosto de Scimina se contraiu e, por um momento, pensei que ela fosse cuspir em mim. Porém, ela apenas voltou a andar, mais devagar dessa vez, circulando Nahadoth.

— Qual membro da aliança você contatou?

— O ministro Gemd de Menchey.

— Gemd? — Scimina franziu a testa ao ouvir isso. — Como você o convenceu? Ele estava mais ansioso do que os outros pela chance.

Respirei fundo.

— Eu levei Nahadoth comigo. Os poderes de persuasão dele são... formidáveis, como você certamente sabe.

Scimina soltou uma gargalhada alta, mas ela estava reflexiva quando olhou em minha direção, e depois para Nahadoth. Ele estava com o olhar distante, como fazia desde que se ajoelhou. Talvez refletindo sobre coisas além da compreensão humana ou sobre os pigmentos das calças de T'vril.

— Interessante — disse Scimina. — Como estou certa de que o tio não mandaria os Enefadeh fazerem isso por você, significa que nosso Senhor da Noite decidiu ajudá-la por conta própria. Como você conseguiu isso?

Dei de ombros, embora não me sentisse nem um pouco relaxada. Tola, tola. Eu devia ter percebido o perigo naquela linha interrogatória.

— Ele achou divertido. Houve... várias mortes. — Tentei parecer desconfortável, e vi que não era difícil. — Eu não queria que acontecesse, mas foi efetivo.

— Entendo. — Scimina parou, cruzando os braços e batendo os dedos. Eu não gostei do olhar dela, mesmo que dirigido a Nahadoth. — E o que mais você fez?

Eu franzi o cenho.

— Mais?

— Nós mantemos os Enefadeh de rédeas curtas, prima, e as de Nahadoth são as mais curtas de todas. Quando ele deixa o palácio, Viraine sabe. E Viraine me disse que ele saiu duas vezes, em duas noites distintas.

Demônios. Por que, em nome do Pai, os Enefadeh não tinham me contado isso? Maldita mania de guardar segredos...

— Eu fui até Darr para ver minha avó.

— Com que objetivo?

"Para entender porque minha mãe me vendeu aos Enefadeh..."

Afastei meus pensamentos desse caminho e cruzei os braços.

— Porque eu estava com saudades dela. Não que *você* saiba do que estou falando.

Ela me encarou, com um sorriso lento e preguiçoso se espalhando nos lábios, e, de repente, percebi que tinha cometido um erro. Mas qual? Meu insulto a teria incomodado tanto? Não, era alguma outra coisa.

— Você não arriscou a sua sanidade viajando com o Senhor da Noite só para trocar gentilezas com uma bruxa velha — acusou Scimina. — Diga por que realmente você foi lá.

— Para confirmar a petição de guerra, e a aliança contra Darr.

— E? Só isso?

Eu pensei rápido, mas não o bastante. Ou talvez minha expressão nervosa tenha a alertado, porque ela estalou a língua.

— Tsc. Você está guardando segredos, prima. E eu os quero. Viraine!

Viraine suspirou e encarou Nahadoth. Um olhar estranho, quase pensativo, passou por seu rosto.

— Eu não teria escolhido isso — ele disse, baixinho.

Os olhos de Nahadoth encontraram os de Viraine, e ali ficaram por um momento; havia uma ponta de surpresa em sua expressão.

— Você deve fazer como seu senhor deseja.

Não Dekarta. Itempas.

— Isto não é obra dele — Viraine disse, fechando o rosto. Depois, lembrou-se de onde estava, lançou um último olhar pesado para Scimina e balançou a cabeça. — Muito bem, então.

Ele enfiou a mão no bolso da capa e se agachou do lado de Nahadoth, colocando um pequeno pedaço de papel em cima da coxa. Nele, havia o desenho de um selo divino que lembrava uma aranha. De alguma forma — eu me recusei a refletir como —, eu sabia que havia uma linha faltando. Então, Viraine pegou um pincel com uma tampa na ponta.

Tonta, dei um passo à frente, erguendo a mão ensanguentada para protestar — e parei quando meus olhos encontraram os de Nahadoth. Seu rosto estava inexpressivo, o olhar preguiçoso e desinteressado, mas minha boca ficou seca assim mesmo. Ele melhor do que eu sabia o que estava por vir. Ele sabia que eu podia impedir. Mas a única maneira era me arriscando a revelar o segredo da alma de Enefa.

Mas a alternativa...

Scimina, ao ver essa troca de olhares, sorriu — e, para minha repulsa, aproximou-se para colocar a mão no meu ombro.

— Eu tenho que elogiar o seu bom gosto, prima. Ele *é* magnífico, não é? Eu já me perguntei várias vezes se existiria uma forma... mas, obviamente, não há.

Ela observou Viraine colocar o pedaço de papel no chão ao lado de Nahadoth, em um dos poucos lugares não manchados com o sangue de Sieh. Viraine destampou o pincel, curvou-se sobre o desenho e, com muito cuidado, traçou uma única linha.

Luz flamejou teto abaixo, como se alguém tivesse aberto uma janela gigante no auge do meio-dia. Porém, não *havia* nenhuma abertura no teto; aquele era o poder dos deuses, que desafiava as leis físicas do reino dos humanos e criava algo a partir do nada. Diante da claridade abafada das paredes pálidas do Céu, aquilo era brilhante demais. Eu ergui a mão na frente dos olhos, que lacrimejavam, e ouvi murmúrios de desconforto do que sobrou de nossa plateia.

Nahadoth estava de joelhos no meio do feixe de luz, com a sombra marcada entre as correntes e o sangue. Eu nunca vi sua sombra antes. No começo, a luz pareceu não lhe fazer mal, mas foi quando eu percebi o que tinha mudado. Eu nunca *vi* a sua sombra antes. A nuvem viva que o cercava geralmente não permitia, sempre se contorcendo, golpeando e se dobrando em si mesma. Não era da sua natureza contrastar com o ambiente que o cercava; ele se camuflava. Mas a nuvem tornou-se apenas o longo cabelo preto, caindo nas costas. Apenas um manto volumoso descendo em cascatas pelos ombros. Todo o seu corpo estava imóvel.

Nahadoth soltou um som baixo, quase um grunhido, e o cabelo e o manto começaram a ferver.

— Observe bem — murmurou Scimina no meu ouvido. Ela foi para trás de mim, inclinando-se em meu ombro como se fosse uma companheira querida. Eu podia ouvir o prazer em sua voz. — Veja do que os seus deuses são feitos.

Saber que ela estava próxima manteve meu rosto impassível. Eu não reagi quando a superfície das costas de Nahadoth borbulhou e escorreu como se fosse piche quente, com ondas pretas curvando-se no ar ao seu redor, e evaporando com um silvo agudo. Nahadoth inclinava-se para a frente devagar, pressionado, como se a luz o esmagasse debaixo de um peso invisível. As mãos dele pousaram em cima do sangue de Sieh e vi que elas também ferviam, a pele inumanamente branca se contorcia até rasgar e ser expelida como fungos em cogumelos. (Ao longe, eu ouvi um dos espectadores vomitar.) Eu não via seu rosto por baixo da cortina de cabelo que se derretia — mas eu queria? Ele não tinha forma verdadeira. Eu sabia que tudo o que eu tinha visto até então era apenas uma casca. Mas Pai do Céu, eu *gostava* daquela casca e a achava bonita. Eu não aguentaria vê-la arruinada.

Foi quando algo branco surgiu no seu ombro. Primeiro, achei que era osso e senti a minha própria bile subir. Mas não era osso; era pele. Pálida como a de T'vril, embora não fosse manchada, aparecendo conforme empurrava o preto derretido.

E foi quando eu vi...

* * *

E não vi.

Uma forma brilhante (que minha mente não via) estava em pé sobre uma massa preta e disforme (que minha mente não queria ver) e afundou as mãos na massa várias e várias vezes. Sem a separar. Socava, batia, brutalizava a massa para que tomasse forma. A massa gritava, lutando com desespero, mas as mãos brilhantes não tinham misericórdia. Elas se afundaram mais uma vez e formaram braços. Esmagaram o preto disforme até se tornar pernas. Enfiaram--se no meio e arrancaram um torso, a mão mergulhada até o pulso no abdômen, apertou por dentro para impor uma espinha. E, por último, tirou para cima uma cabeça careca, que mal era humana, irreconhecível. Sua boca estava aberta e berrava, os olhos desvairados com uma agonia além do conhecimento mortal. Mas, aquilo não era um mortal.

É isso o que você quer, rosna o corpo brilhante, com a voz selvagem, mas aquelas não eram palavras e eu não as ouvi. É conhecimento; está na minha cabeça. Essa abominação que ela criou. Você a escolheu e não a mim? Então, pegue o "presente" dela... pegue... pegue, e nunca esqueça que você... escolheu... isso...

O brilhante está chorando, eu noto, enquanto comete essa violação.

E em algum lugar dentro de mim alguém está gritando, mas não era eu, embora eu gritasse também. E nenhuma de nós pode ser ouvida diante dos berros da criatura recém-criada no chão, cujo sofrimento tinha apenas começado...

* * *

O braço se expeliu do torso de Nahadoth com um som que me lembrava carne cozida. O mesmo som quase prazeroso de quando alguém rompe um tendão. Nahadoth, apoiado nas mãos e nos joelhos, tremia todo enquanto o novo braço se debatia sem direção, até encontrar apoio no chão ao seu lado. Eu pude ver então que era pálido, mas não o branco lunar a que eu estava acostumada. Era um tom de branco muito mais mundano e humano. Era o corpo diurno, arrancando-se da camada divina que o cobria de noite, em uma sinistra paródia do nascimento.

Reparei que ele não gritou. Além daquele som inicial interrompido, Nahadoth permaneceu em silêncio mesmo quando outro corpo saía rasgando dentro dele. De alguma forma, aquilo fazia tudo pior, pois a dor era muito óbvia. Um grito teria aliviado, se não a sua agonia, o meu horror.

Ao lado dele, Viraine observou por um momento antes de fechar os olhos, suspirando.

— Isso pode levar horas — disse Scimina. — Seria mais rápido se fosse a luz do sol de verdade, mas apenas o Pai do Céu pode comandá-la. Essa é apenas uma pobre imitação. — Ela lançou um olhar de desprezo para Viraine. — Porém, é o bastante para o que eu preciso, como você pode ver.

Eu mantive a boca cerrada. Do outro lado do círculo, através do facho de luz e da neblina criada pela carne incandescente de Nahadoth, eu vi Kurue. Ela me olhou uma vez com amargura e desviou o olhar. Já Zhakkarn mantinha os olhos fixos em Nahadoth. Era a forma que os guerreiros reconheciam o sofrimento, e assim, o respeitava. Ela não desviaria os olhos. Eu também não. Mas deuses, deuses.

Foi Sieh que sustentou meu olhar enquanto andava até o poço de luz. Ele não se machucou; não era sua fraqueza. Então, se ajoelhou ao lado de Nahadoth e apertou a cabeça que se desmanchava contra o peito, envolveu os braços nos ombros pesados — todos os três. Durante tudo isso, Sieh me observou, com um olhar que os demais poderiam interpretar como ódio. Eu sabia que não era.

"Veja", diziam aqueles olhos verdes tão parecidos com os meus e, ainda assim, tão mais antigos. "Veja o que temos que aguentar. E nos liberte."

"Eu irei", disse de volta, do fundo da alma, minha e de Enefa. "Eu os libertarei."

* * *

Eu não sabia. Não importa o que mais acontecesse, Itempas amava Naha. Eu nunca pensei que aquilo pudesse virar ódio.

O que, pelos infernos infinitos, a faz pensar que isso era ódio?

* * *

Olhei de relance para Scimina e suspirei.

— Você está tentando me deixar enjoada até responder? — perguntei.

— Deixar mais bagunça no chão? É tudo o que essa farsa vai conseguir fazer.

Ela afastou-se de mim, erguendo uma sobrancelha.

— Sem compaixão pelo seu aliado?

— O Senhor da Noite *não* é meu aliado — vociferei. — Como todo mundo nesse covil de pesadelos tem repetidamente me avisado, ele é um monstro. Mas como ele não é nada diferente do resto de vocês que me querem morta, achei que pelo menos poderia usar o poder dele para ajudar o meu povo.

Scimina não pareceu convencida.

— E que ajuda ele forneceu? Você fez a sua investida em Menchey na noite seguinte.

— Nenhuma; a alvorada chegou rápido demais. Porém... — eu hesitei, ao me lembrar dos braços de minha avó e do cheiro do ar úmido de Darr naquela noite. Eu *sentia* a falta dela e de Darr, e da paz que eu tinha conhecido ali. Antes do Céu. Antes da morte de minha mãe.

Baixei os olhos e deixei a minha dor verdadeira aparecer. Só isso satisfaria Scimina.

— Nós falamos sobre a minha mãe — disse, mais baixo. — E de outras coisas, coisas pessoais... e que não têm a menor importância para você. — Nesse ponto eu a encarei de cara fechada. — E mesmo que você queime aquela criatura a noite toda, eu não vou compartilhar isso com você.

Scimina me olhou por um longo tempo, já sem sorrir, com os olhos dissecando o meu rosto. Entre, e além de nós, Nahadoth finalmente fez outro som entre dentes, um rosnado animalesco. Houve mais sons horríveis de algo se rasgando. Eu foquei em não me importar em odiar Scimina.

Por fim, ela suspirou e se afastou de mim.

— Que seja — disse. — Foi uma tentativa fraca, prima. Você deveria ter percebido que não tinha praticamente nenhuma chance de ter sucesso. Vou contatar Gemd e mandá-lo retomar o ataque. Eles dominarão sua capital e esmagarão qualquer resistência, mas eu direi a eles que se contenham e não massacrem o seu povo; não além do necessário, por enquanto.

Então ali estava, posto às claras: eu teria que fazer sua vontade, ou ela daria aval para os mencheyeves aniquilarem meu povo. Fechei a cara.

— Que garantia eu tenho que você não os matará mesmo assim?

— Nenhuma. Depois dessa sua tolice, estou até tentada a fazer isso só de implicância. Mas prefiro que os darres sobrevivam, agora que pensei melhor. Imagino que a vida deles não será agradável. A escravidão raramente é, embora possamos dar outro nome. — Ela fitou Nahadoth, com um olhar entretido. — Mas eles estarão vivos, prima, e onde há vida, há esperança. Isso não vale algo para você? Não valeria um mundo todo?

Eu assenti devagar. Embora minhas entranhas estivessem retorcidas em mais nós, eu não imploraria.

— Por enquanto, vai servir.

— *Por enquanto?* — Scimina me encarou, incrédula, e começou a rir.

— Ah, prima. Às vezes, eu gostaria que sua mãe estivesse viva. Ela pelo menos seria um desafio de verdade.

Eu tinha perdido a minha faca, mas ainda era uma darre. Eu me virei rápido e a atingi tão forte que um dos seus sapatos de salto voou enquanto ela caia de costas no chão.

— Provavelmente — eu disse, enquanto ela piscava, em estado de choque. Torci para que fosse uma concussão. — Mas a minha mãe era civilizada.

Com os punhos cerrados ao ponto de machucar a palma das minhas mãos, dei as costas para todos na arena e saí.

Primeiro Amor

Eu QUASE ESQUECI. Assim que cheguei ao Céu, T'vril me informou que os sangue-altos às vezes se reuniam para jantar em um dos salões mais requintados. Isso aconteceu uma vez durante o meu tempo lá, mas eu preferi não comparecer. Havia rumores sobre o Céu, sabe. Descobri depois que alguns eram exageros, mas muitos verdadeiros. Mas havia um que eu esperava jamais confirmar.

O boato nos lembrava que os amnies nem sempre foram civilizados. Houve um tempo em que, assim como o Alto Norte, Senm foi uma terra de bárbaros, e os amnies simplesmente foram os mais bem-sucedidos entre eles. Depois da Guerra dos Deuses, eles impuseram os modos bárbaros ao resto do mundo e passaram a julgar os outros povos de acordo com a forma que os adotavam — mas eles não exportaram todos os próprios costumes. Toda cultura tem terríveis segredos. E, segundo os rumores, houve uma época em que a elite dos amnies tinha a carne humana como a maior de todas as iguarias.

Às vezes, eu tenho mais medo do sangue em minhas veias do que das almas em minha carne.

* * *

Quando a tortura de Nahadoth terminou, as nuvens voltaram a se mover pelo céu noturno. Elas tinham ficado imóveis, como uma película sobre a lua, que cintilava com arcos coloridos, como arco-íris fracos. Quando as nuvens finalmente se moveram, algo em mim relaxou.

Eu praticamente já esperava a batida na porta quando ela veio, então pedi que entrasse. Pelo reflexo do vidro vi que era T'vril, pairando inseguro na porta.

— Yeine — disse e depois voltou ao silêncio. Eu o deixei naquela incerteza por um momento.

— Entre.

Ele entrou, apenas o bastante para fechar a porta. Depois ficou me olhando, esperando talvez que eu falasse algo. Mas eu não tinha nada a dizer e, por fim, ele suspirou.

— Os Enefadeh aguentam a dor — disse. — Já lidaram com coisa pior nesses muitos séculos, acredite. O que eu não tinha certeza era se *você* aguentaria.

— Obrigada pela confiança.

Meu tom fez T'vril se retrair.

— Eu sabia que você se importava com Sieh. Quando Scimina começou por ele, eu pensei... — Ele desviou o olhar e abriu as mãos, sem saber o que fazer com elas. — Achei que seria melhor você não ver.

— Porque eu sou fraca e sentimental, então eu balbuciaria todos os meus segredos para salvá-lo?

Ele fechou a cara.

— Porque você não é como o resto de nós. Sim, eu achei que você faria tudo o que pudesse para salvar um amigo da dor. Queria poupá-la disso. Me odeie se quiser.

Eu me virei para ele, e, no meu íntimo, eu estava espantada. T'vril ainda me via como a garota inocente e de coração nobre que tinha ficado tão grata por sua gentileza no primeiro dia no Céu. Há quantos séculos aquilo havia acontecido? Não fazia nem duas semanas.

— Eu não odeio você — eu disse.

T'vril suspirou e se aproximou de mim na janela.

— Bem... Scimina ficou furiosa quando você saiu, como você bem pode imaginar...

Eu assenti.

— Nahadoth? Sieh?

— Zhakkarn e Kurue os levaram. Scimina perdeu o interesse em nós e saiu logo depois que você se foi.

— "Nós"?

Ele hesitou por um segundo, e eu quase pude o ouvir se xingando internamente. Depois desse momento, ele voltou a falar.

— O plano original dela era fazer aquele joguinho com os serventes.

— Ah, sim. — Senti a raiva crescendo de novo. — Foi quando você sugeriu que ela usasse Sieh no lugar deles?

— Como eu disse, Yeine, os Enefadeh podem sobreviver ao divertimento de Scimina — ele disse, secamente. — Mortais, geralmente não. Você não é a única a quem eu preciso proteger.

Isso não resolvia nada, mas era compreensível. Como muitas coisas no Céu, era errado, mas *compreensível*. Suspirei.

— Eu me ofereci primeiro.

Fiquei espantada. T'vril estava olhando para fora pela janela, um sorriso triste no rosto.

— Como amigo de Lady Yeine, foi o que eu aleguei, e perdoe a minha presunção. Mas ela disse que eu não era melhor que o restante dos serventes. — O sorriso sumiu. Eu vi os músculos tremendo em seu rosto.

"Dispensado mais uma vez", percebi. "Nem mesmo a dor dele é boa o bastante para a Família Central." Porém, ele não podia reclamar; o desinteresse por ele foi o que o salvou de uma boa dose de dor.

— Preciso ir — T'vril disse. Ergueu a mão, hesitante, e a colocou no meu ombro. O gesto e a hesitação me lembraram de Sieh. Coloquei a minha mão sobre a dele. Eu sentiria sua falta; irônico, já que eu era quem estava marcada para morrer.

— Óbvio que você é meu amigo — sussurrei. Ele me apertou com mais força por um momento e foi para a porta.

Mas antes que saísse, ouvi-o soltar um murmúrio surpreso; a voz que o respondeu também era familiar. Eu me virei e conforme T'vril saía, Viraine entrava.

— Minhas desculpas — disse ele. — Posso entrar? — Notei que ele não tinha fechado a porta, para o caso de eu dizer que não.

Por um momento eu o encarei, admirada com a audácia. Eu não tinha dúvidas de que ele, por meio da magia, permitiu a tortura de Sieh nas mãos de Scimina, assim como fez com Nahadoth. Era o verdadeiro papel dele ali, finalmente entendi: facilitar todas as maldades que nossa família sonhasse, especialmente no que se referia aos deuses. Ele era o guardião e o condutor dos Enefadeh, aquele que empunhava o chicote dos Arameri.

Mas um capataz não é o único a ser culpado pela miséria de alguém escravizado. Suspirando, eu não disse nada. Decidindo que isso queria dizer que eu tinha concordado com sua presença, Viraine deixou a porta fechar e se aproximou. Ao contrário de T'vril, não havia nada que pedisse desculpas no seu rosto, apenas a costumeira frieza reservada dos Arameri.

— Não foi inteligente ter interferido em Menchey — disse ele.

— Foi o que me disseram.

— Se você tivesse confiado em mim...

Fiquei boquiaberta de pura incredulidade.

— Se você tivesse confiado em mim — Viraine disse novamente, com uma ponta de teimosia. — Eu teria ajudado.

Eu quase ri.

— Qual seria o preço?

Viraine ficou em silêncio por um breve momento, então andou até o meu lado, quase no mesmo lugar onde T'vril estava. Ele dava uma sensação muito diferente. Era mais quente, mais perceptível. Eu sentia o calor do seu corpo a quase meio metro de distância.

— Você já escolheu um acompanhante para o baile?

— Acompanhante? — A pergunta me desconcertou. — Não. Eu mal pensei sobre o baile, talvez eu nem vá.

— Você deve ir. Dekarta irá obrigá-la com magia, se não for por conta própria.

Viraine seria quem imporia essa compulsão, sem dúvida. Balancei a cabeça suspirando.

— Tudo bem, então. Se o avô está tão determinado a me humilhar, não há nada que eu possa fazer além de aguentar. Mas não vejo motivo para infligir o mesmo a um acompanhante.

Ele assentiu lentamente. Aquilo deveria ter me alertado. Eu nunca o vi ser nada além de brusco nos seus maneirismos, mesmo quando relaxado.

— Você poderá aproveitar a noite, pelo menos um pouco — disse ele —, se eu for o seu acompanhante.

Eu fiquei em silêncio por tanto tempo que ele se virou para me ver encarando-o e riu.

— Você não está acostumada a ser cortejada?

— Por quem não tem interesse em mim? Não, não estou.

— Como você sabe que eu não tenho?

— E por que *teria*?

— Preciso de um motivo?

Cruzei os braços.

— Sim.

Viraine ergueu as sobrancelhas.

— Devo me desculpar novamente, então. Eu não tinha percebido que deixei uma impressão tão ruim nas últimas semanas.

— Viraine... — Esfreguei os olhos. Eu estava cansada; não fisicamente, mas emocionalmente, o que era pior. — Você foi muito prestativo mesmo, mas não posso dizer que tenha sido gentil. Até já duvidei da sua sanidade algumas vezes. Não que isso o torne diferente dos outros Arameri.

— Totalmente culpado. — Ele riu de novo. Aquilo também soou errado. Ele estava tentando demais. Ele deve ter percebido, pois ficou sério de repente.

— Sua mãe — disse ele —, foi a minha primeira amante.

Minha mão foi em direção à minha faca. Estava do lado mais distante dele, que não viu o movimento.

Depois de passado um tempo sem uma reação minha aparente, Viraine relaxou um pouco. Baixou o olhar, contemplando as luzes da cidade abaixo.

— Eu nasci aqui, como a maior parte dos Arameri, mas os sangue-altos me mandaram para Litaria, o colégio de escribas, quando eu tinha quatro anos e notaram meu dom para as linguagens. Eu tinha apenas vinte quando voltei, o mais jovem mestre a ser aprovado pelo programa. Brilhante, se me permite, mas ainda muito jovem. Quase uma criança.

Eu mesma ainda não tinha vinte anos, mas bárbaros amadurecem mais rápido que as pessoas civilizadas, não é mesmo? Eu não disse nada.

— Meu pai morreu nesse ínterim — continuou ele. — Minha mãe... — Ele deu de ombros. — Desapareceu uma noite. Esse tipo de coisa acontece por aqui. Mas tudo bem. Eu ganhei status de sangue-cheio quando voltei, e ela era sangue-baixo. Se ainda estivesse viva, eu não seria mais seu filho. — Ele me olhou de relance, depois de uma pausa. — Isso deve soar cruel para você.

Balancei a cabeça devagar.

— Já estou no Céu há tempo suficiente.

Ele soltou um ruído baixo, algo entre divertimento e cinismo.

— Eu tive mais dificuldade para me acostumar a esse lugar do que você — disse. — Sua mãe me ajudou. Ela era... como você em algumas coisas. Gentil na superfície, mas completamente diferente no interior.

Eu o fitei, surpresa com a descrição.

— Eu fiquei encantado. Sua beleza, a inteligência, todo o poder... — Deu de ombros. — Mas eu me contentaria em admirá-la de longe. Eu não era *tão* jovem assim. Ninguém ficou mais surpreso do que eu quando ela me ofereceu mais.

— Minha mãe não faria isso.

Viraine apenas me observou por um momento, enquanto eu o encarava furiosa.

— Foi um caso rápido — continuou. — Apenas algumas semanas. Então, ela conheceu seu pai e perdeu o interesse em mim. — Ele sorriu levemente. — Não posso dizer que eu tenha ficado feliz com isso.

— Eu disse que... — comecei, um pouco exaltada.

— Você não a conhecia — ele disse, gentilmente. Foi essa gentileza que me silenciou. — Nenhuma criança conhece seus pais, não de verdade.

— Você também não a conhecia. — Eu me recusei a pensar em como aquilo soava infantil.

Por um instante houve tanto pesar no rosto de Viraine, tanta dor ainda presente, que soube que ele falava a verdade. Ele a amou. Ele havia sido seu amante. Ela partiu para casar com meu pai, deixando Viraine apenas com memórias e saudade. E o luto passou a queimar na minha alma, porque ele estava certo... eu *não* a conheci. Não se ela foi capaz de fazer algo assim.

Viraine desviou o olhar.

— Bem, você queria saber o motivo da minha oferta como acompanhante para o baile. Você não é a única que lamenta a perda de Kinneth. — Ele respirou fundo. — Se você mudar de ideia, me avise. — Ele inclinou a cabeça e dirigiu-se à porta.

— Espere — pedi, e ele parou. — Eu já lhe disse antes: minha mãe não fazia nada sem motivo. Então, por que ela teve um caso com você?

— Como eu vou saber?

— O que você *acha*?

Ele parou por um momento e balançou a cabeça. Estava sorrindo de novo, desesperançado.

— Eu acho que não quero saber. Nem você.

Ele saiu. Eu encarei a porta fechada por um bom tempo.

E depois fui à procura de respostas.

* * *

Primeiro, fui até o quarto de minha mãe, onde peguei o baú de cartas atrás da cabeceira da cama. Quando me virei com ele nas mãos, me deparei com minha avó materna desconhecida, olhando do retrato diretamente para mim.

— Desculpe — resmunguei e saí.

Não foi difícil encontrar um corredor adequado. Eu simplesmente andei sem rumo até sentir um poder familiar próximo atiçar minha percepção. Segui aquela intuição até a frente de uma parede sem nada de especial, sabia que tinha encontrado um bom lugar.

A língua dos deuses não foi criada para ser falada por mortais, mas eu tinha a alma de uma deusa. Isso tinha que servir para alguma coisa.

— *Atadie* — eu sussurrei, e a parede se abriu.

Passei por dois espaços mortos antes de achar o planetário de Sieh. Enquanto a parede se fechava atrás de mim, olhei ao redor, notando que o lugar estava muito vazio se comparado a última vez em que o vi. Dezenas e dezenas das esferas coloridas estavam espalhadas pelo chão, sem se mover, algumas com rachaduras ou pedaços faltando. Apenas um punhado flutuava como de costume. A bola amarela não estava em lugar nenhum.

Depois das esferas, vi Sieh deitado em um amontoado feito do estranho material do palácio, com Zhakkarn agachada ao seu lado. Sieh estava mais novo do que quando eu o vi na arena, mas ainda velho demais: com pernas compridas e desajeitado, ele deveria estar em algum ponto do final da adolescência. Zhakkarn, para minha surpresa, estava sem o lenço: o seu cabelo se espalhava em cachos miúdos e amassados ao redor da cabeça. Parecido com o meu, mas azul num tom prateado.

Os dois me encaravam. Eu me agachei ao seu lado, colocando o baú no chão.

— Você está bem? — perguntei a Sieh.

Ele se esforçou para levantar, mas eu podia ver pelos movimentos o quão fraco ele estava. Eu me movi para ajudá-lo, mas Zhakkarn já o amparava, apoiando suas costas com a grande mão que tinha.

— Que fantástico, Yeine — disse Sieh. — Você abriu as paredes sozinha? Estou impressionado.

— Tem como eu ajudar? — perguntei. — De alguma forma?

— Brinque comigo.

— Brincar... — Mas me calei diante do olhar severo de Zhakkarn. Pensei por um momento, e estendi as mãos, com as palmas para cima.

— Coloque as suas mãos sobre as minhas.

Foi o que ele fez. Suas mãos eram maiores que as minhas e se sacudiam como as de um velho. Tantos erros. Mas ele sorriu.

— Acha que é rápida o bastante?

Eu bati em suas mãos e ganhei. Ele se movia tão devagar que eu poderia ter recitado um poema enquanto batia.

— Parece que sim.

— Sorte de principiante. Vamos ver se você consegue de novo. — Bati em suas mãos mais uma vez. Ele se moveu mais rápido, e eu quase não consegui. — Ah! Muito bem, a terceira vez é a que conta.

Eu bati de novo, mas dessa vez não acertei.

Surpresa, olhei para ele, que sorriu. Visivelmente mais novo, embora não muito. Um ano, talvez.

— Viu? Eu disse. Você é lenta.

Eu não pude conter o sorriso ao entender.

— Você acha que consegue me pegar?

Era meia-noite. Meu corpo pedia para dormir, não brincar, e isso me tornava mais lenta. O que favorecia Sieh, principalmente quando ele se recuperou o bastante para correr de verdade. Então, começou a me caçar por toda a câmara, se divertindo já que eu não era um desafio. Estava fazendo tão bem a ele que continuei até ele finalmente parar, e nós dois nos jogarmos no chão, sem fôlego. Enfim Sieh parecia normal, um garotinho magricela de nove ou dez anos, bonito e despreocupado. Eu não questionei o motivo pelo qual eu o amava.

— Bem, isso foi divertido — disse Sieh. Ele se sentou, espreguiçou-se e chamou as esferas mortas. Elas rolaram pelo chão até ele, que as pegou, acariciou-as com ternura e ergueu-as no ar, girando cada uma, antes de liberá-las para flutuar. — Então, o que tem no baú?

Eu olhei para Zhakkarn, que não tinha se juntado à nossa brincadeira. Provavelmente, brincadeiras de criança não se misturam bem com a essência da batalha. Ela acenou com a cabeça para mim, e dessa vez foi em aprovação. Eu corei e desviei o olhar.

— Cartas — disse, colocando a mão no baú da minha mãe. — Elas são... — Hesitei, sem saber por que estava tão reticente. — As cartas do meu pai para a minha mãe e alguns rascunhos que ela não enviou para ele. Eu acho... — Engoli em seco. Minha garganta ficou apertada de repente e meus olhos arderam. Não há lógica no luto.

Sieh me ignorou, tirando a minha mão do caminho antes de abrir o baú. Eu retomei minha compostura enquanto ele tirava cada carta, desdobrava-a e colocava no chão, chegando a se levantar às vezes para aumentar o padrão. Eu não tinha ideia do que ele estava fazendo quando colocou a última carta no canto do grande quadrado, com cerca de dois por dois metros, com outro quadro próximo, bem menor, para as cartas que minha mãe escreveu. Ele se levantou e ficou de braços cruzados, olhando a bagunça.

— Tem algumas faltando — Zhakkarn disse. Eu me assustei ao vê-la atrás de mim, olhando também para o padrão das cartas.

Confusa, eu parei para olhar por mim mesma, mas não consegui ler nem a letra delicada de minha mãe, nem a escrita mais esparramada de meu pai daquela distância.

— Como você sabe?

— Os dois se referem a cartas anteriores em algumas delas — Zhakkarn disse, apontando para certas páginas.

— E o padrão está quebrado em vários lugares — acrescentou Sieh, pisando de leve entre as folhas para se agachar e vê-las mais de perto. — Seus pais, os dois, eram criaturas de hábitos. Escreveram uma vez por semana, marcado no calendário, durante um ano. Mas tem seis... não, sete semanas faltando. Não há desculpas nas cartas pelas semanas que faltam, e é onde eu vejo as referências a cartas anteriores. — Ele me olhou por cima do ombro. — Mais alguém além de você sabia desse baú? Espere... vinte anos se passaram, metade do palácio deve saber.

Balancei a cabeça, franzindo o cenho.

— Estavam escondidas. O lugar *parecia* intacto.

— Talvez signifique apenas que foi mexido há tanto tempo que permitiu a poeira assentar novamente. — Sieh se endireitou, olhando para mim. — O que você esperava encontrar aqui?

— Viraine... — Cerrei a mandíbula. — Viraine disse que fazia amor com a minha mãe.

Sieh ergueu as sobrancelhas e trocou um olhar com Zhakkarn.

— Eu não sei se usaria "amor" em relação a qualquer coisa que ela tenha feito com ele.

Confrontada com uma confirmação tão casual, eu não tinha como negar. Apenas larguei meu corpo e sentei no chão.

Sieh deitou-se de barriga para baixo ao meu lado, apoiado nos cotovelos.

— O quê? Metade do Céu está na cama da outra metade o tempo todo.

Balancei a cabeça.

— Não é nada. Só é... um pouco demais para aceitar.

— Ele não é seu pai nem nada disso, se você está preocupada.

Revirei os olhos e levantei minha mão darre, marrom.

— Não estou.

— O prazer é usado como arma frequentemente — Zhakkarn disse. — Não há amor nisso.

Eu franzi a testa para ela, surpresa com esse ponto de vista. Eu ainda não gostava da ideia de minha mãe se deitando com Viraine, mas ajudava pensar nisso como estratégia. Mas o que ela queria ganhar com aquilo? O que Viraine sabia que ninguém mais no Céu sabia? Ou melhor, o que o jovem e apaixonado Viraine, novo no Céu, cheio de confiança e ansioso para agradar, falaria mais rápido do que os outros Arameri?

— Algo sobre magia — murmurei para mim. — Provavelmente era isso que ela estava tentando descobrir com ele. Algo sobre... vocês? — Olhei para Zhakkarn.

Ela deu de ombros

— Se ela aprendeu algum segredo sobre nós, nunca usou.

— Hum. O que mais está sob a responsabilidade de Viraine?

— Uso de magia — Sieh disse, contando nos dedos. — Tudo, desde a rotina até... bem, até nós. Disseminação de informações, afinal ele é a ligação de Dekarta com a Ordem Itempaniana. Ele supervisiona todas as cerimônias e os rituais importantes...

Sieh se calou. Eu o olhei e vi a surpresa no seu rosto. Virei o olhar para Zhakkarn, que parecia pensativa.

Cerimônias e rituais. Uma faísca de excitação acendeu-se na minha barriga quando percebi o que Sieh estava dizendo. Eu me endireitei.

— Quando foi a última sucessão?

— A de Dekarta foi cerca de quarenta anos atrás — Zhakkarn disse. Minha mãe tinha quarenta e cinco anos quando morreu.

— Ela era jovem demais para entender o que estava acontecendo na cerimônia.

— Ela não estava na cerimônia — disse Sieh. — Dekarta me mandou brincar com ela naquele dia, para mantê-la ocupada.

Aquilo era surpreendente. Por que Dekarta tinha mantido a minha mãe, sua herdeira, fora da cerimônia da qual ela teria que participar um dia? Uma criança inteligente poderia entender o objetivo do ritual. Por que matariam um servente durante a cerimônia? Mas ali era o Céu; serventes morriam o tempo todo. Eu não podia imaginar nenhum Arameri, principalmente meu avô, negando aquela dura realidade mesmo para uma criança.

— Algo fora do comum aconteceu naquela cerimônia? — perguntei.

— Vocês tentaram pegar a Pedra?

— Não, não estávamos prontos. Foi uma sucessão de rotina, como as centenas de outras que aconteceram desde que fomos aprisionados. — Sieh suspirou. — Ou foi o que me disseram, pois eu não estava lá. Nenhum de nós estava, apenas Nahadoth. Ele é sempre obrigado a participar.

Franzi as sobrancelhas.

— Por que só ele?

— Itempas aparece na cerimônia — disse Zhakkarn. Enquanto eu a olhava boquiaberta, tentando acomodar minha mente à ideia do Pai do

Céu *aqui, bem aqui, vindo aqui*, Zhakkarn seguiu. — Ele cumprimenta pessoalmente o novo regente Arameri. Depois oferece a liberdade a Nahadoth, mas só se ele servir Itempas. Até agora, Naha tem recusado, mas Itempas sabe que a natureza dele é mudar de ideia. Ele vai continuar perguntando.

Balancei a cabeça, tentando me livrar do persistente senso de adoração, depois de uma vida de treinamento o cravar dentro de mim. O Pai do Céu, na cerimônia de sucessão. Em *todas* as cerimônias de sucessão. Ele estaria ali para me ver morrer. Ele colocaria sua bênção sobre minha morte.

Monstruoso. E eu o adorei a minha vida inteira.

Para distrair meus pensamentos tumultuados, eu apertei o alto do meu nariz com os dedos.

— Então quem foi o sacrifício da última vez? Algum outro parente infeliz arrastado para o pesadelo familiar?

— Não, não — disse Sieh. Ele se levantou e se espreguiçou de novo, depois se dobrou e ficou em cima das mãos, balançando de um jeito alarmante. Falou entre arfadas. — O líder do clã Arameri... deve estar disposto a matar... qualquer pessoa nesse palácio... se Itempas assim pedir. Para provar sua lealdade, geralmente... o possível líder deve... sacrificar alguém *próximo*.

Eu pensei sobre isso.

— Então eu fui escolhida por que nem Relad nem Scimina são próximos a alguém?

Sieh balançou ainda mais, caiu no chão e, em um rolamento, ficou em pé de uma só vez, examinando as unhas como se nada tivesse acontecido.

— Bem, suponho que sim. Ninguém sabe ao certo porque Dekarta a escolheu. Mas para ele mesmo, o sacrifício foi Ygreth.

O nome provocou a minha memória pela familiaridade, embora eu não conseguisse lhe dar um rosto imediatamente.

— Ygreth?

Sieh me olhou, surpreso.

— A esposa dele. Sua avó materna. Kinneth não te contou?

Tanta raiva

Você ainda está zangada comigo?
Não.
Foi rápido.
Raiva não leva a nada.
Discordo. Acho que a raiva pode ser muito poderosa nas circunstâncias certas. Deixe-me contar uma história para ilustrar. Era uma vez uma garotinha cujo pai assassinou a mãe dela.
Que horror.
Sim, você entende esse tipo de traição. A menininha era muito nova na época, então esconderam a verdade. Talvez tenham dito a ela que a mãe abandonou a família. Ou talvez, que sua mãe tinha sumido, pois no mundo deles, essas coisas aconteciam. Mas a menininha era muito esperta e amava muito a mãe. Ela fingiu que acreditava nas mentiras, mas, na verdade, estava ganhando tempo.
Quando ela ficou mais velha e mais sábia, ela começou a fazer perguntas — mas não ao seu pai ou a qualquer um que dizia se importar com ela. Não podia confiar neles. Ela perguntou aos escravizados, que já a odiavam. Perguntou a um jovem e inocente escriba que estava encantado com ela; brilhante e fácil de manipular. Perguntou aos inimigos, os hereges, que eram perseguidos pela sua família há gerações. Nenhum deles tinha qualquer motivo para mentir, e entre todos eles, ela juntou a verdade. Depois, ela fixou a mente, coração e a formidável

determinação na vingança... pois é isso que uma filha faz quando sua mãe é assassinada.

Ah, entendo. Mas me pergunto: a menininha amava o seu pai?

Eu também me pergunto. Ela deve tê-lo amado um dia, crianças não podem evitar. Mas, e depois? Pode o amor virar ódio completo tão facilmente? Ou ela chorou por dentro enquanto se colocava contra ele? Eu não sei. Mas sei que ela colocou em movimento uma série de eventos que abalaria o mundo, mesmo depois da própria morte, e lançaria a sua vingança em toda a humanidade, não apenas no pai. Porque no fim, todos somos cúmplices.

Todos vocês? Isso parece um pouco radical.

Sim. É radical. Mas espero que ela consiga o que busca.

* * *

Então, era assim a sucessão entre os Arameri: uma pessoa era escolhida pelo líder da família. Se ela fosse a única, precisaria convencer o ente mais querido para morrer voluntariamente em seu nome, usando a Pedra e transferindo o selo mestre para a testa da sucessora. Se houvesse mais de um sucessor, eles competiriam para forçar o sacrifício designado a um ou outro. Minha mãe tinha sido a única herdeira; quem ela teria sido forçada a matar se não tivesse abdicado? Talvez ela cultivasse Viraine como amante por mais de um motivo. Talvez ela convencesse o próprio Dekarta a morrer por ela. Talvez por isso ela jamais voltou depois do casamento e da minha concepção.

Tantas peças se encaixavam. E ainda mais continuavam flutuando, indistintas. Eu sentia o quão perto estava de entender aquilo tudo, mas eu teria tempo o suficiente? Havia o restante da noite, o dia seguinte e mais um dia e uma noite depois. Então, viriam o baile, a cerimônia e o fim.

"Tempo mais que suficiente", decidi.

— Você não pode — Sieh disse mais uma vez, com urgência, trotando ao meu lado. — Yeine, Naha precisa se curar como eu fiz. Ele não pode fazer isso com olhos mortais o cercando...

— Não olharei para ele, então.

— Não é tão simples assim! Quando ele está fraco, ele fica mais perigoso do que nunca; ele tem dificuldade em se controlar. Você não devia... — Sua voz abaixou uma oitava de repente, quebrando como a de um jovem na puberdade, fazendo-o praguejar e parar. Eu continuei e não me surpreendi ao ouvi-lo bater os pés no chão atrás mim, aos gritos.

— Você é a mortal mais teimosa e mais enervante que eu já tive que aguentar!

— Obrigada — respondi. Havia uma curva mais à frente e parei antes de virar. — Vá e descanse no meu quarto. Leio uma história para você quando voltar.

O que ele rosnou em resposta, na própria língua, não precisava de tradução. Mas as paredes não desmoronaram, e eu não virei um sapo, então ele não deveria estar tão zangado assim.

Zhakkarn me disse onde encontrar Nahadoth. Ela me encarou por um bom tempo antes de falar, lendo o meu rosto com olhos que avaliavam a determinação de um guerreiro desde o começo dos tempos. Ela ter me contado era um elogio — ou um aviso. Determinação podia facilmente virar obsessão. Eu não ligava.

Segundo Zhakkarn, Nahadoth tinha um apartamento no meio do andar residencial mais baixo. Ali, o palácio ficava imerso em sombras eternas pela própria forma que foi construído, e no centro não havia janelas. Todos os Enefadeh tinham aposentos naquele andar, para aquelas desagradáveis ocasiões em que precisavam dormir, comer e cuidar de alguma forma dos corpos quase mortais. Zhakkarn não me contou porque escolheram um lugar tão desagradável, mas eu tinha um palpite. Ali embaixo, um pouco acima da masmorra, eles ficavam mais próximos da Pedra de Enefa do que do céu usurpado por Itempas. Talvez a sensação contínua de sua presença fosse um conforto, já que sofreram tanto em nome dela.

O andar estava silencioso quando eu saí do ascensor. Ninguém entre os mortais do palácio vivia ali — não que eu os culpasse. Quem gostaria de ter o Senhor da Noite como vizinho? Como esperado, o andar era mais sombrio; as paredes não brilhavam tão intensamente ali. A presença taciturna de Nahadoth permeava o andar todo.

Mas quando virei a última curva, minha visão foi ofuscada por um lampejo repentino. Na imagem confusa que se seguiu ao clarão, vi uma mulher, de pele amarronzada e cabelos prateados, quase tão alta quando Zhakkarn e de uma beleza severa, ajoelhada no corredor como se rezasse. A luz veio das asas em suas costas, cobertas por penas brilhantes como espelhos, feitas com vários metais preciosos. Essa mulher, eu já a tinha visto antes, em um sonho...

Pisquei os olhos marejados e olhei de novo, a luz sumiu. No lugar, a forma singela e corpulenta de Kurue se levantava com esforço, me encarando.

— Desculpe — disse por interromper as meditações, quaisquer que fossem, necessárias para uma deusa. — Mas preciso falar com Nahadoth.

Havia apenas uma porta naquele corredor, e Kurue estava na frente. Ela cruzou os braços.

— Não.

— Lady Kurue, eu não sei quando eu terei outra chance para perguntar...

— O que exatamente "não" significa na sua língua? É óbvio que você não entende senmata...

Mas antes que nossa discussão crescesse, a porta do apartamento se abriu, apenas uma fresta. Eu não podia ver nada por aquela brecha, apenas escuridão.

— Deixe-a falar — disse a voz grave de Nahadoth, vinda lá de dentro.

A expressão de Kurue ficou ainda mais fechada.

— Naha, não. — Eu tomei um susto, pois nunca vi ninguém o contradizendo. — É por culpa dela que você está nessa situação.

Corei, mas ela estava certa. Não houve resposta de dentro da câmara. Kurue fechou os punhos e encarou a escuridão com uma expressão muito feia.

— Ajudaria se eu colocasse uma venda? — perguntei. Havia algo no ar que indicava uma raiva muito anterior àquela breve discussão. Ah, óbvio:

Kurue odiava os humanos, nos culpando, com razão, pela condição de escravizada. Ela pensava que Nahadoth estava sendo tolo em relação a mim. Era bem provável que ela estivesse certa sobre isso também, já que era a deusa da sabedoria. Não me ofendeu quando ela me lançou mais um olhar de desprezo.

— Não são apenas seus olhos — Kurue disse. — São as suas expectativas, seus medos, seus desejos. Vocês, mortais, querem que ele seja um monstro e assim ele vira um...

— Então, não vou querer nada — respondi. Sorri ao falar, mas já estava aborrecida. Talvez houvesse sabedoria no ódio desmedido que ela nutria pela humanidade. Se ela esperasse o pior de nós, então jamais poderíamos desapontá-la. Mas aquele não era o ponto. Ela estava no meu caminho e eu tinha negócios a serem terminados antes de morrer. Eu ordenaria que saísse do caminho se fosse necessário.

Ela me encarou, talvez percebendo as minhas intenções. Depois de um tempo, balançou a cabeça e fez um gesto de indiferença.

— Tudo bem, então. Você é uma tola. E você também, Naha; vocês se merecem. — Enfim, ela se afastou, resmungando ao virar uma esquina. Esperei até o som dos seus passos sumir (não diminuiu, mas simplesmente desapareceu), antes de virar para encarar a porta aberta.

— Entre — disse Nahadoth lá de dentro.

Pigarreei, subitamente nervosa. Por que ele me assustava nas horas erradas?

— Peço seu perdão, Lorde Nahadoth — eu disse. — Mas talvez seja melhor eu ficar aqui fora. Se for verdade que meus *pensamentos* podem machucá-lo...

— Seus pensamentos sempre me feriram. Todos os seus terrores, seus desejos. Eles me puxam e me empurram, como ordens silenciosas.

Eu fiquei rígida, horrorizada.

— Eu nunca quis contribuir com seu sofrimento.

Houve um silêncio temporário, e eu prendi a minha respiração.

— Minha irmã está morta — Nahadoth disse, baixinho. — Meu irmão desatinou. Meus filhos, os poucos que sobraram, me odeiam e me temem tanto quanto me adoram.

E eu entendi: o que Scimina fez com ele não era nada. O que eram alguns poucos momentos de sofrimentos comparados aos séculos de luto e solidão que Itempas infligiu a ele? E ali estava eu, me inquietando por causa do meu pequeno acréscimo.

Abri a porta e entrei.

Dentro do aposento, a escuridão era absoluta. Eu fiquei perto da porta por um momento, esperando que meus olhos se acostumassem, mas isso não aconteceu. No silêncio depois que a porta fechou, distingui o som de uma respiração, lenta e estável, a uma pequena distância.

Estendi as mãos e comecei a apalpar para sentir meu caminho na direção do som, torcendo para que deuses não precisassem muito de mobília ou de degraus.

— Fique onde está — Nahadoth disse. — Não é... seguro ficar perto de mim. — Mais suavemente. — Mas estou feliz por ter vindo.

Aquele era o outro Nahadoth então — nem o mortal, nem a besta enraivecida das lendas frias do inverno. Era o Nahadoth que tinha me beijado naquela primeira noite, aquele que realmente parecia me amar. Aquele contra quem eu tinha menos defesas.

Respirei fundo e tentei me concentrar na escuridão suave e vazia.

— Kurue está certa. Me desculpe, foi por minha culpa que Scimina o castigou.

— Ela fez isso para punir *você*.

Eu me encolhi.

— Pior ainda.

Ele deu uma risada leve e eu senti uma brisa passar por mim, suave como uma noite quente de verão.

— Não para mim.

Certo.

— Tem algo que eu possa fazer para ajudá-lo?

Eu senti a brisa de novo e, daquela vez, ela fez cócegas nos pelinhos da minha pele. Tive uma visão repentina dele em pé atrás de mim, me abraçando e respirando na curva do meu pescoço.

Ouvi um som baixo e faminto do outro lado da sala e, de repente, o desejo invadiu o espaço ao meu redor, poderoso, violento e nem um pouco carinhoso. Ah, deuses. Rapidamente, voltei meus pensamentos para a escuridão, nada, escuridão, minha mãe. Sim.

Pareceu levar um bom tempo, mas por fim, aquela fome terrível acalmou-se.

— Seria melhor — ele disse com uma gentileza perturbadora. — Se você não se esforçasse para me ajudar.

— Desculpe...

— Você é mortal. — Isso parecia resumir tudo. Baixei os olhos, envergonhada. — Você tem uma pergunta sobre a sua mãe.

Sim. Respirei fundo.

— Dekarta matou a mãe *dela* — eu disse. — Foi esse o motivo que ela deu ao concordar em ajudar vocês?

— Eu sou um escravo. Nenhum Arameri faria uma confissão para mim. Como lhe contei, tudo que ela fez no começou foi perguntar.

— E como compensação, você pediu sua ajuda?

— Não. Ela ainda usava o selo de sangue. Não podia confiar nela.

Involuntariamente ergui a mão para a minha própria testa. Eu sempre esquecia que a marca estava ali. Esquecia, inclusive, que aquilo era um fator na política do Céu.

— Então como...

— Ela foi para a cama com Viraine. Possíveis herdeiros geralmente aprendem sobre a cerimônia de sucessão, mas Dekarta tinha ordenado que escondessem os detalhes dela. Viraine não sabia disso, então contou para Kinneth como a cerimônia acontece. Presumo que tenha sido o bastante para ela descobrir a verdade.

Sim, foi. Ela já suspeitava de Dekarta; e Dekarta temia suas suspeitas, pelo visto.

— O que ela fez quando soube?

— Ela veio até nós e perguntou como ela poderia se desfazer do selo. Disse que se pudesse combater Dekarta, estaria disposta a usar a Pedra para nos libertar.

Eu fiquei sem fôlego, espantada com a ousadia dela — e com a fúria. Vim ao Céu disposta a morrer para vingar a minha mãe, e apenas a sorte e os Enefadeh tornaram isso uma possibilidade. Minha mãe criou a própria vingança. Ela traiu o próprio povo, a herança, até mesmo o deus que cultuava, e tudo isso para atacar um homem.

Scimina estava certa. Eu não era nada comparada à minha mãe.

— Você disse que apenas eu poderia usar a Pedra para libertá-los — disse. — Porque eu possuo a alma de Enefa.

— Sim. Isso foi explicado a Kinneth. Mas já que a oportunidade tinha se apresentado... Nós sugerimos que ser deserdada a libertaria do selo. E nós a guiamos na direção do seu pai.

Algo no meu peito virou água. Fechei os olhos. Assim acabava o conto de fadas que era o romance dos meus pais.

— Ela... concordou desde o começo em ter uma criança para vocês? — perguntei. Minha voz soou muito baixa para meus próprios ouvidos, mas a sala estava quieta. — Ela e meu pai... *procriaram* para vocês?

— Não.

Eu não consegui acreditar nele.

— Ela odiava Dekarta — Nahadoth continuou. — Mas ainda era a sua filha preferida. Nós não contamos nada a ela sobre a alma de Enefa e nossos planos, porque ainda não confiávamos nela.

Mais do que compreensível.

— Muito bem — eu disse, tentando controlar meus pensamentos. — Então ela encontrou meu pai, que era um dos seguidores de Enefa. Ela casou sabendo que ele a ajudaria a conquistar o objetivo dela e também sabendo que o casamento a retiraria da família. Isso a libertou do selo.

— Sim. E como uma prova das suas intenções, ela nos mostrou que era sincera. E isso também ajudou a conseguir parcialmente o objetivo, pois quando ela partiu, Dekarta ficou devastado. Ele lamentou por ela como se tivesse morrido. Seu sofrimento pareceu agradá-la.

Eu entendia. Ah, como eu entendia.

— Mas então... então Dekarta usou a Morte Andarilha para tentar matar meu pai — eu disse, devagar. Era como montar uma complexa colcha de retalhos. — Ele deve ter culpado meu pai pela partida dela. Talvez ele tenha se convencido de que ela voltaria se o marido estivesse morto.

— Dekarta não lançou a Morte sobre Darr.

Eu me empertiguei.

— O quê?

— Quando Dekarta quer que a magia seja usada, ele faz através de nós. Nenhum de nós mandou a praga para a sua terra.

— Mas se não foram vocês...

Não. Ah, não.

Havia outra fonte de magia no Céu além dos Enefadeh. Outro que poderia usar os poderes dos deuses, mesmo que com menos força. A Morte tinha matado apenas uma dúzia de pessoas em Darr naquele ano, uma epidemia fraca pelos padrões habituais. O melhor que um mortal assassino poderia fazer.

— Viraine — eu sussurrei. Minhas mãos se fecharam em punhos. — *Viraine.*

Ele tinha feito o papel de mártir tão bem; o inocente usado e abusado pela minha mãe manipuladora. E, entretanto, ele tentou matar meu pai, sabendo que ela culparia Dekarta, não ele. *Ele* esperou nos corredores como um abutre quando ela veio implorar a Dekarta pela vida do marido. Talvez ele tenha se revelado a ela e se lamentado pela recusa de Dekarta. Para começar o trabalho de reconquistá-la? Sim, isso parecia ser coisa dele.

Porém, meu pai não morreu. Minha mãe não tinha voltado para o Céu. Viraine ansiava por ela todos aqueles anos, odiando meu pai, odiando a *mim* por frustrar seus planos? Será que foi Viraine que revirou o baú de cartas de minha mãe? Talvez ele tivesse queimado todas as que se referissem a ele, esperando esquecer a própria tolice juvenil. Talvez ele ainda as tivesse, fantasiando que as cartas continham um vestígio do amor que ele nunca conquistou.

Eu o caçaria. Eu veria seu cabelo branco cair ao redor do rosto como uma cortina vermelha.

Ouvi o som de algo se aproximando. Leve, como pedrinhas correndo pelo chão duro. Ou como garras...

— Tanta raiva — respirou o Senhor da Noite, com a voz cheia de fendas profundas e gelo. E de repente ele estava perto, muito perto. Logo atrás de mim. — Ah, sim. Dê a ordem, doce Yeine... eu sou a sua arma. Diga uma palavra e eu farei com que a dor que ele me causou hoje pareça um carinho.

Minha raiva se foi, congelada. Lentamente, respirei fundo, e de novo, me acalmando. Sem ódio. Sem medo daquilo, seja o que for, que o Senhor da Noite tinha se tornado graças ao meu descuido. Fixei minha mente na escuridão e no silêncio, e não respondi. Eu não ousei.

Depois de um longo tempo, eu ouvi um suspiro fraco e desapontado. Bem mais distante dessa vez; ele tinha voltado para o outro lado da sala. Lentamente, permiti que meus músculos relaxassem.

Era perigoso continuar aquele interrogatório. Tantos segredos a descobrir, tantas armadilhas de emoção. Deixei de lado, com esforço, meus pensamentos sobre Viraine.

— Minha mãe queria salvar meu pai — eu disse. Sim. Essa era uma coisa boa para entender. Ela devia tê-lo amado, apesar da forma estranha que a relação começou. Eu sabia que ele a amava. Lembrava de ter visto nos olhos dele.

— Sim — disse Nahadoth. A voz voltou a ser calma, como antes do meu lapso. — O desespero a tornou vulnerável. Certamente tiramos vantagem.

Quase fiquei zangada, mas me contive a tempo.

— Certo. Então, vocês a persuadiram para colocar a alma de Enefa na filha dela. E... — Respirei fundo. Fiz uma pausa, unindo minhas forças. — Meu pai sabia?

— Eu não sei.

Se os Enefadeh não sabiam o que meu pai achava do assunto, então ninguém mais aqui saberia. Eu não ousava voltar a Darr e perguntar a Beba.

Então, escolhi acreditar que meu pai sabia e me amava mesmo assim. Que minha mãe, apesar das inquietações de início, escolheu me amar. Que ela manteve os segredos terríveis da família longe de mim por ter esperança, mesmo que sem sentido, que eu teria um destino simples e pacífico em Darr... pelo menos até os deuses voltarem para reclamar o que era deles.

Precisava manter a calma, mas não conseguia segurar tudo. Fechei os olhos e comecei a rir. Tantas esperanças tinham sido depositadas em mim.

— Eu não tenho permissão para nada? — sussurrei.

— O que você iria querer? — Nahadoth perguntou.

— O quê?

— Se você pudesse ser livre. — Havia algo em sua voz que eu não entendia. Melancolia? Sim, e mais alguma coisa. Gentileza? Ternura? Não, era impossível. — O que você pediria para si mesma?

A pergunta fez meu coração doer. Eu o odiei por perguntar. Era por sua culpa que meus desejos jamais se tornariam realidade — culpa dele, de meus pais, de Dekarta e até mesmo de Enefa.

— Estou cansada de ser o que os outros me fizeram ser — disse. — Quero ser eu mesma.

— Não seja infantil.

Levantei os olhos, espantada e zangada, apesar de, obviamente, não ter nada para se ver.

— O quê?

— Você é o que seus criadores e suas experiências fazem de você, como todos os outros seres neste universo. Aceite isso e pronto; estou cansado das suas lamentações.

Se ele tivesse dito isso na voz gélida de sempre, eu teria saído, afrontada. Mas ele realmente soava cansado, e eu lembrei do preço que ele pagou pelo meu egoísmo.

O ar se remexeu por perto de novo, suave, quase um toque. Quando ele falou, estava mais próximo.

— O futuro, porém, é seu para construir. Inclusive, a partir de agora. Diga-me o que você quer.

Era algo que eu não tinha parado mesmo para pensar, além da vingança. Eu queria... todas as coisas que normalmente uma jovem quer. Amigos. Família. A felicidade de quem eu amava.

E também...

Tremi, apesar do aposento não estar frio. A estranheza daquele novo pensamento me levantou suspeitas. Seria um sinal da influência de Enefa?

Aceite isso e pronto.

— Eu... — Fechei a boca. Engoli em seco. Tentei de novo. — Eu quero... algo diferente para o mundo. — Ah, mas com certeza o mundo seria diferente depois que Nahadoth e Itempas acabassem com ele. Uma pilha de escombros, a humanidade apenas uma mancha vermelha por baixo. — Algo melhor.

— O quê?

— Não sei. — Cerrei os punhos, me esforçando para articular o que eu sentia, surpresa pela minha própria frustração. — Agora, todo mundo tem... medo. — Isso, eu estava chegando. Eu continuei. — Vivemos à mercê dos deuses, e moldamos nossas vidas para atender aos caprichos de vocês. Mesmo quando suas brigas não nos envolvem, nós morremos. Como seria se... se vocês... fossem embora?

— Mais morreriam — disse o Senhor da Noite. — Aqueles que nos veneram ficariam aterrorizados com a nossa ausência. Alguns decidiriam que a culpa era de outros, enquanto aqueles que abraçassem a nova ordem não aceitariam quem mantivesse os velhos hábitos. As guerras durariam séculos.

Senti a verdade de suas palavras atingir a boca do meu estômago, e isso me deixou tonta de tanto horror. Mas algo me tocou — mãos, frias e leves. Ele esfregou meus ombros como se tentasse me acalmar.

— Mas em algum momento, as batalhas terminariam — ele disse. — Quando o fogo cessa, coisas novas crescem.

Eu não senti desejo nem raiva vindos dele — provavelmente por que, naquele momento, ele não sentia nada vindo de mim. Ele não era como Itempas, incapaz de aceitar a mudança, curvando ou quebrando tudo ao redor de acordo com a própria vontade. Nahadoth se curvava à vontade dos outros. Por um momento, aquele pensamento me deixou triste.

— Você já foi você mesmo? — perguntei. — Você, de verdade, não só como os outros o veem.

As mãos pararam, então se afastaram.

— Enefa me perguntou isso uma vez.

— Desculpe...

— Não. — Havia tristeza na sua voz. Ela nunca sumia. Como deve ser horrível, ser um deus da mudança e aguentar o luto sem fim.

— Quando eu for livre — disse ele —, escolherei quem me moldará.

— Mas... — franzi o cenho. — Isso não é liberdade.

— No começo dos tempos, eu era eu mesmo. Não havia nada nem ninguém mais para me influenciar, apenas o Turbilhão que me concebeu, e que não se importava. Eu rasguei a minha carne e liberei a substância que se tornaria o seu reino: matéria, energia, e meu próprio sangue, preto e frio. Eu devorei a minha mente e me deliciei com a novidade da dor.

Lágrimas me vieram aos olhos. Engoli em seco e tentei fazer com que se fossem, mas, de repente, as mãos voltaram, erguendo o meu queixo. Dedos acariciaram meus olhos, fechando-os, afastando as lágrimas.

— Quando eu for livre, escolherei — disse ele de novo, sussurrando, muito perto. — Você precisa fazer o mesmo.

— Mas eu nunca serei...

Ele me calou com um beijo. Havia saudade naquele beijo, picante e agridoce. Era meu próprio desejo, ou era dele? Mas logo entendi: não importava.

Mas ah, deuses; ah, deusa... era tão bom. Ele tinha gosto de frescor. Me deixava sedenta. Quando eu estava prestes a querer mais, ele se afastou. Lutei para não me sentir desapontada, com medo do que isso faria com nós dois.

— Vá e descanse, Yeine — disse ele. — Deixe que os esquemas de sua mãe se resolvam sozinhos. Você tem os próprios desafios para encarar.

E então, eu me vi no meu apartamento, sentada no chão, dentro de um quadrado de luz da lua. As paredes estavam escuras, mas eu enxergava com facilidade, porque a lua, brilhante, embora fosse apenas uma tira, parecia baixa no céu. Já era alto da madrugada, provavelmente faltavam apenas uma ou duas horas para o amanhecer. Isso estava se tornando um hábito meu.

Sieh estava sentado na poltrona grande perto da minha cama. A me ver, ele se desvencilhou e veio até meu lado no chão. À luz do luar, suas pupilas ficavam imensas e redondas, como as de um gato ansioso.

Eu não disse nada, e logo em seguida, ele estendeu as mãos e me puxou para deitar a cabeça no seu colo. Fechei os olhos, aproveitando o conforto ao sentir a sua mão no meu cabelo. Depois de um tempo, ele começou a cantar uma cantiga de ninar que eu tinha ouvido em um sonho. Aquecida e relaxada, eu adormeci.

Egoísmo

Diga-me o que você quer, tinha dito o Senhor da Noite.
Algo melhor para o mundo, eu respondi.
Mas também...

* * *

Pela manhã, fui ao Salão cedo, antes que a sessão do Consórcio começasse, esperando encontrar Ras Onchi. Mas antes que eu a procurasse, eu vi Wohi Ubm, a outra nobre do Alto Norte, chegando aos amplos degraus do Salão.

— Ah — ela disse, depois de uma introdução constrangida e da minha pergunta. Soube naquele momento, no instante que vi a compaixão no olhar dela. — Você não soube. Ras morreu dormindo, duas noites atrás. — Ela suspirou. — Ainda não consigo acreditar. Mas, bem, ela estava velha.

Voltei ao Céu.

* * *

Andei pelos corredores por um tempo, pensando na morte.

Os serventes me cumprimentavam ao passar por mim e eu respondia com um aceno. Os cortesãos — meus companheiros de sangue-alto — ou me ignoravam ou me encaravam abertamente, com curiosidade. A notícia de que eu tinha sido eliminada como candidata à herdeira, derrotada publicamente por Scimina, devia ter se espalhado. Nem todos os olhares eram gentis. Eu inclinava a cabeça para eles mesmo assim. A mesquinhez deles não me pertencia.

Em um dos andares mais baixos, surpreendi T'vril em uma varanda, equilibrando uma prancheta em um dedo e observando uma nuvem passar. Quando o toquei, ele se assustou, culpado (felizmente, pegou a prancheta), o que me indicou que ele estava pensando em mim.

— O início do baile será amanhã à noite, ao crepúsculo — ele disse. Eu encostei-me à mureta da varanda, ao lado de T'vril, absorvendo a paisagem e o conforto da sua presença em silêncio. — E se estenderá até a alvorada da manhã seguinte. É a tradição, antes de uma cerimônia de sucessão. Amanhã teremos lua nova, uma noite que já foi sagrada para os seguidores de Nahadoth. Então, eles celebram durante o ciclo.

Pensei que era mesquinho da parte deles. Ou da parte de Itempas.

— Logo após o baile, a Pedra da Terra é mandada pelo ascensor central do palácio até a câmara do ritual, no pináculo do solário.

— Ah. Eu ouvi você avisando os serventes sobre isso na semana passada.

T'vril revirou a prancheta entre os dedos, sem olhar para mim.

— Sim. Uma exposição breve não faz mal, porém... — Ele deu de ombros. — É uma coisa dos deuses. Melhor ficar longe.

Eu consegui segurar a risada.

— Sim, concordo!

T'vril me olhou de um jeito estranho, com um sorriso inseguro nos lábios.

— Você parece... à vontade.

Eu dei de ombros.

— Não é do meu feitio passar o tempo todo aflita. O que está feito, está feito. — As palavras eram de Nahadoth.

T'vril remexeu-se desconfortável, enrolando alguns fios de cabelo que o vento jogara em seu rosto.

— Me... contaram que há um exército se reunindo na estrada que liga Menchey a Darr.

Uni meus dedos pelas pontas e os encarei, acalmando a voz que gritava dentro de mim. Scimina tinha jogado bem suas cartas. Eu não duvidava que ela daria ordens a Gemd para começar o massacre, se eu não a escolhesse. Gemd talvez fizesse isso de qualquer forma, quando eu libertasse os Enefadeh, mas eu estava contando com um mundo preocupado em sobreviver no meio de uma nova Guerra dos Deuses. Sieh prometeu que Darr seria mantida a salvo durante o cataclismo. Eu não sabia se acreditava totalmente naquela promessa, mas era melhor que nada.

Pelo que pareceu ser a centésima vez, considerei e descartei a ideia de entrar em contato com Relad. O pessoal de Scimina estava pronto; sua faca na garganta de Darr. Se eu escolhesse Relad na cerimônia, ele conseguiria agir antes que aquela faca fizesse um ferimento fatal? Eu não podia apostar o futuro do meu povo por um homem que eu sequer respeitava.

Apenas os deuses poderiam me ajudar agora.

— Relad está confinado em seus aposentos — disse T'vril, obviamente seguindo a mesma linha de pensamento que eu. — Não recebe mensagens e não deixa ninguém entrar, nem mesmo os serventes. Só o Pai sabe o que ele está comendo... ou bebendo. Tem sangue-altos apostando se ele vai se matar antes do baile.

— Suponho que não tenha outras coisas interessantes acontecendo para se apostar.

T'vril me fitou, talvez refletindo se devia dizer algo mais.

— Também estão apostando se *você* vai *se* matar.

Eu ri em meio à brisa.

— Como estão as apostas? Você acha que eles me deixariam apostar também?

T'vril virou-se para me encarar, os olhos cheios de determinação.

— Yeine... se... se você... — ele gaguejou e ficou em silêncio, desviando o olhar; a voz falhou na última palavra.

Eu peguei sua mão e a segurei enquanto ele abaixava a cabeça, tremendo e lutando para se controlar. Ele liderava e protegia os serventes daqui; lágrimas o fariam se sentir fraco. Os homens sempre foram frágeis assim.

Depois de alguns momentos, ele respirou fundo.

— Posso lhe acompanhar ao baile amanhã à noite? — ele perguntou, com a voz mais alta do que costumava ser.

Quando Viraine fez a mesma oferta, eu o odiei. Com T'vril, a proposta me fez amá-lo mais um pouco.

— Não, T'vril. Não quero um acompanhante.

— Pode ajudar... ter um amigo ali.

— Pode. Mas não vou pedir uma coisa dessa aos meus poucos amigos.

— Você não está pedindo. Eu estou oferecendo...

Eu me aproximei, me apoiando no seu braço.

— Eu vou ficar bem, T'vril.

Ele fixou os olhos em mim por um bom tempo, e então balançou a cabeça devagar.

— Você vai, não é? Ah, Yeine. Vou sentir a sua falta.

— Você deveria sair deste lugar, T'vril. Encontrar uma boa mulher que tome conta de você e o cubra de sedas e joias.

T'vril me encarou e caiu na gargalhada, sem se conter dessa vez.

— Uma mulher darre?

—Perdeu o juízo? Você já viu como nós somos. Ache uma moça kentinense. Talvez consiga passar essas suas lindas manchinhas a frente...

— Lindas... *sardas*, sua selvagem! São chamadas de sardas!

— Que seja. — Ergui sua mão, beije-a e o soltei. — Adeus, meu amigo.

Eu o deixei ali, ainda rindo, enquanto me afastava.

* * *

Mas...?

Mas não era só isso o que eu queria.

* * *

Aquela conversa me ajudou a decidir o meu próximo passo. Fui em busca de Viraine.

Eu estava dividida sobre confrontá-lo ou não, desde a conversa na noite anterior com Nahadoth. Eu agora já acreditava que foi Viraine, e não Dekarta, quem matou minha mãe. Mas eu ainda não entendia: se ele a amava, por que matá-la? E por que só agora, vinte anos depois de ela ter partido o coração dele? Parte de mim desejava entender.

A outra parte não se importava com os motivos que ele teve para fazer isso. Ela queria sangue, e eu sabia que se a escutasse, eu faria alguma tolice. Haveria muito sangue quando eu me vingasse dos Arameri; todos os horrores e as mortes de uma segunda Guerra dos Deuses sendo desencadeada. Aquele tanto de sangue deveria ser o suficiente para mim... mas eu não estaria viva para ver. Nós somos egoístas assim, nós, os mortais.

Então, eu fui ver Viraine.

Ele não atendeu quando eu bati à porta do seu escritório, e por um momento eu hesitei, refletindo se valeria a pena insistir no assunto. Foi quando eu ouvi um som fraco e abafado vindo de dentro.

As portas não trancam no Céu. Para os sangue-altos, o nível e a política fornecem mais segurança que o necessário, já que apenas aqueles imunes à retaliação ousariam invadir a privacidade alheia. Eu, condenada a morrer em pouco mais de um dia, era, portanto, imune e por isso, abri só um pouco da porta.

Eu não vi Viraine a princípio. Vi que a mesa de trabalho onde eu fui marcada estava vazia naquele momento. Todas as mesas estavam vazias, o que me pareceu estranho. Assim como as jaulas dos animais no fundo da sala, o que era mais estranho ainda. Foi só então que notei Viraine — em parte, por ele estar tão imóvel, e em parte porque, com os cabelos e roupas brancos, ele combinava inteiramente com o próprio ambiente de trabalho estéril e impecável.

Ele estava perto do grande globo de cristal no fundo da câmara. À primeira vista, parecia inclinado sobre o globo para observar as profundezas transparentes dele. Talvez fosse assim que ele me espionava, nas solitárias e fracassadas tentativas de comunicação com as minhas nações designadas. Porém, percebi que, na verdade, ele estava cabisbaixo, com a mão apoiada na superfície polida do globo. Eu não podia ver a outra mão livre através da cortina branca de cabelo, mas havia algo nos movimentos furtivos que fizeram soar uma nota de reconhecimento dentro de mim. Ele fungou, o que confirmou: sozinho no escritório, na véspera da reafirmação de triunfo do deus dele, algo que só acontecia uma vez na vida, Viraine chorava.

Foi uma fraqueza indigna de uma mulher darre que isso tenha aquietado a minha raiva. Eu não fazia ideia de por que ele estava chorando. Talvez todas as maldades foram revividas, por um momento, nos farrapos que remanesciam na sua consciência. Talvez ele tenha dado uma topada no dedão. Mas naquele momento em que eu fiquei ali, observando-o chorar, como T'vril conseguiu não fazer, me perguntei sem hesitar: e se uma daquelas lágrimas fosse pela minha mãe? Tão poucas pessoas lamentaram por ela além de mim.

Eu fechei a porta e saí.

* * *

Tolice minha.

Sim. Ainda assim, você resistia à verdade.

Eu sei qual é?

Agora, sabe. Naquele momento, não.

Por que...?

Você está morrendo. Sua alma está em guerra. E outra memória a preocupa.

Diga-me o que você quer, disse o Senhor da Noite.

* * *

Scimina estava em seus aposentos, fazendo a prova do vestido que usaria no baile. Era branco, uma cor que não combinava muito bem com ela. Não havia contraste o bastante entre o tecido e a pele pálida, e o resultado geral a fazia parecer desbotada. Mesmo assim, o vestido era adorável, feito de algum tecido brilhante, que foi aprimorado com a adição de minúsculos diamantes, cobrindo o corpete e as linhas da saia. Eles capturavam a luz enquanto ela se virava no estrado para os alfaiates.

Eu esperei pacientemente enquanto ela dava instruções a eles. No lado oposto da sala, a versão humana de Nahadoth estava sentada no parapeito de uma janela, olhando o sol do começo da tarde. Se ele me ouviu entrar, não se mexeu para demonstrar.

— Confesso que estou curiosa — disse Scimina, finalmente virando-se para mim. Senti uma pontada rápida e mesquinha de prazer ao ver um grande hematoma na sua mandíbula. Não havia magia para curar rapidamente ferimentos tão pequenos? Que pena. — O que a faria me visitar? Planeja implorar pela sua nação?

Balancei a cabeça.

— Seria inútil.

Ela sorriu, quase com gentileza.

— Verdade. Muito bem, então. O que você quer?

— Aceitar a sua oferta — eu disse. — Espero que ainda esteja de pé?

Outra pequena satisfação: o olhar vazio no seu rosto.

— E que oferta seria essa, prima?

Eu acenei para além dela, para a figura imóvel na janela. Dessa vez, ele estava vestido com blusa e calça pretas simples, e um colar de ferro comum. Que bom. Eu o achava mais desagradável nu.

— Você disse que eu poderia pegar o seu bichinho emprestado a qualquer hora.

Atrás de Scimina, Naha virou-se para me encarar, com os olhos castanhos arregalados. Scimina também o fez, mas logo caiu na gargalhada.

— Entendi! — Ela jogou o peso do corpo para um lado e colocou a mão no quadril, para a consternação dos alfaiates. — Não posso discutir a sua escolha, prima. Ele é muito mais divertido que T'vril. Mas, desculpe-me, você é uma criatura tão pequena. E meu Naha é muito... forte. Você tem certeza?

Seus insultos passaram por mim como o ar; eu mal os notei.

— Eu tenho.

Scimina balançou a cabeça, divertida.

— Muito bem. Não irei usá-lo agora, de qualquer maneira; ele está fraco hoje. Provavelmente, é o melhor para você, embora... — Ela hesitou, olhando pelas janelas. Checando a posição do sol. —Você sabe que deve tomar cuidado com o pôr do sol.

— Sim. — Eu sorri, fazendo-a erguer as sobrancelhas momentaneamente. — Eu não desejo morrer mais cedo que o necessário.

Por um instante, os olhos de Scimina demonstraram alguma suspeita, e eu senti a tensão na boca do meu estômago. Mas no fim, ela deu de ombros.

— Vá com ela — disse, e Nahadoth se levantou.

— Por quanto tempo? — perguntou ele, com a voz neutra.

— Até ela estar morta — Scimina sorriu e abriu os braços em um gesto magnânimo. — Quem sou eu para negar um último pedido? Mas enquanto isso, Naha, cuide para que ela não faça nada muito exaustivo, nem nada que a incapacite, pelo menos. Precisamos dela bem daqui a duas manhãs.

A corrente de ferro estava conectada a uma parede próxima. Ela cedeu com as palavras de Scimina. Naha pegou a ponta solta e ficou me encarando com uma expressão impenetrável.

Inclinei a cabeça para Scimina. Ela me ignorou, voltando a atenção para o trabalho dos alfaiates e rosnando irritada: um deles tinha errado ao marcar a bainha. Eu saí, sem me importar se Nahadoth me seguiria agora ou depois.

* * *

O que eu iria querer, se eu pudesse ser livre?

    A segurança de Darr.

    Encontrar o sentido da morte de minha mãe.

    Mudança, para o mundo.

    E para mim...

    Agora eu entendo. Eu tinha escolhido quem iria me moldar.

* * *

— Ela está certa — Naha disse, quando estávamos em meu apartamento.
— Não serei muito útil agora. — Ele falou de forma branda, sem emoção, mas percebi sua amargura.

— Tudo bem — eu disse. — Não estou interessada, de qualquer modo.
— Fui até a janela.

Ele ficou em silêncio atrás de mim por um bom momento, antes de se aproximar.

— Algo mudou. — A luz não me deixava ver o seu reflexo, mas podia imaginar sua expressão desconfiada. — Você está diferente.

— Muita coisa aconteceu desde que nos encontramos pela última vez.

Ele tocou meu ombro. Como não afastei sua mão, ele pegou o outro, e me virou gentilmente para encará-lo. Eu deixei. Ele fixou os olhos nos meus, tentando lê-los, talvez, tentando me intimidar.

Mas bem de perto ele não era intimidador. Linhas profundas de cansaço marcavam caminhos que partiam dos olhos afundados, que em si estavam avermelhados, ainda mais mundanos que antes. Sua postura era estranha, desleixada. Demorei a entender que mal conseguia ficar em pé. A tortura de Nahadoth também lhe tinha custado caro.

A compaixão deve ter transparecido em meu rosto, porque de repente ele fechou a cara e se endireitou.

— Por que você me trouxe aqui?

— Sente-se — eu disse, apontando para a cama. Tentei voltar para a janela, mas seus dedos apertaram meus ombros. Se ele estivesse bem, teria me machucado. Então, entendi. Nahadoth era um escravo, um prostituto, que nem sequer tinha controle do próprio corpo por algum momento. O único poder que ele tinha era o pouco que podia exercer sobre os amantes, os usuários. O que não era muito.

— Você está esperando por ele? — perguntou. A forma como disse "ele" continha uma ponta de ressentimento. — É isso?

Empurrei as suas mãos para longe dos meus ombros.

— Sente-se. Agora.

O "agora" o forçou a se afastar de mim, andar os poucos passos até a cama e sentar. Ele ficou me encarando o tempo todo. Eu me virei de volta para a janela e deixei seu ódio esbarrar inutilmente nas minhas costas.

— Sim — disse. — Estou esperando por ele.

Uma pausa espantada.

— Você o ama. Não amava antes, mas agora ama. Não ama?

* * *

Você resiste à verdade.

* * *

Eu refleti sobre a pergunta.

— Se eu o amo? — disse, devagar. A frase parecia estranha quando eu pensava nela, como um poema que foi lido vezes demais. — Eu o amo.

* * *

Outra memória te preocupa.

* * *

Fiquei surpresa ao perceber um medo real na voz de Naha.

— Não seja tola. Você não sabe quantas vezes acordei do lado de um cadáver. Se você é forte, pode resistir a ele.

— Eu sei. Já disse não a ele antes.

— E... — Confusão.

Eu tive uma súbita epifania sobre como a sua vida havia sido: esse outro Nahadoth que ninguém queria. A cada dia, um brinquedo para os Arameri. A cada noite, vinha não o sono, mas o esquecimento mais próximo da morte do que qualquer mortal pode chegar, além da morte em si. Sem paz, sem descanso. A cada manhã, uma descoberta aterrorizante, feridas misteriosas. Amantes mortos. E o conhecimento esmagador de que isso nunca, nunca acabaria.

— Você sonha? — perguntei.

— O quê?

— Sonha. À noite, quando você está... dentro dele. Você sonha?

Naha franziu a testa por um longo tempo, como se tentasse adivinhar o truque na minha pergunta.

— Não — disse, por fim.

— Nada mesmo?

— Eu tenho... uns lampejos, de vez em quando. — Ele fez um gesto vago, desviando o olhar. — Memórias, talvez. Eu não sei o que são.

Eu sorri, de repente me sentindo acalentada por ele. Ele era como eu. Duas almas, ou pelo menos, duas personalidades, no mesmo corpo. Talvez fosse de onde os Enefadeh tivessem tirado a ideia.

— Você parece cansado — eu disse. — Deveria dormir um pouco.

Ele franziu a testa.

— Não. Eu durmo o bastante à noite.

— Durma agora — eu disse, e ele tombou de lado tão rapidamente que eu teria rido em outras circunstâncias. Andei até a cama, ergui as suas pernas e o arrumei de forma confortável, depois me ajoelhei ao seu lado, colocando a boca perto do seu ouvido.

— Tenha bons sonhos — ordenei. A expressão fechada do seu rosto se alterou sutilmente, suavizando-se.

Satisfeita, levantei e voltei para a janela, para esperar.

* * *

Por que eu não consigo lembrar o que aconteceu depois?

Você está lembrando...

Não, por que eu não posso lembrar *agora*? Quando eu falo, vem até mim, mas só nesse momento. Sem isso, há apenas um espaço vazio. Um grande buraco escuro.

Você está lembrando.

* * *

No momento em que a curva avermelhada do sol afundou atrás do horizonte, o quarto tremeu, e com ele o palácio inteiro. Tão perto assim, a vibração era forte o bastante para fazer meus dentes baterem. Uma linha, vinda de trás de mim, pareceu varrer o quarto, movendo-se para fora, e quando a linha passou, o quarto ficou mais escuro. Eu esperei e só falei quando os pelos da minha nuca se eriçaram.

— Boa noite, Lorde Nahadoth. Está se sentindo melhor?

Minha única resposta foi um suspiro baixo e trêmulo. O céu noturno ainda estava manchado com a luz do sol, misturando tons dourados, vermelhos e violeta profundos como joias. Ele ainda não era ele mesmo.

Eu me virei. Ele estava se sentando. Ainda parecia humano, comum, mas os cabelos já balançavam ao seu redor, embora não houvesse brisa alguma. Conforme eu observava, ele foi engrossando, crescendo, escurecendo, tecendo-se no manto da noite. Fascinante e belo. Ele tinha desviado o rosto da luz do sol que persistia, e não viu a minha aproximação até que eu estivesse diante dele. Ele ergueu o olhar, levantando a mão para se proteger. "De mim?", pensei, e sorri.

Vi a mão tremer. Segurei-a, confortada pela secura fria da sua pele. (Pele que passou a ser marrom, percebi. Eu que fiz isso?) Atrás da mão, seus olhos me observavam, escuros e sem piscar. Irracionais, como os de uma fera.

Eu coloquei a mão na sua bochecha e o desejei são. Ele piscou, franziu o rosto e me encarou enquanto a confusão passava. Sua mão permaneceu sob a minha.

Quando eu achei que era o momento certo, soltei sua mão. Abri minha blusa e a deixei cair pelos ombros. Desabotoei a saia e a tirei, junto com minhas roupas íntimas. Nua, esperei como uma oferenda.

Se eu pedir

... E ENTÃO... ENTÃO...

Você lembra.

Não. Não, não lembro.

Por que você está com medo?

Eu não sei.

Ele machucou você?

Eu não me lembro!

Você lembra. Pense, criança. Eu a fiz mais forte do que isso. Quais eram os sons? Os cheiros? Como é a sensação dessas memórias?

São... como o verão.

Sim. Úmidas, densas, as noites de verão. Você sabia, a terra absorve todo o calor do dia e o devolve nas horas escuras. Toda essa energia flutua no ar, esperando para ser usada. Umedece a pele. Se abrir a boca, ela se enrola na sua língua.

Eu me lembro. *Deuses, eu me lembro.*

Eu sabia que você lembraria.

* * *

As sombras no quarto ficaram mais densas quando o Senhor da Noite se levantou. Ele agigantou-se na minha frente e pela primeira vez eu não consegui ver seus olhos no escuro.

— Por quê? — ele perguntou.

— Você nunca respondeu a minha pergunta.
— Pergunta?
— Se você me mataria, se eu pedisse.

Não vou fingir que eu não estava com medo. Era parte daquilo; meu coração batia forte, minha respiração estava acelerada. *Esui*, o gosto pelo perigo. Então, ele esticou a mão, tão devagar que eu temi estar sonhando, e arrastou de leve os dedos pelo meu braço. Bastou aquele toque, e meu medo tornou-se algo completamente diferente. Deuses. *Deusa*.

Dentes brancos brilharam para mim, assustadores na escuridão. Ah, sim, aquilo ia além do simples perigo.

— Sim — disse ele. — Se você pedisse, eu a mataria.
— Simples assim?
— Você busca controlar a sua morte, já que não consegue controlar a sua vida. Eu... entendo isso. — Havia tanta coisa não dita naquela breve pausa. Eu me perguntei, subitamente, se o Senhor da Noite já tinha desejado morrer.

— Não achei que você quisesse que eu controlasse a minha morte.
— Não, pequeno peão. — Tentei me concentrar em suas palavras, enquanto a mão continuava a lenta jornada pelo meu braço acima, mas era difícil. Eu sou apenas uma humana. — É Itempas que força a sua vontade sobre os outros. Eu sempre preferi sacrifícios *voluntários*.

Ele arrastou a ponta de um dedo pela minha clavícula e eu quase me afastei, pois a sensação era quase insuportável de tão boa. Não o fiz porque eu vi os seus dentes; não se foge de um predador.

— Eu.. eu sabia que você ia dizer sim. — Minha voz tremeu. Eu estava tagarelando — Eu não sei como, mas eu sabia. Eu sabia... — *Que eu era mais do que um peão para você*. Mas aquela parte eu não podia dizer.

— Preciso ser quem eu sou — disse ele, como se aquelas palavras fizessem sentido. — Agora. Você *está* pedindo?

Lambi os lábios, faminta.

— Não para morrer. Mas... você. Sim, estou pedindo você.

– Ter a mim é morrer — ele me avisou, enquanto passava o dorso da mão pelos meus seios. Os nós dos dedos foram barrados pelo meu mamilo, já rijo, e eu não pude evitar um arquejo. O quarto ficou mais escuro.

Mas um pensamento surgiu entre o desejo. Era o pensamento que tinha me levado àquela imprudência, pois, apesar de tudo, eu não era uma suicida. Eu queria viver por qualquer migalha de tempo que ainda tivesse. Da mesma maneira que eu odiava os Arameri, mas tentava entendê-los; eu queria impedir uma segunda Guerra dos Deuses, mas também queria libertar os Enefadeh. Eu queria tantas coisas, todas contraditórias e impossíveis de conseguir juntas. Eu as queria mesmo assim. Talvez a infantilidade de Sieh tivesse me contaminado.

— Você já teve amantes mortais — eu disse. Minha voz estava mais ofegante do que deveria. Ele se inclinou para mais perto de mim e inspirou, como se sentisse o cheiro. — Você já teve dúzias deles, e todos viveram para contar a história.

— Isso foi antes de séculos de ódio humano terem me tornado um monstro — disse o Senhor da Noite, e por um momento, sua voz ficou triste. Eu tinha usado a mesma palavra para me referir a ele, mas era estranho e errado ouvi-lo falar assim. — Antes que meu irmão roubasse toda e qualquer ternura que já existiu em minha alma.

E assim meu medo sumiu.

— Não — eu disse.

Sua mão parou. Eu a peguei com a minha, entrelaçando os nossos dedos.

— Sua ternura não se foi, Nahadoth. Eu a vi. Eu a senti. — Puxei a mão para cima até tocar meus lábios. Senti seus dedos se mexerem, como se estivesse surpreso. — Você está certo sobre mim. Se devo morrer, quero morrer nas minhas próprias condições. Tem muitas coisas que jamais irei fazer, mas *isto* eu posso ter. Você. — Beijei os dedos. — Você me mostrará aquela ternura de novo, Senhor da Noite? Por favor?

Pelo canto do olho, vi movimento. Quando virei a cabeça, havia linhas pretas, curvas e aleatórias, marcando o caminho pelas paredes, pelas janelas, pelo chão. As linhas fluíam a partir dos pés de Nahadoth, espalhando-se, sobrepondo-se. De relance, vi profundezas estranhas e vazias dentro das linhas, uma ilusão de névoas vagando e infinitos abismos profundos. Ele exalou baixinho e aquele ar envolveu a minha língua.

— Eu preciso muito — sussurrou. — Faz tanto tempo que não compartilho essa parte de mim, Yeine. Eu desejo... eu sempre desejo... eu me devoro de tanto desejar. Mas Itempas me traiu, e você não é Enefa, e eu... eu estou... com medo.

Lágrimas arderam em meus olhos. Estendi as mãos, segurei o seu rosto e o puxei para mim. Seus lábios estavam frios, e dessa vez, tinham gosto de sal. Eu o senti tremer.

— Eu lhe darei tudo o que puder — disse eu quando nos separamos.

Ele pressionou a testa contra a minha; respirava com dificuldade.

— Você precisa dizer as palavras. Eu vou tentar ser o que eu era, eu vou tentar, mas... — Ele deu um grunhido baixo e desesperado. — Diga as palavras!

Fechei os olhos. Quantos dos meus ancestrais Arameri disseram essas palavras e morreram? Sorri. Se me juntasse a eles, seria uma morte digna de uma darre.

— Faça o que quiser comigo, Senhor da Noite — sussurrei.

Mãos me agarraram.

Eu não digo que as mãos *dele* me agarram, porque havia mãos demais, apertando meus braços, agarrando meu quadril e enrolando-se em meu cabelo. Uma se fechou no meu tornozelo. O quarto estava quase envolto em trevas. Eu não conseguia ver nada além da janela e do céu, onde a luz do sol tinha finalmente sumido por completo. Estrelas giraram quando eu fui erguida e derrubada até sentir a cama sob minhas costas.

Alimentamos a fome um do outro. Onde eu queria ser tocada, ele tocava. Não sei como ele sabia. Onde quer que eu o tocasse, havia uma demora. Eu acariciava o vazio antes que ele se tornasse um braço de músculos suaves. Eu envolvia o nada com minhas pernas para encontrar seu quadril acomodado ali, pronto e cheio de energia. Dessa forma, eu o moldei, fazendo-o caber nas minhas fantasias; dessa forma, ele escolheu ser moldado. Quando um calor denso e pesado me penetrou, eu não fazia ideia se era um pênis ou um tipo completamente diferente de falo que só deuses possuíam. Suspeito que tenha sido isso, pois um mero pênis não poderia preencher o corpo de uma mulher do jeito que ele preencheu o meu. Tamanho não tinha nada a ver com aquilo. Dessa vez, ele me deixou gritar.

— Yeine... — Na névoa do meu próprio calor, percebia poucas coisas. As nuvens correndo entre as estrelas. As linhas pretas tecendo-se pelo teto do quarto, abrindo-se e unindo-se em um grande abismo aberto. A crescente urgência dos movimentos de Nahadoth. Havia dor agora, porque eu a queria.

— Yeine, se abra para mim.

Eu não tinha ideia do que ele queria dizer, não conseguia pensar. Mas ele agarrou meu cabelo e colocou a mão sobre o meu quadril, puxando-me com mais força contra ele, de uma forma que me fez entrar em espiral de novo.

— Yeine!

Tanta carência nele. Tantos ferimentos — dois deles, abertos e sem cura, por dois amantes perdidos. Tão mais do que uma pobre mortal jamais poderia satisfazer.

Porém, no meu delírio, tentei. Eu não podia, era apenas humana. Mas naquele momento, eu quis ser mais, dar mais, porque eu o amava.

Eu o amava.

Nahadoth se arqueou, afastando-se de mim. Na última luz das estrelas, vi rapidamente um corpo macio e perfeito, musculoso e tenso, e brilhante com suor até onde se juntava ao meu. Ele jogou o cabelo para trás, formando um arco. Seu rosto estava marcado pelos olhos fechados com força, a boca aberta e a deliciosa expressão de quase agonia que os homens fazem quando o momento chega.

Então, caímos.

... não, não, nós *voamos*, para cima, para a escuridão. Havia listras naquela escuridão, linhas finas e aleatórias de branco, dourado, vermelho e azul. Eu estendi a mão, fascinada, e a recolhi rápido quando algo picou a ponta de meus dedos. Olhei e vi que estavam úmidos com uma substância brilhante que girava em pequenos ciscos. Nahadoth gritou, o corpo tremendo, e então *subimos...*

... além das infindáveis estrelas, dos incontáveis mundos, através de camadas de nuvem leve e brilhante. Mais e mais para cima, em uma velocidade impossível, em um tamanho incompreensível. Deixamos a luz para trás e continuamos, passando por coisas mais estranhas que meros mundos. Formas geométricas que se retorciam e tagarelavam. Um cenário branco de explosões congeladas. Linhas trêmulas de *intenção* que se viravam para nos perseguir. Seres abissais de olhos terríveis e com rostos de amigos há muito perdidos.

Fechei os olhos. Eu tive que fechá-los. Mas as imagens continuavam, porque naquele lugar eu não tinha pálpebras para cerrar. Eu era imensa e continuava a crescer. Tinha um milhão de pernas, dois milhões de braços. Não sei o que me tornei naquele lugar para onde Nahadoth me levou, porque há coisas que nenhum mortal é capaz de fazer, ser ou compreender, e eu englobei tudo aquilo.

Algo familiar: a escuridão que é a quintessência de Nahadoth. Ela me cercou, me pressionou, até eu não ter escolha e ceder. Senti algo em mim (sanidade? ego?) se estocar, ficando tão tensionado que um toque o quebraria. Então, aquele era o fim. Eu não estava com medo, nem mesmo quando percebi um som: um rugido titânico e terrível. Não tenho como descrevê-lo, além de dizer que havia algo daquele rugido na voz de Nahadoth quando ele gritou de novo. Soube então que seu êxtase tinha nos levado para além do universo e estávamos nos aproximando do Turbilhão, o lugar onde os deuses nasceram. Ele iria me estraçalhar.

E quando o rugido se tornou tão terrível que eu sabia que não ia mais aguentá-lo, nós paramos. Flutuamos, contidos.

Caímos novamente através da estranheza balbuciante, da escuridão em camadas e dos redemoinhos de luz e globos dançarinos na direção de um em específico, azul-esverdeado e belo. Houve um novo rugido quando atravessamos o ar, deixando uma trilha de fogo branco. Algo brilhante e pálido surgiu, minúsculo e depois enorme, cheio de pontas, pedras brancas e traição — *Céu, era o Céu* — e ele nos engoliu de uma vez.

    Acho que gritei de novo quando, nua e com a pele fervendo, caí na minha cama. A onda de choque do impacto varreu meu quarto; o som que fez era o Turbilhão descendo à terra. Não sabia de mais nada.

Uma chance

Ele deveria ter me matado naquela noite. Teria sido mais fácil.

Isso é egoísmo seu.

O quê?

Ele deu o corpo dele a você. Um prazer que nenhum amante mortal pode te dar. Lutou contra a própria natureza para mantê-la viva e você prefere que ele não tivesse se importado.

Não quis dizer...

Sim, você quis. Ah, criança. Você acha que o ama? Acha que é digna do amor dele?

Não posso falar por ele. Mas sei o que eu sinto.

Não seja...

E sei o que ouvi. Ciúme não combina com você.

O quê?

É por isso que está tão zangada comigo, não é? Você é igual a Itempas, não suporta dividir...

Silêncio!

... mas não é preciso. Você não percebe? Ele nunca deixou de te amar. Nunca deixará. Você e Itempas sempre terão seu coração nas mãos.

... Sim. É verdade. Mas eu estou morta e Itempas está louco.

E eu estou morrendo. Pobre Nahadoth.

Pobre Nahadoth, e pobre de nós.

N. K. Jemisin

* * *

Acordei devagar, consciente do calor e do conforto. A luz do sol brilhava no meu rosto, avermelhando minha visão através de uma das minhas pálpebras. A mão de alguém esfregava as minhas costas em pequenos arcos.

Abri os olhos e não entendi o que vi a princípio. Uma superfície branca e ondulada. Passou pela minha memória algo parecido — *explosões congeladas* —, então, as lembranças se foram, para o fundo da minha consciência e fora de alcance. Por um momento, a compreensão ficou: eu era mortal, não estava pronta para certo tipo de conhecimento. Depois, até isso sumiu, e voltei a ser eu mesma. Estava usando um robe macio de pelos, sentada no colo de alguém. Franzindo o cenho, ergui a cabeça.

A forma diurna de Nahadoth me encarava com olhos sinceros e humanos demais.

Eu não pensei, e pulei e caí do colo dele ao mesmo tempo, colocando-me de pé. Ele também se ergueu comigo e um momento tenso se instaurou, eu o encarando e ele apenas ali, em pé.

A tensão se foi quando ele se virou para a mesinha de cabeceira, onde estava um jogo de chá prateado. Ele serviu e o som líquido me fez encolher por motivos que eu não entendi, então ele estendeu a xícara, oferecendo-a para mim.

Fiquei nua na frente dele, uma oferenda...

E se foi, como um peixe em um lago.

— Como você está se sentindo? — perguntou. Eu me encolhi de novo, sem saber se entendia as palavras. Como eu estava me sentindo? Quente. Segura. Limpa. Ergui a mão, cheirei meu pulso: sabão.

— Eu te dei banho. Espero que você perdoe a liberdade. — Sua voz era baixa e suave, como se falasse com um bichinho assustado. Ele parecia diferente do dia anterior, mais saudável, e também mais marrom, como um homem darre. — Você estava dormindo tão profundamente que não acordou. Encontrei o robe no armário.

Eu não sabia que tinha um robe. Demorei para perceber que ele ainda estava segurando a xícara de chá. Eu a peguei, mais por educação do que interesse. Quando provei, fiquei surpresa por estar morno e delicioso com menta refrescante, e outras ervas calmantes. Percebi que estava com sede e o bebi com vontade. Naha ergueu o bule, oferecendo mais silenciosamente, e eu deixei que servisse.

— Que maravilha você é — murmurou enquanto eu bebia. Barulho. Ele estava me encarando e isso me incomodava. Desviei os olhos para ignorá-lo e saborear o chá.

— Você estava gelada quando acordei, e suja. Havia alguma coisa, acho que era fuligem, em você toda. O banho esquentou você, e aquilo também ajudou. — Ele apontou com a cabeça para a poltrona onde estávamos sentados. — Não havia outro lugar, então...

— A cama — eu disse e me encolhi de novo. Minha voz estava rouca, e senti minha garganta ferida e dolorida. A menta ajudou.

Naha fez uma pausa momentânea, erguendo os lábios com um resquício da crueldade habitual dentro dele.

— A cama não teria funcionado.

Confusa, olhei para trás dele e prendi a respiração. A cama era apenas destroços, afundada na estrutura e as pernas quebradas. O colchão parecia ter sido rasgado por uma espada e depois queimado. Penas de ganso e tiras queimadas de tecido espalhavam-se pelo quarto.

Era mais do que a cama. Uma das imensas janelas de vidro do quarto estava totalmente trincada, lembrando uma teia de aranha; apenas por sorte não estava estilhaçada. Mas o espelho da penteadeira estava. Uma das minhas estantes tombou, os objetos que ficavam nela, se espalharam, mas estavam intactos. (Vi o livro do meu pai ali, para o meu grande alívio). A outra estante tinha se partido toda, junto com a maioria dos livros nela.

Naha pegou a xícara vazia da minha mão antes que eu a deixasse cair.

— Você vai precisar de um de seus amigos Enefadeh para consertar isso. Mantive os serventes fora hoje de manhã, mas isso não vai funcionar por muito tempo.

— Eu... eu não... — Balancei a cabeça. Muito do que havia acontecido parecia um sonho na minha mente, mais metafísico que real. Eu lembrava de estar caindo. Mas não havia buraco no teto. E, no entanto, a cama.

Naha não disse nada enquanto eu andava pelo quarto, com meus pés protegidos por chinelos esmagando vidros e farpas. Ele só falou quando eu peguei um estilhaço do espelho para encarar meu próprio rosto.

— Você não se parece tanto assim com o mural da biblioteca quanto eu achava no começo.

Isso fez com que eu me virasse para encará-lo. Ele sorriu. Eu achei que Naha era humano, mas não. Ele viveu demais, de forma estranha demais, sabia demais. Talvez ele fosse como os demônios de antigamente, meio mortal e meio outra coisa.

— Desde quando você sabe? — perguntei.

— Desde que nos encontramos. — Os lábios se levantaram. — Embora aquilo não possa ser chamado de "encontro", na verdade.

Ele tinha parado e me encarado, naquela primeira noite no Céu. Eu tinha esquecido entre a onda de terror que veio em seguida. E mais tarde, nos aposentos de Scimina...

— Você é um bom ator.

— Tenho que ser. — O sorriso sumiu. — Até agora, eu não tinha certeza. Não até acordar e ver isso. — Ele gesticulou para o quarto devastado ao nosso redor. — E você ali, ao meu lado, viva.

"Eu não esperava estar". Mas estava, e agora eu teria que lidar com as consequências.

— Eu não sou ela — disse.

— Não. Mas aposto que você é uma parte dela, ou ela é uma parte de você. Sei um pouco dessas coisas. — Ele passou a mão pelas suas mechas pretas e desarrumadas. Somente cabelo, e não as ondas esfumaçadas de seu *alter ego* divino, mas era perceptível o que ele queria dizer.

— Por que você não contou a ninguém?

— Você acha que eu faria isso?

— Sim.

Ele riu, mas havia algo duro naquele som.

— E você me conhece tão bem.

— Você faria qualquer coisa para tornar a sua vida mais fácil.

— Ah. Você me conhece *mesmo*. — Ele se jogou na poltrona, a única peça de mobiliário ainda intacta na sala, colocando uma perna por cima de um dos braços. — Mas se você sabe tanto sobre mim, Lady, então deve ser capaz de adivinhar porque eu jamais contaria aos Arameri sobre a sua... especificidade.

Eu soltei o estilhaço de espelho e fui até ele.

— Explique-se — ordenei, porque eu podia sentir pena, mas jamais gostaria dele.

Ele balançou a cabeça, como se me repreendesse por minha impaciência.

— Eu também quero ser livre.

Franzi a testa.

— Mas se o Senhor da Noite for libertado... — O que aconteceria com uma alma mortal enterrada no corpo de um deus? Ele iria adormecer e jamais acordaria? Alguma parte dele continuaria aprisionada e consciente dentro de uma mente estranha? Ou ele simplesmente deixaria de existir?

Ele assentiu, e eu percebi que todos esses pensamentos, e muitos mais, ocorreram a ele durante aqueles séculos.

— Ele prometeu me destruir, se isso acontecesse um dia.

E aquele Naha se alegraria, percebi com um arrepio. Talvez ele já tivesse tentado se matar antes, apenas para ser ressuscitado na manhã seguinte, preso pela magia feita para atormentar um deus.

Bem, se tudo corresse como planejado, ele logo estaria livre.

Eu me ergui, e fui até a janela que permanecia inteira. O sol estava alto no céu e passava do meio-dia. Meu último dia de vida já estava pela metade. Eu tentava pensar em como passar o tempo que me restava, quando senti uma nova presença na sala, e me virei. Sieh estava ali, olhando da cama para mim, para Naha, e repetindo o ciclo.

— Você parece melhor — disse, satisfeita. Ele estava jovem de novo, e havia uma mancha de grama em um dos joelhos. Seu olhar, porém, estava longe de ser infantil ao se focar em Naha. Quando as pupilas se tornaram fendas ferozes, e eu vi a mudança dessa vez, e sabia que precisaria intervir. Eu fui até Sieh, entrando propositalmente no seu campo de visão, e abri os braços, convidando-o a se aproximar.

Ele colocou os braços ao meu redor, o que, a princípio, achei ser um gesto afetuoso, até ele me pegar e me colocar atrás dele, virando-se para encarar Naha.

— Você está bem, Yeine? — ele perguntou, se agachando. Não era a postura de um lutador, estava mais perto do movimento de um animal aprumando-se para dar o bote. Naha devolveu o olhar com frieza.

Coloquei a mão no seu ombro, que estava tenso.

— Estou bem.

— Esse daí é perigoso, Yeine. Nós não confiamos nele.

— Adorável Sieh — Naha disse e aquele tom cruel na sua voz retornou. Ele abriu os braços, debochando do meu próprio gesto. — Senti a sua falta. Venha, dê um beijo no seu pai.

Sieh silvou, e tive um segundo para me perguntar se eu teria alguma chance nos infernos infinitos de segurá-lo. Mas Naha riu e recostou-se na poltrona. Ele sabia até onde podia ir.

Sieh ainda parecia estar considerando fazer algo terrível, quando finalmente pensei em distraí-lo.

— Sieh. — Ele não olhou para mim. — *Sieh*. Eu estava com o seu pai na noite passada.

Ele se virou para me olhar, tão espantado que seus olhos voltaram à humanidade na mesma hora. Atrás dele, Naha deu uma risada baixa.

— Não pode ser — Sieh disse. — Faz séculos desde que... — Ele parou e se inclinou mais para perto. Vi suas narinas tremularem com delicadeza uma, duas vezes. — Céus e terra. Você *estava* com ele.

Insegura, cheirei discretamente a gola do meu robe. Com sorte, seria algo que apenas os deuses poderiam detectar.

— Sim.

— Mas ele... isso deveria... — Sieh balançou a cabeça com força. — Yeine... Yeine, você sabe o que isso significa?

— Significa que a pequena experiência de vocês funcionou melhor do que esperavam — Naha disse. Nas sombras da poltrona, seus olhos brilhavam, lembrando um pouco o outro ele. — Talvez você devesse experimentá-la também, Sieh. Você deve ficar cansado de velhos pervertidos.

Sieh ficou completamente tenso e cerrou as mãos. Eu fiquei admirada em como ele permitia que essas provocações funcionassem, mas talvez fosse outra de suas fraquezas. Ele prendeu a si mesmo nas leis da infância: talvez uma delas fosse *nenhuma criança deve controlar o temperamento quando provocada*.

Eu toquei seu queixo e ele virou o rosto para mim.

— O quarto. Teria como você...?

— Ah. Certo. — Fazendo questão de dar as costas para Naha, ele olhou ao redor e disse algo na própria língua, em um tom alto e rápido. O quarto foi restaurado de repente, do nada.

— Prático — eu disse.

— Ninguém é melhor em arrumar bagunça do que eu. — Ele sorriu rapidamente.

Naha se levantou e foi vasculhar uma das estantes restauradas, propositalmente nos ignorando. Só depois me ocorreu que ele estava diferente antes de Sieh aparecer — solícito, respeitoso, quase gentil. Abri a boca para agradecê-lo, mas pensei melhor. Sieh foi cuidadoso em esconder isso de mim, mas eu tinha visto sinais de um instinto mais cruel dentro dele. Havia uma história muito ruim e muito antiga entre aqueles dois, e essas coisas raramente eram unilaterais.

— Vamos para outro lugar para conversar. Tenho uma mensagem para você. — Interrompendo meus pensamentos, Sieh me puxou até a parede mais próxima. Passamos para o espaço morto além dela.

Depois de atravessarmos alguns aposentos, Sieh suspirou, abriu a boca, fechou e, por fim, decidiu falar.

— A mensagem que eu trago é de Relad. Ele quer ver você.
— Por quê?
— Eu não sei. Mas não acho que você deva ir.
Franzi a testa.
— Por que não?
— Pense, Yeine. Você não é a única que vai encarar a morte amanhã. Quando você indicar Scimina como herdeira, a primeira coisa que ela fará é matar o irmãozinho, e ele sabe disso. E se ele decidir que matar *você* agora, antes da cerimônia, é o melhor jeito de ganhar alguns dias de vida? Seria inútil, óbvio, pois Dekarta já viu o que aconteceu com Darr. Ele só designará outra pessoa como sacrifício e dirá a essa pessoa para escolher Scimina. Mas homens desesperados nem sempre pensam racionalmente.

A explicação de Sieh fazia sentido, mas algo ainda não fazia.

— Relad mandou você trazer essa mensagem?
— Não, ele pediu. E ele *pede* para vê-la. Ele disse "Se você a encontrar, lembre-a de que não sou a minha irmã, eu nunca fiz mal a ela. Eu sei que ela te escuta". — Sieh fechou a cara. — *Lembre-a*, foi a única ordem que ele deu. Ele sabe como falar conosco, me deu a escolha de propósito.

Eu parei de andar. Sieh ainda avançou alguns passos antes de perceber, e voltou-se para mim com uma expressão confusa.

— E por que você escolheu me contar?

Uma sombra de inquietude passou pelo seu rosto e ele baixou os olhos.

— É verdade que eu não devia — disse devagar. — Kurue não teria permitido, se ela soubesse. Mas o que Kurue não sabe... — Um sorriso leve passou pelo rosto de Sieh. — Bem, isso *pode* machucá-la, mas vamos torcer para que não aconteça.

Cruzei os braços, esperando. Ele ainda não tinha respondido a minha pergunta, e sabia disso.

— Você não é mais tão legal — ele falou, aborrecido.
— Sieh.
— Certo, certo. — Ele enfiou as mãos nos bolsos e deu de ombros como se não ligasse, mas a voz estava séria. — Você concordou em nos

ajudar, e é isso. Isso a torna nossa aliada, não uma ferramenta. Kurue está errada, nós não devemos esconder coisas de você.

Assenti.

— Obrigada.

— Me agradeça não comentando nada com Kurue. Nem com Nahadoth ou Zhakkarn, já que falamos nisso. — Ele fez uma pausa e sorriu para mim, subitamente divertido. — Embora pareça que Nahadoth tenha os próprios segredos escondidos com você.

Minhas bochechas esquentaram.

— A decisão foi minha — eu expeli as palavras, irracionalmente compelida a me explicar. — Eu o peguei de surpresa e...

— Yeine, por favor. Você não está tentando me dizer que "tirou vantagem dele" ou algo assim, está?

Como era exatamente isso que eu estava fazendo, fiquei em silêncio.

Sieh balançou a cabeça e suspirou. Fiquei espantada ao ver uma tristeza esquisita no seu sorriso.

— Fico feliz, Yeine, mais do que você imagina. Ele está solitário demais desde a Guerra.

— Ele não está sozinho. Ele tem vocês.

— Nós o confortamos e o impedimos de se deixar levar completamente pela insanidade. Até podemos ser amantes dele, embora para nós a experiência seja... bem, tão *extrema* quanto foi para você. — Corei de novo, embora fosse, em parte, pelo pensamento inquietante de Nahadoth se deitando com seus próprios filhos. Mas os Três eram irmãos, no fim das contas. Os deuses não vivem segundo as nossas regras.

Como se ouvisse meu pensamento, Sieh assentiu.

— Ele precisa de um igual, não de ofertas por dó dos próprios filhos.

— Eu não sou igual a nenhum dos Três, Sieh, não importa a alma que esteja em mim.

Ele tornou-se solene.

— O amor balancear a equação entre mortais e deuses, Yeine. É algo que aprendemos a respeitar.

Balancei a cabeça. Era algo que eu entendi no momento que o impulso desenfreado de fazer amor com um deus tinha me tomado.

— Ele não me ama.

Sieh revirou os olhos.

— *Eu* amo você, Yeine, mas às vezes você é tão mortal.

Pega de surpresa, fiquei em silêncio. Sieh balançou a cabeça e chamou uma das esferas flutuantes que surgiu do nada, e ficou jogando de uma mão para outra. Aquela era azul-esverdeada, o que provocava as minhas memórias.

— Então, o que você planeja fazer em relação a Relad?

— O que... ah. — Era estonteante, essa mudança constante de assuntos divinos para mundanos. — Vou encontrá-lo.

— Yeine...

— Ele não vai me matar. — Na minha mente, vi o rosto de Relad de duas noites atrás, emoldurado pela entrada do meu quarto. Ele tinha vindo me contar sobre a tortura de Sieh, o que nem T'vril havia feito. Com certeza, ele percebeu que se Scimina me forçasse a relevar meus segredos, ela ganharia a disputa. Então, por que ele havia feito isso?

Eu tinha uma teoria particular, baseada naquele breve encontro do solário. Eu acreditava que, bem no fundo, Relad era menos Arameri do que T'vril — talvez até menos do que eu. Em algum lugar no meio daquela amargura e autodesprezo, escondido atrás de mil camadas de autopreservação, Relad Arameri tinha um coração gentil.

Inútil para um herdeiro Arameri, se fosse verdade. Mais do que inútil, perigoso. Mas por causa desse coração, eu estava disposta a dar um voto de confiança a ele.

— Eu ainda posso escolhê-lo e ele sabe disso — disse a Sieh. — Não faria sentido, porque garantiria o sofrimento de meu povo. Mas posso fazer isso. Sou a última esperança dele.

— Você me parece muito certa disso — Sieh acrescentou, em dúvida.

Eu tive a vontade súbita de bagunçar o seu cabelo. Ele até poderia gostar disso, por causa da própria natureza, mas não gostaria do pensamento que tinha ativado esse impulso: Sieh realmente era uma criança, de maneira fundamental. Ele não entendia mortais. Ele viveu entre nós por séculos, milênios, e mesmo assim, nunca foi um de nós. Ele não conhecia o poder da esperança.

— Tenho certeza absoluta — disse. — Mas ficaria muito grata se você fosse comigo.

Ele pareceu surpreso, apesar de ter segurado minha mão imediatamente.

— Certo. Mas por quê?

— Apoio moral. E para o caso de eu estar muito, muito errada.

Ele sorriu e abriu outra parede que nos levaria até lá.

* * *

Os aposentos de Relad eram tão grandes quanto os de Scimina, e cada um era três vezes maior que o meu. Se eu os tivesse visto no meu primeiro dia no Céu, eu entenderia de imediato que eu não era mesmo uma concorrente pelo poder de Dekarta.

A configuração dos seus aposentos era, porém, completamente diferente da de Scimina: uma câmara ampla com uma escada curta nos fundos, levava a um sótão. O andar principal era dominado por um buraco quadrado no chão, no qual um mapa-múndi tinha sido feito com belas peças de cerâmicas coloridas. Além disso, a câmara era surpreendentemente simples, com apenas algumas poucas peças de mobília, um bar repleto de garrafas de bebidas alcoólicas e uma pequena estante de livros. E Relad estava parado ao lado do mapa, rígido, formal e desconfortavelmente sóbrio.

— Saudações, prima — disse quando eu entrei, e depois parou, olhando fixo para Sieh. — Eu convidei apenas Yeine.

Coloquei a mão no ombro de Sieh.

— Ele estava preocupado que você pudesse me fazer mal, primo. Você irá?

— O quê? Óbvio que não! — O olhar de surpresa no rosto de Relad confirmou o que eu pensava. Na verdade, tudo naquela cena sugeria que ele estava determinado a me agradar, e não se agrada quem é dispensável.

— Pelo Turbilhão, por que eu faria isso? Você não serve para mim morta.

Firmei o sorriso e deixei aquela afirmação desastrada passar.

— Bom saber disso, primo.

— Não se preocupe comigo — Sieh disse. — Sou só uma mosquinha na parede.

Relad esforçou-se para apenas o ignorar.

— Posso lhe servir alguma coisa? Chá? Um drinque?

— Bem, já que você perguntou... — Sieh começou a dizer, antes que eu apertasse o seu ombro com força. Eu não queria provocar Relad, não por enquanto.

— Não, obrigada — disse. — Mas agradeço. Também agradeço pelo aviso, primo, duas noites atrás. — Acariciei o cabelo de Sieh.

Relad lutou por três segundos para encontrar uma resposta adequada antes de finalmente resmungar:

— Não foi nada.

— Por que você me chamou aqui?

— Tenho uma oferta a fazer. — Ele fez um gesto vago para o chão.

Abaixei os olhos para o mapa no chão, automaticamente encontrando o Alto Norte e o pequeno canto dele, que era Darr. Quatro pedras brancas, polidas e achatadas, estavam dispostas ao redor das fronteiras de Darr — uma em cada um dos três reinos que suspeitei fazerem parte da aliança, e uma adicional em Menchey. No centro de Darr havia uma única pedra de mármore cinza, provavelmente representando a nossa patética força militar. Mas, ao sul de Menchey, no ponto da costa onde o continente encontra o Mar do Arrependimento, havia três pedras amarelas. Eu sequer suspeitava o que poderiam ser.

Levantei os olhos para Relad.

— Darr é tudo o que me importa agora. Scimina me ofereceu a vida do meu povo. É isso o que você está me oferecendo?

— Provavelmente mais do que isso. — Relad desceu na área desnivelada onde ficava o mapa, e andou até logo abaixo do Alto Norte. Os pés estavam no meio do Mar do Arrependimento, o que me pareceu divertido sem motivo.

— As brancas são os seus inimigos, como certamente você já adivinhou; os peões de Scimina. Aqueles... — Ele apontou para as amarelas. — São os meus.

Franzi o cenho, mas Sieh bufou antes que eu pudesse falar.

— Você não tem aliados no Alto Norte, Relad. Você ignorou o continente inteiro por anos. A vitória de Scimina é o resultado da sua própria negligência.

— Eu sei disso — Relad vociferou, e se voltou para mim. — É verdade que não tenho amigos no Alto Norte. E mesmo se tivesse, todos os reinos dali odeiam a sua terra, prima. Scimina só está facilitando o que eles estiveram se coçando para fazer por gerações.

Dei de ombros.

— O Alto Norte já foi uma terra de bárbaros e nós, darres, estávamos entre os mais selvagens. Os sacerdotes podem ter nos civilizado, mas não se apaga o passado.

Relad assentiu, sem dar atenção. Era notável que ele não se importava. Realmente, era horrível em ser convincente. Ele apontou de novo para as pedras amarelas.

— Mercenários — disse. — A maioria é de piratas kentineses e mineses, alguns lutadores clandestinos de Ghor e um contingente de batedores da cidade de Zhurem. Posso ordenar que lutem por você, prima.

Encarei as pedras amarelas e me lembrei do pensamento que tive sobre mortais e o poder da esperança.

Sieh foi até o mapa e examinou as pedras amarelas, como se conseguisse ver as forças que elas representavam. Assobiou.

— Você deve ter falido para contratar todos e levá-los ao Alto Norte a tempo, Relad. Eu não tinha percebido quanto capital você acumulou nos últimos anos. — Ele se virou, olhando para Relad e para mim sobre o ombro. — Mas estão longe demais para chegar em Darr até amanhã. Os amigos de Scimina já estão a caminho.

Relad assentiu, me observando.

— Minhas forças estão perto o bastante para atacar a capital de Menchey hoje à noite, e até mesmo tentar uma investida contra Tok amanhã. Estão totalmente equipados, descansados e com muitos suprimentos. Seus planos de batalha foram traçados pela própria Zhakkarn. — Ele cruzou os braços, um tanto defensivo. — Com Menchey sob ataque, metade dos seus inimigos recuarão o ataque a Darr. Isso deixa os rebeldes de Zarenne e de Atir para batalhar com seu povo, que ainda vai ser superado em dois para um. Mas Darr terá uma chance de lutar.

Olhei com firmeza para Relad. Ele tinha me avaliado bem nessa — surpreendentemente bem. De alguma forma, percebeu que não era a possibilidade de uma guerra que me assustava; afinal, eu era uma guerreira. Mas uma guerra *impossível de ser vencida*, contra inimigos que não só tomariam nosso território, mas destruiriam nossos espíritos, se não acabassem com nossa vida... isso eu não conseguia aceitar.

Dois para um era possível. Difícil, mas possível.

Fitei Sieh que assentiu. Meus instintos me diziam que a oferta de Relad era legítima, mas ele conhecia as capacidades de Relad e me avisaria sobre qualquer truque. Acho que nós dois estávamos surpresos por Relad ter conseguido aquilo.

— Você deveria ficar sem beber mais vezes, primo — eu disse, com calma.

Relad sorriu, totalmente sem humor.

— Não foi por querer, garanto a você. Mas a perspectiva de uma morte iminente tende a azedar até o melhor vinho.

Eu entendia completamente.

Houve outro daqueles silêncios constrangedores e Relad deu um passo à frente, oferecendo a mão. Surpresa, a apertei. Tínhamos um acordo.

* * *

Depois, Sieh e eu andamos devagar até meu quarto. Ele me levou por um novo caminho, passando por partes do Céu que eu não tinha visto nas duas semanas desde que cheguei. Entre outras maravilhas, ele me mostrou uma sala alta e estreita, que não era um espaço morto, mas estava selada e esquecida por algum motivo, cujo teto parecia ser um acidente no projeto de construção dos deuses. A pálida substância do Céu pendia, como se fossem estalactites, porém mais delicadas e graciosas. Algumas estavam perto o bastante para serem tocadas, outras terminavam a poucos centímetros abaixo do texto. Eu não podia imaginar o propósito da câmara até Sieh me levar a um painel na parede.

Quando eu o toquei, uma fenda se abriu no teto, deixando entrar uma espantosa rajada de ar gelado. Eu tremi, mas esqueci meu desconforto quando as extrusões do teto emitiram uma harmonia, quando a ventania as fez vibrar. Não parecia com nenhuma música que eu conhecia, trêmula e estranha, uma cacofonia bela demais para ser chamada apenas de barulho. Eu não deixei Sieh tocar o painel para bloquear o vento até que eu começasse a perder a sensação nos meus dedos.

No silêncio que se seguiu, durante o qual me agachei apoiada na parede e soprei as mãos para esquentá-las, Sieh agachou-se também, diante de mim, e me encarou com determinação. Eu estava com frio demais para perceber, mas de repente ele se inclinou e me beijou. Fiquei paralisada de espanto, mas não havia nada de desagradável naquilo. Era o beijo de uma criança, espontâneo e incondicional. Apenas o fato de ele não ser uma criança me deixava desconfortável.

Sieh recuou e suspirou, triste, ao ver a expressão no meu rosto.

— Desculpe — disse, acomodando-se ao meu lado.

— Não peça desculpas — respondi. — Só me diga o porquê disso. — Percebi que aquilo era uma ordem não intencional e acrescentei. — Você poderia?

Ele balançou a cabeça, fingindo timidez e pressionando o rosto no meu braço. Eu gostava de ter o calor dele ali, mas não o silêncio. Me afastei, obrigando-o a se ajeitar ou cair.

— Yeine!

— Sieh.

Ele suspirou, aborrecido, e se ajeitou, sentando de pernas cruzadas. Por um momento, pensei que ele ficaria ali, de mau humor. Mas disse, por fim:

— Eu só não acho justo, só isso. Naha provou seu gosto, mas eu não. *Aquilo* me deixou desconfortável.

— Mesmo nas minhas terras bárbaras, mulheres não usam crianças como amantes.

Sua expressão ficou ainda mais aborrecida.

— Eu já disse que eu não quero *isso* de você. Estou falando de outra coisa. — Ele sentou em cima dos calcanhares de repente, e se inclinou na minha direção. Eu me afastei e ele parou, esperando. Lembrei que o amava, confiava nele com toda a minha alma. Não deveria confiar um beijo? Então, depois de respirar fundo, relaxei. Sieh esperou até eu lhe dar um pequeno aceno, e mais um momento, para se certificar. Só então, ele se inclinou e me beijou de novo.

E dessa vez foi diferente, porque eu pude sentir o gosto *dele* — não de Sieh, a criança suada e um pouco suja, mas o Sieh por baixo da máscara humana. É... difícil descrever. Era como uma explosão súbita de algo refrescante, como melão maduro, ou talvez uma cachoeira. Uma enxurrada, uma corrente, passou para mim e por mim, e de volta a ele tão rápido que eu mal tive tempo para respirar. Sal. Relâmpagos. Aquilo doeu tanto que eu quase me afastei, mas eu pude sentir que as mãos de Sieh apertavam dolorosamente meus braços. Antes que eu gritasse, um vento frio me percorreu, suavizando a dor e os machucados.

Sieh afastou-se. Eu o encarei, mas os olhos dele permaneceram fechados. Soltando um suspiro fundo e satisfeito, ele se acomodou para sentar do meu lado de novo, levantando o meu braço e colocando-o ao redor dele.

— O que... o que foi isso? — perguntei, quando me recuperei um pouco.

— Eu — disse ele.

— Qual é o meu gosto?

Sieh suspirou, acomodando-se contra meu ombro, com os braços ao redor da minha cintura.

— Lugares calmos e enevoados, cheios de pontas afiadas e cores escondidas.

Não consegui segurar uma risadinha. Sentia a cabeça leve, como se tivesse bebido demais dos licores de Relad.

— Isso não é um gosto!

— Óbvio que é! Você sentiu o gosto de Naha, não foi? Ele tem gosto de cair até o fundo do universo.

Isso me fez parar de rir, porque era verdade. Ficamos ali sentados mais um tempo, sem falar, sem pensar — ou pelo menos, eu não pensava. Depois das preocupações e planejamentos constantes nas últimas duas semanas, era um momento de pura alegria. Talvez por isso que, quando voltei a pensar, senti outro tipo de paz.

— O que acontecerá comigo? — perguntei. — Depois.

Ele era uma criança esperta, soube na hora do que eu falava.

— Você irá vagar por um tempo — disse, muito suavemente. — As almas fazem isso assim que se libertam da carne. Com o tempo vão sendo atraídas para lugares que ressoam em certos aspectos da própria natureza. Lugares que são seguros para almas sem carne, ao contrário deste reino.

— Paraísos e infernos.

Ele encolheu os ombros, apenas um pouco para não incomodar nenhum de nós.

— É assim que os mortais os chamam.

— E não é o que eles são?

— Não sei. Qual a importância disso? — Franzi o cenho e ele suspirou. — Não sou mortal, Yeine. Não fico obcecado com isso como vocês ficam. São só... lugares para a vida descansar quando não está viva. Existem muitos deles, porque Enefa sabia que vocês precisam de variedade. — Ele suspirou novamente. — Achamos que foi por isso que alma de Enefa ficou vagando. Todos os lugares que fez, aqueles que mais ressoavam nela, sumiram quando ela morreu.

Eu estremeci, e achei ter sentido outra coisa estremecer dentro de mim.

— Será... será que ambas as nossas almas encontrarão um lugar, a dela e a minha? Ou a dela continuará vagando?

— Não sei. — A dor na voz dele era silenciosa, sem inflexão. Outra pessoa não a teria percebido.

Acariciei as suas costas.

— Se eu puder — disse. — Se eu tiver qualquer controle sobre isso... a levarei comigo.

— Talvez ela não queira ir. Os únicos lugares que restaram foram os criados pelos irmãos. Esses não combinam muito com ela.

— Então, ela pode ficar dentro de mim, se for melhor. Não sou o paraíso, mas já nos aturamos todo esse tempo. Teremos que conversar antes, evidentemente. Essas visões e os sonhos vão ter que parar. São muito perturbadores.

Sieh ergueu o rosto e me encarou. Mantive uma expressão séria o máximo que aguentei, o que não foi muito. Ele conseguiu mais do que eu. Afinal, tinha séculos de prática.

Nós acabamos de rir ali no chão, envolvidos um no outro, e assim acabou o último dia de minha vida.

* * *

Voltei ao meu apartamento sozinha, cerca de uma hora antes do crepúsculo. Quando entrei, Naha ainda estava na grande poltrona, como se tivesse ficado imóvel o dia inteiro, porém havia uma bandeja vazia de comida na mesa de cabeceira. Ele se assustou quando entrei; suspeitei que ele estivesse cochilando ou pelo menos sonhando acordado.

— Vá aonde quiser pelo resto do dia — disse a ele. — Gostaria de ficar sozinha um pouco.

Ele não discutiu enquanto se levantava. Havia uma roupa na minha cama — um vestido longo, formal, minuciosamente costurado, mas que era de um cinza sem graça. Ao lado dele, sapatos e acessórios combinando.

— Os serventes trouxeram isso — Naha disse. — Você deve usá-los hoje à noite.

— Obrigada.

Ele passou por mim a caminho da saída, sem me olhar. Eu o ouvi parar por um momento na saída. Talvez ele tenha virado para trás. Talvez tenha aberto a boca para falar. Mas não disse nada, e logo depois, ouvi a porta do apartamento abrir e fechar.

Tomei banho, me vesti e sentei na frente da janela para esperar.

O baile

Vejo minha terra embaixo de mim.

Na passagem montanhosa, as torres de vigia já foram tomadas. As tropas darres dali estão mortas. Lutaram muito, usando o caminho estreito para compensar o número inferior, mas, no final, havia simplesmente inimigos demais. Os darres duraram tempo suficiente para acender as fogueiras de sinalização e enviar uma mensagem: *o inimigo está chegando*.

As florestas são a segunda linha de defesa de Darr. Vários inimigos falharam ali, envenenados por cobras, enfraquecidos por doenças ou exauridos pelos emaranhados intermináveis de trepadeiras. Meu povo sempre tirou vantagem disso, enchendo as florestas com sábias que tinham conhecimento para se esconder, atacar e sumir de novo no mato, como leopardos.

Mas os tempos mudaram, e dessa vez o inimigo trouxe uma arma especial: um escriba. Nunca se ouviu falar sobre eles no Alto Norte, pois a magia é coisa dos amnies, considerada covarde pelos padrões dos bárbaros. Mesmo para as nações dispostas a serem covardes, os amnies mantêm os escribas como itens caros demais para serem contratados. Mas isso certamente não é um problema para uma Arameri.

(Estúpida, estúpida. Eu tenho dinheiro. Eu poderia ter mandado um escriba para lutar ao lado de Darr. Mas no fundo, eu ainda sou selvagem. Não pensei nisso, e agora é tarde demais.)

O escriba, um contemporâneo de Viraine, desenha selos em papel, coloca-os em algumas árvores e recua. Uma coluna de fogo esbranquiçado lambe a floresta em uma linha reta e artificial. Segue por quilômetros e mais quilômetros, até encontrar as muralhas de pedra de Arrebaia, contendo-se contra elas. Inteligente, pois se tivessem colocado fogo na floresta inteira, duraria meses. Assim só abriram um caminho estreito. Quando queima o suficiente, o escriba aplica mais palavras divinas e o fogo se apaga. Tirando árvores carbonizadas e derrubadas, e corpos irreconhecíveis de animais, o caminho está limpo. O inimigo alcançará Arrebaia em um dia.

Há uma movimentação na beira da floresta. Alguém sai aos tropeções, desnorteado e quase asfixiado pela fumaça. Uma sábia? Não, é um homem... um *menino*, que não tem idade para ter filhas. O que ele está fazendo ali fora? Nunca permitimos que meninos lutem. E a compreensão vem: meu povo está desesperado. Até as crianças devem lutar, se quisermos sobreviver.

Os soldados inimigos se juntam em cima dele como formigas. Eles não o matam, acorrentam-no em uma carroça de suprimentos e o levam junto, enquanto marcham. Quando chegarem a Arrebaia, o exibirão para golpear o nosso coração — ah, e como irão golpear. Podem chegar a abrir a garganta dele nos degraus de Sar-enna-nem, só para colocar o dedo na ferida.

Eu deveria ter mandado um escriba.

* * *

O salão de bailes do Céu: uma câmara ampla, de teto alto, cujas paredes eram de uma cor madrepérola ainda mais vívida do que o do resto do palácio, com um leve tom róseo. Depois do incansável branco do resto do Céu, aquele toque de cor parecia quase estravagante. Candelabros suspensos lembravam o céu estrelado, a música vagava pelo ar, aquelas coisas complicadas dos amnies tocadas por um sexteto de músicos em um tablado próximo. Os pisos eram, para minha surpresa, de outra substância, um material dourado e límpido, como âmbar escuro e polido. Não poderia ser âmbar porque não havia emendas, a não ser que fosse um bloco do tamanho de uma pequena colina. Mas era o que parecia.

E pessoas preenchiam aquele espaço glorioso. Fiquei estarrecida ao ver o número de presentes, todos com autorizações especiais para ficar no Céu naquela noite. Devia haver mil pessoas ali: os sangue-altos de maior destaque e os oficiais mais respeitáveis do Salão, reis e rainhas de terras muito mais importantes que a minha, artistas e cortesãos famosos, todos que eram alguém. Eu passei os últimos dias totalmente absorvida pelos meus próprios problemas, então não percebi as carruagens indo e vindo o dia inteiro, como provavelmente fizeram para trazer tantas pessoas ao Céu. Minha culpa.

Eu queria entrar feliz no salão e me misturar na multidão o melhor possível. Mas todos usavam branco, o que era uma tradição para eventos formais no Céu. Apenas eu usava alguma cor. Mas eu não conseguiria desaparecer de qualquer maneira, porque, quando entrei no salão e parei no alto das escadas, um servente próximo — vestido em um uniforme formal branco que eu não tinha visto ainda — limpou a garganta e retumbou, alto o suficiente para me fazer retrair.

— A Lady Yeine Arameri, herdeira escolhida de Dekarta, benevolente guardiã dos Cem Mil Reinos! Nossa convidada de honra!

Isso me obrigou a parar no começo da escada e todos os olhos do salão se viraram para mim.

Eu nunca estive diante de uma multidão dessas na vida. O pânico me tomou por um momento, junto com uma certeza visceral de que *eles sabiam*. Como não saberiam? Houve uma onda de aplausos educados e controlados. Vi sorrisos em muitos rostos, mas nenhuma simpatia verdadeira. Interesse, sim, do tipo de interesse que se tem por um bezerro premiado que logo será abatido para a refeição dos privilegiados. *Que gosto ela tem?* Imaginei ver nos olhares brilhantes e ávidos. *Se apenas pudéssemos dar uma mordida.*

Minha boca ficou seca. Meus joelhos travaram, o que me impediu de virar nos meus saltos altos desconfortáveis e sair correndo do salão. Isso e outra coisa que notei, então: meus pais tinham se conhecido em um baile dos Arameri. Talvez naquele mesmo salão. Minha mãe tinha parado naqueles mesmos degraus e encarado também a sala repleta de pessoas que a temiam e a odiavam por trás dos sorrisos.

Ela teria sorrido de volta para eles.

Então, fixei meus olhos em um ponto acima da multidão. Sorri, ergui minha mão em um aceno educado e régio, e os odiei de volta. Isso fez o medo recuar, e eu pude descer os degraus sem tropeçar nem me preocupar se eu estava sendo graciosa.

Na metade do caminho, olhei para o outro lado do salão e vi Dekarta em um tablado em frente à porta. De alguma maneira, tinham içado aquela imensa cadeira-que-não-era-trono de pedra da câmara de audiências. De lá, me observou com os olhos sem cor.

Inclinei a cabeça. Ele piscou. "Amanhã", pensei. "Amanhã."

A multidão se abria e fechava ao meu redor como lábios.

Segui o caminho entre bajuladores, que tentavam arranjar favores com papo furado, e por entre pessoas mais honestas, que simplesmente acenavam com frieza ou ironia. Por fim, cheguei a uma área onde a multidão se diluía, perto de uma mesa de bebidas. Peguei uma taça de vinho com um servente, esvaziei-a, peguei mais uma e então notei as portas de vidro arqueadas em uma lateral. Rezando para que estivessem abertas e não fossem meramente decorativas, fui até elas e descobri que levavam para fora do palácio, para um pátio amplo onde alguns convidados já estavam reunidos para aproveitar o ar magicamente aquecido da noite. Alguns murmuravam entre si enquanto eu passava, mas a maioria estava envolvida demais em segredos, seduções ou uma das outras atividades costumeiras que acontecem nos cantos sombrios desses eventos. Parei no corrimão só porque ele estava ali, e passei um tempo forçando minha mão a parar de tremer para que eu pudesse beber meu vinho.

Uma mão me rodeou por trás, cobrindo a minha e me ajudando a firmar a taça. Eu sabia quem era mesmo antes de sentir aquela familiar calma fria nas costas.

— Eles querem que essa noite quebre seu espírito — disse o Senhor da Noite. A respiração dele remexeu meu cabelo, fez cocegas na minha orelha e deixou minha pele formigando com um punhado de memórias deliciosas. Eu fechei os olhos, grata pela simplicidade do desejo.

— Estão conseguindo — respondi.

— Não. Kinneth a criou mais forte do que isso. — Ele tirou a taça da minha mão e a ergueu até sair da minha vista, como se quisesse bebê-la. Depois, me devolveu a taça. O que era vinho branco, de uma safra antiga e incrivelmente leve, praticamente incolor e com gosto de flores, passou a ser um tinto tão escuro que parecia preto na luz da varanda. Mesmo quando levantei a taça para o céu, as estrelas eram apenas um brilho opaco em uma lente de um vermelho profundo. Dei um pequeno gole para experimentar e estremeci ao sentir o gosto se movendo na minha língua. Doce, mas com um toque de acidez quase metálica, e deixava na boca um gosto salgado como lágrimas.

— E nós a tornamos ainda mais forte — disse Nahadoth. Ele falou contra o meu cabelo, um dos seus braços deslizou ao meu redor, apertando-me contra o próprio corpo. Eu relaxei apoiada nele.

Dei meia-volta e parei, surpresa. O homem que me observava de cima não parecia com Nahadoth, não nas formas que eu conhecia. Ele parecia humano, amnio, com o cabelo louro e desbotado, quase tão curto quanto o meu. Seu rosto ainda era bonito, mas não era a face que ele usava para me agradar, ou a que Scimina havia moldado. Apenas um rosto. E ele estava de branco. Isso, mais do que qualquer outra coisa, me silenciou.

Nahadoth — porque *era* ele, eu *sentia* isso, não importava a sua aparência — divertiu-se.

— O Senhor da Noite não é bem-vindo em nenhuma celebração dos servos de Itempas.

— Eu só não pensei... — Toquei a sua manga. Era apenas roupa, muito bem-feita, parte de um terno que parecia vagamente militar. Eu a acariciei e fiquei desapontada quando ela não se enrolou em meus dedos em agradecimento.

— Eu criei a substância do universo. Você achou que tecido branco seria um desafio?

Aquilo me espantou tanto que eu ri, o que me deixou em silêncio no instante seguinte. Nunca ouvi Nahadoth fazer uma piada antes. O que isso queria dizer?

Ele levou a mão até a minha bochecha, me acalmando. Percebi que, embora fingisse ser humano, ele não tinha nada a ver com a versão diurna. Nada nele era humano além da aparência; nem os movimentos, nem a velocidade com que mudava de uma expressão para outra, e especialmente, nem os olhos. Uma máscara humana simplesmente não era o bastante para esconder a verdadeira natureza dele. Era tão óbvio para o meu olhar que me admirava que as outras pessoas no pátio não estivessem correndo e gritando, apavoradas por estarem tão perto do Senhor da Noite.

— Meus filhos acham que estou enlouquecendo — disse ele, acariciando tão gentilmente o meu rosto. — Kurue fala que estou arriscando todas as nossas esperanças por você. Ela tem razão.

Franzi a testa, confusa.

— A minha vida ainda é de vocês. Eu honrarei nosso acordo, mesmo perdendo a disputa. Vocês agiram em boa-fé.

Ele suspirou e, para minha surpresa, inclinou-se para a frente, apoiando a testa na minha.

— Mesmo agora você fala da sua vida como se fosse um bem material, vendido a nossa "boa-fé". O que fizemos a você é obsceno.

Eu não fazia ideia do que responder, estava chocada demais. De repente, me veio em um lampejo de compreensão que era *isso* que Kurue temia: o senso de honra volátil e apaixonado de Nahadoth. Ele tinha declarado guerra por causa do luto por Enefa; mantinha a si e aos filhos como escravizados por pura teimosia em vez de perdoar Itempas. Ele poderia ter lidado com o irmão de formas diferentes, de maneiras que não tivessem arriscado todo o Universo e destruído tantas vidas. Mas aquele era o problema: quando o Senhor da Noite se importava com algo, as decisões dele tornavam-se irracionais e as ações extremas.

E ele estava começando, contra toda e qualquer sensatez, a se importar comigo.

Lisonjeiro. Assustador. Eu não podia imaginar o que ele faria em uma situação dessas. Porém, mais importante, percebi o que isso significava em curto prazo. Dali há apenas algumas horas, eu morreria e ele ficaria para trás, novamente de luto.

Tão estranho que esse pensamento tenha feito o meu coração doer também.

Eu peguei o rosto do Senhor da Noite em minhas mãos e suspirei, fechando os olhos para que pudesse sentir a pessoa além da máscara.

— Lamento muito — disse. E lamentava mesmo. Nunca quis causar dor a ele.

Nenhum de nós se moveu. Era uma sensação boa, estar ali, apoiada na solidez dele, descansando em seus braços. Uma ilusão, mas pela primeira vez em muito tempo, eu me sentia segura.

Eu não sei por quanto tempo ficamos ali, parados, mas ouvimos quando a música mudou. Eu me endireitei e olhei ao redor: os convidados que estavam no pátio conosco tinham entrado. Isso significava que era meia-noite; hora da dança principal, o ponto alto do baile.

— Você quer entrar? — Nahadoth perguntou.

— Não, óbvio que não. Estou ótima aqui.

— Eles dançam para honrar Itempas.

Olhei para ele, confusa.

— E por que eu me importaria com isso?

O sorriso dele me aqueceu por dentro.

— Você se virou contra a fé de seus ancestrais desse jeito?

— Meus ancestrais veneravam *você*.

— E Enefa e Itempas, e nossos filhos. Os darres eram uma das poucas etnias que honravam a todos.

Suspirei.

— Se passou muito tempo desde essa época. Muita coisa mudou.

— *Você* mudou.

Eu não disse nada em resposta, pois era verdade.

Por impulso, dei um passo para longe e peguei as suas mãos, colocando-o em posição de dança.

— Aos deuses — eu disse. — Todos eles.

Era tão gratificante surpreendê-lo.

— Eu nunca dancei para honrar a mim mesmo.

— Bem, aqui estamos. — Dei de ombros, e esperei o começo de um novo refrão antes de puxá-lo para o compasso comigo. — Há uma primeira vez para tudo.

Nahadoth achou divertido e se moveu junto comigo apesar dos passos complicados. Toda criança nobre aprendia essas danças, porém eu nunca gostei delas. As danças amnias me lembravam os próprios amnies — frios, rígidos, mais preocupados com a aparência do que em se divertir. Porém, ali, em uma varanda escura debaixo de um céu sem luar, na companhia de um deus, eu me via sorrindo, enquanto íamos e voltávamos. Era fácil lembrar os passos com ele me guiando, fazendo uma pressão gentil em minhas mãos. Era fácil apreciar a beleza da sincronia com um parceiro que flutuava como o vento. Fechei os olhos, me soltando nas voltas, suspirando de prazer enquanto a música acompanhava meu espírito.

Quando a música acabou, encostei no peito dele, querendo que a noite nunca terminasse. E não era apenas pelo que me esperava ao amanhecer.

— Você vai estar comigo amanhã? — perguntei, querendo saber do verdadeiro Nahadoth, não do Naha diurno.

— Tenho permissão para ser eu mesmo a luz do dia enquanto durar a cerimônia.

— Para que Itempas possa pedir que você volte a ele.

A sua respiração brincou com meu cabelo em uma risada fria.

— E dessa vez, irei, mas não como ele espera.

Assenti, escutando a lenta e estranha batida do coração dele. Soava distante, em eco, como se a ouvisse a quilômetros de distância.

— O que você fará se vencer? Matá-lo?

O momento de silêncio foi um aviso antes que a resposta viesse.

— Não sei.

— Você ainda o ama.

Ele não respondeu, apenas acariciou minhas costas. Não me deixei enganar. Não era a mim que ele queria reconfortar.

— Está tudo bem — disse. — Eu entendo.

— Não — ele respondeu. — Nenhum mortal consegue entender.

Eu não disse mais nada, e ele não falou mais nada, e assim, a longa noite se passou.

Eu tinha passado noites demais dormindo pouco. Devo ter adormecido ali, em pé, porque, de repente, eu estava piscando e erguendo minha cabeça, e o céu estava em uma cor diferente — um degradê enevoado do preto ao cinza. A lua nova estava pouco acima do horizonte, com uma mancha mais escura contra o céu que clareava.

Os dedos de Nahadoth apertaram os meus de novo, gentilmente, e percebi que ele havia me acordado. Ele olhava na direção das portas do pátio. Viraine estava lá, com Scimina e Relad. As vestes brancas deles pareciam brilhar, deixando os rostos em sombras.

— É hora — disse Viraine.

Eu procurei dentro de mim, e fiquei satisfeita de encontrar calma em vez de medo.

— Sim — respondi. — Vamos.

Lá dentro, o baile continuava com força total, embora tivesse menos gente dançando do que antes. O trono de Dekarta estava vazio do outro lado da multidão. Talvez ele tivesse saído mais cedo para se preparar.

Assim que entramos nos corredores silenciosos e sobrenaturalmente brilhantes do Céu, Nahadoth despiu-se do disfarce; o cabelo cresceu e a roupa mudou de cor entre um passo e outro. Pele branca de novo; supus que pelos muitos dos meus parentes ao redor. Subimos por um ascensor, e descemos no que descobri ser o andar mais alto do Céu. Quando saímos, vi as portas abertas do solário, revelando a sombria e silenciosa floresta bem-cuidada. A única luz vinha do pináculo central do palácio, que se erguia do coração do solário, brilhando como a lua. Um caminho mal demarcado ia de onde estávamos, passando entre as árvores, até a base do pináculo.

Mas me distraí ao ver as figuras que estavam de cada lado da porta.

Reconheci Kurue de imediato; não esqueceria da beleza das asas de ouro-prata-platina. Zhakkarn também estava magnífica na armadura de prata marcada com selos fundidos, e o elmo brilhando na luz. Tinha visto aquela armadura pela última vez em um sonho.

A terceira figura entre eles era, ao mesmo tempo, menos impressionante e mais estranha: um felino esguio de pelo preto, como os leopardos da minha terra natal, porém bem maior. Aquele leopardo não vinha de nenhuma floresta. Seu pelo reluzia como ondas provocadas por um vento invisível, de iridescente a opaco a uma escuridão quase impossível e familiar. Ele realmente parecia com o pai, afinal.

Não pude deixar de sorrir. *Obrigada*, movi a boca em silêncio. O gato arreganhou os dentes no que poderia ser mal interpretado como um rosnado, e piscou um olho verde e fendido.

Eu não tinha ilusões sobre a presença deles ali. Zhakkarn não estava de armadura de batalha completa apenas para nos impressionar com o brilho dela. A segunda Guerra dos Deuses estava prestes a começar e eles estavam prontos. Sieh... bem, talvez Sieh estivesse ali por mim. E Nahadoth...

Olhei sobre meu ombro. Ele não estava olhando para mim nem para os filhos. Ele mirava o topo do pináculo.

Viraine balançou a cabeça, decidindo não reclamar. Olhou para Scimina que deu de ombros e para Relad, que o encarou como se dissesse "Por que eu deveria me importar?"

(Nossos olhos, os meus e os de Relad, se encontraram. Ele estava pálido, suando visivelmente sobre o lábio superior, mas ele acenou levemente com a cabeça. Eu respondi.)

— Que seja, então — Viraine disse, e todos nós entramos no solário, na direção daquele pináculo central.

Ritual de sucessão

No topo do pináculo havia um cômodo, se é que se pode chamar assim.

O espaço era envolto em vidro, como o corpo de um sino gigantesco. Se não fosse por um fraco brilho do reflexo, pareceria que estávamos a céu aberto, no alto de um pináculo com um corte reto na ponta. O chão era da mesma substância branca do resto do Céu e perfeitamente circular, diferente de todos os outros cômodos que eu tinha visto no palácio nas duas últimas semanas. Aquilo marcava a sala como um espaço sagrado para Itempas.

Estávamos bem acima do grande maciço branco que era o palácio. Daquele ângulo estranho, eu via um pouco do pátio da entrada, reconhecendo-o pela mancha verde do Jardim e pelo Píer. Eu nunca tinha percebido que o próprio Céu era circular. Além do palácio, a terra era uma massa escura, que parecia se curvar à nossa volta como uma grande tigela. Círculos dentro de círculos dentro de círculos; era realmente um lugar sagrado.

Dekarta estava do lado oposto à entrada do cômodo. Apoiava todo o peso do corpo na bela bengala de madeira de Darr, que ele certamente precisou para subir a escada espiral e íngreme que levava até ali. Atrás e acima dele, as nuvens que antecediam a alvorada cobriam o céu, unidas e onduladas como fios de pérolas. Eram feias e cinzentas como o meu vestido — exceto no lado leste, onde as nuvens haviam começado a ter um brilho branco-dourado.

— Apressem-se — Dekarta disse, indicando com a cabeça alguns pontos pela circunferência do aposento. — Relad, ali. Scimina lá, na sua frente. Viraine, comigo. Yeine, aqui.

Fiz como ordenado, andando até a frente de um pódio branco e simples, quase na altura do meu peito. Havia um buraco na sua superfície, do tamanho de uma mão aberta, mais ou menos: o ascensor que vinha da masmorra. Alguns centímetros acima, um pequeno objeto escuro flutuava no ar, sem apoio. Estava enrugado, deformado, parecendo mais uma sujeira. *Aquilo* era a Pedra da Terra? Aquilo?

Eu me consolei com o fato de que pelo menos a pobre alma na masmorra estava morta.

Dekarta fez uma pausa, olhando feio além de mim, para os Enefadeh.

— Nahadoth, você pode assumir a sua posição de costume. O resto de vocês... eu não ordenei que viessem.

Para minha surpresa, Viraine que respondeu.

— Será bom tê-los aqui, meu Lorde. O Pai do Céu pode ficar contente ao ver os filhos, mesmo esses traidores.

— Nenhum pai fica contente ao ver filhos que se viraram contra ele. — O olhar de Dekarta deslizou até o meu. Me perguntei se ele via a mim, ou via os olhos de Kinneth no meu rosto.

— Eu os quero aqui — eu disse.

Não houve outra reação visível vinda dele, além de um estreitamento dos lábios, que já estavam bem contraídos.

— Que bons amigos eles são, vindo até aqui para vê-la morrer.

— Seria mais difícil encarar isso sem o apoio deles, avô. Diga-me, você permitiu que Ygreth tivesse companhia quando a assassinou?

Ele se endireitou, o que era raro. Pela primeira vez, eu vi uma sombra do homem que ele já foi, alto, assustador e completamente amnio, tão formidável quanto a minha mãe. Espantei-me ao finalmente ver a semelhança. Ele estava esguio demais para a altura, o que só enfatizava a magreza pouco saudável.

— Não explicarei minhas ações a você, neta.

Eu assenti. Pelo canto do olho, vi os demais assistindo. Relad estava ansioso e Scimina, aborrecida. Viraine... eu não podia decifrá-lo, mas ele me observava com uma intensidade que me intrigava. Eu não podia desperdiçar energia naquilo, entretanto. Aquela talvez fosse a última chance que tinha para descobrir porque minha mãe foi morta. Eu ainda acreditava que Viraine era o autor, mas não fazia sentido, pois ele a amava. Mas se tivesse agido por ordem de Dekarta...

— Você não precisa explicar — retruquei. — Posso adivinhar. Quando você era jovem, era como esses dois... — Gesticulei para Relad e Scimina. — Egoísta, hedonista, cruel. Mas não tão sem coração como eles, não é? Você casou com Ygreth e deve ter se importado com ela, ou sua mãe não a teria designado como seu sacrifício quando chegou a hora. Mas você amava mais o poder, e por isso fez a troca. Tornou-se cabeça do clã. E sua filha se tornou sua inimiga mortal.

Os lábios de Dekarta tremeram. Não sabia se era um sinal de emoção ou da paralisia que, por vezes, o acometia.

— Kinneth me amava.

— Sim, amava. — Porque esse era o tipo de mulher que minha mãe foi. Ela conseguia odiar e amar ao mesmo tempo; usava um para esconder e alimentar o outro. Ela foi, como Nahadoth disse, uma verdadeira Arameri. Mas com objetivos diferentes.

— Ela amava você — eu disse. — E eu acho que você a matou.

Dessa vez, tive certeza que foi dor o que passou pelo rosto do velho. Tive um momento de satisfação, porém não mais que isso. A guerra estava perdida, aquela batalha não significava nada no panorama mais amplo. E embora minha morte fosse satisfazer os desejos de muita gente — de meus pais, dos Enefadeh, de mim mesma —, eu não conseguia encará-la de forma tão cínica. Meu coração estava repleto de medo.

Apesar de tudo, me virei e olhei para os Enefadeh, enfileirados atrás de mim. Kurue não conseguia me olhar nos olhos, mas Zhakkarn fez e me deu um aceno respeitoso. Sieh proferiu um lamento baixo e felino, que não tinha menos angústia por ser inumano. Senti as lágrimas arder em meus olhos. Tolice. Mesmo se eu não estivesse destinada a morrer hoje, eu seria apenas um soluço na sua vida infinita. E era eu quem estava morrendo, mas sentiria uma saudade imensa dele. Finalmente, olhei para Nahadoth, que se ajoelhou atrás de mim, emoldurado pelas correntes cinzentas de nuvens. Óbvio que eles iriam forçá-lo a se ajoelhar ali, no lugar de Itempas. Mas era para mim que ele olhava, e não para o céu que se acendia a leste. Eu esperava que seu rosto estivesse inexpressivo, mas não. Vergonha, tristeza e uma raiva que estilhaçaria planetas surgiam nos seus olhos, junto com outras emoções inquietantes demais para serem nomeadas.

Eu podia confiar no que estava vendo? Eu ousaria? Afinal, ele logo seria poderoso de novo. O que custaria fingir que amava naquele instante, e assim, me motivar a seguir em frente com o plano deles.

Baixei os olhos, magoada. Estava no Céu havia tanto tempo que eu não confiava mais sequer em mim mesma.

— Eu não matei a sua mãe — Dekarta disse.

Espantada, me virei para ele. Ele tinha falado tão baixo que por um momento pensei ter me confundido.

— O quê?

— Eu não a matei. Eu jamais a mataria. Se ela não me odiasse, eu teria implorado para que voltasse ao Céu e até que trouxesse você junto. — Chocada, vi a umidade nas bochechas de Dekarta; ele estava chorando. E me olhando furioso através das lágrimas. — Eu até tentaria amar você, por amor a ela.

— Tio — Scimina falou, com o tom beirando a insolência, praticamente vibrando de irritação. — Embora eu possa apreciar a sua gentileza com a nossa prima...

— Quieta — Dekarta rosnou para ela. Os olhos de diamantes fixaram-se nela com tanta dureza que Scimina se encolheu. — Você não sabe o quão perto eu estive de matar você quando soube da morte de Kinneth.

Scimina ficou rígida, ecoando a própria postura de Dekarta. E, como era de esperar, ela não obedeceu à ordem dada por ele.

— Seria um direito seu, meu senhor. Mas eu não tive participação na morte de Kinneth; eu sequer dava atenção a ela ou a essa filha mestiça. Eu nem sei por que você a escolheu como o sacrifício de hoje.

— Para ver se ela era uma Arameri de verdade — Dekarta disse suavemente. Seus olhos voltaram a encontrar os meus. Meu coração bateu três vezes para que eu entendesse o que ele queria dizer, e quando entendi, o sangue do meu rosto foi drenado.

— Você pensou que *eu* a tivesse matado — sussurrei. — Pai de Todos, você realmente acreditou nisso.

— Matar a quem nós mais amamos é uma longa tradição em nossa família — Dekarta disse.

* * *

Além, no leste, o céu tinha ficado muito brilhante.

* * *

Eu balbuciei qualquer coisa. Precisei de várias tentativas para passar pela minha fúria e construir uma frase coerente e, quando o fiz, foi em darre. Só percebi isso quando Dekarta pareceu estar mais confuso do que ofendido pelos meus xingamentos.

— Não sou Arameri! — concluí, com as mãos cerradas ao lado do corpo. — Vocês devoram seus próprios filhos, vocês se alimentam de sofrimento, como os monstros das antigas lendas! Eu jamais serei uma de vocês em nada além de sangue, e se pudesse aniquilar isso de dentro de mim, eu faria!

— Talvez você não seja uma de nós — Dekarta disse. — Agora, eu vejo que você é inocente e ao matar você, só destruirei o que restou dela. Uma parte de mim lamenta isso. Mas não vou mentir, neta. Outra vai se alegrar com a sua morte. Você a tirou de mim. Ela deixou o Céu para ficar com o seu pai e criar você.

— E você não imagina por quê? — Abri os braços e girei, para abranger toda a câmara de vidro, os deuses e os parentes reunidos para me ver morrer. — *Você matou a mãe dela.* O que você achou que ela faria? Superaria e deixaria isso para trás?

Pela primeira vez desde que o conheci, vi um vestígio de humanidade no sorriso triste e autodepreciativo de Dekarta.

— Acho que foi o que pensei sim. Foi tolice minha, não foi?

Eu não pude evitar e imitei o sorriso dele.

— Sim, avô. Foi.

Nesse momento, Viraine tocou no ombro de Dekarta. Uma faixa dourada havia crescido no horizonte, brilhante e quente. A alvorada estava chegando. A hora das confissões tinha passado.

Dekarta assentiu, e depois me olhou fixamente por um longo tempo, em silêncio.

— Eu lamento — disse, baixinho. Uma desculpa que abrangia muitas transgressões. — Precisamos começar.

* * *

Ainda assim, não falei o que achava. Não apontei para Viraine e o acusei de ser o assassino de minha mãe. Ainda havia tempo. Eu poderia pedir a Dekarta que cuidasse dele antes de completar a cerimônia, como último tributo à memória de Kinneth. Eu não sei por que não fiz... não. Eu sei. Acho que naquele momento, vinganças e respostas pararam de fazer sentido para mim. Que diferença faria saber como minha mãe morreu? Eu também estaria morta. Isso daria algum sentido a minha morte? Ou a dela?

Sempre há sentido na morte, criança. Logo você entenderá.

* * *

Viraine começou a circular lentamente a câmara. Ele levantou as mãos, ergueu o rosto e — ainda andando — começou a falar.

— Pai do céu e da terra abaixo de ti, mestre de toda a criação, escute os seus favorecidos servos. Nós imploramos que nos guie pelo caos da transição.

Ele parou na frente de Relad, cujo rosto parecia de cera na luz acinzentada. Eu não vi que gesto Viraine fez, mas de repente, o selo de Relad passou a emitir um brilho branco, como um pequeno sol cravado na testa. Ele não se encolheu nem mostrou nenhum sinal de dor, apesar da luz o deixar ainda mais pálido. Assentindo para si mesmo, Viraine continuou a rodar pelo aposento, passando por trás de mim. Eu virei a cabeça para segui-lo; por algum motivo, me incomodava tê-lo fora da minha vista.

— Imploramos seu auxílio para subjugar nossos inimigos. — Atrás de mim, Nahadoth desviou o rosto da alvorada que nascia. A aura preta ao redor dele começou a sumir como na noite que foi torturado nas mãos de Scimina. Viraine tocou a testa de Nahadoth. Um selo surgiu do nada, também branco, e Nahadoth sibilou como se isso causasse mais dor. Mas o sumiço da aura parou, e quando ele levantou o rosto, a luz do alvorecer não o incomodava mais. Viraine prosseguiu.

— Imploramos sua bênção sobre nosso novo escolhido — disse ele, e tocou a testa de Scimina. Ela sorriu quando o selo dela acendeu, a luz branca iluminando o rosto em ângulos acentuados e planos ferozes.

Viraine ficou diante de mim, com o pódio entre nós. Quando ele passou por trás do pódio, meus olhos foram novamente para a Pedra da Terra. Eu jamais sonharia que ela seria tão inexpressiva.

O caroço estremeceu. Por apenas um instante, uma linda semente, perfeita e prateada, flutuou ali, antes de se tornar novamente o caroço escuro.

Se Viraine estivesse olhando para mim naquele momento, tudo estaria perdido. Entendi o que aconteceu, e percebi o perigo em um simples lampejo de intuição, que apareceu em meu rosto. A Pedra era como Nahadoth, como todos os deuses presos na Terra, a verdadeira forma estava escondida por trás de uma máscara. A máscara fazia com que ela parecesse comum e sem importância. Mas para quem a observasse e esperasse por mais, especialmente aqueles que conhecessem a verdadeira natureza dela, ela revelaria mais. Mudaria a forma para refletir tudo que se sabia.

Eu estava condenada, e a Pedra seria a lâmina do meu carrasco. Eu deveria tê-la visto como uma coisa terrível e ameaçadora. Quando vi beleza e promessas nela, era um aviso nítido para qualquer Arameri, que eu pretendia fazer mais do que apenas morrer.

Felizmente, Viraine não olhava para mim. Ele tinha se virado para o leste, para o céu, como todos os demais no cômodo. Eu olhei o rosto de cada um, vendo orgulho, ansiedade, expectativa, amargura. Por último, Nahadoth, que era o único, além de mim, que não admirava o céu. O seu olhar encontrou o meu e ali se manteve. Talvez por isso, apenas nós não fomos afetados quando o sol surgiu no horizonte distante, e o poder fez o mundo inteiro tremer, como um espelho que se estilhaça.

* * *

Do momento em que sol afunda para longe da vista dos mortais até que a luz finalmente suma: isso é o crepúsculo. Do momento em que ele começa a surgir no horizonte até ele não tocar mais a terra: isso é a alvorada.

* * *

Eu olhei em volta, surpresa, e prendi a respiração ao ver, na minha frente, a Pedra brotar.

Era a única palavra que podia descrever o que eu via. O caroço feioso tremeu, depois se *revelou*, com as camadas descascando para mostrar a luz. Mas aquela não era a luz branca e firme de Itempas ou a não luz vacilante de Nahadoth. Era a luz estranha que eu vi na masmorra, cinza e desagradável, que, de alguma forma, drenava a cor de tudo ao redor. A Pedra já não tinha mais um formato, nem mesmo o da semente prateada. Era uma estrela que brilhava, mas, de alguma forma, sem força.

Porém, eu sentia o verdadeiro poder dela, irradiando-se para mim em ondas que faziam minha pele arrepiar e meu estômago se retorcer. Eu dei um passo para trás sem pensar, entendendo porque T'vril tinha alertado os serventes. Não havia nada de completo naquele poder. Era parte da Deusa da Vida, mas ela estava morta. A Pedra era apenas uma relíquia sinistra.

— Nomeie seu escolhido para liderar nossa família, neta — disse Dekarta.

Eu desviei o olhar da Pedra, apesar do esplendor fazer a lateral do meu rosto coçar. Minha visão ficou borrada por um momento. Eu me senti fraca. A coisa estava me matando e eu sequer a tinha tocado.

— R-Relad —disse. — Eu escolho Relad.

— O quê? — A voz de Scimina estava atordoada e enfurecida. — *O que foi que você disse, sua mestiça?*

Percebi um movimento atrás de mim. Era Viraine, ele veio para o meu lado do pódio. Senti a mão dele nas minhas costas, me sustentando quando o poder da Pedra me fez cambalear, tonta. Eu considerei aquilo um apoio e fiz mais um esforço para continuar de pé. Quando fiz isso, Viraine se mexeu um pouco e eu tive um relance de Kurue. A expressão dela era séria e resoluta.

Achei que entendia o motivo.

* * *

O sol, como é do seu feitio, estava se movendo rápido. Já estava com metade da forma acima da linha do horizonte. Logo não seria mais alvorada, mas dia.

* * *

Dekarta assentiu, sem se abalar pela explosão súbita de Scimina.

— Pegue a Pedra, então — ordenou. — Torne a sua escolha real.

Minha escolha. Eu ergui a mão trêmula para pegar a Pedra e me perguntei se a morte doeria. Minha escolha.

— Vai — Relad sussurrou. Ele estava inclinado para a frente, com o corpo todo tenso. — Vai, vai, vai...

— Não! — Scimina de novo, um berro. Eu a vi avançar para mim pelo canto dos olhos.

— Desculpe — Viraine sussurrou atrás de mim, e de repente, tudo parou.

Pisquei, sem entender o que aconteceu. Algo me fez olhar para baixo. Ali, surgindo através do corpete do meu vestido feio, havia algo novo: a ponta de uma faca. Tinha emergido no meu corpo a direita do meu esterno, do lado da curva do meu peito. O tecido ao redor estava mudando, ficando de um tom estranho, escuro e molhado.

Sangue, percebi. A luz da Pedra tirava a cor até disso.

Algo fez meu braço pesar. O que eu estava fazendo? Não conseguia lembrar. Estava muito cansada. Precisava deitar.

Foi o que fiz.

E morri.

Crepúsculo e alvorada

Eu lembro quem sou agora.
Eu me segurei, e não abandonarei esse conhecimento.
Eu carrego a verdade dentro de mim, futuro e passado, inseparável.
Eu verei o fim disso.

* * *

Na câmara de paredes de vidro, muitas coisas acontecem ao mesmo tempo. Eu me movo entre meus antigos companheiros, sem ser vista, porém vendo tudo.

Meu corpo cai ao chão, imóvel, exceto pelo sangue espalhando-se ao redor dele. Dekarta me encara, talvez vendo outras mulheres mortas. Relad e Scimina começam a gritar com Viraine, com os rostos contorcidos. Não ouço as palavras deles. Viraine olha para baixo, para mim, com uma expressão particularmente vazia, grita algo também, e todos os Enefadeh ficam congelados no lugar. Sieh treme, com os músculos felinos contraídos e tensos. Zhakkarn também estremece, apertando os imensos punhos. Percebo que dois deles não fazem nenhum esforço para se mexer, e por isso, eu os vejo de perto. Kurue está ereta, a expressão calma, porém submissa. Há uma sombra triste ao redor dela, apertando com força como se fosse o manto das asas, mas não é algo que os outros possam ver.

Nahadoth... ah. O choque no rosto dele dá lugar a angústia enquanto me encara. Eu, no chão sangrando, não eu, que o observo. Como posso ser as duas?, me pergunto brevemente, antes de deixar a questão de lado. Não importa.

O que importa é que há dor de verdade nos olhos de Nahadoth e é mais do que o horror de perder a chance de se libertar. Não é uma dor pura, contudo; ele também vê outras mulheres mortas. Será que ele me lamentaria se eu não carregasse a alma da irmã?

Aquela era uma pergunta injusta e mesquinha vinda de mim.

Viraine se agacha e puxa a faca do meu corpo. Mais sangue se espalha, mas não muito. Meu coração já parou. Eu caí de lado, encolhida como se estivesse adormecida, mas eu não sou um deus. Não acordarei.

— Viraine — alguém diz. Dekarta. — Explique-se.

Viraine se levanta, olhando para o céu. O sol já está três-quartos acima do horizonte. Uma expressão estranha passa pelo rosto dele, uma pontada de medo. Então se vai, ele olha para a faca ensanguentada na mão e a deixa cair no chão. O som está distante, mas continuo observando a mão. Meu sangue manchou os dedos dele. Eles tremem um pouco.

— Era necessário — diz ele, em parte para si mesmo. Depois, se controla e continua. — Ela era uma arma, meu senhor. O último golpe de Lady Kinneth contra você, em conspiração com os Enefadeh. Não tenho tempo para explicar agora, mas basta dizer que se ela tocasse a Pedra e fizesse o desejo, todo o mundo teria sofrido com isso.

Sieh conseguiu se endireitar, talvez por ter parado de tentar matar Viraine. A voz é mais baixa na forma de gato, mal chega a ser um rosnado.

— Como você soube?

— Eu contei.

Kurue.

Os outros a encararam, incrédulos. Mas ela é uma deusa. Mesmo sendo uma traidora, ela não irá abrir mão da própria dignidade.

— Vocês esqueceram quem são — diz ela, olhando para cada um dos companheiros Enefadeh em volta. — Ficamos tempo demais à mercê dessas criaturas. Antes, jamais nos rebaixaríamos ao ponto de depender de uma mortal, especialmente de uma descendente da mortal que nos traiu. — Ela olha para o meu cadáver e vê Shahar Arameri. Eu carrego o peso de tantas mulheres mortas. — Eu prefiro morrer a implorar a ela pela minha liberdade. Eu prefiro matá-la e usar a morte dela para comprar a misericórdia de Itempas.

    As respirações se suspendem ao ouvir essas palavras. Não é choque, é raiva. Sieh o quebra primeiro, rosnando uma risada amarga.

    — Entendi. Você matou Kinneth.

    Todos os humanos na sala se surpreendem, menos Viraine. Dekarta deixa a bengala cair, pois as mãos velhacas se fecharam em punhos frouxos. Ele diz algo. Eu não escuto.

    Kurue não parece ouvi-lo também, então inclina a cabeça na direção de Sieh.

    — Era o único plano de ação sensato. A garota tinha que morrer aqui ao alvorecer. — Ela aponta para a Pedra. — A alma permanecerá perto dos seus restos carnais. E em um momento, Itempas chegará para pegá-la e finalmente destruí-la.

    — E nossas esperanças com ela — diz Zhakkarn com o rosto tenso.

    Kurue suspira.

    — Nossa mãe está morta, irmã. Itempas venceu. Eu também odeio isso, mas está na hora de aceitarmos. O que você acha que aconteceria se conseguíssemos nos libertar? Só nós quatro, contra o Iluminado Senhor e dezenas de nossos irmãos e irmãs? E a Pedra, você sabe. Pois não temos quem a use por nós, mas Itempas tem seus bichinhos Arameri. Eles acabariam nos escravizando de novo, ou ainda pior. Não.

    Ela lança um olhar furioso para Nahadoth. Como eu pude não reconhecer o que havia nos seus olhos? Sempre esteve lá. Ela olha para Nahadoth da forma que minha mãe provavelmente olhava para Dekarta, com uma tristeza inseparável do desprezo. Aquilo deveria ter sido o suficiente para me alertar.

    — Me odeie se quiser, Naha. Mas lembre-se que se você tivesse engolido seu orgulho tolo e dado a Itempas o que ele queria, nenhum de nós estaria aqui. Agora, eu darei o que ele quer, e ele prometeu me libertar em troca.

    — A tola é você, Kurue, se acha que Itempas vai aceitar qualquer coisa menos que a minha rendição — disse Nahadoth com suavidade na voz.

    Ele olha para cima. Não tenho mais carne, mas sinto vontade de tremer. Os olhos estão pretos dentro do preto. A pele ao redor está marcada com linhas e rachaduras, como uma máscara de porcelana prestes a estilhaçar. O que brilha através dessas *fendas não é nem sangue nem carne, é um impossível fulgor preto que pulsa como as batidas de um coração. Quando ele sorri, não consigo ver seus dentes.*

— Não é verdade... irmão? — A voz dele contém ecos do vazio. Ele está olhando para Viraine.

Viraine, com a silhueta marcada pelo sol nascente, vira-se para Nahadoth — mas são meus olhos que ele parece encontrar. Eu que flutuo e observo. Ele sorri. A tristeza e o medo naquele sorriso são algo que somente eu, de todos ali, tenho a possibilidade de entender. Sei disso por instinto, embora não saiba por quê.

Então, pouco antes da curva mais inferior do sol levantar no horizonte, reconheço o que vi nele. Duas almas. Itempas, como seus dois irmãos, também tem outro "eu".

Viraine joga a cabeça para trás e grita. Da sua garganta, sai uma luz branca flamejante, em jatos como vômito. Ela inunda a sala em um instante, ofuscando minha visão. Imagino que as pessoas lá embaixo na cidade, e na região ao redor, verão essa luz a milhas de distância. Acharão que um novo sol desceu à Terra, e estarão certas.

Na claridade, eu escuto os gritos dos Arameri, exceto de Dekarta. Ele é único que já testemunhou isso. Quando a luz some, olho para Itempas, o Senhor Iluminado do Céu.

O entalhe na biblioteca era surpreendentemente acurado, apesar das profundas diferenças. O rosto é ainda mais perfeito, com linhas e simetrias que envergonhariam a representação. Os olhos são dourados como o sol flamejante do meio-dia. Apesar de branco como o de Viraine, o seu cabelo é mais curto e ainda mais enrolado do que o meu. A pele é mais escura, lisa e perfeita. (Isso me surpreende, embora não devesse. Como isso deve incomodar os amnies). Posso ver, nesse primeiro olhar, porque Naha o ama.

E também há amor nos olhos de Itempas, enquanto ele passa ao lado do meu corpo e da nuvem de sangue coagulado.

— Nahadoth — ele diz, sorrindo e estendendo as mãos. Mesmo no meu estado desencarnado, eu sinto um arrepio. As coisas que sua língua faz com aquelas sílabas! Ele veio seduzir o deus da sedução, e, ah, ele veio preparado.

De repente, Nahadoth fica livre para se levantar, o que faz. Mas ele não aceita as mãos ofertadas. Ele passa por Itempas e vai até meu corpo. O cadáver está todo sujo de sangue de um lado, mas ele se ajoelha e me levanta assim mesmo. Me aperta contra si, protegendo a minha cabeça para que não caia para trás. Não há expressão no seu rosto. Ele simplesmente me olha.

Se esse gesto foi pensando para ofender, ele funciona. Itempas abaixa as mãos devagar e o sorriso some.

— Pai de Todos — *Dekarta se inclina com uma dignidade precária, instável sem a bengala.* — Estamos honrados, novamente, pela sua presença.

Murmúrios das laterais da câmara: Relad e Scimina também o cumprimentam. Não me importo com eles e os excluo da minha percepção.

Por um momento, acho que Itempas não vai responder. Mas ele fala, ainda olhando para as costas de Nahadoth.

— Você ainda está com o selo, Dekarta. Chame alguém para terminar o ritual.

— Imediatamente, Pai. Mas...

Itempas olha para Dekarta, que se cala com a intensidade daquele olhar capaz de queimar desertos. Eu não o culpo. Mas Dekarta é Arameri e deuses não o assustam por muito tempo.

— Viraine — *diz ele.* — Você era... parte dele.

Itempas deixa Dekarta voltar ao silêncio, então diz:

— Desde que sua filha deixou o Céu.

Dekarta se vira para Kurue.

— Você sabia disso?

Ela inclina a cabeça, majestosa.

— Não no começo. Mas um dia, Viraine veio até mim e me informou que eu não precisaria ser condenada a esse inferno terreno por toda a eternidade. Nosso pai ainda poderia nos perdoar, se provássemos nossa lealdade. — *Ela olha para Itempas e mesmo a dignidade dela não pode esconder a ansiedade que sentia. Ela sabe o quão volúvel são os favores dele.* — Mesmo assim, não tinha certeza, embora suspeitasse. Foi quando eu decidi meu plano.

— Mas... isso significa... — *Dekarta faz uma pausa, compreensão-raiva--resignação passavam em rápida sequência pelo seu rosto. Posso adivinhar o que pensava: o Iluminado Itempas orquestrou a morte de Kinneth.*

Meu avô fechou os olhos, talvez lamentando a morte da própria fé.

— Por quê?

— O coração de Viraine estava partido. — E será que o Pai de Todos percebe que os próprios olhos procuram Nahadoth enquanto diz isso? Está consciente do que esse olhar revela? — Queria Kinneth de volta e ofereceu o que eu quisesse se o ajudasse a conseguir o objetivo dele. Aceitei a carne como pagamento.

— Tão previsível. — Volto a me ver, deitada nos braços de Nahadoth, que fala por cima do meu corpo. — Você o usou.

— Se eu pudesse dar a ele o que queria, teria feito. — Itempas responde, encolhendo os ombros de forma muito humana. — Mas Enefa deu a essas criaturas o poder de fazer as próprias escolhas. Nem mesmo nós podemos mudar a mente deles quando estão decididos a seguir um determinado caminho. Viraine foi um tolo por pedir isso.

O sorriso que curva os lábios de Nahadoth é de desprezo.

— Não, Tempa, não foi isso que quis dizer, e você sabe.

E, de alguma forma, talvez porque eu não esteja mais viva e não pense mais com um cérebro de carne, eu entendo. Enefa está morta. Não importa que restos da sua carne e da alma permaneçam, ambos são meras sombras de quem e do que ela realmente era. Viraine, porém, colocou em si a essência de um deus vivo. Estremeço ao entender: o momento em que Itempas se manifestou foi o momento em que Viraine morreu. Será que ele sabia o que aconteceria? Muito da sua estranheza ficava mais nítida, agora.

Mas antes disso, camuflado pela mente e alma de Viraine, Itempas pôde espreitar Nahadoth como um vigia. Podia mandar em Nahadoth e ter prazer com sua obediência. Podia fingir estar fazendo a vontade de Dekarta, enquanto manipulava os eventos para exercer uma pressão sutil em Nahadoth. E tudo isso sem Nahadoth saber.

A expressão de Itempas não muda, mas há alguma coisa nele que sugere raiva. Um tom mais queimado nos olhos dourados, talvez.

— Sempre tão melodramático, Naha. — Ele chega mais perto; perto o bastante para que o brilho branco que o cerca se choque contra a sombra flamejante de Nahadoth. Onde os dois poderes se esbarram, a luz e a escuridão somem, sem deixar nada no lugar.

— Você se agarra a esse pedaço de carne como se significasse algo — Itempas diz.

— Ela importa.

— Sim, sim, um receptáculo, eu sei... mas o seu propósito foi cumprido. Comprou a sua liberdade com a própria vida. Você não vai pegar a recompensa?

Cuidadosamente, Nahadoth coloca meu corpo no chão. Eu sinto sua raiva surgir, aparentemente, antes de todos os demais. Mesmo Itempas fica surpreso quando Nahadoth aperta as mãos em punhos e golpeia o piso com eles. Meu sangue voa em jatos gêmeos. O piso racha, e algumas rachaduras correm pelas paredes de vidro — felizmente, essas só ficam trincadas, sem se estilhaçar. Como se compensasse, o pódio no centro da sala se despedaça, jogando a Pedra de qualquer jeito no chão e polvilhando todos com fragmentos brilhantes e brancos.

— Mais — Nahadoth exala. A sua pele está mais rachada, ele mal é contido pela carne que o aprisiona. Quando ele se levanta e se vira, da mão, pinga algo escuro demais para ser sangue. O manto que o cerca golpeia o ar como tornados em miniatura.

— Ela... era... mais! — Ele quase não consegue ser coerente. Ele viveu séculos antes da linguagem. Talvez o seu instinto seja ignorar as palavras completamente em momentos extremos e apenas rugir, furioso. — Mais que um receptáculo. Ela era a minha última esperança. E a sua.

Kurue — a minha visão vai até ela contra a minha vontade — dá um passo à frente, abrindo a boca para protestar. Zhakkarn a pega pelo braço em aviso. Sábia, penso, ou pelo menos mais sábia que Kurue. Nahadoth está completamente fora de si.

Mas assim também está Itempas, olhando de cima para a ira de Nahadoth. Há desejo nos seus olhos, inconfundível por baixo da tensão de um guerreiro. Quantas eras eles passaram lutando, até a violência pura dar lugar a desejos diferentes? Ou talvez Itempas tenha simplesmente ficado tanto tempo sem o amor de Nahadoth que aceitaria qualquer coisa, até mesmo o ódio.

— Naha — ele diz com gentileza. — Olhe para você. Tudo isso por uma mortal? — Ele suspira e balança a cabeça. — Eu tinha esperança que colocando você aqui, no meio da praga que é o legado de nossa irmã, você veria os erros que comete. Agora percebo que você só se acostumou a ser um prisioneiro.

Ele dá um passo à frente e faz o que qualquer outra pessoa na câmara teria considerado suicídio: ele toca em Nahadoth. É gesto rápido, um passar ligeiro de dedos na porcelana partida do rosto de Nahadoth. Há tanto anseio naquele toque que meu coração dói.

Mas o que isso importa? Itempas matou Enefa. Matou os próprios filhos. Matou a mim. Matou alguma coisa em Nahadoth também. Ele não consegue ver isso?

Talvez sim, pois sua expressão perde a suavidade, e em seguida, afasta a mão.

— Que seja — *diz com frieza.* — Cansei disso. Enefa foi uma praga, Nahadoth. Ela pegou o universo puro e perfeito que você e eu criamos e o corrompeu. Eu mantive a Pedra por gostar dela, independente do que você pensa... e porque achei que ela me ajudaria a convencê-lo.

Então, faz uma pausa, olhando para o meu cadáver. A Pedra tinha caído no meu sangue, a menos de um palmo do meu ombro. Apesar dos cuidados de Nahadoth ao me baixar, minha cabeça tinha virado para um lado. Um braço está curvado para cima, como se tentasse alcançar a Pedra. A imagem é irônica, uma mortal, assassinada no ato de tentar reclamar para si o poder de uma deusa. E o amor de um deus.

Suponho que Itempas me enviará para um inferno especialmente terrível.

— Mas acho que está na hora de nossa irmã morrer completamente — *Itempas diz. Eu não sei dizer se ele está olhando para a Pedra ou para mim.* — Deixar a infecção, que ela mesma criou, morrer com ela, e então, nossa vida pode voltar a ser como era. Você não sente falta desses dias?

(Eu noto Dekarta ficar rígido ao ouvir isso. Apenas ele, dentre os três mortais, percebe o que Itempas quer dizer.)

— Eu não vou odiá-lo menos, Tempa — *Nahadoth exala.* — Quando eu e você formos as últimas coisas vivas neste universo.

E ele se torna uma tempestade preta que rosna e ataca, e Itempas é um crepitar de fogo branco pronto para encontrá-lo. Eles colidem, gerando um abalo que estilhaça o vidro da câmara do ritual. Os mortais gritam, mas as vozes quase se perdem quando o ar frio e rarefeito uiva, entrando para preencher o vazio. Eles caem ao chão quando Nahadoth e Itempas se afastam subindo — mas Scimina atrai meu olhar por um instante. Seus olhos se fixam na faca que me matou, a faca de Viraine, caída não muito longe dela. Relad está deitado, confuso, entre cacos de vidro e pedaços do pódio quebrado. Scimina estreita os olhos.

Sieh ruge, como se sua voz fosse um eco do grito de batalha de Nahadoth. Zhakkarn se vira para encarar Kurue, e a sua lança aparece.

E no centro disso tudo, sem serem notados ou percebidos, meu corpo e a Pedra estão imóveis.

* * *

E aqui estamos.

Sim.

Você entende o que aconteceu?

Estou morta.

Sim. Na presença da Pedra, que acolhe o que restou do meu poder.

É por isso que eu ainda estou aqui, capaz de ver essas coisas?

Sim. A Pedra mata os vivos. Você está morta.

Quer dizer... que posso voltar à vida? Maravilhoso. Que conveniente que Viraine tenha se virado contra mim.

Prefiro pensar que foi o destino.

E agora?

Seu corpo precisa mudar. Não vai mais ser capaz de carregar duas almas dentro dele, pois essa é uma habilidade que só mortais possuem. Eu fiz vocês assim, com dons que não temos, mas nunca sonhei que isso os tornaria tão fortes. Fortes o bastante para me derrotar apesar de todos os meus esforços. Fortes o bastante para tomar o meu lugar.

O quê? Não. Não quero o seu lugar. Você é você. Eu sou eu. Lutei por isso.

E lutou bem. Mas minha essência, e tudo o que eu sou, são necessários para que este mundo continue. Se não serei eu a restaurar essa essência, precisa ser você.

Mas...

Não me arrependo, Filha, Irmãzinha, digna herdeira. Assim como você não deve. Eu só queria...
Eu sei o que você quer.
Sabe mesmo?
Sim. Eles estão obcecados pelo orgulho, mas por baixo disso há amor ainda. Os Três foram feitos para estarem juntos. Farei com que aconteça.
Obrigada.
Obrigada a *você*. E adeus.

* * *

Posso refletir por uma eternidade. Estou morta. Tenho todo o tempo que eu quiser.
Mas nunca fui paciente.

* * *

Dentro e ao redor da câmara de vidro, que não tem mais vidro, e provavelmente não pode mais ser chamada de câmara, a batalha segue enfurecida.

Itempas e Nahadoth levaram a luta para os céus que um dia compartilharam. Por cima dos ciscos que se tornaram, faixas escuras quebram o gradiente da alvorada, como listras da noite colocadas sobre a manhã. Um raio branco e flamejante, como o sol, mas mil vezes mais brilhante, atinge as listras para estraçalhá-las. Não há motivo para isso. Já é dia. Nahadoth deveria estar dormindo dentro da prisão humana se não fosse a trégua de Itempas. Itempas pode tirar esse privilégio quando bem entender. Deve estar se divertindo.

Scimina pegou a faca de Viraine. Ela se lançou em cima de Relad, tentando atingi-lo. Ele é mais forte, mas ela tem o apoio e a força da ambição a favor. Os olhos de Relad estão arregalados de terror, talvez sempre tenha temido algo assim.

Sieh, Zhakkarn e Kurue se fintam e se circulam em uma dança mortal de metal e garras. Kurue invocou um par de espadas de bronze para se defender. Essa disputa também está decidida. Zhakkarn é a batalha encarnada e Sieh tem todo o poder da crueldade da infância. Mas Kurue é esperta e tem o gosto da liberdade na boca. Não morrerá com facilidade.

E no meio disso tudo, Dekarta se move na direção do meu corpo. Ele para e luta para ficar de joelhos. No fim, ele escorrega e metade dele cai em mim com uma careta de dor. A expressão dele torna-se mais dura. Ele olha para o céu, onde os deuses lutam, e depois para baixo. Para a Pedra. É a fonte do poder do clã Arameri, mas é também a representação física do dever dele. Talvez ele espere que, ao cumprir esse dever, ele lembre Itempas do valor da vida. Talvez ainda guarde alguma migalha de fé. Talvez seja simplesmente porque, quarenta anos atrás, Dekarta matou a própria esposa para provar o comprometimento. Fazer outra coisa seria debochar da sua morte.

Ele estende a mão para a Pedra.

Ela se foi.

Mas estava ali, caída no meu sangue, um minuto antes. Dekarta franze o cenho, olha ao redor. Seus olhos são atraídos por movimento. O buraco no meu peito, que ele consegue ver por entre a roupa rasgada: os lábios abertos da ferida se aproximam, fechando-se. Conforme a ferida se retrai, Dekarta vê um lampejo de luz cinza. Dentro de mim.

Sou atraída para a frente, para baixo...

Sim. Chega desse negócio de alma desencarnada. Hora de estar viva de novo.

* * *

Abri os olhos e me sentei.

Dekarta, atrás de mim, fez um som entre um engasgo e um soluço. Ninguém mais percebeu quando me levantei, então me virei para encará-lo.

— Pelos nomes de todos os deuses... o quê... — A boca funcionou. Ele me encarou.

— Nem todos os deuses — disse. E, afinal, como ainda era eu mesma, me inclinei para sorrir cara a cara. — Somente eu.

Então, fechei os olhos e toquei no meu peito. Nada batia por baixo dos meus dedos, meu coração foi destruído. Porém, havia algo ali, dando vida à minha carne. Podia sentir. A Pedra. Essencial à vida, nascida da morte, preenchida com potencial incalculável. Uma semente.

— *Cresça* — sussurrei.

Os Três

Como em qualquer nascimento, houve dor.

Acredito ter gritado. Acho que naquele momento muitas coisas ocorreram. Tenho uma vaga sensação do céu rodando acima, indo do dia para a noite e de volta à manhã durante uma respiração. (Se isso aconteceu, o que se moveu não foi o céu.) Sinto que em algum lugar do universo, um número incalculável de novas espécies passa a existir em milhões de planetas. Estou quase certa que lágrimas caíram dos meus olhos. Onde pousaram, liquens e musgos começaram a cobrir o chão.

Não tenho certeza de nada disso. Em algum lugar, em dimensões para as quais não há palavras mortais, eu também estava mudando. Isso ocupava uma boa parte da minha consciência.

Mas quando as mudanças acabaram, abri os olhos e vi novas cores.

A câmara praticamente brilhava com elas. A furta-cor da substância do Céu naquele andar. Brilhos de ouro dos estilhaços de vidro espalhados pelo chão. O azul do céu — que antes era um azul esbranquiçado e aguado, mas passou a ser tão vívido que eu o olhei admirada. Nunca, pelo menos na minha vida, foi tão azul.

Depois percebi os cheiros. Meu corpo tinha se tornado alguma outra coisa, nem tanto um *corpo*, mas uma *corporificação*; porém, naquele momento, a forma ainda era humana, assim como meus sentidos. E havia algo diferente ali também. Quando eu inalava, podia sentir o gosto gelado e acre do ar rarefeito, sob o odor metálico do sangue que cobria minhas roupas. Toquei-o com os meus dedos e provei. Sal, mais metal, toques amargos e azedos. Afinal, eu tinha estado infeliz por dias antes de morrer.

Novas cores. Novos odores no ar. Eu nunca percebi, até então, o que significava viver em um universo que tinha perdido um terço de si mesmo. A Guerra dos Deuses tinha nos custado muito mais do que vidas.

Nunca mais, jurei.

Ao meu redor, o caos tinha parado. Eu não queria falar nem pensar, mas o senso de responsabilidade empurrava as fronteiras do meu devaneio. Por fim, suspirei e me foquei nos meus arredores.

À minha esquerda estavam três criaturas brilhantes, mais fortes do que as outras, mais maleáveis. Eu reconheci nelas uma essência de mim mesma. Elas me encararam, armas paralisadas nas mãos ou nas garras, boquiabertas. Uma delas se moldou em uma forma diferente, de uma criança, e avançou. Os olhos estavam arregalados.

— M-mãe?

Aquele não era meu nome. Eu me afastaria, sem interesse, se não tivesse me ocorrido que isso o feriria. Por que aquilo era importante? Eu não sabia, mas me incomodava.

— Não — foi o que eu disse. Por um impulso, estendi a mão e acariciei o seu cabelo. Os olhos ficaram ainda mais arregalados, e se encheram de lágrimas. Então, ele se afastou de mim, cobrindo o rosto. Não sabia como reagir a esse comportamento, então me virei para os outros.

Mais três à minha direita — ou melhor, dois, e um morrendo. Também eram criaturas brilhantes, mas a luz delas estava escondida e os corpos eram mais fracos e rudimentares. E finitos. O moribundo ofegou enquanto eu observava, muitos dos órgãos estavam danificados demais para manter a vida. Eu senti que a mortalidade era justa, mesmo que a lamentasse.

— O que é isso? — questionou uma das criaturas. A mais nova, a fêmea. Com o vestido e as mãos cobertos com o sangue do próprio irmão.

O outro mortal, idoso e já perto da morte, apenas balançou a cabeça, me observando.

De repente, outras duas criaturas surgiram diante de mim, e eu prendi a respiração ao vê-las. Eu não pude evitar. Eram tão lindas, mesmo além das cascas que elas usavam para interagir com este plano. Eram parte de mim, família, e ao mesmo tempo diferentes. Nasci para estar com eles, para diminuir a distância que existia entre os dois e completar o propósito deles. Estar com eles ali... eu queria erguer a cabeça e cantar de alegria.

Mas havia algo errado. Aquele que dava a sensação de luz, calma e estabilidade... estava inteiro e glorioso. Porém, havia algo faltando no âmago dele. Olhei mais de perto e percebi uma grande e terrível solidão, devorando o seu coração como o verme em uma maçã. Aquilo me acalmou, pois eu sabia como era sentir aquele tipo de solidão.

O mesmo flagelo estava no outro ser, cuja natureza apelava a tudo que era sombrio e selvagem. Mas algo a mais foi feito a ele, algo terrível. A alma tinha sido espancada e esmagada, presa com correntes afiadas e forçada para dentro de um receptáculo muito pequeno. Agonia constante. Ele se apoiava em um joelho, me encarando com olhos opacos, através do cabelo caído e molhado de suor. Até a própria respiração lhe causava dor.

Era obsceno. Mas era ainda mais obsceno o fato de as correntes, quando eu as segui até a ponta, serem *parte de mim*. Assim como outras três coleiras, sendo que uma levava ao pescoço da criatura que me chamou de Mãe.

Revoltada, eu arranquei as correntes do meu peito e desejei que se esmigalhassem.

As três criaturas a minha esquerda sobressaltaram-se e encolheram-se conforme o poder voltava a eles. As reações não foram nada, entretanto, comparadas à do ser sombrio. Por um instante, ele não se moveu, apenas arregalou os olhos conforme as correntes se soltavam e caíam.

Ele jogou a cabeça para trás e gritou, e toda a existência se moveu. Naquele plano, isso se manifestou como um único e titânico abalo de som e vibração. Toda a visão sumiu do mundo, substituída por uma escuridão profunda o bastante para enlouquecer almas mais fracas se durasse mais do que um piscar de olhos. Passou ainda mais rápido, substituída por algo novo.

Equilíbrio: senti o retorno dele, como se colocassem um osso de volta ao lugar. O universo se formou a partir de Três. Pela primeira vez em uma era, havia Três.

Quando tudo se acalmou, vi que o meu sombrio estava inteiro. Onde antes havia sombras inquietas, passou a brilhar um impossível resplendor negativo, escuro como o Turbilhão. Eu o achava apenas lindo antes? Ah, mas agora não havia mais a carne humana para filtrar a majestade gélida que ele era. Os olhos brilhavam em um preto azulado, com milhões de mistérios aterrorizantes e exóticos. Quando ele sorriu, todo o mundo tremeu, e eu não era imune.

Porém, isso me sacudiu em outro nível, porque memórias súbitas correram por mim. Eram pálidas, como algo quase esquecido — mas me pressionavam, exigindo reconhecimento, até que fiz um som, sacudi a cabeça e bati no ar como protesto. Eram parte de mim, e embora eu entendesse que nomes são tão efêmeros quanto formas para os meus, aquelas memórias insistiam em dar à criatura sombria um nome: Nahadoth.

E ao brilhante: Itempas.

E eu...

Franzi o cenho, confusa. Levantei as mãos na frente do rosto e as examinei como se nunca as tivesse visto. De certa forma, era verdade. Dentro de mim havia a luz cinza que odiei tanto antes, transformada em todas as cores que foram roubadas da existência. Através da minha pele, eu via aquelas cores dançando nas minhas veias e nos nervos, não menos poderosas por estarem escondidas. Não era meu poder. Mas era a minha carne, não era? Quem era eu?

— Yeine — disse Nahadoth em um tom maravilhado.

Um tremor passou por mim, a mesma sensação de equilíbrio que tinha sentido um momento antes. De repente, entendi. *Era* minha carne, e meu poder também. Eu era o que a vida mortal fez de mim, o que Enefa fez de mim, mas aquilo tudo estava no passado. Dali em diante, eu poderia ser quem eu quisesse.

— Sim — disse, e sorri para ele. — Este é o meu nome.

* * *

Outras mudanças eram necessárias.

Nahadoth e eu nos viramos para encarar Itempas, que nos via com olhos duros como topázio.

— Bem, Naha — ele disse, apesar do ódio nos olhos ser direcionado a mim. — Devo lhe dar parabéns, foi uma excelente jogada. Pensei que matar a garota seria o suficiente. Agora, vejo que deveria tê-la obliterado completamente.

— Isso exigiria mais poder do que você possui — eu disse. Ele franziu o cenho por um momento. Era tão fácil lê-lo, será que ele percebia? Ainda pensava em mim como uma mortal, e mortais eram insignificantes para ele.

— Você não é Enefa! — exclamou.

— Não, não sou. — Não pude evitar o sorriso. — Você sabe por que a alma de Enefa permaneceu por todos esses anos? Não foi por causa da Pedra.

Seu rosto se fechou ainda mais, aborrecido. Que criatura irritante. O que Naha via nele? Não, aquilo era o ciúme falando. Perigoso. Não deveria repetir o passado.

— O ciclo da vida e da morte flui de mim e por mim — disse, tocando meu peito. Dentro dele, algo, que não é bem um coração, batia forte e estável. — Nem mesmo Enefa entendeu realmente isso sobre ela mesma. Talvez estivesse destinada a morrer em algum momento, e agora talvez eu seja a única entre nós que nunca será verdadeiramente imortal. Porém, da mesma maneira, eu nunca morrerei de verdade. Se me destruir, uma parte de mim sempre permanecerá. Minha alma, meu corpo, talvez apenas a minha memória... mas isso será o bastante para me trazer de volta.

— Então eu simplesmente não fui minucioso o bastante — Itempas disse e o tom prometia coisas terríveis. — Terei o cuidado de corrigir isso na próxima vez.

Nahadoth deu um passo à frente. A nuvem sombria que o cercava fez um leve tom de estalo quando ele se moveu, e flocos brancos — da umidade congelada do ar — caíam no chão por onde ele passava.

— Não vai haver uma próxima vez, Tempa — ele disse com uma gentileza assustadora. — A Pedra se foi e eu estou livre. Vou destroçar você, como planejei durante todas as longas noites do meu aprisionamento.

A aura de Itempas flamejou como fogo branco e os olhos brilharam como sóis gêmeos.

— Eu já o destruí e o joguei na terra, irmão, farei isso de novo.

— Basta! — exclamei.

A resposta de Nahadoth foi um silvo. Ele se agachou, e as mãos viraram garras monstruosas. Houve um borrão de movimento e, de repente, Sieh estava ao seu lado, como uma sombra felina. Kurue moveu-se para se juntar a Itempas, mas no mesmo instante a lança de Zhakkarn estava na garganta dela.

Nenhum deles prestou atenção em mim. Suspirei.

O conhecimento sobre o poder estava dentro de mim, instintivo como *pensar* e *respirar*. Fechei os olhos e o procurei, sentindo-o se abrir e se esticar dentro de mim, pronto. Ansioso.

Seria divertido.

O primeiro jato de poder que lancei pelo palácio foi violento o bastante para desequilibrar a todos, até meus irmãos briguentos, que caíram em silêncio, surpresos. Eu os ignorei e fechei meus olhos, puxando e moldando a energia de acordo com a minha vontade. Havia tanta! Se não tivesse cuidado, poderia destruir tão facilmente quanto criar. Em algum nível, tinha consciência de estar cercada por luz colorida: cinza nebulosa, mas também rosa do crepúsculo e branca esverdeada da alvorada. Meu cabelo balançou nela, brilhando. Meu vestido se enrolava nos tornozelos, um incômodo. Uma migalha da minha vontade e ele tornou-se a vestimenta de uma guerreira darre; uma túnica amarrada bem justa e calça até o meio da panturrilha. Eram de um prateado pouco prático, mas... bem, eu *era* uma deusa afinal de contas.

Paredes — ásperas, marrom, *de tronco de árvore* — surgiram ao nosso redor. Elas não envolveram completamente a sala. Aqui e ali havia brechas, que iam se preenchendo na frente dos meus olhos. Galhos próximos cresceram, ramificaram-se, e brotaram folhas curvadas. Acima de nós o céu ainda era visível, embora obscurecido, graças à copa de folhas que se espalhava. Através daquela copa, ergueu-se um tronco de árvore gigantesco, retorcendo-se e curvando-se alto no céu.

Na verdade, os galhos mais altos da árvore *furavam* o céu. Se eu olhasse para o mundo lá de cima, veria nuvens brancas, mares azuis, terra marrom e uma única árvore majestosa, quebrando a curva suave do planeta. Se voasse para mais perto, veria raízes iguais a montanhas, acomodando toda a cidade de Céu entre elas. Eu veria galhos longos como rios. Eu veria pessoas no chão, tremendo aterrorizadas, arrastando-se para fora das próprias casas e levantando-se nas calçadas para olharem, em reverência à imensa árvore que tinha se retorcido ao redor do palácio do Pai do Céu.

Na verdade, eu vi tudo isso sem abrir meus olhos. Quando eu os abri, encontrei meus irmãos e meus filhos olhando para mim.

— Basta — disse de novo. Dessa vez prestaram atenção. — Esse reino não suportará outra Guerra dos Deuses. Não permitirei.

— Você não *permitirá*...? — Itempas cerrou os punhos, e senti o queimar forte e fumegante do poder dele. Por um momento, isso me assustou, e por um bom motivo. Ele tinha moldado o universo à própria vontade no começo dos tempos, era muito superior a mim em experiência e sabedoria. Eu sequer sabia lutar como os deuses lutavam. Ele não me atacou porque éramos dois contra um, mas era a única coisa que o segurava.

"Então há esperança", decidi.

Como se lesse meus pensamentos, Nahadoth balançou a cabeça.

— Não, Yeine. — Os seus olhos eram buracos negros no crânio, prestes a devorar mundos. A fome de vingança o envolvia como fumaça. — Ele matou Enefa, mesmo a amando. Ele não vai hesitar em matar você. Precisamos destruí-lo ou seremos destruídos.

Um dilema. Eu não tinha nada contra Itempas — ele tinha matado Enefa, não a mim. Mas Nahadoth tinha milênios de dor para expurgar, ele merecia a justiça. E o pior era que ele tinha razão. Itempas estava fora de si, envenenado pelo ciúme e pelo medo. Não devia permitir que ele vague livre, para que não machuque os outros ou a si mesmo.

Porém, matá-lo também seria impossível. O universo foi feito pelos Três. Sem os Três, tudo acabaria.

— Só consigo pensar em uma solução — disse com suavidade. E mesmo essa era imperfeita. Afinal, eu sabia por experiência própria quanto dano um único mortal sequer pode causar no mundo se tiver tempo e poder o suficiente. Só podíamos torcer pelo melhor.

Nahadoth franziu o cenho ao ver o que eu pretendia, mas logo, um pouco do ódio dele fluiu para fora. Sim. Achei que aquilo o agradaria. Ele assentiu concordando.

Itempas ficou rígido ao entender o que queríamos fazer. A linguagem era invenção dele; nós nunca tínhamos precisado de palavras.

— Não tolerarei isso.

— Você vai — eu disse, e juntei meu poder ao de Nahadoth. Foi uma fusão fácil, mais uma prova de que os Três deveriam trabalhar juntos e não uns contra os outros. Algum dia, quando Itempas tivesse cumprido sua pena, talvez pudéssemos voltar a ser Três de novo. As maravilhas que poderíamos criar! Eu esperaria por isso, esperançosa.

— Você vai servir — Nahadoth disse a Itempas, e a voz estava fria e dura com o peso da lei. Senti a realidade se reconstruir. Também nunca precisamos de uma linguagem separada; qualquer uma serviria desde que um de nós dissesse as palavras. — Não a uma única família, mas ao mundo. Você vagará entre os mortais como um deles, desconhecido, tendo apenas a riqueza e o respeito que você ganhar com suas ações e palavras. Você poderá invocar seu poder apenas em caso de grande necessidade, e apenas para ajudar esses mortais que você tanto despreza. Você consertará os erros cometidos em seu nome.

Nahadoth sorriu. Não era cruel, pois ele estava livre e não precisava mais da crueldade, mas também não havia misericórdia.

— Imagino que isso levará algum tempo.

Itempas não disse nada, pois não podia. As palavras de Nahadoth tomaram conta dele, e, com a ajuda do meu poder, as palavras teceram correntes que nenhum mortal poderia ver ou romper. Ele lutou contra o aprisionamento, lançando seu poder contra o nosso em um raio furioso, mas foi inútil. Um único membro dos Três não poderia jamais derrotar os outros dois. Itempas usou isso em benefício próprio por tempo demais para não saber.

Mas eu não deixaria assim. Uma punição adequada buscava redimir o culpado, não vingar as vítimas.

— Sua sentença pode terminar antes — disse, e minhas palavras também se curvaram, unindo-se e prendendo-se ao redor dele. — Se você aprender a amar de verdade.

Itempas me olhou com raiva. Ele não tinha ficado de joelhos com o peso do nosso poder, mas por pouco. Estava de pé com as costas curvadas, tremendo, as chamas brancas da aura se foram e o rosto brilhava com um suor muito humano.

— Eu... jamais... amarei você — ele vociferou entre dentes.

Pisquei surpresa.

— E por que *eu* iria querer o seu amor? Você é um monstro, Itempas, destrói tudo o que você diz amar. Eu vejo muita solidão em você, muito sofrimento, mas tudo isso, foi você mesmo que fez.

Ele se encolheu, arregalando os olhos. Suspirei, balançando a cabeça, e me aproximei, erguendo a mão até a sua bochecha. Ele se encolheu de novo com meu toque, mas eu o acariciei até ele se acalmar.

— Mas eu sou apenas uma entre seus amantes — sussurrei. — Você não sente falta do outro?

E como eu esperava, Itempas olhou para Nahadoth. Ah, o desejo naquele olhar! Se eu tivesse uma ponta de esperança que acontecesse, pediria a Nahadoth que compartilhasse aquele momento conosco. Apenas uma palavra gentil poderia acelerar a recuperação de Itempas. Mas se passariam séculos antes que as feridas do próprio Nahadoth estivessem curadas o bastante para isso.

Suspirei. Que seja. Eu faria o que pudesse para tornar tudo mais fácil para os dois, e tentaria de novo quando as eras tivessem feito sua mágica. Afinal, eu prometi.

— Quando você estiver pronto para estar entre nós de novo — sussurrei para Itempas —, pelo menos eu o receberei de braços abertos. — Então, o beijei, e enchi aquele beijo com todas as promessas que pude. Mas um pouco da surpresa que passou entre nós era minha, pois a sua boca era macia, apesar das linhas rígidas. Por baixo disso, pude sentir o gosto de temperos e brisas marinhas quentes, ele me fez ter água na boca e meu corpo todo doer. Pela primeira vez, entendi por que Nahadoth o amava — e, pela maneira como sua boca ficou aberta quando eu recuei, acho que sentiu o mesmo.

Olhei para Nahadoth que suspirou, com um cansaço humano demais.

— Ele não muda, Yeine. Não consegue.

— Ele consegue se quiser — disse, com firmeza.

— Você é ingênua.

Talvez eu fosse. Mas isso não me fazia estar errada.

Mantive os olhos em Itempas, embora tenha ido até Naha e pego a sua mão. Itempas nos olhava como um homem morrendo de sede quando avista uma cachoeira. Seria difícil para ele, o que estava por vir, mas ele era forte. Era um de nós. E um dia seria nosso de novo.

O poder envolveu Itempas como as pétalas de uma grande flor cintilante. Quando a luz sumiu, ele era humano — o cabelo não brilhava mais, os olhos eram só castanhos. Era bonito, porém, não perfeito. Apenas um homem. Ele caiu no chão, inconsciente por causa do choque.

Com isso feito, virei para Nahadoth.

— Não — ele disse, de cara fechada.

— Ele merece a mesma chance — eu disse.

— Eu já prometi que o libertaria.

— Pela morte. Mas eu posso dar mais. — Acariciei a bochecha de Nahadoth, que tremeluziu debaixo da minha mão. Seu rosto mudava a todo momento, continuando belo a cada nova aparência, embora os mortais pudessem não concordar com isso, já que alguns dos seus rostos não eram humanos. Eu também não era mais. Podia aceitar todas as faces de Nahadoth, então ele não precisava de uma em específico.

Ele suspirou e fechou os olhos quando o toquei, o que me agradava tanto quanto me preocupava. Ele ficou sozinho tempo demais. Eu teria que tomar cuidado para não explorar essa fraqueza dele, ou depois ele me odiaria por isso.

Mesmo assim, tinha que ser feito.

— Ele merece a liberdade, assim como você — eu disse.

Ele deu um longo suspiro. Mas esse suspiro tomou a forma de minúsculas estrelas pretas, surpreendentemente brilhantes ao cintilar-se, multiplicar-se e firmar-se em uma forma humana. Por um momento, havia um negativo do deus na minha frente. Desejei que vivesse e se tornou um homem, a versão diurna de Nahadoth. Ele olhou ao redor e depois ficou encarando o ser brilhante que foi a outra metade dele por tanto tempo. Eles nunca haviam se encontrado antes, mas os olhos se arregalaram quando percebeu.

— Meus deuses — exalou, espantado demais para notar a ironia da própria interjeição.

— Yeine...

Eu me virei e encontrei Sieh na forma de criança. Ele estava tenso, com os olhos verdes analisando meu rosto.

— Yeine?

Estendi a mão para ele, mas hesitei. Ele não era meu, apesar do meu sentimento de posse. Ele também estendeu a mão, também hesitante, tocando meus braços e meu rosto com admiração.

— Você não... é mesmo ela?

— Não. Só Yeine. — Baixei a minha mão, deixando que ele escolhesse. Respeitaria a decisão dele, se me rejeitasse. Mas... — Era isso o que você queria?

— Queria? — A expressão no seu rosto agradaria corações mais frios que o meu. Ele pôs os braços ao meu redor, e eu o apertei contra mim, segurando-o com força. — Ah, Yeine, você ainda é tão mortal — ele sussurrou contra o meu seio. Mas senti que ele tremia.

Por cima da cabeça de Sieh, olhei para minhas outras filhas. Enteadas, talvez... Sim, era um jeito mais seguro de pensar nelas. Zhakkarn inclinou a cabeça em minha direção, como um soldado reconhecendo o novo comandante. Ela obedeceria, o que não era bem o que eu buscava, mas serviria por enquanto.

Kurue, no entanto, era outro assunto...

Soltando-me de Sieh com gentileza, eu fui até ela. Kurue na mesma hora apoiou-se em um joelho e abaixou a cabeça.

— Não vou implorar o seu perdão — disse. Apenas a voz dela traía o medo que sentia, pois não estava no tom habitual, forte e límpido. — Fiz o que eu senti ser o certo.

— Certamente — eu concordei. — Era o mais sensato a se fazer. — E como eu tinha feito com Sieh, estendi a mão e acariciei seus cabelos. Era longo e prateado nessa forma, como metal moldado em curvas. Lindo.

Eu deixei escorrer pelos meus dedos quando Kurue caiu ao chão, morta.

— Yeine. — Sieh soava espantado. Por um momento, eu o ignorei, pois meus olhos encontraram os de Zhakkarn, quando levantei a cabeça. Ela acenou novamente, e eu soube que tinha ganhado um pouco do respeito dela.

— Darr — eu disse.

— Verei como está — Zhakkarn respondeu e sumiu.

O tamanho do alívio que senti me surpreendeu. Talvez eu não tivesse deixado a minha humanidade tão para trás.

Virei-me para encarar a todos na câmara. Um galho estava crescendo pela sala, mas eu o toquei e ele foi em outra direção, fora do meu caminho.

— Você também — disse para Scimina, que empalideceu e recuou.

— Não — Nahadoth falou de repente. Ele se virou para Scimina e sorriu, e a sala ficou mais escura. — Essa é minha.

— Não — ela sussurrou, dando outro passo para trás. Se ela pudesse ter fugido (outro galho tinha coberto a entrada da escadaria), tenho certeza que tentaria, embora fosse inútil. — Só me mate.

— Chega de ordens — Nahadoth disse. Ele ergueu a mão, curvando os dedos como se pegasse uma coleira invisível e Scimina gritou ao ser puxada para a frente, caindo de joelhos aos seus pés. Ela colocou as mãos na garganta, com os dedos arrastando-se para se libertar, mas não havia nada ali. Naha inclinou-se, pegou o queixo dela e deu um beijo em seus lábios, e nem mesmo a ternura tornou o beijo menos aterrorizante. — Eu vou matar você, Scimina, não tema. Só que ainda não.

Eu não senti pena. Isso também era um vestígio da minha humanidade. E só sobrou Dekarta.

Ele ainda estava sentado no chão, onde foi jogado quando a minha árvore se manifestou. Fui até ele, e vi a dor que pulsava no seu quadril, quebrado, e o batimento instável do coração. Choques demais. Não tinha sido uma noite boa para ele. Porém, ele sorriu quando me ajoelhei diante dele, me surpreendendo.

— Uma deusa — disse ele, soltando uma gargalhada livre de amargura. — Ah, Kinneth nunca fazia nada pela metade.

Apesar de tudo, compartilhei o sorriso com ele.

— Não. Não mesmo.

— Então. — Ele ergueu o queixo e me encarou de forma imperiosa, o que teria funcionado melhor se ele não estivesse arfando por causa do seu coração. — O que será de nós, deusa Yeine? O que será da sua família humana?

Abracei meus joelhos, balançando na ponta dos dedos dos pés. Eu tinha esquecido de fazer sapatos.

— Você vai escolher outro herdeiro, que garantirá o seu poder o melhor que puder. Ele tendo ou não sucesso, nós iremos embora, Naha e eu, e Itempas será inútil para vocês. Vai ser interessante ver o que os mortais podem fazer com esse mundo sem a nossa interferência constante.

Dekarta me encarou incrédulo e horrorizado.

— Sem os deuses, todas as nações do planeta irão se erguer para nos destruir. E depois se virarão umas contra as outras.
— Talvez.
— *Talvez?*
— Com certeza vai acontecer — eu disse. — Se seus descendentes forem tolos. Mas os Enefadeh nunca foram as únicas armas dos Arameri, avô, e você sabe disso melhor que qualquer um. Você é mais rico que qualquer nação, o bastante para contratar e equipar exércitos inteiros. Você tem os sacerdotes itempanes, e eles estarão bem motivados para espalhar a sua versão dos fatos, já que também estarão ameaçados. E vocês terão a sua tão treinada crueldade, que serviu muito bem como arma todo esse tempo. — Dei de ombros. — Os Arameri podem sobreviver, talvez até manter o poder por algumas gerações. O bastante, com sorte, para arrefecer o pior da ira do mundo.

— Haverá mudanças — disse Nahadoth, que de repente surgiu ao meu lado. Dekarta afastou-se, mas não havia malícia nos olhos de Nahadoth. A escravidão era o que o fazia quase perder a mente. Ele já estava se curando. — É preciso que haja mudanças. Os Arameri mantiveram o mundo imóvel por tempo demais, contra a natureza dele. Isso será corrigido agora com sangue.

— Mas se você for esperto — acrescentei. — Vai conseguir manter a maior parte do seu.

Dekarta balançou a cabeça devagar.

— Eu não. Estou morrendo. E meus herdeiros... eles tinham a força para governar como você diz, mas... — Ele voltou o olhar para Relad, que estava caído de olhos abertos com uma faca enfiada na garganta. Tinha sangrado mais do que eu.

— Tio... — Scimina começou, mas Nahadoth a puxou para silenciá-la. Dekarta olhou na direção dela uma vez, e desviou os olhos.

— Você tem outro herdeiro, Dekarta — eu disse. — Ele é esperto e competente, e acho que é forte o bastante. Embora não vá me agradecer por recomendá-lo.

Sorri para mim mesma, vendo sem os olhos através das camadas do Céu. Por dentro, o palácio não estava muito diferente. Tronco e galhos substituíram o material perolado em alguns lugares, e parte dos espaços mortos foi preenchida com madeira viva. Mas mesmo essa simples mudança era o bastante para aterrorizar os cidadãos do Céu, de sangue alto e baixo. No coração do caos estava T'vril, comandando os serventes do palácio e organizando uma evacuação.

Sim, ele serviria muito bem.

Dekarta arregalou os olhos, mas ele conhecia uma ordem ao ouvi-la. Ele assentiu e, em troca, eu o toquei, desejando que o quadril fosse curado e o coração estabilizado. Isso o manteria vivo por mais uns dias, tempo o bastante para cuidar da transição.

— Eu... não entendo — disse o Naha humano, quando a versão divina dele e eu nos erguemos. Ele parecia profundamente abalado. — Por que você fez isso? O que eu vou fazer agora?

Eu o olhei, surpresa.

— Viva — eu disse. — Por que você acha que eu o coloquei aqui?

* * *

Havia muito mais a ser feito, mas essas foram as partes que importavam. Você teria gostado de tudo isso, acho, de consertar os desequilíbrios gerados pela sua morte, descobrir a existência de novo. Mas talvez haja descobertas interessantes a serem feitas aonde você foi.

Me surpreendo ao admitir, mas sentirei sua falta, Enefa. Minha alma não está acostumada à solidão.

Mas também, jamais estarei *verdadeiramente* sozinha, graças a você.

* * *

Algum tempo depois de deixarmos o Céu, Itempas e o mundo mortal para trás, Sieh pegou a minha mão.

— Venha conosco — disse.

— Para onde?

Nahadoth tocou meu rosto, muito gentilmente, e fiquei admirada e emocionada pela ternura no seu olhar. Eu merecia tanto carinho da parte dele? Não, mas mereceria. Jurei isso para mim mesma e ergui o rosto para receber o seu beijo.

— Você tem muito o que aprender — ele murmurou nos meus lábios, quando nos separamos. — Tenho tantas maravilhas para lhe mostrar.

Não pude evitar sorrir como uma menina humana.

— Então, me leve — disse. — Vamos começar.

Então, passamos para além do universo e agora não há mais nada para contar.

* * *

Pelo menos não desta história.

Apêndice 1

Glossário de termos

Alto Norte: O continente mais ao Norte. Um fim de mundo.
Amnies: A mais populosa e poderosa das etnias senmatas.
Arameri: A família governante dos amnies; assessores do Consórcio dos Nobres e da Ordem de Itempas.
Arrebaia: A capital de Darr.
Ascensor: Meio mágico de transporte dentro do Céu, uma versão menor dos Portões Verticais.
Brilhante, o: O tempo de governo solitário de Itempas depois da Guerra dos Deuses. Termo geral para bondade, ordem, lei e correção.
Cem Mil Reinos: Termo coletivo para o mundo desde a sua unificação sob o domínio Arameri.
Céu: Maior cidade do continente Senm. Também é o palácio da família Arameri.
Consórcio dos Nobres: Corpo político governante dos Cem Mil Reinos.
Darr: Nação do Alto Norte.
Dekarta Arameri: Líder da família Arameri.
Demônio: Fruto da união proibida entre deuses/deidades e mortais. Extintos.
Deuses: Filhos imortais do Turbilhão. Os Três.
Deidades: Filhos imortais dos Três. Por vezes, chamados de deuses.
Enefa: Uma dos Três. A Traidora. Falecida.
Enefadeh: Aqueles que lembram de Enefa.
Escriba: Estudioso da língua escrita dos deuses.

Etnias Sombrias: As etnias que adotaram a adoração exclusiva a Itempas apenas após a Guerra dos Deuses, por obrigação. Inclui a maior parte dos povos insulares e do Alto Norte.

Guerra dos Deuses: Um conflito apocalíptico no qual o Iluminado Itempas reivindicou o governo dos paraísos depois de derrotar seus irmãos.

Herege: Adorador de qualquer deus além de Itempas. Fora da lei.

Ilhas, as: Grande arquipélago a leste do Alto Norte e de Senm.

Irt: Nação insular.

Itempane: Termo genérico usado para adoradores de Itempas. Também é usado para se referir a membros da Ordem de Itempas.

Itempas: Um dos Três. O Senhor Iluminado, mestre dos céus e da terra, o Pai do Céu.

Ken: Maior das nações insulares, lar dos kentineses e dos mineses.

Kinneth Arameri: Filha única de Dekarta Arameri.

Kurue: Deidade, também chamada de Sábia.

Magia: Habilidade inata dos deuses e deidades para alterar o mundo material e imaterial. Mortais podem imitar essa habilidade por meio do uso da linguagem dos deuses.

Menchey: Nação do Alto Norte.

Morte andarilha: Praga virulenta que aparece em epidemias frequentes. Afeta apenas aqueles de classe baixa.

Nahadoth: Um dos Três. O Senhor da Noite.

Narshes: Etnia do Alto Norte cuja terra natal foi conquistada pelos tokkenes séculos atrás.

Ordem de Itempas: Sacerdócio dedicado ao Iluminado Itempas. Além de serem guias espirituais, também são responsáveis pela lei, pela ordem, pela educação e pela erradicação da heresia. Também conhecida como Ordem Itempaniana.

Paraísos e infernos: Locais para almas além do reino mortal.

Pedra da Terra: Herança da família Arameri.

Portão Vertical: Meio de transporte mágico entre Céu (a cidade) e Céu (o palácio).

Reino dos Deuses: Além do universo.
Reino Mortal: O universo criado pelos Três.
Relad Arameri: Sobrinho de Dekarta Arameri, irmão gêmeo de Scimina.
Rosa saia-de-altar: Uma variedade rara e de criação especial da rosa branca, de grande valor.
Salão: Local de reunião do Consórcio dos Nobres.
Sar-enna-nem: Local de poder da *ennu* darre e do Conselho de Guerreiros.
Scimina Arameri: Sobrinha de Dekarta Arameri, irmã gêmea de Relad.
Selo de sangue: A marca de um membro reconhecido da família Arameri.
Selo: Ideograma da linguagem dos deuses, usado por escribas para imitar a magia dos deuses.
Senm: O maior continente e o mais ao Sul do mundo.
Senmata: Linguagem amnia, usada como língua comum em todos os Cem Mil Reinos.
Shahar Arameri: Suma Sacerdotisa de Itempas na época da Guerra dos Deuses. Seus descendentes são a família Arameri.
Sieh: Deidade, também chamado de Trapaceiro. O mais velho das deidades.
T'vril Arameri: Sobrinho-neto de Dekarta.
Tema: Reino senmata.
Tempo dos Três: Antes da Guerra dos Deuses.
Tok: Nação do Alto Norte.
Turbilhão: O criador dos Três. Impossível de ser conhecido.
Uthr: Nação insular.
Viraine Arameri: Primeiro Escriba dos Arameri.
Yeine Darr: Neta de Dekarta e filha de Kinneth.
Ygreth: Esposa de Dekarta, mãe de Kinneth. Falecida.
Zhakkarn de Sangue: Deidade.

Apêndice 2

Explicação dos termos[1]

Em nome do Pai do Céu Itempas, o mais Iluminado e pacífico.

Os Conspiradores, como são apropriadamente chamados,[2] são como deuses em tudo, pois possuem domínio completo sobre o mundo material[3] assim como da maioria das coisas espirituais. Apesar de não serem onipotentes — apenas os Três, quando unidos, têm esse dom — o poder individual deles é tão grande em relação ao dos mortais que a diferença é especulativa. No entanto, o Iluminado Senhor, em Sua sabedoria, achou melhor limitar o poder dos Conspiradores como punição, assim nos permitindo usá-los como ferramentas para a melhoria da humanidade.

As naturezas díspares entre eles impõem ainda mais limitações, diferentes para cada indivíduo. Referimo-nos a isso como *afinidade*, já que a língua dos deuses parece não ter um termo estabelecido. Afinidades podem ser materiais ou conceituais, ou uma combinação.[4] Um exemplo é a Conspiradora chamada Zhakkarn, que detém o domínio sobre tudo relacionado ao combate, incluindo armamentos (material), estratégia

---

[1] Compilação inicial feita pelo Primeiro Escriba e Ordenado da Ordem da Chama Branca Sefim Arameri no 55º Ano do Iluminado. Revisões posteriores pelos Primeiros Escribas Comman Knorn/Arameri (170), Latise Arameri (1144), Bir Get/Arameri (1721) e Viraine Derreye/Arameri (2224).

[2] Os objetos não se referem a si mesmos dessa forma, mas a terminologia foi estabelecida no *Munae Scrivan*, 7º Reiterato, 230º Ano do Iluminado.

[3] Definido como *magia* pela terminologia-padrão Litaria, 1ª progressão.

[4] Ver *Sobre Magia*, volume 12.

(conceitual) e artes marciais (ambos). Em batalha, ela tem a habilidade única de se replicar milhares de vezes, tornando-se literalmente um exército de uma mulher só.[5] Porém, observaram que ela evita qualquer reunião de mortais para fins pacíficos, como celebrações dos dias sagrados. Na verdade, estar perto de instrumentais religiosos que simbolizem a paz, como o anel de jade branco, usado pelos maiores devotos da nossa ordem, causa-lhe grande desconforto.

Como os Conspiradores são de fato prisioneiros de guerra, e nós, da família, somos de fato carcereiros deles, entender o conceito de afinidade é essencial, pois representa nosso único meio de impor disciplina.

Adicionalmente, precisamos entender as restrições impostas sobre eles por Nosso Senhor. A forma principal e comum pela qual os Conspiradores foram limitados é a *corporeidade*. Foi observado que o estado natural de um deus é imaterial,[6] permitindo assim que o deus use fontes imateriais (por exemplo, o movimento dos corpos celestes e o crescimento das coisas vivas) para subsistir e agir normalmente. Os Conspiradores, porém, não têm permissão de entrar no estado etéreo e, em vez disso, precisam manter uma localização física o tempo todo. Isso restringe o limite operacional ao limite dos sentidos humanos, e restringe seu poder ao que pode ser contido pela forma material.[7] Essa restrição também exige que eles ingiram comida e bebida como mortais para manter a própria energia. Experimentos[8] mostraram que, quando privados de sustento ou traumatizados fisicamente, as habilidades mágicas dos Conspiradores diminuem imensa ou totalmente até voltarem a estar sãos. Devido ao papel da Pedra

---

[5] Como observado na Guerra de Pells, na Revolta de Ulan e em outras ocasiões.
[6] Chamado a partir daqui de *étereo* de acordo com a terminologia-padrão Litaria, 4ª progressão.
[7] Escriba Pjor, em "As limitações da mortalidade" (*Munae Scrivan*, pp. 40-98) debate que nenhum outro mortal foi capaz de conseguir um poder comparável, e portanto a habilidade da Conspiradora claramente ultrapassa o material. O consenso dentro do Colégio de Escribas e da Literia propõe que essa é a intenção do Nosso Senhor, que pretendia que os Conspiradores mantivessem o bastante da força divina para serem úteis após a Guerra dos Deuses.
[8] *Notas da família*, vários, volumes 12, 15, 24 e 37.

da Terra no aprisionamento deles, contudo, eles mantêm perpetuamente a habilidade de regenerar a carne danificada ou envelhecida e reviver da morte aparente, mesmo se os corpos forem destruídos. Portanto, é um erro dizer que eles possuem "formas mortais"; os corpos físicos são mortais apenas na superfície.

No próximo capítulo, iremos discutir as peculiaridades específicas de cada um dos Conspiradores, e as formas como cada um pode ser controlado.

Apêndice 3

Registro Histórico; Notas de família dos Arameri, volume 1, da coleção de Dekarta Arameri

(Traduzido pelo Escriba Aram Vernm, 724° ano do Iluminado, que ele possa brilhar sobre nós para sempre. AVISO: contém referências hereges, marcadas por "RH"; usadas com permissão da Litaria.)

Você me conhecerá como Aetr, filha de Shahar — aquela que agora está morta. Este é um relato da morte dela, para os registros e para amansar meu coração.

Não sabíamos que havia problemas. Minha mãe era uma mulher que não se abria com ninguém; isso era uma necessidade para qualquer sacerdotisa, principalmente para a nossa luz mais luminosa. Mas a suma sacerdotisa Shahar — chamarei-a assim, e não de Mãe, pois ela era mais a primeira que a última para mim — sempre foi estranha.

Os irmãos e irmãs mais velhos me contam que ela encontrou o Pai do Dia (RH) uma vez, quando criança. Ela nasceu entre os sem-tribos, os marginais que não davam atenção aos deuses ou às leis. A sua mãe ficou com um homem que considerou a ambas, mãe e filha, como propriedades e as tratou de acordo. Depois de um tormento a mais, Shahar fugiu para um antigo templo dos Três (RH), onde rezou pedindo iluminação. O Pai do Dia (RH) apareceu para ela e lhe deu a iluminação na forma de uma faca. Ela a usou no padrasto enquanto ele dormia, removendo aquele sofrimento da sua vida de uma vez por todas.

Eu não digo para diminuir a sua memória, mas para iluminar: esse era o tipo de luz que Shahar valorizava. Dura, impiedosa, sem esconder nada. Eu não duvido que Nosso Senhor a apreciasse, pois parecia muito com Ele — rápida para decidir quem merecia o seu amor e quem não (RH).

Acho que por isso Ele apareceu para ela de novo naquele dia terrível, quando tudo começou a enfraquecer e morrer. Simplesmente surgiu no meio da Saudação ao Alvorecer, e lhe deu algo selado em uma esfera de cristal branco. Nós não sabíamos na época que aquilo era o que restou da carne da Lady Enefa (RH), que partiu para o crepúsculo. Nós apenas sabíamos que o poder daquele cristal mantinha o enfraquecimento afastado, porém, apenas dentro dos muros do nosso templo. Além dele, as ruas estavam cobertas com pessoas ofegantes; os campos com colheitas murchas; as pastagens com gado abatido.

Salvamos quantos pudemos. Pela Chama do Sol, queria que tivesse sido mais.

E rezamos. Foi ordem de Shahar, e estávamos assustados o bastante para obedecer mesmo se isso significasse três dias de joelhos chorando, implorando e esperando que, apesar de todos os empecilhos, Nosso Senhor prevalecesse no conflito que rasgava o mundo. Fizemos turnos, todos nós, ordenados, acólitos, guardiões da ordem e pessoas comuns. Colocávamos de lado os corpos exaustos de nossos camaradas quando caíam de cansaço, para que pudéssemos rezar no lugar deles. Por vezes, quando ousávamos olhar para fora, víamos pesadelos. Coisas sombrias, parecidas com gatos e com crianças, fluindo pelas ruas, à caça. Colunas vermelhas de fogo, vastas como montanhas, caíam à distância; vimos a cidade de Dix queimar inteira. Vimos os corpos brilhantes dos filhos dos deuses caindo do céu, gritando e sumindo no éter antes de atingir o chão.

Durante tudo isso, minha mãe permaneceu no quarto dela, na torre, olhando sem piscar para o céu de pesadelo. Quando fui vê-la, pois muitos entre os nossos tinham começado a se matar por desespero, encontrei-a sentada no chão com as pernas cruzadas e a esfera branca no colo. Ela estava ficando velha e aquela posição devia doer. Mas ela estava esperando, disse, e quando eu perguntei o que, ela me deu seu sorriso branco e frio.

— Pelo momento certo para atacar — respondeu.

Eu soube então que ela intentava morrer. Mas o que eu podia fazer? Sou apenas uma sacerdotisa, e ela era minha superior. Família não significava nada para ela. É costume da nossa ordem casar e criar os filhos no caminho da luz, mas minha mãe tinha declarado que Nosso Senhor era o único marido que ela aceitaria. Ficou grávida de um sacerdote qualquer apenas para agradar os anciões. Eu e meu irmão gêmeo éramos o resultado e ela nunca nos amou. Digo sem rancor: eu tive trinta anos para lidar com isso. Mas por causa disso, sabia que minhas palavras cairiam em ouvidos impassíveis se eu tentasse convencê-la a mudar o caminho que ela escolheu.

Então, em vez disso, fechei a porta e voltei para as minhas preces. Na manhã seguinte, houve uma trovoada terrível, de som e de força, que pareceu capaz de explodir as pedras do Templo do Céu da Luz do Dia. Quando nos recuperamos, surpresos ao ver que ainda estávamos vivos, minha mãe estava morta.

Fui eu quem a encontrei. Eu e o Pai do Dia (RH), que estava ao lado do corpo quando abri a porta.

Caí de joelhos e balbuciei algo sobre estar honrada com a presença Dele. Mas a verdade? Eu só tinha olhos para minha mãe, caída no chão onde eu a tinha visto por último. A esfera branca estava estilhaçada ao seu lado, e nas mãos, havia algo cinza e brilhante. Havia tristeza nos olhos do Senhor Itempas quando Ele tocou o rosto de minha mãe para fechar seus olhos. Fiquei satisfeita em ver aquela tristeza, pois significava que minha mãe tinha alcançado o maior desejo que tinha: agradar seu senhor.

— Minha verdadeira fiel — Ele disse. — Todos os outros me traíram, menos você.

Só depois eu descobri o que ele queria dizer — que a Lady Enefa (RH) e o Lorde Nahadoth tinham se virado contra Ele, junto com centenas dos filhos imortais. Só depois o Senhor Itempas me trouxe os prisioneiros de guerra Dele, deuses caídos em correntes invisíveis, e me falou para usá-los para corrigir o mundo. Foi demais para Bentr, meu irmão: nós o encontramos naquela noite na cisterna, com cortes nos pulsos em um barril de água. Havia apenas a mim para testemunhar e depois chorar, porque mesmo se um deus honrasse a minha mãe, que bem isso faria? Ela ainda estava morta.

E foi assim que a suma sacerdotisa do Iluminado, Shahar Arameri, morreu.

Por você, mãe. Viverei, farei o que Nosso Senhor ordena. Reconstruirei o mundo. Encontrarei um marido forte o bastante para me ajudar a aguentar o fardo e criarei meus filhos para serem duros, frios e cruéis, como você. É o legado que você queria, não é? Em nome do Nosso Senhor, assim será.

Que os deuses nos ajudem.

Agradecimentos

Tantas pessoas a agradecer, tão pouco espaço.
 Os primeiros agradecimentos vão para o meu pai, que foi meu primeiro editor e professor de escrita. Sinto muito mesmo por ter feito você ler todas as bobagens que escrevi quando tinha quinze anos, pai. Espero que este livro compense.
 Igualmente, agradeço aos incubadores de escrita que me alimentaram durante os anos: o workshop Viable Paradise, a Speculative Literature Foundation, a Carl Brandon Society, Critters.org, os BRAWLers de Boston, Black Beans, The Secret Cabal e Altered Fluid. Nunca achei que chegaria tão longe e não teria feito isso sem todos vocês me jogando para o meio da ação. (Os hematomas estão sumindo, obrigada.)
 E para Lucienne Diver, a agente mais batalhadora da Terra. Você acreditou em mim: obrigada. Também para Devi Pillai, meu editor, que me deixou atônita ao me mostrar que editores podem ser pessoas divertidas e que podem arrancar as vísceras dos originais com um sorriso e uma piscadela. Obrigada por isso e por ter escolhido um título tão bom.
 E por fim: obrigada a minha mãe (oi, Mamãe!), minhas melhores amigas, Deirdre e Katchan, e todos os membros do velho grupo TU. Aos funcionários e estudantes das universidades em que trabalhei durante esses anos; empregos fixos não deveriam ser tão divertidos. Agradecimentos póstumos a Octavia Butler, por ir na frente e mostrar ao resto de nós como se faz. E eu sempre agradeço a Deus, por colocar o amor pela criação em mim.

Acho que também preciso agradecer à minha colega de quarto Nuku-Nuku, que me encorajou com cabeçadas, tapas na cara, pelo no teclado, miados incessantes... e... hum... ei, por que eu estou agradecendo a ela mesmo? Deixa para lá.

Este livro foi composto na tipologia Goudy Oldstyle Std,
em corpo 11,5/16,1, e impresso em papel off-white,
no Sistema Cameron da Divisão Gráfica
da Distribuidora Record.